KB272421

세 남자

세 남자 1

2026년 4월 10일 초판 1쇄 인쇄 발행

지은이　이철호
펴낸이　박종래
펴낸곳　도서출판 명성서림

등록번호　301-2014-013
주소　04625 서울시 중구 필동로 6 (2, 3층)
대표전화　02)2277-2800
팩스　02)2277-8945
이메일　msprint8944@naver.com

값 15,000원
ISBN 979-11-7439-111-7

월남 종전 50주년 기념 소설

세 남자

1

이철호 장편소설

도서출판 명성서림

소설 '세 남자'를 탈고하면서

러시아·우크라이나 전쟁이 2022년 2월 러시아의 전면 침공으로 4년이 넘게 한창이다. 이러한 시기에 미국·이스라엘과 이란의 전쟁이 2026년 2월에 터졌다. 전쟁이 일어나기 전까지 전쟁은 우리의 기억에서 멀어지고 있었다. 하지만 어제까지 우리와 똑같은 처지에 있었던 나라와 국민이 죽음과 살생, 배고픔과 추위, 고문으로 하루하루 공포 가운데 있다.

우리 대한민국도 6·25 전쟁의 고통을 잊은 채 공산당과 김정은, 북한의 정치체제를 찬양하는 사람들이 늘고 있다.

2025년 월남 패망 반세기가 된 셈이다. 오래전 베트남으로 여행을 간 적이 있었다. 바딘 광장을 여행하며 '호찌민은 국민을 위해 일생 독신으로 살았으며 유산으로는 옷 몇 벌과 낡은 구두가 전부였다'는 말을 들었을 때 그의 정치 이력이 어떠했는지 알지 못했지만 어떤 경외감에 휩싸였다.

더욱이 일본의 만행에 집요한 우리와는 달리 베트남 사람들은 과거를 들추어 문제 삼는 것조차 싫어한다며 그들은 과거에 얽매여 있기보다는 앞으로 나아가길 선택했다는 이야기를 들었을 때 이 나라가 어떠한 나라인지 모종의 친근감을 느끼며 강한 호기심이 일었다.

나는 여행 이후, 베트남에 관해 공부하며 우리나라가 참전했던 월남전에 깊숙이 들어가 보고 싶었다. 유일한 분단국가이며 여전히 휴전 중인 우리나라가 나아갈 길을 조망해보고도 싶었다. 소설은 그렇게 시작되었다.

2021년 7월 2일, 9·11 테러 이후 아프가니스탄에 주둔했던 미군이 철수한 후 불과 한 달여 만에 탈레반이 카불을 점령하는 것을 보며 월남 패망의 모습이 재현되는 듯한 착각을 일으켰다.

베트남 국민의 평균 연령 30세, 무섭게 성장하고 있는 나라이다. 하지만 이렇게 성장의 길에 들어서기까지 '월남전쟁'과 그 휴유증 때문에 얼마나 오랜 시간, 또 얼마나 고통스러웠던 것일까.

우크라이나 전쟁은 다시는 이 땅에 전쟁만큼은 없어야 한다는 간절한 열망이 되었다. 역사는 되풀이된다. 월남전이 반백 년을 넘기고 있는 지금, 우리는 철저하게 우리 자신을 돌아보아 우리의 정체성을 지켜야 한다. 우리가 어디에 서 있는지, 누군지 알지 못한다면 나라를 지키겠다는 의지와 힘을 배가할 수 없으리라. 우크라이나 전쟁을 기해 월남전을 돌아보는 것은 더욱 큰 의미가 있는 일일 것이다.

역사는 되풀이되고 있다. 한 개인의 삶도 마찬가지이다.

월남패망이 50년을 넘기고 있는 지금, 다시금 그 현장으로 들어가 나를, 또 남·북한이 종전 아닌 휴전으로 대치되어 있는 이 시대를 돌아보는 시간이 되길 바라는 마음이다.

차 례

사이공의 하늘 밑 ····················· 8

철수 작전 ···························· 19

아내, 빈 ····························· 30

탄손누트 ···························· 44

탈출 ······························· 55

남국으로 ···························· 71

파월선 ····························· 92

피어스 타이거(Fierce Tiger) ·········· 108

상병 안재영 ························· 124

전쟁과 여자 ························· 146

차
례

전쟁의 의미 ···················· 167

고향 무정 ···················· 179

오작교 작전 ···················· 198

만남 ···················· 205

포성 속의 사랑 ···················· 218

귀국선 ···················· 233

방황 ···················· 255

슬픈 재회 ···················· 276

다시 월남으로 ···················· 291

월남 최후의 날 ···················· 307

사이공의 하늘 밑

　재월在越 한국인 안재영安在泳은 아까부터 거리 한 모퉁이에 쭈그리고 앉아 피난민이거나 오가는 사람들을 하나씩 살피고 있다. 그의 시선은 어린아이를 매달고 있는 젊은 여인들에게로만 쏠렸다. 간혹 그는 아오자이를 입은 월남 여인을 향해 성큼 다가서기도 했지만, 이내 실망한 채 제자리로 돌아오곤 했다.

　요란한 포성과 총성이 사이공 일대를 뒤흔들어 놓고 있었다. 월맹군이 쏜 포탄이 사이공 시내까지 날아오기도 하고 비행기 폭음 소리도 들렸다. 사이공 거리에는 수많은 사람이 겁먹고 지친 채 우왕좌왕하고 있었다. 사이공 외곽으로부터 짐을 가득 실은 낡은 차량, 손수레, 자전거를 몰고 피난민이 계속 몰려들고 있었다. 간간이 부상한 월남군의 패잔병들도 보였다.

　야자수 사이로 월남군 탱크와 장갑차, 월남군을 실은 트럭들이 월남기를 펄럭이며 지나가는 것이 보인다. 복장을 제대로 갖추지도 않은 월남군 몇이 트럭에 비스듬히 앉아 지나는 사람들을 향해 M16을 흔들어 보이며 썩은 이빨을 드러내며 웃기도 한다. 하지만, 대부분은 초췌한 모습으로 묵묵히 앉아 있다. 그들을 향해 손을 흔들거나 환호를 보내는 시민들은 없다. 사람들은 무표정하게 그들을 흘끗거리기만 한다. 고사포를 매단 H-47 치누크 헬리콥터가 프로펠러 바람을 일으키며 북쪽으로 날아가는 것이 시야에 들어온다.

안재영은 엉덩이를 털며 일어섰다. 그리고는 사이공 시 웬주가街 쪽을 향해 천천히 걸어갔다. 하늘은 맑았으나 태양은 뜨거웠다. 태양이 쏘아대는 따가운 햇살이 그의 검붉은 얼굴과 팔뚝에 사정없이 내리꽂혔고, 지글지글 끓어오르는 지열에 숨이 막힐 듯했다. 그는 옆구리에 차고 다니는 안경집에서 선글라스를 꺼내 썼다.

햇볕 속에서 사람들은 바삐 움직이고 있었다. 사내 둘이 땀을 뻘뻘 흘리며 세 발 달린 수레에다 냉장고를 실어 끌고 가고 있었다. 다른 사내 몇은 C레이션 박스들을 어디론가 운반하고 있었다. 늙은이들은 레이션 깡통·담배·냉동한 고기·양주병 따위를 한군데에 모으고 있었으며 아이들은 초콜릿이나 담배를 서로 가지려고 이리저리 몰려다니고 있었다. 불란서풍의 고옥古屋 앞에서는 일단의 젊은이들이 울타리를 허물어뜨리고 집 안의 값비싼 물건들을 밖으로 꺼내고 있었다.

골목을 지나치다 안재영은 월남 전투경찰 두 사람이 골목 저편 벽에 기대서서 낄낄거리는 것을 보았다. 광대뼈가 툭 튀어나온 자가 그의 동료인 듯한 자에게 옷소매를 걷어 올리고 자신의 양팔을 자랑스럽게 내보이고 있었는데, 놀랍게도 그의 양팔 팔꿈치까지 시계가 주렁주렁 채워져 있었다. 그들의 총은 저만큼 내팽개쳐져 있었다.

월남인의 민족성과 만일에 대비해 모아 두려는 그들의 심정을 전혀 이해 못 하는 바는 아니었지만, 몹시 거슬렸다. 어디선가 악취가 풍겨 왔다. 근처 하수도에서 풍겨 나오는 냄새일 것이다. 그것이 부패하고 무능한 월남의 냄새라고 안재영은 생각했다. 공연히 화가 치밀어 견딜 수가 없었다. 안재영은 길옆에 떨어져 있는 병 하나를 주워들었다. 미국인들이 칵테일 할 때 쓰는, 마리네이드에 담근 버찌가 들어 있는 병이었다. 그것을 담벼락을 향해 냅다 집어던졌다. 병은 산산조각이 났다. 저쪽에서 오던 월남인 몇이 흠칫 놀랐지만, 짐짓 모른 척 안재영을 비켜 지나갔다. 안재영은 칵! 하고 가래를 돋우어 길바닥에 내뱉고는 빠른 걸음으로 걸어갔다. 웬주가街 저편에 있는 주월 한국대사관 국기 게양대에서 태극기가 바람에 힘차게 나부끼고 있었다. 그것을 보니 다소 안심이 되었다.

안재영은 주월 한국대사관 못미처에 있는 골목을 꺾어 들어가 〈한월식당〉 간판이 붙어 있는 건물 앞으로 다가갔다. 흰색 타일로 된 3층 건물이었는데, 1층만 식당이었고 2·3층은 당구장이었다. 월남 여인들이 왁자지껄 떠들며 그의 곁을 지나 어디론가 몰려가고 있었다.

한월식당 문을 밀고 안으로 들어서자 시원한 기운이 확 끼쳐 왔다. 대형 에어컨이 윙윙거리며 돌아가고 카운터 옆에서는 대형 선풍기가 서서히 회전하고 있었다. 홀 한가운데의 테이블을 사이에 두고 마주 앉아 있던 두 사내가 시선을 출입구 쪽으로 향하더니 흰 바지에 흰 와이셔츠 차림의 사내가 의자의 등받이를 뒤로 밀며 일어섰다. 그는 반색하며 안재영을 향해 소리치듯 말했다.

"여, 안 병장! 아직도 안 떠났어?"

전에 '맹호' 마크를 달고 함께 싸웠던 신 중사, 신덕규申德圭였다. 그는 임기를 마치고 귀국했다가 훗날 민간인으로 다시 월남에 건너와 월남 여인과 결혼하여 아이 둘까지 낳고 한월식당을 경영하며 아예 월남 땅에 눌러앉아 있었는데, 여러모로 안재영과 비슷한 처지였다. 오래전의 전우였고 이제는 둘 다 민간인 신분이었음에도 그는 안재영을 늘상 안 병장이라 부르며 동생처럼 아껴주어, 안재영도 그를 형님처럼 따르던 터였다. 안재영은 그에게 거수경례하는 시늉을 지어 보인 다음 이곳으로 올 때까지 계속 끼고 있었던 선글라스를 벗었다.

안재영이 테이블로 다가가자 담배를 피워 물고 앉아 있던 최광옥崔光玉이 손을 내밀었다. 그 역시 안재영보다 늦은 시기에 〈백마〉로 월남전에 뛰어들었던 참전용사였는데, 제대 후 한국에 있는 자그마한 무역회사에 근무하며 한국과 월남을 자주 오가고 있었다. 안재영은 신덕규를 통해 그를 알았으나 개인적으로 가깝게 지내는 사이는 아니었다. 신덕규의 식당에서 고작 몇 번 만났을 뿐이었다.

그들은 술을 마시고 있었다. 테이블 위에는 버번 위스키병이 반쯤 비워진 채 불고기·햄·완두 소오스·야채볶음·늑맘 등이 가득 널려 있었다. 오렌지나 바나나, 파인애플 통조림도 있었다. 그야말로 한식·양식·월남식 음식이 마치 전시회라도 하듯이 한데 뒤섞여 있었다. 그 음식들을 내려다보며 안재영이 비꼬듯 말했다.

"마치 하늘에서 월남 땅을 내려다보고 있는 것 같군요. 월남인, 미국인, 한국인이 월남 땅에 뒤섞여 월남 패배를 축하하는 파티라도 하고 있는 겁니까."

신덕규가 씩 웃더니 자기 앞에 놓여 있던 유리잔의 술을 비웠다. 그리고는 얼음덩어리들이 덜그럭거리는 유리잔에 위스키를 가득 부어 안재영에게 내밀었다.

"술과 음식은 얼마든지 있다구. 조니워커 블랙도 있구. 국산 캔맥주도 있어. 실컷들 먹으라고. 어차피 차고 가지도 못할 거, 배 속에라도 넣어가자고. 제기랄! 이게 무슨 꼴이람. 정글에서 목숨 걸고 빡빡 기고 허리 굽신거려 이제 겨우 먹고 살 만하다 했더니, 손을 탁탁 털고 일어서게 생겼으니…."

안재영은 유리잔을 받아 단숨에 목 안에 털어 넣었다. 짜르르한 기운이 목구멍을 타고 넘어갔다. 최광옥이 손끝에 꽂고 있던 담배를 신경질적으로 비벼 끄며 맞받아 투덜거렸다.

"그러게 말입니다. 월남 말을 밑천 삼아 그동안 먹고 살았는데, 한밑천 잡기도 전에 이게 무슨 꼴입니까? 하지만… 내 이럴 줄 알았지요. 월남 애들 정신머리가 흐릿해서 언젠가 된통 당할 줄 알았다구요. 그러구두 아직껏 정신 못 차리고 있는 걸 보면, 내 참 한심해서… 빨갱이들이 코앞까지 다가왔는데 총 들고 싸울 생각은 않구 자기네들 살 궁리들만 하고 있으니… 그런 자들을 위해 목숨 걸고 싸운 걸 생각하면 참 기가 막힙니다. 도망쳐 오는 월남군들을 볼 때면 LMG로 따르르 갈겨 버리고 싶은 생각이 벌컥벌컥 치솟는다구요. 안 그래요. 안 형? 신 형?"

최광옥은 두 손으로 총을 갈기는 시늉을 하며 안재영과 신덕규를 번갈아 보았다. 안재영은 말없이 고개를 끄덕거려 주고는 테이블 위에 놓인 셀렘 담뱃갑에서 담배 한 개비를 뽑아 입에 물었다. 최광옥이 라이터를 꺼내 찰칵 하고 불을 켜 주었다.

"그나저나 안 병장, 자네 마누란 어떻게 된 거야? 애 데리구 처갓집에 갔다더니 아직두 안 돌아왔어?"

안재영이 고개를 끄덕거렸다. 그의 월남인 아내 빈은 지난 연초, 그러니까 1975년 1월 중순경 부친이 중병에 걸렸다는 연락을 받고 그의 여

덞 살 된 아들 용준溶俊을 데리고 고향인 빈딘 성省 퀴논시市에 갔었는데, 아직까지 돌아오지 않고 있는 것이었다.

그 무렵 월맹군과 베트콩(민족해방전선)이 월남 전역에 걸쳐 심상치 않은 공세를 취하고 있었으므로 안재영은 아내의 퀴논 행을 만류했으나, 빈은 제법 능숙한 한국말로

"너무 걱정 마세요. 곧 돌아올 테니까요."

하고는 살짝 웃어 보이며 떠났다.

그동안 사이공 시장 내에 있는 그의 가방 가게로 아내가 서너 차례 장거리 전화를 걸어오기는 했었다. 무사히 도착했다는 것, 부친의 병세가 조금 호전되었다는 것 등이었고, 마지막으로 걸려 온 전화는 '아무래도 사태가 심상치 않으니 곧 사이공으로 돌아가겠다'라는 것이었다. 그러나 그것은 벌써 한 달 전의 일이었고, 그 이후로 그녀의 소식은 완전히 끊겼다. 처갓집에 전화가 없었으므로 그가 연락을 취할 방법이 없는 형편이었다. 더욱이 퀴논은 얼마 전 공산군 수중으로 넘어가고 말았다고 하니 안재영은 불안하기 그지없었다.

"안 병장, 자네한테는 좀 안 된 얘기겠지만 내일까지만 기다려 보구 그때까지도 안 오면 우리와 함께 떠나야 해. 자네도 알지? 내일모레 사이공 항에서 우리 해군 LST로 마지막 남은 교민들을 모두 철수시킨다는 거. 오늘이 4월 27일이니까 꼭 이틀밖에 안 남았군."

신덕규는 초조한 낯빛을 지으며 벽에 걸린 달력을 흘끗 바라보았다.

"난 원래 어제 떠난 LST 편으로 철수하려 했는데, 아직 이곳 정리가 되질 않아 이러구 있는 중이라구. 그렇지 않으면 지금쯤 남지나南支那 해상에 떠 있을 텐데 말야. 월남 놈들 철수한다니까 피땀 흘려 모은 우리

재산을 거저 먹으려 들구 있다니까. 웬만한 값이면 이 식당을 넘겨 버리려고도 했지만, 이건 값을 후려쳐도 보통 후려치는 게 아냐. 그동안 고생한 걸 생각하면 억울해서 헐값으로 팔 수가 있어야지. 어떻게 모은 재산인데…."

안재영은 그의 말에 수긍이 가고도 남았다. 그가 이만한 식당이라도 마련하기 위해서 그동안 얼마나 고생했는지 너무나 잘 알고 있는 터였다. 수십 차례의 매복과 정찰을 나가고, 목숨 건 아슬아슬한 전투를 벌이고, 사나운 모기와 찌는 듯한 더위와 싸우면서 한 푼 두 푼 모은 달러가 이 식당의 밑거름이 아니었던가. 안재영 자신도 그와 똑같은 과정을 겪었기에 그의 심정을 누구보다 잘 알았다. 그러나 지금 안재영에게 재산 따위는 그다지 문제가 되지 않았다. 무엇보다도 아내와 아들이 무사히 돌아와 주기만 바랄 뿐이었다.

"지금이라도 미군 애들이 개입해 주면 좋으련만. 아니, 남지나 해상에 떠 있는 미 제7함대의 폭격기들이 사이공 외곽에 몰려 있는 월맹군 놈들 머리에 맹폭을 퍼부어 주기만 해도 월남군 애들 사기가 되살아나 반격할 수도 있을 텐데 말이야."

신덕규가 혼잣말처럼 중얼거리자 잠자코 앉아 술만 홀짝이던 최광옥이 그를 건너다보며 툭 쏘았다.

"형님두 참. 미군이 이제 와서 이 지긋지긋한 월남에 다시 발을 들여놓으려 하겠어요. 지금 발을 빼낸 것만 해도 크나큰 다행으로 여기고 있는 판국에… 보세요. 월남 천지가 시뻘겋게 물들어가고 있어도 미국은 눈 하나 깜짝하지 않고 있잖아요? 이제 월남은 고양이 앞의 쥐 꼴이나 다름 없다구요."

그의 말대로 그 무렵 월맹군과 베트콩은 사이공 일대를 제외한 월남의 거의 전 지역을 수중에 넣고 마지막으로 사이공에 총공세를 취하고 있었지만, 미국은 강 건너 불을 보듯 바라보고만 있었다. 그것은 미국이 이미 월남을 포기했음을 의미하는 것이었다. 미국이 고작 취하고 있었던 행동이란 월남 내의 미국인을 비롯한 외국인, 월남의 고위 간부나 고급 장교, 반공주의자들, 각종 무기와 비밀서류 등을 안전하게 철수시키려는 것뿐이었다.

미국은 이미 1773년 1월에 월맹 측과 체결된 휴전협정 이후 곧 월남에서 미군을 철수시킴으로써 월남에서 서서히 발을 빼 왔다. 물론 미국은 휴전협정 때 월맹 측에게 '만일 휴전협정을 위반한다면 미국은 즉각 공격에 나설 것이다'라고 분명히 밝힌 바 있고, 어떠한 휴전협정의 위반도 미국의 무시무시한 응징을 받게 되리라는 것이 파리 휴전협정의 기본 약속이었다.

또한 미국은 월남에 대해 '만일 월남이 위기에 처하면 미국이 도와줄 것이다'라고 암시해 왔었다. 그러나 이러한 약속들은 지켜지지 않았다. 거기에는 여러 가지 이유가 있겠지만, 미국민은 월남에서 더 이상의 피를 흘리기를 원하지 않았고 월남을 돕기에는 법적인 제약이 많았으며 더욱이 미국은 국내적으로 '워터게이트 사건'에 휘말려 사실상 월남을 도울 수가 없었다.

어느새 버번 위스키병이 하얗게 바닥이 났다. 신덕규는 '허!' 하며 빈 술병을 들어 보더니, 주방에 있던 월남인 종업원을 불러 조니워커 블랙 한 병을 가져오라고 했다. 그때 검은 파자마를 입은 월남인 사내 둘이 식당 문을 열고 들어왔다가 홀에 사람들이 있는 것을 보더니 슬그머니

나가 버렸다. 그들이 약탈을 위해 염탐하러 온 것이라는 최광옥의 말에 신덕규도 고개를 끄덕였다. 월남인 종업원이 조니워커 블랙 한 병을 가져오자, 신덕규는 병마개를 따면서 비로소 생각난 듯이 안재영에게 물었다.

"참, 안 병장, 가게와 물건은 어떡했어? 처분했어"

"예, 떨이로 넘겨 버렸어요."

안재영은 어설프게 웃었다.

"왜? 좀 더 배짱을 튕기지 않구? 요즈음 가방이 불티나게 잘 팔리고 있을 텐데."

"억울한 건 저도 형님 못지않지만, 이런 판국에 이것저것 따지고 싶은 마음도 없어요. 전 아내와 애가 무사히 돌아오기만 하면 바랄 게 없어요."

안재영이 심각해졌다. 신덕규도 금방 표정이 어두워지며 안재영의 어깨에 커다란 손을 얹었다.

"하긴… 하지만 요즘도 매일같이 피난민들이 몰려오는 걸 보면… 혹시 누가 알아? 오늘이라도 좋은 소식이 날아올지. 너무 걱정하지 말라구."

"저도 거기다 한 가닥 희망을 걸고 있긴 하지만… 퀴논 쪽에서 오는 피난민은 별루 없는 것 같아요. 그러니 걱정이 더욱…."

최광옥이 안재영에게 술을 따라 주었다. 안재영은 그것을 한 모금 마셨다. 신덕규가 와이셔츠 포켓에서 팔만 한 가치를 뽑아 물며 말했다.

"짐은? 가게두 팔았다면서? 어디다 두었지?"

"뭐 짐이랄 것까지 있겠어요? 그보다도 제 아내가 이리로 오거나 전화를 할지도 몰라요. 가겔 산 사람한테 혹시 제 아내가 찾아오면 이리루 보내 달라고 부탁해 놓았거든요. 혹 제 아내가 찾아오면 꼭 좀 붙들어 두세요. 그래서 온 거예요."

안재영은 자리에서 일어섰다.

"어딜 가려구?"

"한 바퀴 돌아보고 다시 돌아오겠어요."

한월식당을 나온 안재영은 사이공 시내를 배회했다. 사이공 외곽에서는 여전히 요란한 포성이 울려 퍼지고 있었다. 때로는 가까운 곳에서도 총성이 콩 볶듯이 들려 왔다. 사이공 시내에 침투한 게릴라들과 월남군이 벌이는 총격전일 것이다. 독립군, 군총사, 사령부, 경찰총국, 사이공시경찰국, 방송국 등 사이공 시내의 주요 기관 건물 앞에는 무장한 군인들과 탱크, 장갑차 등이 에워싸고 적의 침투에 대비하고 있었다. 간간이 민간인이 접근할라치면 위병소의 위병들은 소리를 치면서 돌아가라는 손짓을 하거나 때로는 아스팔트 위에 위협사격을 가하기도 했다. 월남군 지프와 트럭, 구급차들이 무서운 속력으로 질주하는 것이 곧잘 눈에 띄었다.

사이공 시내의 병원은 쏟아져 들어오는 부상병들로 일대 혼잡을 이루고 있었다. 구급차와 트럭에서 피투성이가 된 부상자들과 전사자들이 계속 내려졌다. 월남 경찰들이 지프를 타고 돌아다니며 '사이공 시민은 동요하지 말고 각자 맡은 바 임무를 충실히 하고 돌아다니지 말 것'을 확성기를 통해 외쳐대고 있었지만, 별 소용이 없는 듯했다. 사이공 외곽에서 몰려온 피난민을 수용할 곳도 없었다. 학교 운동장, 공공건물, 거리에 피난민들이 넘쳐났다. 그들은 아무 곳에서나 불을 피우고 음식을 해 먹었다.

　안재영은 그들 사이를 헤치고 다니며 아내와 아들이 있는지 살폈다. 사실 그는 그 속에서 아내와 아들을 찾으리라는 기대는 별로 하지 않았다. 만일 아내와 아들이 사이공에 와 있다면 무엇 때문에 거리에서 방황할 것인가. 살림집이 있는 그의 가방가게나 신덕규의 한월식당에 올 것이 분명하지 않은가. 그러나 그들은 그곳에 오지 않았다.

　해가 기울고 있었다. 새들은 야자수 숲 위를 낮게 날고 있었다. 안재영은 야자수 그늘 밑에 있는 벤치에 가 앉았다. 전쟁 중에도 남녀의 연정은 불타오르는가. 옆 벤치에 젊은 남녀가 나란히 앉아 사랑을 속삭이고 있었다. 이제 곧 그들의 사랑이 깨질지도 모르지만, 불현듯 그들이 부러운 생각이 들었다. 그래도 저들은 오늘 사랑을 속삭이고 있지 않은가. 외롭다는 생각이 문득 안재영의 가슴 깊이 파고들었고, 길 건너편 야자수 숲 위로 아내와 아들의 모습이 떠올랐다. 다른 월남 여인보다 제법 살집이 많은 아내가 언젠가 속삭이듯 한 말이 생각났다.

　"한국엘 가 보고 싶어요. 거긴 틀림없이 아름다운 나라일 거예요."

　그때 그는 그녀의 손목을 꼬옥 쥐며 말했었다.

　"꼭 보여 주지. 아니, 언젠가 때가 되면 함께 가서 살자구. 거긴 총소리가 들리지 않는 아주 아름다운 나라이지."

　이제 그녀를 한국에 데려갈 때가 되었건만 그녀는 곁에 없었다. 어디에 있는가 돌아오렴. 가고 싶던 한국에 가자구! 그의 눈가에 이슬이 맺혔다. 잠시 뜸했던 총성이 다시 기세를 올린다.

철수 작전

　1973년 1월의 파리 휴전협정이 체결된 무렵, 월맹의 파리 협상 대표들은 휴전이 된다는 것이 감격스러운 듯 눈물을 흘렸다. 그러나 그것은 곧 월남을 손아귀에 넣을 수 있다는 기쁨의 눈물이었다. 그들은 처음부터 월남 땅에서 미군을 몰아내기 위해 휴전협정을 맺었던 것이며 휴전협정을 준수할 생각은 없었다. 공산주의자들이 원래 그렇듯이….

　따라서 그들은 휴전협정이 체결된 이후 얼마 되지 않아서 휴전협정을 위반하고 나섰다. 그들의 보급통로인 호지명 통로胡志明 通路를 4차선 도로로 확장하여 월남의 중부 고원지대까지 깊숙이 연결시켰다. 소련으로부터 각종 최신형 무기들을 공급받고 병력을 증강시키는 군사력 확충에도 열을 올리고 미국과 월남의 국내 정세를 살피며 호시탐탐 기회만 노렸다. 그런 그들에게 여러 가지 유리한 징후가 나타나기 시작했다. 미군의 월남 철수에 이어 미국 의회가 대월남大越南 원조를 행정부 요청액의 절반밖에 안 되는 7억 달러 선으로 삭감한 조처, '워터게이트 사건'을 계기로 생긴 미국 행정부의 위기와 닉슨 미국 대통령의 사임, 미국 의회가 의회의 승인 없이는 월남에 대한 미국 육·해·공군의 전투행위를 금지

토록 하자는 처치 상원의원이 발의한 지출법 수정안을 통과시킨 사실, 월남의 국내 정세 불안과 연일 계속되는 데모, 미국의 군원軍援 감축으로 인한 월남군의 장비 및 탄약 부족, 월남 관리의 부패와 월남군의 사기 저하 및 각종 사회적 부패는 그들에게는 참으로 고무적인 것이었다.

이에 자신감을 얻은 월맹은 먼저 시험적으로 사이공 북방 40마일 지점에 있는 푸옥롱을 공격해서 쉽게 점령할 수 있었다. 이를 통해 그들은 월남군의 군사적 약화와 미국의 개입을 우려할 필요가 없다는 사실을 알게 되었고 이어 월남 전역에 걸쳐 대대적인 공격을 감행했다.

이에 맞서 월남군이 대항했으나 그들은 이미 월맹군의 적수가 되지 못했다. 월남군은 곳곳에서 패했다. 제대로 싸우지도 않고 월남의 중요 군사지역과 막대한 무기며 탄약 등을 내버린 채 도망치기만 급급했다. 철수 작전·작전계통·통신·보급 등도 엉망이었고, 월남군은 수많은 피난민 대열에 끼어 후퇴를 거듭했다.

월남의 최정예부대로 일컬어져 왔던 월남군 1사단, 공정사단, 해병 사단들도 힘없이 붕괴되었다. 월남 공군은 부품과 연료 부족·기술 부족으로 제대로 뜰 수조차 없었고, 얼마 안 되는 능숙한 조종사들의 항공기마저 월맹군의 최신형 미사일에 막대한 타격을 받았다. 물론 일부 월남군은 목숨을 걸고 용감히 싸우기도 했으나, 그것은 달걀로 바위를 치는 격에 지나지 않았다.

월남의 주요 해안도시인 후에·다낭·쾅가이·퀴논·투이호아·캄란만灣·판랑 – 판 티에트 등은 차례로 공산군 수중에 떨어졌고, 월남군의 13개 사단 가운데 6개 사단이 눈 녹듯 사라졌다. 공군력은 거의 마비되었으며, 월남 국토의 3분의 2가 공산군에게 점령당했다.

이제 월남군은 각지에서 후퇴해 온 패잔병들을 모아 사이공 주변과 메콩강 델타 지역, 그리고 월남에서 두 번째로 큰 공군 기지가 있는 비엔 호아 일대에서 최후의 항전을 계속하였다. 그러나 사태는 절망적이었다. 한 가닥 희망이었던 미군 폭격기들의 개입마저 배제된 채 월남은 이제 목이 졸려 숨이 넘어가고 있었다.

4월 28일. 늦은 아침을 먹고 있던 신덕규는 요란한 비행기 소리에 깜짝 놀라 식당 밖으로 뛰쳐나갔다. 부슬비가 내리고 있었다. 그는 비행기 소리가 나는 동쪽 하늘을 올려다보았다. 수십 대의 미군 대형 수송기들이 남지나해 쪽으로 날아가는 것이 눈에 들어왔다.

간밤에 최광옥과 코가 비뚤어지도록 마신 술이 일시에 확 깼다. 뭔가 심상치 않다. 요즘 매일같이 미군 수송기가 미국인을 비롯해 월남의 고위 관리와 고급 장교들의 가족들을 미 제7함대나 하와이·필리핀 등지로 실어 나르고 있다는 얘기를 듣고 있었다. 미군 수송기들을 자주 보기도 했었다. 그러나 이날의 수송기는 다른 때보다도 훨씬 많았고, 왠지 불안한 생각을 떨쳐 버릴 수가 없었다.

무심코 주월 한국대사관 쪽을 바라보았다. 순간, 그는 가슴이 철렁했다. 어제까지 분명 국기 게양대에서 펄럭이던 태극기가 보이질 않고, 대사관 뜰 쪽에서 검은 연기가 솟아오르고 있는 게 아닌가. 모두 철수해 버린 것이나 아닐까. 그렇다면….

성급한 판단을 내리며 그는 우산도 쓰지 않고 주월 한국대사관으로 달려갔다.

주월 한국대사관 뜰 한 모퉁이에 있는 휴지 소각장에서 대사관 직원들이 비를 맞으며 각종 문서들을 태우고 있는 중이었다. 그 주위에는 재월 한국인들 몇 명이 초조하고 불안한 낯빛으로 서 있었다.

"어떻게 된 거요?"

숨을 헐떡이며 신덕규는 팔짱을 낀 채로 문서 태우는 광경을 지켜보고 있는 사내를 붙들고 물었다. 사내가 그를 향해 고개를 돌렸다. 전에 몇 번 본 적이 있는 낯익은 얼굴이었다.

"오늘부로 대사관이 폐쇄됐대요."

"폐쇄?"

아직 대사관 직원들과 재월 한국인들이 떠나지 않고 남아 있다는 사실에 다소 안심이 되기는 했지만, 신덕규의 목소리는 가볍게 떨렸다.

"그렇다는군요. 아무래도 심상치 않은 모양이에요."

"그럼 내일 사이공 항에 입항하기로 된 우리 해군 LST는 어떻게 되는 것입니까? 그게 마지막 철수선이라고 하던데…."

"글쎄요. 대사관에서 곧 무슨 지시가 있겠지요."

그들이 잠시 얘기를 나누고 있을 때 다시 몇 사람의 한국인이 몰려왔다. 그들 역시 불안한 표정을 감추지 못하고 있었다. 각종 문서를 태우고 난 대사관 직원이 한국민들을 향해 말했다.

"여러분! 여러분도 이미 보셨다시피 오늘부로 주월 한국대사관은 폐쇄되었습니다. 지난 4월 24일 주월 호주대사관과 뉴질랜드 대사관이 폐쇄된 것을 선두로 자유 중국대사관, 필리핀대사관 등 사이공 주재 자유 우방 대사관들이 차례로 폐쇄된 데 이어 오늘 우리 한국대사관이 문을 닫게 된 것입니다. 그것은 두말할 필요도 없이 월남의 사태가 매우 악화되어 사이공이 언제 공산군에게 함락될지 모르기 때문입니다. 우리 대사관이 오늘의 이 같은 사태를 예견해서 이미 한 달 전부터 교민들의 철수를 서둘러 왔다는 것은 여러분도 잘 아실 겁니다.”

그 대사관 직원은 잠시 말을 끊고 손에 들고 있던 서류철을 뒤적여 서류를 보면서 말을 이었다.

“약 한 달 전인 지난 4월 1일 현재 월남에 있던 한국인 수는 외교관 21명, 외교관 가족 59명, 농업사절단 20명, 의료사절단 21명, 수자원 사절단 4명, 민간인 1,009명이었습니다. 그러나 이들 중 외교관 7명, 외교관 가족 전원, 각 사절단 전원, 민간인 약 452명은 4월 24일까지 민간항공기 편으로 태국으로 철수하였고 엊그제, 그러니까 지난 4월 26일에는 우리 해군 LST 815함과 810함으로 한국 민간인 약 300명이 추가로 철수하였습니다. 또한 여기에는 한국인 외에도 우리 교민의 월남 부인 및 자녀 659명, 순수 월남 피난민 342명, 중국인 및 필리핀인 약 20명도 함께 승선하여 철수하였습니다. 그리고 재산 정리, 기타 사정으로 이때까지 떠나지 못한 교민 약 250명은 4월 29일, 즉 내일 사이공 항에 입항 예정인 우리 해군 LST 한 척으로 전원 철수하고, 대사관 잔류 직원들은 민간인들을 모두 철수시킨 후 미군 헬리콥터 편으로 철수하도록 되어 있는 것은 여러분도 이미 아실 겁니다. 그런데… 월남의 상황이 예상외로 빨리 악화되는 바람에 해군 LST 편으로의 철수가 어렵게 되었습니다.”

순간, 모여 있던 재월 한국인들은 모두 놀라 술렁거리기 시작했다. 그때 수염이 텁수룩한 교민 하나가 다급한 목소리로 물었다.

“아니, 그럼 우리는 어떻게 되는 겁니까? 이대로 빨갱이 놈들한테 붙잡히는 신세가 된단 말입니까?”

대사관 직원들이 싱긋 웃었다. 서류철을 든 대사관 직원이 손을 옆으로 내저으며 얼른 대꾸했다.

"아닙니다. 비록 상황이 악화하기는 했지만, 여러분을 무사히 귀국시켜 드릴 테니 걱정 마시기 바랍니다."

이 말을 듣자, 교민들의 얼굴이 금세 밝아졌다. 신덕규는 안도의 한숨을 내쉬며 팔만 한 가치를 꺼내 입에 물고는 라이터를 켰다. 담배 맛이 꽤 좋았다.

"우리 교민들은 미군의 헬리콥터 편으로 철수하기로 이미 미국대사관 측과 합의되었습니다. 따라서 여러분은 각자 자기 집에서 가장 가까운 거리에 있는 철수 집결지로 가서 미군의 헬리콥터 편으로 떠나면 되는 것입니다."

한국대사관 측은 이미 열흘 전에 만일의 경우, 헬리콥터 편으로 철수할 때를 대비해서 미국대사관 측으로부터 계획서를 받고 있었다. 이에 따르면 사이공 시내에만 해도 여러 곳이 철수 집결지가 있었는데 그 장소는 미국대사관을 비롯해서 유세이드 본부, 유세이드 직원 및 가족 전용 아파트, 미국인 전용 아파트 등이었는데 각각 고유번호, 즉 제 몇 집결지(아셈브리 포인트)라는 것이 붙어 있었다. 이 집결지가 바로 헬리콥터 탑승장인 것이다.

누군가가 다시 질문을 던졌다.

"철수 집결지로 가면 된다고 하셨지만, 그곳이 어딘 줄 알아야 갈 거 아닙니까?"

이 말에 그 와중에도 폭소가 터졌다. 서류철을 든 대사관 직원은 빙긋이 웃으며 다시 입을 열었다.

"자세한 헬리콥터 탑승 장소와 탑승 시간은 우리도 잘 모릅니다. 그러나 이제 곧 미국대사관 측으로부터 추가 연락이 올 것이므로 연락이 오는 대로 비상 연락망을 통해 여러분에게 알려드리겠습니다. 그러니 여러분은 일단 집으로 돌아가셔서 떠날 준비를 서둘러 주십시오. 그리고 한가지, 우리 대사관에서는 여러분을 버리고 그냥 떠나지는 않을 것이니, 이 점은 염려하지 않아도 됩니다. 단, 언제 떠날지 모르므로 가급적 멀리 나가지 말고 교민들끼리 한데 모여 우리 대사관이나 대사관저와 수시로 연락을 취해주길 바랍니다.”

그 무렵 사이공에서는 재월 미국인들과 우방 국민의 철수를 위해 미군 해병 특수 임무 부대가 공수 투입되어 활동하고 있었다. 미군의 수송기와 헬리콥터들은 이미 철수 작전에 참여하고 있었다. 또 캄보디아의 종말이 오기 직전인 지난 4월 5일, 주캄보디아 미국대사관 측은 주캄보디아 한국대사관 측과의 약속대로 캄보디아 내의 한국인들을 모두 헬리콥터 편으로 태국에 철수시켜 주었다. 그뿐만 아니라 그레이엄 마틴 주월 미국대사는 전에 월남의 고위 관리들에게 “사이공이 적에게 함락되면 수많은 월남인이 죽게 될 것이다. 만일 우리 미국인들이 가야 한다면 나는 월남인 백만 명을 데리고 가겠다.”라고 자랑삼아 말한 적이 있었다. 이 같은 사실은 신덕규를 포함한 많은 재월 한국인들이 알고 있는 터였다. 그러므로 공산군이 사이공의 코앞까지 들어왔어도 재월 한국인들은 크게 당황하지 않았던 것이다.

물론 주월 한국대사관이 폐쇄되고, 사이공항구에 입항 예정이었던 한국 해군 LST 편으로 철수하려던 계획이 취소되었다는 소식에 재월 한국인들은 크게 놀랐다. 또 마틴 주월 미국대사가 말한 것과는 달리 월남인 백만 명 철수 계획이 실현 가능성이 없다는 것을 깨닫고 다소 실망하기도 했다. 그러나 그들은 주월 한국대사관 직원으로부터 미국대사관 측과의 긴밀한 협조하에 한국인들은 미군의 헬리콥터 편으로 전원 무사히 철수할 수 있을 것이라는 말을 듣고는 안심했다. 미국의 오랜 우방이며 월남에서 함께 피를 흘리며 싸운 한국인에게 그만한 혜택과 약속을 믿어 의심치 않았기 때문이었다.

주월 한국대사관을 나오며 신덕규는 이제는 더 이상 버틸 수 없게 되었다고 생각했다. 피땀 흘려 모은 재산을 헐값에 넘길 수 없어 그동안 버티고 버텨 왔지만, 주월 한국대사관이 폐쇄되고 철수가 기정사실화된 이상 모든 미련을 버려야 하는 것이었다.

식당으로 돌아오자, 신덕규는 곧 월남인 카우 영감에게 전화를 걸었다. 카우 영감은 암거래 중간상인으로 그는 최근 신덕규를 여러 차례 찾아와 식당과 식당의 비품을 자기에게 팔 것을 요구해 왔다. 그러나 그 값이라는 게 터무니없었으므로 신덕규는 이제까지 망설이고 있었던 것이다.

수화기 저편에 카우 영감이 나오자 신덕규는 서툰 월남어로 말했다.

"식당과 물건을 팔겠소."

"헤헤. 잘 생각했소. 하지만 어제의 그 가격으로 살 수 없소. 값을 좀 떨궈야겠소."

염소 울음 같은 카우 영감의 말에 신덕규는 화가 머리끝까지 치밀었다.

"그게 무슨 소리요? 마음이 변했소?"

"헤헤. 마음이 변한 것이 아니라 상황이 변했소. 지금 저 소리가 들리오? 포성이 어제보다 가까워지지 않았소? 그리고 따이한 대사관의 깃발이 내려졌다는 것도 이미 알고 있소."

신덕규는 수화기를 내던지고픈 충동을 느꼈다. 저 지독한 장삿속. 조국이야 망하든 말든 자기의 실속만 차리면 된단 말인가. 신덕규는 끓어오르는 분노를 가까스로 억제하며 꾸짖듯 쏘아붙였다.

"그래, 남의 약점을 찔러 치부하려 든단 말이오! 당신에겐 조국과 의리도 없단 말이오?"

"총 쏘고 대포 쏘는 것만 전쟁인 줄 아시오? 장사도 전쟁이오. 전쟁과 마찬가지로 장사도 기회를 잘 포착하고 상대방의 허虛를 찔러야만 돈도 벌고 성공할 수 있는 법이오. 장사를 하는 사람이 이제껏 그것도 몰랐소? 그리고 조국이라는 것도 남南이 통일하든 북北이 통일하든 무슨 상관이란 말이오? 장사꾼은 오로지 장사만 할 뿐이오."

신덕규는 한 대 얻어맞은 기분이었다. 그 철저한 상술에 존경심마저 들었다. 그러나 그는 어렸을 때 본, 고국에서의 공산주의자들의 만행을 떠올렸다.

"하지만 당신도 언젠가는 공산주의자들 속에서는 장사하기가 힘들다는 것을 알게 될 것이오."

"설교는 필요 없소! 어서 결정이나 하시오. 난 지금 물건을 팔고 월남을 떠나려는 사람들 때문에 바쁜단 말요."

"알겠소. 처분하리다. 곧 이리로 오시오. 단, 달러로 가져오시오."

카우 영감의 말대로 포성이 어제보다 가까이 들렸다. 신덕규는 이제 고국에 돌아가면 무엇을 해서 먹고살까 생각하며 담뱃갑을 꺼냈다.

그는 돈에 한恨이 맺혀 있었다. 월남전에 참전한 것도, 또 조국을 떠나 월남 땅에 건너와 살게 된 것도 모두 돈을 벌기 위해서였다. 그는 가난이

포탄보다도 무섭다는 걸 어렸을 때부터 뼈저리게 느껴왔다. 6·25전쟁 직후 그의 아버지는 가난과 빚 독촉에 견디다 못해 처자식을 버린 채 농약을 먹고 자살했고, 그의 어머니는 올망졸망한 아이들을 거느리고 서울로 올라와 품팔이로 가족의 생계를 꾸려 왔었다. 어렸을 때 그는 늘 배가 고팠다. 허연 밀가루 풀죽이나 꿀꿀이죽마저 배불리 먹어 본 적이 별로 없었다. 어렸을 때의 가장 큰 소원은 하얀 쌀밥을 배가 터지도록 먹어 보는 것이었다. 다섯 형제의 장남이던 그는 조금 크면서 어머니를 도와 일을 하지 않으면 안 되었다. 껌팔이, 구두닦이, 신문팔이, 냉차장사, 아이스케끼 장사 등 안 해 본 것이 없을 정도였다. 그러나 다람쥐 쳇바퀴 돌 듯 그의 가족은 가난의 굴레에서 벗어날 수 없었다. 하루하루 입에 풀칠하기도 벅찼다.

그는 월남 파병이 본격화되었을 때 어머니의 눈물 어린 만류도 뿌리치고 자원입대하여 월남전에 뛰어들었다. 좀 더 돈을 벌기 위해 재파월까지 했다. 다행히 그는 총탄이 비 오듯 쏟아지는 전쟁터에서 살아남을 수는 있었지만, 두 번째 파월 때 전투 중 팔을 크게 다쳤다. 결국 본국으로 후송되었다가 제대하지 않으면 안 되었다. 그러나 그는 좌절하지 않았다. 건강이 어느 정도 회복되자 제대금과 모아 두었던 돈을 챙겨 다시 월남으로 건너오기에 이르렀다. 그리고 조그마한 식당을 시작했던 것이다.

아직도 그는 오른팔을 자유롭게 쓸 수 있는 처지는 아니지만, 그에게 그것은 큰 문제가 되지 않았다. 오로지 돈만 모을 수 있다면 그만이었다. 그 무렵 그의 꿈은 월남에서 돈을 벌어 고국에 돌아가 서울 중심가에 커다란 식당(그때에는 식당이란 이름 대신 회관이란 이름을 붙일 작정이었다)을 하나 내는 것이었다.

그가 이처럼 굳이 식당을 고집하는 것은, 지난날의 지독한 굶주림이 한이 되었기 때문이었다. 그에게 있어 먹을 것이 많은 식당은 그의 한을 풀어주는, 곧 풍요의 상징과도 같은 것이었다. 그는 주위 사람에게 곧잘 이런 말을 하곤 했었다.

"난 반드시 고국에다 커다란 식당을 하나 내고 말 테야. 하얀 쌀밥과 음식을 아주 푸짐히 마련해 어머니와 동생들, 껌팔이, 구두닦이, 넝마주이들을 죄다 불러 모아 크게 잔치를 벌일 거야."

이제 그의 이러한 꿈이 채 실현되기도 전에 월남 땅을 떠나지 않으면 안 될 처지가 되고 말았다. 피땀 흘려 모은 재산을 헐값에 넘긴다는 것은 더없이 괴롭고 억울한 일이긴 했지만, 목숨보다 돈이 더 소중할 수는 없는 일이었다. 월맹군의 적이었던 한국군. 그들을 향해 총알을 퍼부었던 그를 그들이 그냥 내버려 두지 않을 건 불을 보듯 뻔한 이치였다. 연거푸 줄담배를 피워 물면서 생각에 잠겨 있던 신덕규는 스스로 다짐이라도 하듯 목에 힘을 줘가며 뇌까렸다.

"억울하지만 할 수 없는 일이야. 하지만 난 반드시 서울 한복판에다 커다란 식당을 내고야 말 테야. 암, 그래야 하구 말구."

그는 두 주먹을 불끈 쥐었다. 그의 눈빛이 척후병의 그것처럼 매섭게 빛났다. 굶주림에 떨던 옛날의 기억들이 주마등처럼 신덕규의 뇌리를 빠르게 스치고 지나갔다. 다신 그 시절로 돌아가고 싶지 않은 괴로운 기억이었다. 신덕규는 그 기억을 떨치기라도 하듯 더욱 세게 두 주먹을 쥐었다.

아내, 빈

안재영은 비를 맞으며 사이공 시내를 천천히 걷고 있었다. 그는 실컷 비를 맞고 싶었다. 전쟁의 뜨거운 열기를, 그 비가 식혀 주었으면 하는 엉뚱한 생각을 하였다. 비를 맞음으로써 전쟁의 열기가 식혀진다면 그는 종일이라도 그렇게 돌아다닐 수 있을 것만 같았다.

그러나 포성은 계속 쿵쿵 울려 왔고, 하늘에는 수많은 미군 수송기들이 요란한 폭음을 내며 날아가고 있었다. 신덕규가 보고 놀란, 그 미군 수송기들이다. 길을 가던 월남 사람들이 걸음을 멈추고 잠시 비행기들을 바라보았다. 겁먹고 초조한 얼굴보다는 피곤하고 무표정한 사람들이다. 너무나 긴 전쟁에 시달려 왔기 때문일까. 아니면 열대지방 특유의 무기력한 기질 때문일까. 아무튼 월남 시민들은 무표정하고 무기력한 얼굴로 거리를 지나고 있었다.

지난밤, 안재영은 피난민들이 많이 몰려 있는 사이공의 국민학교 운동장에서 밤을 보냈었다. 처음 그는 신덕규의 식당으로 가 잠을 잘 생각이었다. 그러나 그는 피난민들로 가득한 초등학교 앞을 지나는 순간 마음을 바꿨다. 지금쯤 어느 낯선 곳에서 저들처럼 노숙하고 있을지도 모를 아내와 아들 생각이 불현듯 떠올랐다. 혼자만 편히 잠을 잔다는 것이 아내와 아들에게 죄를 짓는 기분이었다. 신덕규의 식당으로 갔다가 아내와 아들이 찾아오지 않았다는 허탈감과 좌절감을 직면하기도 두려웠다. 안재영은 피난민들 틈에 끼어 거의 뜬눈으로 밤을 보냈다.

산뜻한 아오자이에 커다란 노우를 쓴 젊은 여인이 자전거를 타고 그의 곁을 스쳐 지나갔다. 노우 아래로 긴 머리채를 엉덩이까지 늘어뜨린 것으로 보아 처녀인 듯했다. 월남의 부인들은 대개 머리를 위로 올리는 법이다. 안재영은 그 젊은 여인이 탄 자전거가 길모퉁이를 돌아 사라질 때까지 멍하니 바라보며 아내 빈을 생각했다.

아내 빈은 퍽 매혹적인 여인이었다. 얼굴도 희고 예쁜 데다가 성격도 발랄했다. 그러나 때로는 저녁노을을 바라보며 우수에 잠기기도 하는 감상적인 면도 있었다. 깨끗하고 하얀 아오자이를 즐겨 입었고, 자전거 타기를 좋아했다. 꽃이 만발한 거리에서 흰 아오자이를 입고 자전거를 타고 다니던 그녀의 모습은, 흡사 꽃 사이를 누비는 한 마리 나비 같았다.

밤이 되면 그녀는 색정적이었다. 속살이 훤히 들여다보이는 엷은 옷을 입고 교태를 부리는 그녀는 언제나 그에게 고혹적이었다. 남국의 시원한 밤바람처럼 그녀는 신선하고 열정적이었다. 황홀한 듯 눈망울을 빛내며 엷은 신음 소리를 낼 때의 그녀는 언제나 새롭고 충동적으로 다가왔다. 힘없고 약간 졸린 듯한 소극적인 낮과는 사뭇 다른 모습이었다. 그녀와 결혼 후 그의 체중이 부쩍 준 것도 남국의 더위 때문만은 아니었다. 하룻밤에도 몇 차례, 그녀에게는 깊은 속살 맛이 있어 그는 늘 황홀경에 빠졌던 것이다.

귀청을 때리는 듯한 요란한 폭음이 일더니 야자수 숲 저편에서 불길이 치솟아 올랐다. 월맹군의 로켓포가 월남군의 저유탱크나 탄약고를 때린 것일까. 안재영은 정신이 번쩍 들었다. 그는 주위를 둘러보았다. 어느새 병원 앞에 이르고 있었다.

월남군 트럭 한 대가 달려오더니 병원 앞에서 멎었다. 월남군 위생병들이 들것에 실린 부상병들을 하나씩 내렸다. 머리를 온통 붕대로 감은 부상병, 온몸이 피투성이가 되어 고통 때문에 고래고래 소리를 지르는 부상병도 있었다. 안재영은 월남군 위생병들이 두 명씩 짝을 지어 들것에 실린 부상병들을 옮기고 있는 광경을 물끄러미 바라보다가 깜짝 놀랐다. 위생병들 속에 그의 처남이 끼어 있었다.

"키엠"

안재영은 트럭에서 부상병을 내리고 있던 처남을 불렀다. 키엠은 그의 아내 빈의 동생으로 사이공 대학 법과에 다니다가 재작년엔가 월남군에 입대했다.

키엠은 자기를 부르는 소리에 주위를 두리번거리다가 안재영을 발견하고는 깜짝 놀랐다.

"매형!"

키엠은 옆에 있던 병사에게 얘기하고 안재영 앞으로 뛰어왔다. 그는 흙과 피가 뒤엉킨 너덜너덜한 군복을 입고 있었고 얼굴은 까맣게 그을려 있었다.

"어떻게 된 거예요. 매형? 아직두 안 떠났어요? 누이는…."

의아해하는 표정으로 키엠이 먼저 물었다.

"아버님이 중병에 걸렸다는 연락을 받고 퀴논에 갔는데 아직 안 돌아왔어."

고개를 옆으로 저으며 안재영이 대꾸하자 키엠은 눈을 동그랗게 떴다.

"퀴논엘…요? 거긴 벌써 적의 손에 떨어졌는데…."

"나도 알구 있어. 그래서 지금 걱정이야."

그때 트럭 앞쪽에 서 있던 월남군 하나가 손짓을 하며 키엠을 불렀다. 키엠은 급히 그리로 달려가더니 그와 몇 마디 얘기를 주고받고는 이내 돌아왔다.

"선임하사예요. 이십 분 후 떠나는데 그때까지만 시간을 주겠대요."

"이십 분 후"

안재영은 손목에 차고 있던 야광 시계를 힐끗 바라보고 나서 주위를 살펴보았다. 병원 바로 옆에 카페 하나가 있었다.

"저리로 갈까?"

안재영은 성큼성큼 앞장서서 걸어갔다. 키엠이 뒤에서 그를 따랐다. 월남군 위생병들의 두런거리는 말소리가 등 뒤에서 들려왔다.

카페 안은 화려했다. 늙은 펨프를 연상케 하는 마담이 카운터에 앉아 손톱을 다듬고 있다가 그들을 맞았다. 손님은 별로 없었다. 중년 사내 둘이 테이블 위에 지도 한 장을 펴놓고 뭔가 속삭이고 있었고, 한쪽 구석에서는 젊은 여인 하나가 천정을 올려다보며 앉아 있었다.

오렌지에이드 두 잔을 시키고 나서 안재영은 키엠의 군복에 붙은 상병 계급장을 바라보았다.

"상황은 어떤가?"

"계속 밀리고 있습니다. 절망적이에요."

안재영은 고개를 끄덕였다. 그는 남방 윗주머니에서 담뱃갑을 꺼내 셀렘 한 가치를 뽑아 물고는 키엠에게도 권했다. 키엠은 망설이지 않고 담배를 받았다. 키엠은 담배 한 모금을 깊숙이 빨고 나더니 담배 연기를 천천히 내뿜으며 조심스럽게 말했다.

"우리 군대가 이렇게까지 형편없는 줄은 정말 몰랐어요. 사령관이란 자들도 병사들 보고 싸우라고 하고는 자기들은 가족을 데리고 도망쳤어요. 그러니 병사들이 어디 싸울 맛이 나겠어요? 병사들도 싸울 생각은 않고 피난민들 속에서 가족을 찾아 도망치기에 급급해요. 전 우리 군대가 패하고 있는 건 미국이 원조를 거부해서가 아니라 군인들이 전의를 상실했기 때문이라고 생각해요. 만일 따이한 군대라면 이렇지는 않을 거예요."

키엠은 다소 흥분한 어조로 말했다. 불현듯 안재영의 뇌리에는 언젠가 키엠이 대학생일 때 반정부 시위를 벌이고 난 후 티우와 월남정부, 그리고 미국을 맹렬히 비난하던 모습이 떠올랐다.

안재영은 그러나 키엠의 얘기에는 별 관심이 없었다. 이미 아는 사실이었고, 무엇보다도 그는 아내의 소식을 듣고 싶었다. 주문한 오렌지에이드가 나왔을 때 안재영은 키엠에게 조용히 물었다.

"그보다도… 혹 누이 소식은 못 들었어?"

"아버님께서 아프시다는 얘긴 들었지만, 전 갈 수가 없었어요. 전 누이가 퀴논에 갔었으리라는 생각은 했지만, 지금쯤은 사이공에 돌아와 있거나 매형과 함께 월남을 떠난 줄로만 알았어요."

키엠의 얼굴빛이 점점 어두워져 갔다.

"퀴논에서 오는 피난민은 별로 없는 것 같아요. 아마 도로가 적에게 차단당했을 거예요. 퀴논에 있던 아는 사람 둘을 만나기는 했지만, 우리집 소식은 통 모르고 있더군요. 단지, 형이 월맹군 대위가 되어 퀴논에 나타났다는 것밖에는…."

"형이라면? 언젠가 정글로 들어갔다는 그 형 말인가?"

안재영은 결혼하고 나서 얼마 후, 아내 빈으로부터 그의 손위 처남이 되는 훅이 정글로 들어갔다는 얘기를 들은 적이 있었다. 그리고 월남에는 형과 아우, 아버지와 아들, 심지어는 부부 중에도 사상이 각기 다를 뿐만 아니라 남과 북으로 갈려 서로 싸우고 있는 사람들이 적지 않고, 이것도 저것도 아닌 회색분자도 상당수 있다는 것을 알고 있었다. 그러나 안재영은 그의 처남이 하나는 월남군으로, 또 하나는 월맹군으로 서로 싸우고 있다는 사실에 새삼 놀라지 않을 수 없었다.

"예, 형은 전부터 스스로 민족주의자임을 자처하며 이 땅에서 외세外勢를 몰아내야 한다고 외치고 다녔거든요. 하지만 전 달라요. 물론 저도 우리 월남이 외세에 지배당하는 건 원하지 않고, 또 부패한 티우 정권에 맹렬히 반대했지요. 그러나 전 공산주의자도 아니고, 오히려 공산주의에 혐오감을 가지고 있어요. 공산주의자들의 갖가지 만행과 공산주의 이념의 허구성을 똑똑히 보았거든요."

키엠은 오렌지에이드 잔을 들어 조금 마셨다. 안재영은 걱정스러운 눈빛으로 그를 바라다보았다.

"하지만, 이젠 어쩔 텐가? 이제 월남은 곧 망할 텐데…."

"망하겠죠. 머지않아 월남의 깃발은 내려지고 공산주의자들의 붉은 깃발이 사이공 하늘에 나부끼겠죠. 그리고 수많은 사람이 무참히 살해되거나 모진 고문을 받으며 세뇌될 거구요. 하지만 전 그렇게 되긴 싫어요. 끝까지 싸우다가 죽거나 아니면 베트콩들이 그러했듯 뜻맞는 동료들과 정글로 들어가 게릴라전을 벌일 거예요. 매형! 전 지금 그렇게 작정하고 있는 참이에요."

안재영은 키엠의 눈빛에서 비장한 결의를 보았다. 월남군 중에도 이런 군인이 있구나. 이런 군인이 바로 내 처남이라니, 안재영은 놀라움과 함께 뿌듯함을 느꼈다.

"매형, 어떻게 하실 거예요? 따이한은 모두 철수한다고 하던데…"

"글쎄… 누이가 돌아와야 할 텐데… 그래야 가든지…"

안재영은 머뭇머뭇 대답했다. 그러자 키엠은 안재영을 똑바로 바라보며 못을 박듯 말했다.

"매형, 떠나세요. 내 누이에게 정말 안 된 일이지만, 매형은 이곳을 떠나지 않으면 안 돼요. 놈들이 따이한 참전군이었던 매형을 그냥 둘 것 같아요? 그리고 만일 매형이 이곳에 남아 있다가 놈들에게 붙잡히면 누이에게도 불리해요. 누이는 따이한 참전군인의 아내이니까요. 매형이 없으면 형이 어떻게든지 손을 써서 누이를 살릴 수도 있는 일 아니겠어요? 그렇게 해서 두 분 다 살아남는다면 언젠가는 다시 만날 수도 있는 일이구요."

키엠의 얘기는 옳았다. 기실 안재영은 오늘까지 아내가 돌아오지 않는다면 내일 마지막 한국 해군 LST 편으로 월남을 떠나야만 한다는 생각이 커지고 있었다. 그는 아직 주월 한국대사관이 폐쇄되고, 내일 떠나기로 했던 한국 해군 LST 편이 취소되었다는 것을 모르고 있었다. 아무런 대꾸 없이 묵묵히 앉아 있는 안재영을 바라보던 키엠이 남은 오렌지에이드 잔을 비우고는 자리에서 일어섰다.

"이젠 가 봐야겠어요. 후송할 부상병들이 많거든요. 이게 매형과도 마지막일 것 같군요. 부디 잘 가세요. 그리고 건강하세요."

안재영은 말없이 따라 일어섰다.

카페 밖으로 나오며 안재영은 바지 호주머니에서 지갑을 뽑아 고액권 달러 한 움큼을 꺼내 키엠의 손에 쥐여 주었다. 가방가게와 물건을 판 돈과 이제까지 저축해 두었던 돈이다.

"필요할 때가 있을 거야."

"아니에요. 전 언제 죽을지 몰라요. 돈은 필요 없어요."

키엠이 돈을 받지 않으려 했다. 그러나 안재영은 키엠의 바지 호주머니에 돈을 쑤셔 넣어 주며 말했다.

"받아 둬. 네 누이와 함께 고생해서 번 돈이야. 혹 누이를 만나거든 전해 줘도 되잖아! 지금 내가 할 수 있는 일이란 이것밖에 없어."

키엠은 눈물을 글썽이며 돌아섰다. 병원을 향해 터벅터벅 걸어가는 키엠의 뒷모습을 물끄러미 바라보던 안재영은 그와 반대 방향으로 걸어가기 시작했다.

한월식당으로 가야겠다고 생각하며 빠른 걸음을 옮겨 놓고 있는데 불쑥 발 쪽에서 손 하나가 뻗쳐 왔다. 내려다보니 다 떨어진 옷에 맨발을 한, 열다섯 살쯤 되어 보이는 소녀가 어린아이를 가슴에 안은 채 손을 내밀고 있었다. 또다시 아내와 아들의 모습이 떠올랐다. 내 아내와 아들도 저렇게 되는 건 아닐까. 아니, 지금쯤 어디서 저러고 있는 건 아닐까. 아냐! 그럴 리가 없어. 안재영은 머리를 세차게 흔들며 달러 한 장을 꺼내 소녀 어머니의 손에 쥐여 주고는 서둘러 그 자리를 떠났다.

등 뒤에서 "깜옹 람람(대단히 감사합니다)"라고 하는 소리가 거듭거듭 들려왔지만, 그 소리가 그의 마음을 더욱 아프게 했다. 길모퉁이를 막 돌아섰을 때였다. 코앞에서 벽력같은 한국말이 터져 나왔다.

"야, 눈 똑바로 뜨구 다녀! 하마터면 부딪힐 뻔했잖아."

그러더니 이내,

"아니, 안 형?"

하는 온화한 목소리로 바뀌었다. 안재영은 고개를 쳐들고 상대방을 바라보았다. 뜻밖에도 야자수 무늬가 그려진 남방을 입고 겸연쩍게 웃고 서 있는 사내는 최광옥이 아닌가. 그리고 그의 팔에는 머리채를 늘어뜨린 월남 여인 하나가 매달려 있었다. 몸매가 가냘프고 얼굴 윤곽이 제법 뚜렷하며 눈망울이 큰 여인이다. 피부 색깔은 까무잡잡했다.

"어떻게 된 거요. 최 형?"

안재영은 그들을 번갈아 쳐다보며 물었다. 그러자 최광옥은 어깨를 가볍게 으쓱해 보이더니 눈짓으로 길 건너편에 있는 호텔을 가리켰다.

"어젯밤 마지막 정을 나눈 거지 뭐… 어찌나 울고불고 매달리는지 혼났수다."

"애인?"

"뭐, 그런 셈이지. 사이공에 혼자 와 있다 보니… 이게 사는 재미 아니겠수? 한국까지 따라가겠다는 걸 겨우 달래 놓았어."

"왜? 데려가잖구?"

안재영이 웃으며 말했다.

"미쳤수? 누구 죽는 꼴 보려구 그러슈? 한국에 마누라가 시퍼렇게 살아 있는데… 농담이라도 그런 소린 하지 마슈."

"그럼.… 재미 많이 보슈. 난 먼저 갈 테니까."

안재영은 그 자리를 떠나려 했다. 그러자 최광옥이 그를 붙잡았다.

"어딜 가려구? 한월식당에?"

“응.”

“그러지 말구 나와 같이 갑시다. 그러잖아두 지금 헤어질 참이었거든? 내 구슬려 돌려보낼 테니 조금만 기다려 주슈.”

최광옥은 월남 여인을 데리고 저쪽에 있는 골목으로 갔다. 안재영은 그 자리에 선 채 하늘을 올려다보았다. 어느새 비가 그쳤고 하늘을 뒤덮었던 먹구름이 남쪽으로 서서히 밀려가고 있었다. 멀리 북동쪽으로는 안재영의 마음과는 대조적으로 새파란 하늘이 보였다.

그때 최광옥이 빙긋 웃으며 다가왔다. 월남 여인이 그의 뒤를 따라오며 눈물을 흘리고 있었다. 그러더니 그녀는 걸음을 멈추고는 못내 서운한 표정을 지은 채,

“웃기지 마라. 웃기지 마라.”

서툰 한국말을 되뇌며 최광옥을 향해 손을 흔드는 것이었다. 그러자 최광옥도 그녀를 향해 손을 흔들어 보였다. 그리고 “웃기지 마라”를 연발했다.

안재영은 영문을 알 수 없어 고개를 갸웃거렸다. 헤어지는 마당에 ‘웃기지 마라’라니. 그것도 눈물을 흘리며.

안재영은 최광옥에게 한 마디 묻지 않을 수 없었다.

“웃기지 마라라니? 그게 무슨 뜻이요?”

최광옥은 한쪽 눈을 찡긋해 보이며 안재영을 잡아끌었다. 빨리 가자는 거였다. 이윽고 그녀가 보이지 않는 곳에 이르자 최광옥은 안도의 한숨을 내쉬며 혼잣말처럼 투덜댔다.

“내 저렇게 끈질긴 월남 여잔 처음이야. 달러구 뭐구 필요 없으니 한국엘 데려가 달라지 뭐야. 설득하느라 진땀 뺐어. 하마터면 꼼짝없이 발

목 잡힐 뻔했어. 씨-팔!”

최광옥은 안재영의 얼굴을 한번 슬쩍 보더니 말을 이었다.

“세상에 저런 여자만 있으면 오입질도 못 해 먹겠어.”

최광옥은 길바닥에 침을 탁 뱉고는 뒤를 흘끗 돌아다보았다.

“그보다도… 아까 그 말이 무슨 뜻이오? 웃기지 마라라니… 장난치는 것 같지도 않던데…”

“아, 그거…”

최광옥은 갑자기 큰소리로 웃었다. 안재영은 발걸음을 늦추며 그를 바라보았다.

“뭐, 별거 아니오. 어젯밤 ‘당신만을 사랑해’를 한국말로 뭐라고 하냐고 묻길래 그냥 ‘웃기지 마’라고 대꾸해 줬더니만 그 말을 외워 두었다가 아까 써먹은 거지. 정말 웃기는 얘기지 뭐야. 이제 영영 떠나는 마당에 나만을 사랑해서 어떡하겠다는 건지. 원…”

최광옥은 피식 웃었다. 그러더니 다시 말을 이었다.

“그래두 한국 여자가 제일 낫습디다. 월남 여자, 중국 여자, 인도 여자까지 다 섭렵했지만 그래도 한국 여자가 최고더라고요.”

안재영은 씁쓸한 기분이 들어 아무런 대꾸도 하지 않고 걸었다. 그제야 최광옥은 안재영의 아내가 월남 여자라는 사실을 깨달은 듯 멋쩍게 웃으며 얼른 토를 달았다.

“물론 예외는 있지요. 월남 여자들 중에도 괜찮은 여자도 꽤 있다고 합디다만…”

그때였다. 요란한 소리와 함께 오토바이 한 대가 곁을 스쳐 가는가 싶더니 도로가를 따라 걷던 최광옥의 옷에 흙탕물을 흠뻑 튕겼다. 순간, 최광옥은 쏜살같이 달려가는 오토바이를 향해 욕설을 퍼부어댔다.

"씨-발 새꺄! 눈 똑바로 뜨구 다녀! 에랏, 이 호랑말코 같은 자슥아!"

두 사람이 한월식당의 문을 밀고 들어갔을 때 신덕규는 의자에 비스듬히 걸터앉아 손끝에 침을 퉤퉤 뱉어 가며 달러를 세고 있었고, 그의 아내 트란티판은 식당에 딸린 방에서 뭔가 부산히 움직이고 있다가 그들을 보고는 인사를 했다. 별로 두드러질 게 없는, 평범한 월남 여인이다. 밖에 나갔는지 신덕규의 두 딸은 보이질 않았다.

"형님, 뭐 하슈?"

신덕규 곁으로 바싹 다가가며 최광옥이 묻자 신덕규는 그를 힐끗 쳐다보며 퉁명스럽게 대꾸했다.

"보면 몰라? 돈 세는 거지… 가겔 처분하고 받은 돈이야. 노랭이 영감, 우리 대사관이 폐쇄되었다니까 값을 또 후려치잖아. 드럽고 아니 꼬아서 원…."

"대사관이 폐쇄되다뇨?"

최광옥이 깜짝 놀라 물었다. 혹 아내와 아들이 와 있나 해서 방과 주방을 기웃거리던 안재영도 귀가 번쩍했다. 최광옥과 안재영이 놀라는 것을 본 신덕규는 세던 달러를 바지 주머니에 쑤셔 넣으며 쏘아붙였다.

"왜들 그리 놀래? 여태 뭘 하구 돌아다니느라구 그것도 모르고 있었어? 여기서 눌러 살 작정이야? 오다가 태극기가 내려진 것두 보지 못했어?"

"젠장, 할 일 없어서 태극 깃발이 매달려 있나, 없나… 살피고 다닙니까? 맨날 매달려 있었으니까 오늘도 매달려 있겠거니 했죠. 꽁까이 팬티나 부라자가 매달려 있다면 또 모를까… 누가 일일이 신경을 쓰고 있답디까.”

최광옥이 빈정거리듯 말하자 신덕규가 버럭 고함을 쳤다.

“바보 같은 소린 집어쳐! 지금이 농담 따 먹기나 하구 있을 땐 줄 알아! 내일 떠나기로 되어 있던 해군 LST 편도 취소됐단 말이야. 알고 있기나 해?”

그때 안재영이 나섰다.

“그러면 어떻게 되는 겁니까? 대사관이 폐쇄되고 해군 LST가 취소됐다면….”

신덕규는 안재영을 잠시 바라보더니 자신이 주월 한국대사관에 가서 보고 들었던 것을 자세히 얘기해 주었다. 그리고는 방금 연락을 받았는데 내일 아침 일찍 미국대사관으로 가서 기다리고 있어야만 미군 헬리콥터를 탈 수 있다는 얘기를 덧붙였다.

안재영은 더욱 우울해졌다. 이젠 정말 사이공을 떠나야 할 때가 온 것 같구나. 사랑하는 아내와 자식을 버리고… 그들은 어떻게 된 걸까? 또 앞으로 어떻게 될까? 가야 하는 걸까? 가지 말아야 하는 걸까….

“안 형, 기분도 그렇잖은데 한 고뿌 하러 갑시다. 내가 근사하게 한 잔 살 테니까… 어차피 내일이면 영원히 떠나 버릴 땅, 술로서 모든 걸 잊읍시다.”

안재영의 괴로운 심정을 눈치챈 최광옥이 슬며시 유혹했다. 그러잖아도 안재영은 입술이 바싹바싹 타고 목이 칼칼하던 터였다. 확확 달아오르는 양주를 곤죽이 되도록 실컷 마시고 취하고 싶었다. 그래야만 모든 괴로움과 죄책감을 잊을 수 있을 것 같았다. 그는 고개를 두어 번 끄덕거렸다.

"왜, 여기서 마시잖구? 가게와 함께 술병도 넘기기는 했지만. 오늘 밤 마실 건 남겨 뒀다구."

신덕규의 이 말에 최광옥이 픽 웃었다.

"형님두… 오늘 같은 날, 이런 하품 나는 곳에서 술 마시게 됐어요? 동양의 진주 사이공과 작별하는 마당에… 마지막으로 사이공에서 화려한 밤을 보내야지요. 형님은 그 잘난 달러나 계속 세고 계슈."

최광옥이 안재영을 잡아끌었다. 안재영은 최광옥에 이끌려 밖으로 나갔다. 밖은 아직도 훤했고, 포성과 로켓포 소리는 더욱 크게 들렸다. 전쟁 냄새가 물씬거린다. 이미 전쟁에는 익숙할 대로 익숙해졌기 때문일까. 안재영은 자신이 고요한 어항 속에서 유유히 헤엄치는 한 마리 물고기 같다는 생각을 했다.

그들은 택시를 잡아타고 사이공 유흥가로 들어갔다. 전쟁과는 아무런 상관이 없다는 듯 유흥가에는 여전히 화려함이 넘쳐흘렀고 바와 카페, 댄스 홀이 줄지어 늘어서 있었다. 요란한 로큰롤의 밴드 음악도 들려왔다. 최광옥과 안재영은 '염가봉사, 사이공에서 가장 뜨거운 미희美姬들 있음'이라고 쓴 광고판이 나붙은 바 앞에서 걸음을 멈췄다. 립스틱을 새빨갛게 칠하고 짙은 화장 내를 풍기는, 늘씬하고 육감적인 여자들이 달려와 두 남자에게 아양을 떨었다.

"요것들이 바가지 씌울 준비를 단단히 하고 있구나… 알궂다. 마지막으로 바가지 한번 써 주마."

반쯤 드러난 여자의 풍만한 젖가슴을 음탕하게 바라보며 중얼거리던 최광옥은 바 문을 밀고 들어갔다. 그 옆에 서 있던 안재영도 최광옥의 뒤를 쫓아 안으로 빨리듯 들어갔다.

탄손누트

탄손누트에 있는 월남 공군사령부는 혼란의 도가니였다. 공군사령부 소속의 장군과 영관급 장교 백여 명이 모여 웅성거리고 있었고, 간간이 육군 장성들도 눈에 띄었다. 월남 부통령과 수상을 지낸 바 있는 구엔 카오 키의 모습도 보였다.

이 무렵 월남 공군 사령관은 미군 측으로부터 월남 공군 소속의 F5기들을 모두 태국이나 필리핀 등지로 소개疏開시키라는 명령을 받고 있었고, 공군사령부에 모여 있는 월남군 고급 장교들은 미군 측으로부터 소개 명령이 떨어지기만을 목 빠지게 기다리고 있었다.

공군사령부 소속 무오 소령은 아까부터 복도에 서서 창밖만 내다보고 있었다. 멀리 보이는 바나나 숲 쪽에서 박격포와 대포, 기관총 소리가 요란했다. 아내와 아이들은 이미 미군 수송기 편으로 철수시킨 터라 안심이 되기는 했다. 자신의 안전한 철수도 이미 보장되어 있었으나 그는 죄책감을 떨치지 못하고 있었다.

월남이 망해도 나와 내 가족은 살아남을 수 있다. 아마 미국에 가서 전쟁의 공포 없이 편하게 살게 될 것이다. 그러나 고국 월남을 떠날 수 없는, 수많은 군인과 경찰, 관리, 반공주의자들, 그리고 그 가족들은 어떻게 될 것인가. 모두 죽임을 당하거나 모진 학대를 받게 될 것이다.

그런데 난 뭔가. 지금도 수많은 군인이 전쟁터에서 죽어가고 있는데, 난 편안히 앉아서 철수를 기다리고 있지 않은가. 싸움 안 하는 군인, 싸움을 피하는 군인, 자기 목숨만을 생각하는 군인은 이미 군인이 아니다. 그저 비겁자다.

우리 월남에는 비겁자가 너무 많다. 대통령이었던 티우는 국민을 버리고 벌써 도망쳤다지 않은가. 병사들을 지휘해 적과 싸워야 할 지휘관들은 자기와 자기 가족의 안전만을 생각하며 도망치고 있지 않은가. 우리 모두는 비겁자다. 아. 조국을 버리고 가면 어디로 간단 말인가. 그때 발자국 소리가 다가오더니 무오 소령의 등 뒤에서 멎었다.

"뭘 그리 깊이 생각하시오?"

무오 소령은 고개를 뒤로 돌렸다. 구엔 대령이 웃으며 서 있었다.

"아, 아닙니다."

무오 소령이 얼른 부동자세를 취하자 구엔 대령은 손을 내저었다.

"편히 쉬시오. 나도 바람 좀 쐴까 해서 나온 것이니까. 무오 소령, 마음이 착잡한 모양이구려"

무오 소령이 고개를 끄덕였다. 구엔 대령은 그에게 담배 한 가치를 권하고는 자신도 담배를 피워 물었다. 윈스턴이다.

"하긴 나도 괴롭소. 공산군 손에 부친을 잃고도 원수를 갚기는커녕 이렇게 쫓기는 판이니, 정말 분하고 원통한 일이오. 합참본부나 작전본부 같은 데선 대체 뭘 하고 있는 겁니까? 놈들이 개미 떼처럼 몰려오고 사이공이 사방에 노출되고 있는데도 비행기를 제대로 띄우지 않고 있으니… 미 공군이 도와주지 않으면 우리 혼자라도 싸워야 할 게 아닙니까.”

담배를 쥔, 무오 소령의 손끝이 가늘게 떨리고 있었다.

“알고 있잖소? 우리 공군이 부품과 연료난에 허덕인다는 걸. 게다가 정비병들의 기술도 부족하고… 지금 우리 공군은 한꺼번에 12대 이상의 비행기를 띄울 수 없는 형편이오.”

“이건 애초에 미군이 우리 공군을 잘못 가르쳤기 때문입니다.”

원래 월남 공군은 프랑스인들의 도움을 받아 창설되었고 정비 기술도 그들로부터 배웠다. 프랑스인들은 월남인 정비공들에게 정비 기술을 가르치며 부품을 바꿔 넣고 엔진을 수리하는 법, 임시로 쓸 수 있는 법 따위를 자세히 가르쳐 주었었다. 그런데 월남에 미군이 들어오면서 이 같은 방법은 크게 바뀌고 말았다. 즉, 미군 정비병들은 월남인 정비병들에게 부품이나 엔진을 바꿔 넣고 수리하는 법 대신 아예 낡은 엔진은 그냥 갖다 버리고 그 자리에 새 엔진을 바꿔 넣는 법을 가르쳤던 것이다.

처음 월남에 온 미군 정비병들은 월남인 정비병들이 점화전點火栓을 주머니칼로 긁고 문지르며 수리하는 걸 보고는 크게 놀랐다.

“제발, 그런 일은 집어치우시오. 사람들이 다 당신네처럼 한다면 미국 경제는 대체 어떻게 되겠소? 저 밖에 그런 것이 백만 개나 있으니, 그걸 갖다 쓰시오.”

그러나 이러한 방법은 미군이 월남에 주둔하거나 월남을 도와줄 때만 가능한 것이었다. 미군이 월남을 떠나고, 또 부품 공급마저 해주지 않는 마당에서 월남 정비병들은 비행기 엔진 하나 제대로 못 고치고 손을 놓고 있을 수밖에 없었다.

“이제 와서 미국을 원망하면 무엇 하겠소? 다 우리가 못난 탓이지.”

"정말 미국이 우리를 버릴까요?"

무오 소령은 한 가닥 미련을 버리지 못하고 이렇게 물었다.

"미국이 우리를 버리지 않을 생각이라면 왜 뒷짐을 지고 가만히 있겠소? 지금까지도 정치적 협상이 가능하다고 보고 있는 사람들도 있는 모양이지만, 그것은 어리석은 착각에 불과하오. 월남 땅을 거의 장악하고 완전한 승리가 눈앞에 보이는데 무엇 때문에 협상한단 말이오?"

그 무렵 미국은 공산군 측과의 협상을 위해 그들의 요구대로 티우 대통령을 사임시켰고, 티우의 후임으로 대통령이 된 후옹마저 일주일 만에 다시 사임시켰다. 그리고 민 장군을 새로 대통령 자리에 앉혔다. 그러나 월맹은 월남군에게서 빼앗은 전투기 세 대를 독립궁 위에 띄워 위협 시위를 하고 있었다. 이것은 그들이 협상할 의도가 전혀 없고 힘으로 사이공을 빼앗겠다는 상징적인 의미였다.

구엔 대령은 잠시 말을 멈추고 창밖을 바라보았다. 순간, 그는 소스라치게 놀랐다. 두 대의 비행기가 공중에서 곤두박질하듯 내려오더니 기지에 폭탄 세례를 퍼붓는 게 아닌가.

"적기닷!"

그의 외침 소리와 거의 동시에 쾅, 쾅, 쾅 폭음이 들렸고 거대한 불기둥이 치솟는 것이 보였다. 사령부 안에 일대 소동이 벌어졌다. 각 방에 있던 고급 장교들이 일시에 쏟아져 나오며 숨을 곳을 찾기 위해 이리저리 뛰어다녔다. 구엔 대령과 무오 소령은 잠시 머리를 숙였다가 다시 창밖을 내다보았다. 지상에 있던 월남군 비행기들이 거대한 오렌지 색깔의 화염을 일으키며 폭발하였다. 기지 주변에 불길이 치솟고 있었다. 건물이 심하게 뒤흔들렸다.

"뭣들 해! 빨리 올라가잖구."

구엔 대령이 젊은 조종사들을 향해 소리쳤다. 그러자 일단의 젊은 조종사들이 밖으로 뛰쳐나갔다. 구엔 대령과 무오 소령도 달려 나갔다.

"짚차를 타라! 전투기 쪽으로 가야겠다."

구엔 대령이 지프차의 운전대를 잡으며 다시 외쳤다. 조종사들은 몸을 날려 지프차에 올라탔다. 지상에 있는 전투기 쪽으로 지프차가 전속력으로 질주하고 있을 때 적기 한 대가 지프차를 향해 쏜살같이 내려왔다.

"적기가 내려온닷!"

누군가가 소리쳤다. 이때 적기의 기관포가 불을 뿜었다. 따따따 닷… 조종사 두 명이 외마디 비명을 지르며 고꾸라졌다. 지그재그로 달리던 지프차가 끽 소리를 내며 멎었고, 지프차에 탔던 조종사들은 움푹 파인 웅덩이 속으로 뛰어들었다.

티우 소령의 팔에서 피가 흐르고 있었다.

"괜찮아?"

무오 소령이 그를 부축하며 물었다. 티우 소령은 애써 웃어 보였다.

"음, 한 방 맞았어."

다시 적기가 내려오며 기총소사를 퍼부었다. 총알이 튕겨 오르며 귀청을 뒤흔들었다. 이어 지프차가 폭발했다. 월남군의 대공포가 계속 불을 뿜고 있었지만 적기는 떨어지지 않았다.

구엔 대령은 불끈 쥔 주먹을 바르르 떨며 입술을 깨물었다. 개새끼들, 가만두지 않겠다.

"나가자! 어떻게든지 전투기를 타야 한다."

구엔 대령이 웅덩이에서 몸을 솟구치더니 전투기 쪽을 향해 달려갔다. 무오 소령과 다른 조종사들도 급히 그 뒤를 따랐다. 지상에서는 월남군 전투기, 전폭기들이 요란한 폭음을 내며 계속 파괴되고 있었다. 쓸만한 비행기가 별로 눈에 띄지 않았다.

"됐어! 여기 쓸만한 게 하나 있군. 두고 보자. 네놈들의 날갯죽지를 분질러버릴 테니까."

구엔 대령은 파괴되지 않은 전투기 한 대를 발견하고는 기체에 오르려 했다. 그때 조종사 하나가 손가락을 뻗어 활주로를 가리키며 소리쳤다.

"대령님, 위험합니다! 활주로가 폭탄 구멍투성이에요. 도저히 뜰 수가 없어요!"

무오 소령도 활주로를 바라다보는 순간 비행이 절대 불가능하다는 사실을 깨달았다. 적기가 떨군 폭탄을 맞아 활주로 곳곳에 커다란 구멍이 뚫려 있었다.

"안 됩니다. 대령님! 저런 활주로 위를 달린다는 건 자살행위나 다름없습니다!"

무오 소령의 외침 따위는 상관없다는 듯 구엔 대령이 탄 전투기는 벌써 활주로를 향해 미끄러져 가고 있었다. 무오 소령과 조종사들은 손에 땀을 쥐고 그 광경을 지켜보았다. 그러나 활주로 위를 달려 나가던 구엔 대령의 전투기는 이내 폭탄 구덩이에 바퀴가 걸리며 나뒹굴더니 곧이어 폭발하고 말았다.

"대령님…"

조종사들은 안타까웠지만 슬퍼하고 있을 겨를이 없었다. 사방에서 비행기가 폭발하고 불길이 치솟고 있었으므로 그곳에 있다가는 죽을 게 뻔했다. 급히 몸을 피했다. 폭탄을 다 떨군 적기는 북동쪽 하늘로 유유히 사라졌다. 적기 때문에 피해는 엄청났다. 지상에 있던 월남군 비행기 수십 대와 활주로, 기지 부속 건물이 파괴되었고, 사상자들도 많았다. 전기도 끊어졌다.

후끈하고 습기 찬 바람이 불어왔다. 매캐한 내음도 풍겨 왔다. 무오 소령은 건물 벽에 기대앉아 허탈한 표정으로 기지 쪽을 바라다보고 있었다. 소방차들이 앵앵거리며 불타고 있는 비행기 쪽으로 다가가고 있었고, 소방수들은 불길 속에 소방호스를 들이밀고 있었다. 불이 꺼진, 전투기·전폭기의 잔해가 흉측했다. 구엔 대령이 탔던 전투기의 잔해에서는 아직도 불길이 치솟아 오르고 있었다.

손에 들고 있던 맥주 깡통을 따며 무오 소령은 수치심에 몸을 떨었다. 공군사령부로 오기 전 전투비행대에서 근무하며 적진에 수많은 폭탄과 기총소사를 퍼부어댔지만, 이런 패배를 맛보기는 처음이었다. 이런 완전한 패배는 씻을 수 없는 굴욕이었다. 그래, 적기 두 대에 아군기 수십 대가 떠 보지도 못하고 고스란히 당할 수 있단 말인가. 난 뭘 했던가. 구엔 대령이 위험을 무릅쓰고 전투기를 몰고 갈 때 난 선뜻 전투기에 올라타지 않았다. 구엔 대령도 활주로가 파괴되었다는 걸 모르지 않았을 것이다. 자신의 목숨이 귀하다는 것을 모르지 않았을 것이다. 그러나 그는 용감하게 싸우려 했고 장렬히 전사했다. 이렇게 살아서 미국까지 간다고 해도… 결코 부끄러움을 떨쳐 빌 수 없을 것이다. 무오 소령은 일생 수치심이 자신을 따라다닐 것을 알았다. 무오 소령은 입도 대지 않은 맥주 깡통을 땅바닥에 내동댕이치며 벌떡 일어섰다. 그리고는 그것을 발길로 냅다 걸어찼다.

밤이 되자 월맹군과 VC들이 기지에 박격포탄과 로켓탄을 쏘아 댔다. 어디서 날아오는지 방향을 가늠하기 힘들 정도로 포탄은 사방에서 날아왔다. 그것은 탄손누트에 대한 공산군의 대공세가 본격적으로 시작되었음을 의미하는 것이었다.

그들도 이곳을 점령하면 사이공은 곧 무너지고 말리라는 것을 알고 있을 것이다. 공군사령부와 기지는 또 한 번 아수라장이 되었다. 촛불을 켜 놓고 C레이션을 까먹던 고급 장교들이 혼비백산하여 대피하는 모습이 눈에 들어왔다. 무오 소령은 헬리포트로 달려갔다. 헬리콥터 조종사들이 무장헬기 건쉽에 오르고 있었고, 건쉽의 양쪽 도어 곁에 자리 잡은 기관총 사수들이 M60에 탄피를 재고 있었다.

"출동이오?"

가장 가까이에 있는 건쉽의 조종석으로 다가가며 무오 소령이 물었다. 조종석에 앉아 이륙 준비를 하고 있던 류 소령이 그를 흘끗 바라보면서 고개를 끄덕였다. 서로 잘 아는 사이였다.

"나도 가겠어."

무오 소령이 기내로 뛰어오르자 헬기는 곧 이륙했다. 다른 헬기들도 요란한 프로펠러 폭풍을 일으키며 이륙하고 있었다. 기지 사방에 불이 붙고 있었다. 적의 박격포탄과 로켓탄이 기분 나쁜 소리를 내며 계속 날아왔다.

헬기는 나뭇가지 위로 낮게 날아갔다. 적이 도처에 숨어 있을 것이므로 아주 높게 날든지, 아니면 아주 낮게 나는 것이 오히려 안전하다.

"놈들의 공격지점을 찾아내 박살을 내고야 말겠어."

입술을 지그시 깨물며 무오 소령이 처음으로 입을 열었다. 기관총을 움켜쥐고 있는 사수들의 눈빛이 매섭게 빛났다. 이륙한 헬기는 모두 네 대였다. 적이 숨어 있는 곳으로 보이는 지점의 상공에 이르자 선두 헬기가 갑자기 서치라이트를 훤히 켰다. 적의 총격을 유발해서 정확한 공격지점을 찾기 위해서였다. 한편 그것은 자신을 노출하는, 실로 위험한 일이었다. 예상대로 어두컴컴한 밀림에서 요란한 총성이 터져 나왔고, 적의 조명탄이 솟아올랐다.

"저기닷! 적의 공격지점을 발견했다! 때려 부수잣!"

무전기에서 흥분한 목소리들이 쏟아져 나왔다. 그러나 다음 순간, 선두 헬기가 밀림 속으로 곤두박질쳤다. 적탄에 명중된 것이다. 무오 소령은 아래를 내려다보았다. 추락한 헬기가 폭발하여 커다란 불덩이가 치솟는 것이 보였다. 그가 탄 헬기 주위에도 총탄과 포탄이 빗발치듯 올라오고 있었다. 류 소령이 헬기를 S자형으로 조정하며 명중을 피했다. 앞서가던 2번기가 하강하며 로켓포탄을 퍼부었다.

"좋다! 나도 간다!"

류 소령의 3번기도 밀림 속에 로켓포탄을 쏘기 시작했다. 기관총 사수들도 총구를 아래로 향하고는 상반신을 들먹이며 미친 듯이 갈겨댔다. 자동 조준식 수류탄 발사기도 가만 있질 않았다. 그 요란함에 무오 소령은 넋이 빠질 지경이었다.

밑에서는 적의 대공포와 기관총, 총 따위가 계속 불을 뿜어대고 있었다. 옆에서 갑자기 굉장한 폭음이 들리며 대낮 같은 불빛이 비쳤다. 바로 곁에 있던 4번기가 적의 대공포화에 맞아 공중에서 폭발한 것이다.

"안 되겠어! 적의 저항이 너무 완강해."

류 소령은 마지막 로켓포탄을 퍼붓고 나서 조종간을 힘껏 잡아당겼다. 기체가 하늘로 솟구쳐 올랐다. 그는 무전으로 인근에 있는 공군기지들을 불러댔다. 한참 만에야 가까스로 매콩강 삼각주에 있는 칸토 공군기지와 연락을 취할 수 있었다. 다행히 칸토 공군기지는 무사했고, 전투기들을 보내 주겠다는 회신을 보내왔다.

이윽고 넉 대의 월남공군 전투기가 다가왔다. 류 소령은 무전으로 그들을 불렀다.

"밑에 적의 로켓트 진지가 있다. 우리가 유도하겠다."

"알겠다. 곧 공격을 시작하겠다."

1번 전투기가 수직으로 급강하하더니 불길이 솟아오르고 있는 밀림에 네이팜탄을 퍼부었다. 류 소령은 저공으로 비행하면서 계속해서 소리를 쳤다.

"지금 때린 곳에서 약 50피트쯤 왼쪽을 때려라!"

월남군 전투기들은 차례로 급강하하며 류 소령이 일러 준 공격지점에 네이팜탄을 투하하고 기관포 사격을 가하기 시작했다. 밀림이 온통 검붉은 화염에 휩싸이더니 마침내 적의 로켓트 진지에 네이팜탄이 명중했다. 완강하던 적의 포성과 총성도 차츰 줄어들었다. 무오 소령은 가슴이 후련하도록 통쾌했다.

"됐어! 계속 때려 부수라구. 놈들을 아주 박살 내야 한단 말야!"

목이 터져라 소리치고 있는 무오 소령의 눈에서 눈물이 흘러내렸다. 류 소령과 기관총 사수들도 울고 있었다. 무오 소령은 탄손누트 기지에서 전사한 구엔 대령을 생각했다. 대령님, 이제야 분이 좀 풀리는 것 같군요….

그러나 그들의 승리는 짧았다. 그들이 탄 헬기가 사이공 외곽지대에 있는 나베의 셀 저장소에서 주유를 받고 탄손누트 기지로 돌아왔을 때 적은 또다시 탄손누트 외곽에서 탄손누트 기지를 향해 맹렬히 공격하고 있었던 것이다. 소련제 대형 130밀리 포가 기지 곳곳을 강타했고, 적의 포탄을 맞은 유류 저장소에서는 불길이 치솟았다. 탄손누트 외곽에서는 총성이 밤새 그치지 않았다. 무오 소령은 폐허가 된 활주로를 바라보며 가슴이 찢어지는 듯했다.

탈출

　바(bar) 안은 전체적으로 동굴처럼 어두운 분위기였으나 천장 한가운데 매달린 커다란 샹들리에의 불빛은 화려하면서도 은은했다. 안재영과 최광옥은 여자의 나신裸身 모양으로 생긴 램프가 놓인 테이블을 사이에 두고 앉아 위스키를 마시고 있었다.

　그들 옆의 여자들은 스스로를 이름 대신 '황색 장미'와 '들꽃'이라 했다. 둘 다 가슴이 풍만하고 섹시해 보이는 월남 여인이었지만, '황색 장미'는 월남 여인으로서는 보기 드문 글래머형에다 머리를 약간 노르스름하게 염색하고 있다. '들꽃'은 아직 소녀티가 가시지 않은 앳된 모습이다. 홀 안에는 강렬하면서도 짜릿한 음악과 애타게 호소하는 듯한 감미로운 음악이 번갈아 흘러넘쳤다.

　몇밖에 되지 않는 손님들 중엔 서양인 사내들이 미끈하게 빠진 아가씨들을 무릎 위에 앉히고 시시덕거리는 것도 보였다. 그들은 자기 앞의 테이블 위에 각각 지폐 몇 장씩을 얹어 놓고 위스키를 한 잔씩 시킬 때마다 지폐 한 장을 내놓으며 술을 마시고 있었다. 음미하며 조금씩 위스키를 마시고 있는 그들과는 달리 무릎 위에 앉은 여자들은 위스키를 얼른 비우고 또 술을 시키며 아양을 떨었다.

안재영은 서양인들이 미국인이 아닌 프랑스인일 거라고 생각했다. 도망치기에 바쁜 미국인들이 한가하게 바에 앉아 술을 마시고 있을 리는 없다. 아직 사이공에 많은 미국인이 남아 있다고는 하지만 그들은 이제 꽁지 빠진 닭이나 다름없다. 한때 달러를 마구 뿌리며 월남이 마치 제 것인 양 거들먹거리던 미국인들의 전성시대는 영영 가 버리고 만 것이다.

그는 그 무렵 사이공이 프랑스판이 되어 가고 있다는 사실을 이미 알고 있었다. 사이공의 유명한 테니스 및 수영클럽이며 미군의 고급 장교들이 미녀들과 함께 즐겨 찾던 '세콜 스포피프'가 이제는 다시 프랑스판이 되어 프랑스인들이 그곳에서 베르뭇 포도주를 마시며 흥청거리고 있었던 것이다. 과거 월남을 식민지로 지배하다 쫓겨났던 프랑스인들은 그들이 월맹과 미국의 파리 평화협정을 중재하고 월맹에 적대행위를 하지 않았으므로 미국의 월남 철수가 오히려 그들에게 잃었던 옛 영광을 찾게 해 줄 것이라며 기뻐하고 있었다.

처음에는 안재영과 최광옥은 바텐더 앞에 앉아 잔술을 마셨다. 그렇게 석 잔씩을 마셨을 때 최광옥이 갑자기 바텐더에게 말했다.

"바텐, 테이블로 자리를 옮겨 병술을 마시겠어요. 이거 잔술을 마시자니 감질나서 원… 알잖소? 따이한의 주량이 세다는 거… 만일 안 된다면 나가겠소."

바텐더와 그들 사이사이에 끼어 앉았던 여자들이 싫은 기색을 보였지만 결국은 승낙했다. 테이블로 자리를 옮기자 최광옥은 빙긋이 웃었다.

"말이지… 다른 사람 눈은 속여도 날 속일 순 없어. 아까 이 여우들이 마신 위스키는 가짜라구. 싸구려 음료수로 위스키 색깔만 낸 거지. 얼굴 한번 찡그리지 않구 잘들 마셔대는 것 못 봤어? 얼굴에 표시도 안 나고… 한 마디, 칵 해 줄까 하다가 술맛 떨어질까 봐 그만뒀지. 우리만 취하면 그게 무슨 맛이야? 계집이란 자고로 술이 조금 들어가야 야들야들해지고 말도 잘 듣는 법이라구…"

그의 말대로 테이블로 자리를 옮기고 난 후 여자들의 술 마시는 속도는 한결 느려졌고, '들꽃'은 술을 마실 때마다 얼굴을 찡그렸다. 그런 그녀들을 묘한 웃음을 띤 채 바라보며 최광옥은 신이 난 듯 연신 떠들어댔다.

"자, 자… 실컷 마시자구. 어떤 할 일 없는 자는 내일 지구에 종말이 오더라도 사과나무를 심겠다고 떠벌였다지만, 난 내일 사이공의 종말이 오더라두 오늘은 술을 실컷 마시겠다 이거야. 보라구. 대포 소리가 코앞까지 다가왔어두 술집은 돌아가구 있잖아? 우린 떠나면 그만이야. 안 형, 모든 걸 잊구 술이나 마시라구. 술은 모든 괴로움의 특효약이니까… 안 그래?"

안재영은 최광옥의 낙천적이며 호탕한 성격이 부러웠다. 그러나 그는 자신과 최광옥이 같을 수는 없다고 생각했다. 저 사람은 혼자 떠나면 그만이겠지만 난 그렇지가 않다. 나에게는 아내와 아들이 있지 않은가…. 뇌리에 떠오르는 아내와 아들의 모습에 그는 거듭 두 잔을 마셨다. 취기가 올랐다. 그러나 정신은 아직 말짱한 것 같았다. 최광옥은 '황색 장미'를 바싹 껴안고 그녀의 풍만한 젖가슴을 더듬던 손을 허리 쪽으로 슬슬 옮겨 가며 혀 꼬부라진 소리를 내뱉고 있었다.

"이봐, 노랑머리. 너두 알지? 따이한이 어떻다는 거… 따이한은 미국 애들이나 태국 애들처럼 째째하지가 않아. 기분만 나면 까짓거… 팁이 문제야? 난 하룻밤에 천 리를 달리는 따이한 백마白馬 출신이라구."

"화이트 호오스? 그럼 물건두 크겠네."

'황색 장미'는 배시시 웃더니 최광옥의 사타구니에 손을 불쑥 넣었다가 뺐다.

"애개개, 새우만 한 거… 하룻밤에 천 리는커녕 오 리도 못 가서 폭삭 주저앉겠네."

"이 년이 허락두 없이… 그런 소리 말아. 화가 나면 미군 폭격기보다 무섭다구. 너까짓 거 너덧은 하룻밤에 싸그리 녹다운 시킬 자신이 있다니까."

최광옥과 '황색 장미'의 음탕한 수작을 웃으며 바라보던 '들꽃'이 갑자기 안재영의 몸에 착 달라붙더니 그를 올려다보았다.

"아저씨두 백말?"

안재영은 그녀의 눈길을 피하며 고개를 옆으로 저었다. 최광옥이 그들을 건너다보며 대신 대꾸했다.

"그 사람은 백말이 아니라 밀림의 왕자 호랑이야. 용감무쌍한 따이한 맹호 출신이란 말이야. 알아서 자알 모시라구."

"치, 맹호가 뭐 저래? 꼭 병들어 비실비실하는 우리 집 고양이 같애."

'황색 장미'가 나서서 옹알거리며 혓바닥을 날름 내밀었다. 음악 소리가 점점 더 커지며 격렬해지고 있었다.

술이 거듭되면서 안재영은 몸뚱이가 훅훅 달아오름을 느꼈다. 욕망은 풍선처럼 자꾸만 부풀어 올랐다. 욕망이 거세어지는 만큼 그의 괴로움은 점점 사그라져 갔다. 그는 곁에 앉아 있는 '들꽃'이 점점 화사하게 피어나고 있다고 생각했다. 매끄럽고 탄력 있는 그녀의 살과 닿을 때마다 짜릿한 쾌감을 느꼈다. 조그맣고 예쁜 그녀의 입술에 와락 키스를 퍼붓고 싶은 충동도 끓어올랐다. 그녀를 안고 아늑함에 잠기고 싶다. 그러면 왠지 아내의 생각이 멀어지고 어쩌면 자신은 홀가분히 떠날 수 있을 것 같았다. 술이든 뭐든 괴로움을 잊고 싶다. 몸과 마음이 붕붕 떠오르며 그의 의식은 차츰 몽롱해져 갔다.

얼마나 지났을까. 그는 눈을 떴다. 사방이 캄캄했다. 몸이 천근만근 무거웠고 뒷골이 쪼개질 듯이 아팠다. 발악적인 포성이 들려왔으나 그의 귀에는 그것이 로큰롤의 밴드음악처럼 들렸다. 그는 자신이 침대 위에 누워 있음을 깨달았다. 몸을 일으키고 머리맡을 더듬어 스탠드의 불을 켰다. 빨간 불빛이 요염하다.

옆을 돌아다보았다. 벌거벗은 여인이 두 다리를 벌린 채 엎드려 자고 있었다. '들꽃'이었다. 어젯밤… 그녀와 뒤엉켜 나뒹굴던 자신의 모습이 어렴풋이 떠올랐다. '황색 장미'를 껴안고 낄낄거리던 최광옥의 모습도 스쳐 지나갔다.

어떻게 여기 와 있을까. 최광옥은 어디로 간 걸까. 그는 어젯밤의 기억을 되살리려고 애썼지만, 기억은 토막 나 있었고 시간을 가늠할 수 없었다. 그는 침대 아래로 내려섰다. 그의 옷과 여자의 옷이 사방에 널브러져 있고, 그의 흰 팬티 위에 꽃무늬가 요란한 여자의 손바닥만 한 팬티가 포개져 있었다. 잠시 욕정이 꿈틀거렸다. 그는 팬티를 주우려다 말고 욕탕으로 갔다. 아랫도리가 묵직했다. 불을 켜고 거울을 바라보았다. 머리칼이 헝클어지고 눈이 붉게 충혈되어 있다. 거울 속에선 수염이 꺼칠하고 초췌한 모습의 사내가 그를 바라보고 있다. 뱀처럼 그를 휘감아 꿈틀거리던 '들꽃'의 모습이 떠올랐다.

갑자기 비애감과 허탈감, 수치심이 밀려왔다. 아랫도리만 벗은 채 껌을 질겅질겅 씹으며 무표정한 얼굴로 누워 있는 창녀에게 일방적으로 덤벼들어 일을 치르고 났을 때. 새벽에 도망치듯 창녀촌 판잣집 골목을 빠져나올 때. '플레이보이' 잡지를 보며 행위를 하고 났을 때… 그때의 그 씁쓸한 뒷맛이었다. 아내와의 행위 후 나른한 피로감과 뿌듯한 충만감과는 대조적이었다. 아내 빈에게 죄스러웠다. 빈은 어디에 있을까.

월남 여자들, 조심해야 돼. 귀국 때 성병 검사에서 병균이 한 마리라도 있는 놈들은 귀국에서 누락될 테니 그리 알앗! 처음 월남에 파병되었을 때 중대장이 하던 말이 생각났다. 갑자기 불결함과 불안감이 엄습해 왔다. 그는 샤워기를 틀었다. 세찬 물줄기가 그의 머리끝부터 발끝까지 쏟아져 내렸다. 아랫도리를 몇 번이고 씻었지만 개운치가 않았다. 꼭 병균이 달라붙어 있는 것만 같았다. 찝찝했다.

목욕을 마치고 옷을 입었다.

여자는 젖가슴을 훤히 드러낸 채 비스듬히 자고 있었다. 그녀의 젖꼭지 언저리가 거무스름했다. 바에서 보았을 때보다도 훨씬 앳된 모습이다. 몇 명의 군인들이 그녀를 안았을까. 몇 나라의 사람들이 그녀를 거쳐 갔을까. 그리고 이제는 공산군들의 품에 안기게 되겠지…. 아니, 어쩌면 자본주의의 추잡한 산물로 비판받고 강제수용소로 끌려갈지도 모를 일이다.

안재영은 지갑에서 달러 몇 장을 꺼내 그녀의 머리맡에 놓고는 서둘러 밖으로 나왔다. 밖에 나가서야 그는 자신이 잔 호텔이 어제 최광옥이 월남 여인과 나왔던 그 호텔임을 알았다. 불현듯 '웃기지 마라. 웃기지 마라' 하면서 눈물을 글썽이던 월남 여인의 모습이 떠올랐으나 하나도 우습지 않았다. 오히려 비애감이 안재영을 휘감싸고 있었다.

희끄무레 동녘 하늘이 밝아오고 있었고, 도시는 정숙하지 못한 여인이 잠자리에서 깨어나듯 어수선하고 흐트러진 모습으로 흐릿하게 깨어나고 있었다. 군인들과 민간인들이 바삐 움직이고 있는 모습이 눈에 띄었으며, 간간이 고함 소리도 들려왔다. 불현듯 그는 살아야겠다는 생각이 들었다.

한월식당에 가까이 이르렀을 때 안재영은 한월식당에 불이 훤히 켜져 있고 식당 앞에 택시 한 대가 서 있는 것을 보았다. 그는 심상치 않은 기분을 느끼며 식당 안으로 들어갔다. 신덕규, 그의 아내와 두 딸, 최광옥이 손에 짐이며 가방을 들고 막 밖으로 나가려 하고 있었다. 검은 파자마를 입은 월남인 사내 한 사람도 있었다.

"벌써… 떠나려구요?"

안재영이 머쓱한 얼굴로 묻자 신덕규가 못마땅한 표정으로 그를 쏘아보았다. 검은색 가방 하나만을 달랑 든 최광옥이 빙긋이 웃으며 나섰다.

"시간이 없어. 자세한 얘기는 이따 하자구. 그러잖아도 가는 길에 들르려구 했는데… 아무튼 자네가 왔으니 다행이다."

안재영은 그에게 묻고 싶은 말이 많았지만 억지로 참았다. 또 신덕규와 그의 아내가 있었으므로 어제의 일을 묻기도 창피했다. 그는 최광옥의 손에 이끌리어 택시에 탔다. 검은 파자마를 입은 월남인 사내가 운전사였는데, 그 택시는 신덕규가 웃돈을 얹어 주고 대절한 것이었다. 안재영은 차 안에서 미국대사관으로 향하고 있다는 사실을 알았다.

이윽고 택시는 통누트가에 있는 미국대사관 정문에서 약간 떨어진 곳에서 멎었다. 월남에서 가장 견고하게 지어진 요새 건물이 바로 미국대사관 건물이다.

안재영은 미국대사관 정문을 들어서며 뒤를 돌아다보았다. 아내와 아들이 손을 흔들며 달려올 것만 같았다. 그러나 그들의 모습은 어디에서도 발견할 수 없었다.

미국대사관은 크게 두 개의 지역으로 나누어져 있다. 하나는 남쪽에 있는 대사관 본관 지역이고 다른 하나는 그 북쪽에 있는 별관 지역이었다. 본관 지역에는 대사관 본관과 정원, 부속 건물이 있었으며 별관 지역에는 부속 건물과 정원, 식당, 수영장, 오락실이 있었다. 이 두 지역의 한가운데로는 동서로 약 5미터 높이의 벽돌담이 가로놓여 있고, 두 지역을 연결하는 통용문이 하나 있다.

본관 옥상에는 기존의 헬리포트 두 군데가 있는데, 이것은 미국대사관 직원들과 가족, 국제휴전감시단원들, 기타 귀빈들을 위한 탑승장이다. 그 밖의 미국 민간인들과 우방 국민의 철수를 위해, 미국대사관 측은 본관 정원 내에 새로 두 개의 헬리포트를 만들고 있었다.

미국대사관 내에는 미국인, 한국인, 필리핀인, 태국인 등과 그들의 월남인 가족들이 모여 있었다. 그들은 이제 미국대사관 내에 들어왔으니 안심이 된다는 듯 느긋하게 끼리끼리 모여 얘기꽃을 피우기에 바쁘다.

신덕규 일행은 본관 지역에 잠시 머물러 있다가 별관 지역으로 가서 수영장 옆의 잔디밭에 앉았다. 안재영은 최광옥을 조용히 불러 담배를 권하며 물었다.

"어젠 어떻게 된 거요?"

"생각 안 나? 병든 고양인 줄 알았더니 그게 아니던데… 하긴 고양이는 밤이 되어야 활개 치는 법이지만."

최광옥이 입가에 웃음을 흘렸다.

"농담 그만하고 자세히 좀 얘기해 주쇼. 함께 술 마신 것까지는 생각 나는데 그 이후의 일은 도무지 생각이… 여자와 함께 잠자리에 든 것도 얼핏 생각나긴 하지만, 어떻게 해서 내가 호텔에 갔는지는 통 기억이 나질 않아."

"어떻게 해서 가긴… 안 형이 그 여잘 자꾸 꼬시던데 뭘. 난 술이나 마시며 좀 놀다 그냥 가려구 했는데, 안 형이 막무가내였어. 여자 코앞에 달러를 흔들어 보이며 자꾸 호텔로 가자고 하길래 할 수 없이 내가 게까지 데려다주었지. 얌전한 강아지가 부뚜막에 먼저 올라간다더니. 그 말이 딱 맞더군."

최광옥은 큰 소리로 웃으며 안재영의 어깨를 탁 쳤다. 어젯밤 이후 최광옥은 안재영에게 거리낌 없이 반말을 쓰며 마치 오래 사귄 친구처럼 대하고 있다. 안재영은 그러한 그의 행동이 오히려 마음에 들었다. 슬며시 부끄러운 생각이 들어 안재영은 얼른 말을 돌렸다.

"최 형은? 최 형은 그럼 호텔에서 자지 않았어?"

"내가 뭣 때문에 그런 여자하구 자겠어? 전에 술집 여자 때문에 병 걸려 고생한 걸 생각하면 이가 득득 갈리는데…; 엊그제 믿을 만한 여자와 밤새도록 있었는데 뭐?"

안재영은 갑자기 사타구니 쪽이 근질근질하며 통증이 오는 듯한 기분을 느꼈다. 언젠가 대학 다닐 때 선배를 따라갔다 성병에 걸려 고생했던 일이 떠올랐다.

"어젯밤 재미 좋았다면서 그래, 안 병장?"

신덕규가 다가와서 히죽 웃었다. 안재영은 대답 대신 얼굴을 붉히며 머리를 긁었다.

"뭐 그럴 수도 있는 일이지. 하지만 그것두 때를 보아 가며 해야지…하마터면 영영 월남 귀신이 될 뻔했잖아."

말하면서 신덕규는 나무 도시락 하나와 깡통을 내밀었다. 나무 도시락에는 김밥과 순대, 소시지 몇 조각이 들어 있었고 깡통은 오렌지주스였다.

"시장할 텐데. 그거라두 먹어 두라구. 어젯밤 집사람이 만든 거야."

그러고 보니 배가 고팠고 속도 쓰렸다. 갈증도 났다. 어제 저녁을 굶었던 것도 생각났다. 문득 청진동 골목에서 먹던 뜨거운 해장국과 어머니가 끓여 주던 북엇국 생각이 간절해졌다. 안재영은 김밥과 순대를 허겁지겁 먹어 치웠다.

시간이 지날수록 미국대사관 안에는 사람들이 점점 불어났다. 한국인들도 많이 눈에 띄었다. 어느새 날은 훤히 밝아 있었다.

신덕규 일행이 잡담하며 시간을 보내고 있을 때 무장한 미국인 통제관과 함께 한국대사관 직원이 수영장 옆 잔디밭으로 오더니 핸드 마이크에 입을 대고 소리쳤다.

"한국인들은 전원 이곳에 집결해 주시길 바랍니다! 곧 철수가 시작될 것입니다. 이곳 미국대사관에 있는 한국인들은 전원 무사히 철수할 수 있는 만큼 질서를 지켜 이 앞에 8열 종대로 정렬하여 앉아 주시길 바랍니다. 거듭 알려 드립니다. 한국인들은 전원…"

이 말이 있자 여기저기 흩어져 있던 한국인들이 우르르 수영장 잔디밭으로 몰려들었다. 본관에 있던 미국인 민간인들과 우방 국민은 모두 별관 쪽으로 쫓겨나고 있었다. 수영장 옆 잔디밭에 몰려든 한국인들과 그들의 월남인 가족들은 서로 앞자리를 차지하려고 아우성을 쳤지만, 다행히 신덕규 일행은 집결 장소와 가까운 곳에 있었던 덕분에 앞자리를 차지할 수 있었다. 그곳에 모인 한국인들은 외교관 12명과 해군 3명을 비롯해서 민간인이 약 160명이고, 월남인 부인과 자녀가 40명쯤이다.

본관 쪽에 있던 사람들을 내쫓고 난 미국대사관 측은 미 해병 1개 소대 병력으로 하여금 본관 지역과 별관 지역으로 통하는 통용문을 철저히 차단, 경비하도록 했다. 이때 미국대사관 측은 통용문 입구부터 미국인들과 그들의 월남인 가족을 4열 종대로 차례로 앉도록 했다. 그 줄이 별관 수영장을 한 바퀴 돌고도 그 후미에는 수백 명이나 되는 미국인들과 그들의 월남인 가족이 모여 있다. 철수의 우선권은 이들에게 있으며, 나머지 우방 국민은 이들이 다 떠난 다음에 철수하도록 되어 있다.

"어휴. 저 많은 사람이 언제 다 떠나누? 오야 마음이니까 미국 헬리콥터가 미국인 먼저 실어 가겠다는 건 이해가 가지만, 미국인 월남인 가족은 왜 저리도 많누? 진짜 미국인보다 월남인 가족이 훨씬 더 많잖아."

한국인 대열 뒤쪽에서 누군가가 투덜거렸다. 그러자 누군가가 맞받았다.

"그러게 말이외다. 양키들은 미국에서 결혼 안 하고 월남에 와서 결혼하나? 이러다간 미국 처녀들, 모조리 노처녀가 되겠는걸."

사람들이 와르르 웃었다. 그러나 신덕규와 안재영을 비롯해 월남 여인을 아내로 둔 사람들은 웃지 않았다. 신덕규는 몸을 조금 일으켜 뒤쪽을 째려보고 나더니 중얼거렸다.

"우라질 자식들! 남이야 월남 여자와 결혼하든 아프리카 깜둥이와 결혼하든 지들이 무슨 상관이야. 자기들이 밥 먹여 주나. 잠을 재워 주나.

내 원 참 드러워서…"

본관 옥상에 있는 헬리포트에서는 오전 10시 반 경부터 철수작전이 시작되었다. 4월 29일이었다. 미국대사관 직원과 가족, 기타 주요 인물들을 실은 미군 헬리콥터들이 남지나 해상을 향해 날아가고 있었다.

그러나 별관 사람의 철수는 아직 시작되지 않고 있었다. 새로 만들고 있는 헬리포트 주변의 큰 나무들을 제거하는 작업 등이 늦어지고 있었기 때문이었다. 오후 2시가 넘어서야 별관 지역 사람들의 철수가 시작되었지만, 우선권이 미국인과 그 가족에게 있었으므로 한국인들은 그들이 다 빠져나가기만을 학수고대하며 대기하고 있었다. 본관 정원에 새로 마련된 헬리포트에는 2대의 미군 헬리콥터가 약 30분 간격으로 날아와 탑승 순서를 기다리고 있던 사람들을 실어 가고 있었는데, 헬리콥터가 떠나면 별관 지역에 있던 사람들이 통용문을 통해 차례로 본관 지역으로 들어가게 된다. 미 해병들은 120명이 통용문을 지나면 문을 차단한다.

철수 작전은 예상보다 훨씬 느리게 진행되고 있었다. 사람들의 불안감과 초조감은 더해갔다. 영 월남에 남게 되는 사태가 일어날지도 모르는 일이었다. 밤이 되자 한국인들은 철수 작전의 지연을 걱정하며 술렁거렸다.

"이러다가 헬리콥터를 못 타는 게 아냐?"

"아무래도 무슨 수를 써야 할 것 같아. 혹시 미국인들만 몽땅 실어 가고 우리는 내버린 채 철수 작전을 끝내는 건 아닐까."

"그러게 말야. 이거 어디 불안해서 기다릴 수 있는가 말야."

이 무렵 이미 떠나버린 한국대사관 직원들을 제외한, 이대용李大龍 공사를 비롯한 한국대사관 직원들은 미국대사관 직원들과 미국인 통제관들을 찾아다니며 한국인의 철수 우선권을 요청하고 있었다. 반응은 신통치 않았다. 그러다가 미국 통제관과의 막후교섭이 성공하여 한국인들이 우선적으로 철수할 수 있게 되었다. 이대용 공사가 말했다.

"미국 통제관이 우리에게 우선권을 주겠다고 했소. 따라서 우리는 이제 안전하게 철수할 수 있게 된 것입니다. 그러나 사전에 여러분에게 단단히 당부해 둘 것이 있어요. 절대로 뛰거나 소란을 피우지 말고 조용하고도 질서 있게 나가 달라는 것이오. 이것은 미국 통제관이 나에게 단단히 부탁한 것인 만큼 여러분은 이를 꼭 지켜 줘야 합니다. 이것을 지키겠다고 다짐하실 수 있겠습니까?"

"예, 꼭 지키겠습니다!"

초조하게 기다리고 있던 한국인 민간인들은 한국인에게 우선권이 부여되었다는 말에 크게 안도하며 주의사항을 꼭 지키겠다고 약속했다. 미국 통제관은 통용문으로 향하던 대열의 줄을 끊고 그 사이로 한국인 대열이 낄 수 있도록 해 주었다. 한국인 민간인들은 대사관 직원들의 뒤를 따라 그 줄 사이로 끼어들어 약 100명이 대기 장소에서 일어나 나갈 때까지는 질서가 잘 유지되었다. 이대로만 간다면 한국인과 그들의 월남인 가족은 모두 무사히 철수할 수 있을 것 같았다.

한국인 대열의 선두가 통용문에 거의 다가갔을 때였다. 대기 장소에 남아 있던 70여 명의 한국인 선두가 약간 간격이 떨어져 있던 앞 대열을 따라가기 위해 갑자기 뛰기 시작했다. 그러자 그들 뒤에 있던 나머지 한국인들도 덩달아 뛰어나왔고, 미국 통제관이 차단하고 있던 다른 줄의 사람들도 일제히 뛰어나왔다.

삽시간에 줄은 흩어지고 일대 난장판이 되고 말았다. 서로 앞으로 나가려고 밀고 밀리며 넘어지는 사람들이 속출했다. 욕설과 비명 소리도 터져 나왔다. 사태가 이쯤 되자 미 해병들은 통용문을 여러 겹으로 봉쇄하고 질서가 회복될 때까지는 헬리콥터 수송을 중단한다고 외쳤다. 그러나 한번 흐트러진 질서는 쉽사리 회복되지 않았다. 사람들은 저마다 뒤로 밀리지 않으려고 안간힘을 썼다.

한국인 대열의 맨 앞쪽에 있던 신덕규 일행도 기를 쓰고 자기 자리를 지켰다. 신덕규의 어린 딸들이 앞으로 밀리면서 넘어졌다. 순간, 신덕규의 눈에서 불꽃이 튀었다.

"어떤 새꺄? 콱 죽여 버리겠어!"

군대 선임하사 시절, '욕쟁이'로 불릴 만큼 욕 잘하고 무섭기로 소문났던 그였다. 그가 한번 화를 내면 그의 부하들은 겁에 질려 벌벌 떨었다. 안재영도 예외는 아니었다. 그는 신덕규로부터 욕도 많이 먹고 기합도 많이 받았었다. 신덕규가 얼굴을 험악하게 일그러뜨리며 뒤를 돌아보자 그의 딸을 넘어뜨린 젊은 사내가 움찔했다. 신덕규가 그의 멱살을 꽉 움켜쥐었다.

"새꺄. 너지? 이 개뼉다구 같은 자식을 그냥…."

안재영이 나서서 그를 말렸다. 그때 대사관 직원이 외치는 소리가 들려왔다.

"여러분! 이성을 찾고 질서를 회복하십시오! 이러다간 아무도 떠나지 못합니다. 질서가 회복되지 않으면 미군은 결코 우리를 내보내지 않을 것입니다. 간절히 부탁드립니다."

차츰 질서가 회복되며 대열도 정비되었다. 그러나 그동안 많은 시간이 허비되었고, 그만큼 많은 사람이 철수할 기회를 놓쳤다.

안재영은 통용문 안쪽에 쭈그리고 앉아 생각했다. 설날이나 추석 때면 서로 먼저 기차를 타려고 아귀다툼하며 몰려드는 사람들. 택시를 잡을 때나 극장표를 살 때 새치기하는 사람들. 급행료를 주는 사람과 급행료를 받는 관리들, 날림으로 공사하는 사람들, 일확천금을 노리는 사람들. 남보다 빨리 진급하기 위해 초조해하며 모략도 서슴지 않은 사람들. 앞질러 가려는 도시의 자동차들… 그들은 왜 서두르는가. 안재영은 불현듯 삶의 섬뜩함을 느꼈다.

자정이 넘어서야 통용문은 다시 열렸고, 별관에 있던 사람들은 차례로 통용문을 넘어 본관 정원으로 갔다. 본관 정원에는 이미 먼저 들어온 사람 900여 명이 두 곳에 나뉘어 앉아 탑승 차례를 기다리고 있었고, 헬리콥터들은 그들을 계속 실어 날랐다.

미국대사관 밖에서는 수많은 월남인이 피란 짐을 든 채 아우성을 치고 있다. 이에 맞서 미군 해병들은 출입문에 트럭들을 들이대고 이를 막고 있었다. 그러나 일단의 월남인들은 미국대사관과 벽을 맞대고 있는 월남 경찰서로부터 사다리를 타고 넘어오려고 안간힘을 쓰고 있었다.

4월 30일 새벽 4시를 조금 넘었을 무렵, 한국인 대열의 선두에 있던 한국인 30여 명은 바로 앞에 있던 다른 나라 사람들과 함께 헬리콥터에 올라탔다. 이때 신덕규 일행도 대열의 선두에 있었으므로 모두 탈 수가 있었다.

헬리콥터가 공중으로 치솟아 오르자 기내에 있던 사람들은 모두 안도의 한숨을 내쉬었다. 환호성 소리와 눈물을 훌쩍이는 소리도 들렸다. 그러나 이들은 자신들이 사이공을 떠나는 마지막 한국인이라는 사실은 까맣게 모르고 있었다. 헬리콥터는 어둠을 헤치며 남지나해를 향해 날아갔다. 사이공 거리의 희미한 불빛과 어둠에 묻힌 야자수 숲이 발아래로 흘러갔다.

안재영은 거대한 이데올로기의 횡포 앞에서 무력하게 쫓겨나는 자신을 발견했고, 자신의 비겁함이 한없이 저주스러웠다. 기억의 저편에 있던, 온갖 과거의 편린들이 무수한 나비 떼로 그를 향해 몰려오고 있었다. 아내와 아들은 어떻게 될 것인가. 이대로 서로 생사조차 모르고 영이별을 하고 마는 것일까. 아니면 신의 가호가 있어 어디선가 만나게 될 것인가. 안재영은 무거운 눈을 감았다.

남국으로

월남 파병을 자원하여 파월선에 올랐을 그때도 안재영은 어떤 저항할 수 없는 힘에 자신이 쫓겨 가고 있다고 생각했다. 지금 월남을 떠나면서 안재영은 월남 파월을 지원했을 때와 똑같은 무력함을 느끼고 있었다.

소희素姬가 면회를 왔다. 그녀는 서클 1년 후배로 그와 사귀던 사이였다. 바람에 파득거리며 떨어지는 벚꽃처럼, 제법 큼지막한 눈송이가 흩날리던 토요일 오후이다.

"걸어갈까? 버스가 언제 올지도 모르는데… 차라리 걷는 게 빠를지도 몰라. 걸어가도 읍내까지 30분이면 갈 수 있을 거야."

외출 신고를 마치고 위병소를 빠져나오며 안재영은 소희에게 걷자고 제의하였다. 위병소에서 빤히 보이는 버스 정류장에 어색하게 서서 위병들의 따가운 눈총을 받기가 싫었다. 모처럼 만난 소희와 눈을 맞으며 나란히 걷고도 싶었다. 소희는 눈송이들을 떨구고 있는 잿빛 하늘을 올려다보더니 고개를 끄덕였다.

신작로를 따라 두 사람은 말없이 걸었다. 길가에 늘어선 포플러나무들은 앙상한 모습으로 눈을 맞으며 서 있었고, 길 양편에 있는 들판에는 소복소복 눈이 쌓이고 있었다. 저만큼 떨어져 있는 산들은 앞을 가리는 눈발 때문에 흐릿하게 보였다. 부대 근처의 마을을 지났다. 낡은 기와집 두엇과 허름한 초가집들이 길 아래로 눌러앉아 있었고, 몇몇 상점들이 길 양쪽으로 도열하듯 서 있었다.

구멍가게에 앉아 4홉들이 소주를 마시고 있던 마을 청년들이 그들을 흘끔거렸다. 하품하며 유리창 밖을 내다보고 있던 술집 작부가 안재영을 보고는 눈을 찡긋했다. 안재영은 그런 그녀를, 못 본 척 지나쳤다.

"어쩐 일이냐? 여기까지 다 오구…"

마을을 벗어나자 안재영은 걷는 속도를 조금 늦추며 소희를 바라보며 말했다. 그녀의 빨간색 목도리가 눈에 선명하게 들어왔다.

"칫, 오라구 해 놓구선… 방학 땐데 따로 갈 데도 없고 해서 그냥 온 거지 뭐. 친구랑 같이 오기로 했는데, 오늘 아침 마장동에서 만나기로 해 놓구선 안 나왔지 뭐야… 화가 나서 오지 말까 하다가 본 지도 오래되었구, 얼굴이나 보고 가려고… 왔어."

그녀는 얼굴을 붉혔다. 안재영은 그녀가 지난번 휴가 때 보았을 때보다 훨씬 성숙해졌다고 생각했다.

"아무튼 잘 왔어. 나도 보고 싶었는데… 그 친구가 누군진 모르지만 눈치 한번 빠른걸. 하기사 따라와 봤자 찬밥 신세밖에 더 되겠어? 우리도 무드 깨져 재미없고…"

소희가 눈을 곱게 흘기며 저만큼 달아났다. 그녀의 긴 머리칼이 바람에 날렸다. 뒤에서 클랙슨 소리가 크게 들리더니 읍내로 가는 버스가 눈보라를 일으키며 곁을 스쳐 지나갔다. 소희는 고개를 옆으로 돌리며 병

어리장갑을 낀 두 손으로 얼른 눈을 가렸다. 눈발은 점점 굵어졌다. 두 사람의 머리며 어깨에는 눈이 하얗게 쌓였다. 안재영은 군모를 벗어 그녀의 머리에 씌워 주었다. 소희가 몸을 조금 움츠리며 그의 팔짱을 꼈다.

길모퉁이를 돌아 야트막한 언덕 위를 오르자 멀리 Y읍이 내려다보였다. Y읍 앞으로는 하천이 길게 뻗어 있었는데, 길은 하천 위에 가로 놓인 콘크리트교 쪽으로 꾸불꾸불 이어져 있었다. 소희는 그에게서 팔짱을 빼고 양손으로 귀를 감싸며 발을 동동 굴렀다. 하지만 그녀는 춥다는 말은 하지 않았다. 안재영은 팔을 뻗어 그녀의 어깨를 감싸듯 껴안고는 내리막길을 걸어갔다.

"벌써 다 왔네. 갈 때는 먼 것 같았는데…."

콘크리트교를 건너며 소희는 아쉬운 듯한 표정을 짓는다. 그녀는 고개를 뒤로 돌려 그들이 걸어온 길을 바라보았다. 바람이 땅바닥을 훑으며 그들의 발자국을 지우고 있다. 소희는 벙어리장갑을 벗어 코트 주머니에 넣더니 난간 옆에 쪼그리고 앉아 눈을 뭉친다. 주먹만 한 눈덩이 네 개가 만들어지자 그녀는 그것으로 자그마한 눈사람 두 개를 만든다. 다 만든 눈사람을 하나씩 조심스럽게 다리 난간 위에 올려놓으며 그녀가 말했다.

"하난 자기 거, 하난 내 거… 여기 온 기념으로 만들어 본 거야."

안재영은 호주머니에서 성냥갑을 찾아 성냥 한 개비를 꺼냈다. 그리고는 그 성냥을 오른쪽 눈사람의 입가에 꽂았다.

"이게 내 거야. 결혼할 땐 남자가 오른편에 서는 법이거든."

눈을 흘겼으나 그녀의 입가에는 웃음기가 감돌았다. 안재영은 얼른 고개를 돌리고 발걸음을 떼었다. 등 뒤에서 사각사각 그녀의 눈 밟는 발자국 소리가 들려왔다. 읍내로 들어서자, 사람들이 많이 눈에 띄었다. 두 툼한 파카를 입은 사내가 자전거를 끌며 옆을 지나갔고, 보따리를 머리에 인 아낙들이 시외버스 터미널 쪽으로 몰려가는 것이 보였다.

저편에서는 아이들이 눈을 맞으며 눈싸움을 하고 있었다. 시장 골목 안에서는 상인들이 리어카 위에 옷이며 생필품을 가득가득 쌓아 놓고 목청을 돋우고 있었다. 좌판이나 다라 위에 생선, 떡, 순대, 젓갈, 김 이런 것들을 늘어놓고도 지나는 사람들을 불러대고 있었다.

"우리 순대 먹을까? 순대 좋아하잖아?"

학교 앞 시장 골목에서 그녀와 함께 군것질하던 걸 떠올리며 안재영이 말했다. 소희가 고개를 끄덕였다. 두 사람은 시장 골목 안으로 들어섰다. 눈이 녹아내린 땅이 질척했다. 그러나 안재영은 조금도 불쾌하지 않았다. 상인들의 왁자지껄한 소리, 갖가지 물건들. 그리고 무엇보다 그녀와 함께 있다는 사실이 그를 마냥 기쁘게 했다. 지게꾼의 지겟다리가 그를 툭 치고 지나갔어도 입가의 웃음을 거둘 수가 없었다.

그들은 커다란 다라에 삶은 돼지머리와 순대를 가득 담아놓고 앉아 있는, 머리가 희끗희끗한 아낙 앞에서 걸음을 멈췄다. 김이 무럭무럭 나는 순대는 무척 구미를 돋우었다. 그들은 순대 다라 앞에 있는 야트막한 나무 의자에 앉았다. 순대 장수 아낙이 반색하며 색깔이 바랜 수건 하나를 소희에게 내밀었다. 머리칼의 물기를 닦으라는 거였다.

안재영은 반사적으로 소희의 머리칼을 바라보았다. 녹아내린 눈이 그녀의 머리칼을 헝클어 놓고 있었다. 방금 목욕을 하고 나온 소녀처럼 그녀는 싱그러워 보였다.

소희는 머리를 뒤로 돌려 수건으로 가볍게 몇 번 눌러 머리칼의 물기를 닦고는 수건을 아낙에게 돌려주었다. 순대 장수 아낙은 기다란 순대 하나를 도마 위에 올려놓고 익숙한 손놀림으로 썰더니 플라스틱 점박이 접시 위에 담아 그들 앞에 내밀었다. 양념 소금과 조악하게 만들어진 플라스틱 포크 두 개도 주었다. 안재영이 받쳐 들고 찍어 먹고 있는 소희를 바라보며 순대 장수 아낙이 웃음 띤 얼굴로 물었다.

"멀리서 온 모양이구려. 오누이 사이 같진 않구…"

소희가 조그맣게 웃으며 학교 선배라고 했다. 안재영은, 그냥 선배가 아니라 언젠가 나와 결혼할 여자예요, 하고 말하고 싶은 충동을 느꼈다. 물론 그는 그녀와 결혼을 약속한 일도 없고 청혼을 한 것도 아니었다. 그러나 그는 자신이 그녀를 뜨겁게 사랑하고 있고 그녀 또한 자기를 사랑함으로 언젠가는 필연적으로 결혼할 것이라고 굳게 믿고 있었다.

소희는 순대를 먹으며 얼마 전 서클에서 농촌봉사활동을 갔었다는 것, 자신은 이제 내년 봄이면 졸업반이 될 터이므로 왠지 찬밥 신세 같고, 취직시험 공부도 해야 할 것 같아 봉사활동에 참여하지 않았다는 것, 그러나 마음만 초조할 뿐 공부가 되지 않는다는 것, 누구누구는 군대에 갔고 누구누구는 제대하여 복학했다는 것, 어떤 선배는 월남에 갔다가 전사했다는 것 등을 시시콜콜 얘기했다. 안재영은 그녀의 발랄함이 서서히 되살아나고 있다고 생각하며 건성으로 응, 응 하고 대꾸해 주었다.

그들은 시장을 빠져나가 Y읍에서 그래도 제일 번화하다는 거리로 갔다. 말이 번화가일 뿐 낡은 2층 건물의 극장이 하나, 식당, 술집, 다방, 전파상, 제과점, 양복점과 옷 가게, 식품점, 안경점을 겸하고 있는 시계포, 유리 가게가 그저 구색을 갖추고 옹기종기 모여 있는, 그런 초라한 곳이었다. 그래도 Y읍에서는 사람이 제일 많이 모이는 곳이었고, 모처럼 외출을 나온 안재영의 눈에는 그것들이 꽤 화려하게 보였다.

전파상에서는 캐럴이 쉼 없이 흘러나오고 있었다. 그리고 제과점 유리창 안으로는 조그만 크리스마스트리가 보였다. 안재영은 문득 크리스마스가 며칠 남지 않았음을 깨달았다. 국내 영화배우의 얼굴들이 어설프게 그려져 있는 극장 간판을 바라보며 극장 옆 골목으로 들어서자 제법 깔끔해 보이는 식당이 눈에 띄었다.

식당 유리창에는 불고기, 한식 전문이라는 글자가 종이로 오려 붙여져 있었다.

"저리로 가. 내가 불고기 사 줄게."

그의 대답을 기다리지 않고 소희는 빠른 걸음으로 식당 쪽으로 갔다. 별로 시장기를 못 느꼈고 저녁 식사 시간으로는 이른 편이었지만, 안재영은 그녀를 따라 식당 안으로 들어갔다. 식당 한가운데서는 톱밥 난로가 벌겋게 달아오르고 있었다. 난로 옆에 멍하니 앉아 있던, 젊은 여종업원이 그들이 들어오는 걸 보고는 자리에서 일어섰다. 그녀는 난로 옆에 앉기를 권했지만, 그들은 벽 쪽에 있는 테이블로 갔다. 식당 안에 손님은 없었다.

테이블 위에 신문이 반쯤 접힌 채 놓여 있었다. 안재영은 신문을 들어 큰 타이틀을 훑어보았다. '월남 소식' '주월 한국군 전과'라고 쓴 큰 먹활자가 눈에 띄었다. 소희가 걱정스러운 표정을 지으며 그에게 월남에는 가지 말라고 했다. 안재영은 픽 웃으며 신문을 옆 테이블 위로 던져 놓으며 말했다.

"내가 월남에 갈 일이 뭐 있겠어"

식당 여종업원이 엽차 잔을 테이블 위에 내려놓자 소희는 벽에 붙은 메뉴판을 흘끔 바라보더니 불고기 3인분과 밥을 시켰다. 안재영이 소주 반병을 추가했다.

여종업원이 이내 숯불 화덕을 가지고 와서는 테이블 한가운데의 움푹 팬 구멍에 걸고, 그 위에 불고기판을 올려놓았다. 그리고 고기와 밑반찬, 소주 등을 차려 놓았다. 소희는 그간 있었던 자질구레한 일들을 일일이 들춰내며 열심히 얘기하고 있었다. 그녀는 재미있는 얘기로 어떻게 해서든지 그를 기분 좋게 해 주려고 애쓰는 것 같았다. 안재영은 흐뭇하게 그녀의 이야기를 들었다.

불고기판 위의 고기가 익자 소희는 젓가락으로 한 점씩 집어 그의 밥 위에 얹어 주며 간간이 밑반찬도 집어 주었다. 안재영은 그녀가 집어 주는 고기를 먹고 술을 마시며 행복감을 느꼈다. 그녀가 누나 같다는 생각도 들었다. 안재영의 먹는 모습을 바라보는 그녀의 얼굴이 발그스름했다.

식당을 나왔을 때도 눈이 계속 내리고 있었다. 사위에 어둠이 깔리는 가운데 가게들은 저마다 환한 불빛을 밝히고 있다. 헤드라이트를 켠 채 서행하고 있는 차들을 비켜 길 건너편에 있는 다방으로 들어갔다. 다방 안에는 잔잔한 팝 뮤직이 흐르고 있다. 뮤직 박스 안에는 장발을 한 젊은 DJ가 몸을 가볍게 흔들며 신청곡 메모지를 들여다보고 있었다.

안재영은 다방 안을 한번 휘둘러 보고는 왼편 구석의 빈자리로 갔다. 키가 크고 짙은 화장을 한 레지가 엽차 쟁반을 들고 그들 곁으로 다가왔다. 그녀는 그들을 번갈아 쳐다보고 껌을 질겅거리며 차 주문을 받았다. 그들은 커피를 시켰고, 소희는 메모지를 부탁했다.

"아직도 다방에 오면 음악 신청하는 거야…?"

안재영은 학교 앞 단골다방이나 음악감상실에서 그녀와 함께 몇 시간씩 죽치고 앉아 음악을 신청하여 듣던 일을 떠올렸다. 그러나 그에게는 그것이 아주 오래전의 일처럼 생각되었다.

"그럼 자긴 음악도 안 들어?"

"가끔씩 듣긴 하지. 하지만 이젠 팝송이나 클래식보다는 뽕짝이 더 좋은걸."

안재영이 빙긋이 웃으며 말하자 소희는 그를 향해 입술을 삐죽이 내밀어 보였다.

"휴, 저질…."

소희는 커피를 홀짝이며 메모지에 신청곡을 적었다. 그녀가 다 쓰기를 기다려 안재영은 메모지를 가로채 펴 보았다. 시험지를 잘라 만든 그 메모지에는 몇 개의 신청곡이 적혀 있었다.

＊ 신청곡

① Winter World of Love

② 슈베르트의 '겨울 나그네' 중에서 17곡 마을에서

＊ 겨울 여자 Y읍에 들러, 뽕짝을 좋아하는 재미 없는 군인 아저씨와 함께

P.S : 멋쟁이 D.J. 한 곡만이라도 꼭 부탁해요.

안재영은 메모지를 들여다보며 웃었다.

"후후. 윈터 워얼드 어브 러브와 겨울 여자라… 그럴듯해. 이건 우리 얘기 같군. 허지만 여기 이건 틀렸어. 디제이가 멋쟁이라니? 애인을 앞에

두고 그런 법이 어딨어? 그리고 이런 촌 다방에 슈베르트 판은 없을걸."

소희는 짐짓 화난 표정을 지으며 그의 손에서 메모지를 빼앗아 레지에게 건네주었다. 다른 노래가 몇 곡쯤 흘렀을 때 DJ가 환한 미소를 지으며 그들 쪽을 바라보았다. 그러더니 그는 마이크를 붙잡고 허스키한 목소리를 굴렸다.

"네에… 감사합니다. 감사합니다… 다음은 본 디제이를 멋쟁이라 하신 겨울 여자의 신청곡 윈터 워얼드 어브 러브와 슈베르트의 겨울 나그네 중에서 제17곡 마을에서를 모두 보내드리도록 하겠습니다… 본 돌체다방에서 처음으로 슈베르트의 곡을 신청해 주신 멋쟁이 겨울 여자에게 거듭 감사를 드리며… 눈 내리는 오늘, 본 돌체다방에서 겨울 속의 사랑을 속삭이는 멋쟁이 겨울 여자와 뽕짝을 좋아하는 재미 없는 군인 아저씨와의 사랑이 더욱더욱 뜨거워지길 기원하며… 신청곡 보내드리도록 하겠습니다… 렛츠 고우. 부탁해요!"

DJ의 익살스러운 말에 다방 안에 있던 사람들의 시선이 일제히 그들에게로 쏠렸다. 여기저기서 킥킥거리는 소리도 났다. 안재영은 좀 창피한 생각이 들어 얼른 담배를 피워 물었다. 술기운이 그나마 그의 창피스러움을 덜어 주었다. 소희도 부끄러운 듯 얼굴을 붉히며 고개를 숙였으나 신청한 곡들이 흘러나오자 그녀는 점점 진지해졌다. 신청한 음악이 끝나자 안재영이 입을 열었다.

"놀랐는걸. 이런 촌 다방에 저런 판이 다 있구…."

"피. 그러기에 디제이가 멋쟁이라구 한 거라구."

말을 마치며 손목에 찬 시계를 들여다보던 소희가 놀라는 표정을 지었다.

"어머 벌써…"

"왜"

"차 시간이 다 됐어. 가야 해."

안재영은 뮤직 박스 뒤쪽에 붙어 있는 커다란 벽시계를 바라보았다. 6시 30분을 조금 넘고 있었다. 그는 아까 식당에서 그녀로부터 서울 가는 막차인 7시 차표를 이미 올 때 끊어 놓았다는 얘기를 들었다.

"조금만 더 있다가 가. 담배 한 대 피울 동안만… 여기서 터미널까지는 5분이면 갈 수 있어."

자리에서 일어서려던 소희가 다시 앉았다. 안재영은 별로 당기지도 않는 담배를 다시 피워 물었다. 소희를 떠나보내고 싶지 않았다. 그녀와 함께 있고 싶었다. 특별히 눈 내리는 밤, 밤새도록 그녀와 얘기하고 싶었다. 그저 얼굴만 바라보고 있어도 좋을 것 같았다.

그는 군복 윗주머니를 쓰다듬어 보았다. 그곳에 겨우 끊어 온 외박증이 들어 있었다. 히히, 안 일병. 좋겠어. 여자가 산골에 있는 이런 부대에 면회 올 땐 어느 정도 각오가 돼 있을 거라구. 여자를 서운하게 돌려보냄 안 돼! 무슨 말인지 알지! 망설이지 말구 대담하게 행동하라구.

내무반 고참 김 병장이 하던 말이 불쑥 떠올랐다. 아냐. 그럴 수는 없어. 소희를 함부로 대하고 싶진 않아. 소희를 실망시키고 싶지 않단 말야. 안재영은 심한 갈등과 혼란을 느꼈다.

"그만 일어나. 담배도 다 피웠잖아?"

어느새 소희가 일어나 있었다. 안재영은 필터 끝까지 타들어 온 담배를 재떨이에 비벼 끄며 일어섰다. 그들이 나가는 것을 본, 뮤직 박스의 DJ가 미소를 지으며 손을 들어 보였다.

눈발은 더욱 세차게 쏟아져 내리고 있었다. 그들은 팔짱을 낀 채 시외 버스 터미널로 향했다. 길이 미끄러웠고 눈발 때문에 앞이 잘 보이지 않았다. 술 취한 사내들이 어깨동무를 한 채 혀 꼬부라진 소리로 '우리 애인은 올드미스'를 합창하며 지나갔다.

그들은 눈을 털고 터미널 대합실 안으로 들어갔다. 대합실 안에는 사람이 별로 없었다. 대합실 한가운데 있는 석탄 난로 주위에 몇몇 사람들이 모여 서서 불을 쬐고 있었다. 낡은 외투 깃을 세운 늙은이가 대합실 나무 벤치에 쭈그리고 앉아 있었다.

개찰구 앞에서는 털외투를 입은 검표원이 뒷짐을 진 채 서성거리고 있었다. 대합실 구석에 있는 매점 안에서는 삼십 대 여인이 군용 담요를 머리끝까지 뒤집어쓰고도 추운지 몸을 달달 떨었다. 안재영은 손목을 들어 시계를 들여다보았다. 7시 15분 전이었다. 안재영은 소희를 난로 옆으로 데려가려 했으나 그녀는 그냥 벤치에 가 앉자고 했다.

추웠다. 대합실 안에 난로가 피워져 있다고는 하지만 석탄을 많이 때지 않은 듯 벌겋게 달아 있던 식당의 톱밥 난로와는 달리 난로의 쇳조각이 차갑게 보였다. 깨진 유리창도 있다. 눈가루와 함께 바람이 쌩쌩 대합실로 불어왔다. 소희의 입술이 파르르 떨리고 있다.

"꼭 가야 돼?"

그녀를 붙잡고 싶은 미련을 떨치지 못하고 안재영이 나직이 물었다. 그의 시선은 건너편 벽 위에 붙어 있는 시간표를 향하고 있었다. 소희는 잠시 말이 없었다. 눈을 내리깔고 자신의 발끝만을 바라보고 있을 뿐이다. 그러다가 조용히 말했다.

"난 자기를 믿고 왔어"

"……."

그때 건장한 사내가 출입문을 밀고 들어오더니 대합실 안을 둘러보며 큰 소리로 말했다.

"여러분께 죄송한 말씀을 드리겠습니다! 방금 폭설로 인해 덕산리 쪽의 산길이 막혔다는 연락이 왔습니다. 따라서 서울행 7시 막차는 부득이 취소되었으니, 이 점 양해하시고 서울이나 덕산리 방면으로 가시는 손님께서는 차표를 환불하시기 바랍니다"

순간, 대합실 안이 술렁거렸다. 난로에 등을 돌리고 서 있던 말쑥한 차림의 신사가 사내 앞으로 다가갔다.

"그럼 언제 떠납니까?"

"지금으로서는 언제 뚫릴지 알 수가 없습니다… 지금 군부대에 지원 요청을 했으니 빠르면 내일 아침 길이 뚫릴지도 모릅니다만, 아무튼 오늘은 버스가 끊겼으니 그리 알고들 돌아가시기 바랍니다."

잠바를 입은 청년이 못마땅한 표정을 지으며 한마디 했다.

"환불만 해 주면 뭣합니까? 꼼짝없이 붙들려 있게 생겼는데… 여관비라도 줘야 할 게 아닙니까?"

그러자 사내는 청년을 쏘아보았다.

"죄송합니만, 본사 규정에 그런 건 없습니다. 이건 어디까지나 인력으로는 어쩔 수 없는 천재지변입니다. 양해해 주세요!"

그러더니 사내는 횡하니 밖으로 나가버리고 말았다. 사람들은 닭 쫓던 개 꼴이 되어 사내가 사라진 출입문 쪽을 멀거니 바라보거나 투덜대며 우르르 매표소 쪽으로 몰려갔다. 그중에는 아까의 그 신사와 청년도 끼어 있었다.

"어떡하나…."

소희가 초조한 빛을 띠었다.

"글쎄…."

안재영은 뭐라고 할 말이 없었다. 뜻하지 않은 폭설로 길이 막혀 그녀를 붙잡아 둘 수는 있게 되었다. 하지만, 왠지 기쁘다는 생각은 들지 않았다. 걱정부터 앞섰다.

"택시라도 타고 덕산리라는 곳까지만 가면 안 될까? 거기 가면 서울 가는 차가 있을지도 모를 텐데…."

"불가능해. 덕산리 쪽에 길이 막혔다면 산길을 넘어야 하는데 이런 날씨에 어떻게 갈 수 있겠어? 또 그곳까지 간다고 해도 이 시간엔 거기서도 서울 가는 차가 없을 거야."

"그럼 다른 길은?"

"없어. 여기서 북쪽으로 가는 길 말고는…."

안재영은 고개를 옆으로 흔들었다. 그리고는 그녀에게 손을 내밀었다.

"차표, 이리 줘. 내가 바꿔 올 테니까."

소희는 잠시 망설이더니 손지갑에서 차표를 꺼내 그에게 주었다. 안재영은 차표를 들고 매표소로 갔다. 벌써 환불해 갔는지 매표소 앞에는 아무도 없었다. 안재영이 표를 내밀자 청색 제복을 입은 젊은 여자가 무표정한 얼굴로 표를 확인하더니 돈을 세어 주었다. 그가 다시 벤치로 돌아왔을 때 소희가 조심스럽게 말했다.

"한 가지 약속해 줘."

"뭘?"

"우리 아무 일 없기루… 그렇잖으면 여기서 밤을 새던가 걸어서라도 갈 테야."

"알았어…"

안재영은 시큰둥하게 대답했다. 그들은 대합실 밖으로 나갔다. 가로등 불빛에 눈발이 희끗희끗 날리는 것이 보였고, 사람들은 어깨를 잔뜩 웅크린 채 바삐 오가고 있었다. 몸빼 바지를 입고 우산을 받쳐 든 아낙들이 젊은 사내 곁으로 다가가 뭔가 얘기하고, 청년 둘이 한 아낙의 뒤를 따라 터미널 건너편의 판잣집 골목으로 급히 들어가는 모습이 보였다. 안재영의 부대원들이 말하는, 이른바 텍사스촌 골목이었다.

그들이 사거리 쪽을 향해 걷고 있을 때 저쪽에서 우람한 체구의 헌병 둘이 걸어오는 것이 보였다. 안재영은 얼른 그녀의 손목을 잡아끌고는 옆에 있는 포장마차로 들어갔다. 소희가 놀란 눈빛으로 물었다.

"갑자기 왜 그래?"

"헌병이 오고 있단 말야. 증이야 있지만 백바가지들을 만나면 재수가 없거든."

다행히 헌병들은 그냥 지나쳤다. 포장마차에서 안재영은 소주 반병과 오뎅, 닭똥집을 먹었다. 그러나 소희는 아무것도 입에 대지 않고 그들 앞에 놓여 있는 칸델라 불빛만 바라보고 있었다. 아까의 발랄했던 모습은 없었다.

포장마차에서 나와 그들은 무작정 걸었다. 눈발은 뜸해졌고 불빛이 하나둘 꺼지며 거리는 어둠 속으로 묻혀 갔다. 행인들의 숫자도 점점 줄어들었다. 춥고 발이 시렸다. 그들은 어느새 읍내 변두리 쪽에 와 있었다. 여인숙 불빛이 깜박거리는 골목 어귀에서 안재영이 걸음을 멈추며 말했다.

"언제까지구 돌아다닐 순 없잖아? 머잖아 통금시간도 될 텐데…."

"……"

소희는 아무 말도 하지 않았다. 전봇대에 매달려 있는 외등의 불빛이 그녀의 창백한 얼굴을 비추고 있었다.

"괜찮아. 나와 함께 있을 건데…."

안재영이 그녀의 등에 팔을 뻗어 골목 안으로 조금 떠밀었다. 소희가 몸을 빼며 그를 바라보았다.

"약속 지켜야 돼. 아무 일 없기루 한 거…."

"알았대두…."

안재영은 그녀의 허리에 팔을 감고 떠밀듯이 골목 안으로 걸어 들어 갔다. 소희는 몸을 빼지 않았다. 한옥집 대문으로 된 여인숙 안으로 들어서자 조그마한 마당이 보였고, 마당 둘레에 방들이 늘어서 있었다. 뚱뚱한 주인 여자가 나오더니 그들을 구석진 방으로 안내했다. 주인 여자가 먼저 방 안으로 들어가 전구를 켜고, 숙박계와 물 주전자, 컵, 휴지가 담긴 쟁반을 갖다주었다. 안재영이 숙박계를 쓰고 숙박비를 계산하고 났을 때까지도 소희는 고개를 돌리고 문 옆에 서 있었다.

"왜 그러고 서 있어? 추운데 어서 들어와"

주인 여자가 슬리퍼를 끌며 사라지자 안재영은 소희에게 들어오라는 손짓을 했다. 소희는 잠시 머뭇거리다가 방 안으로 들어섰다. 불결해 보이는 이불과 베개가 방 한쪽 구석에 놓여 있었고, 어디선가 퀴퀴한 냄새가 났다. 그녀는 창문 쪽으로 다가가 창밖을 내다보았다. 어둠 속에서 불빛 몇 개가 깜박이는 것이 보였다.

안재영은 다시 밖으로 나가더니 2홉들이 소주 한 병과 마른 안줏거리를 사 왔다. 그는 쪼그리고 앉아 있는 소희 앞에 그것들을 펼쳐 놓고는 자꾸 먹으라고 권했다. 소희는 마지못해 오징어 다리를 집었다. 어색한 침묵이 흘렀다. 갈증 난 사람처럼 안재영은 물컵에 소주를 가득 따르더니 단숨에 마셨다. 소희는 그런 안재영이 낯설게 보였다. 자신이 낯선 사람 앞에 무방비하게 내팽개쳐져 있는 듯했다. 소희는 두려워졌다. 충혈되고 있는 그의 눈빛도 싫었다. 갑자기 면회 온 것이 후회스러웠다. 하지만 그녀는 애써 그를 믿으려 했다.

안재영은 소희와 외딴 방에 단둘이 있다는 생각에 흥분을 감출 수가 없었다. 스물거리며 모락모락 욕정이 끓어오르기 시작하였다. 그 뜨거운 본성은 이성理性보다 강했다. 어차피 내 여자가 될 사람… 오늘 밤 안는다고 해서 무슨 죄가 될 것인가. 서로 사랑하는 사이라면 결혼 없이도 하나가 될 수 있고, 또 그럼으로써 사랑은 더욱 뜨거워질 수 있는 게 아닌가. 망설일 필요는 없다. 넌 성인聖人이나 도덕군자가 아니잖은가. 말로는 안 된다고 하지만, 분명 소희도 날 원하고 있을 거다.

갑자기 안재영은 소희에게 달려들어 그녀를 껴안았다. 소희가 기겁하며 그에게서 몸을 빼려 했다.

"이러면 안 돼. 이러지 않기로 약속했잖아?"

"사랑해…"

"싫어. 아무리 사랑한다고 해도 이런 식으론 싫단 말야. 이러면 안 돼… 어서 놓으…"

누가 들을세라 나지막하게 말하는 그녀를, 안재영은 더욱 강하게 옥죄어 안으며 자신의 입술로 그녀의 입을 막아 버렸다. 그리곤 그는 그녀의 입 안으로 자신의 혀를 밀어 넣으려고 애썼다. 달착지근한 침들이 엉

기고 있었다. 안재영의 몸은 걷잡을 수 없이 달아올랐다. 소희는 입을 앙다물고 그의 팔 안에서 바둥거리다, 포기한 듯 스르르 입술을 열었다. 안재영은 달콤함에 빠져들었다. 승리의 도취감에 안재영의 팔이 느슨해졌다. 소희가 굴복했다는 안도감이었는지 모른다. 그때 와락 안재영의 몸을 밀치며 소희가 벌떡 일어섰다. 안재영은 엉거주춤하게 그녀를 올려다보았다.

"자기가 이런 사람인 줄은 정말 몰랐어. 날 사랑한다는 것두 거짓말이야. 자기가 날 창녀 취급하고 있잖아. 내가 단지 자기에게 그런 존재라면 마음대로 해. 하지만 이걸로 자기와 난 끝장이야. 영원히 끝장이란 말야."

소희는 자포자기한 듯 거칠게 옷을 벗기 시작했다. 그녀의 뜻밖의 행동에 안재영은 당황했다. 놀랍기도 했고 어이가 없기도 했다. 동시에 겁도 났다. 일시에 술이 확 깨었다. 불꽃처럼 타올랐던 욕정은 일시에 사그라지고 수치심이 찾아들었다. 그는 용수철이 튕기듯 벌떡 일어나 옷을 벗고 있는 소희의 손목을 덥석 쥐었다.

"내가 잘못했어…"

다음 날 아침, 여인숙 골목을 빠져나가며 안재영은 소희의 눈길을 피하며 걱정스러운 얼굴로 말했다.

"어젯밤 일, 없었던 걸로 해 줄 수 있겠어? 그리고 전과 똑같이 날 대해 줄 수 있겠어?"

"전과 달라질 이유가 없잖아? 아무 일도 없었는데… 난 자기가 믿음직하고 자랑스러워"

그녀는 활짝 웃고 있었고 하늘은 맑게 개어 있었다.

그녀의 말처럼 소희는 전과 마찬가지로 사랑이 가득 담긴, 뜨거운 편지를 일주일에 두어 번씩 그에게 보내왔다. 안재영은 기뻤고 안심이 되었다.

갑자기 그녀가 다녀간 지 한 달 반쯤 지났을 무렵, 뚝 그녀의 편지가 끊겼다. 처음, 안재영은 그녀가 바쁘거나 아파서 그러려니 했다. 안재영이 부지런히 편지를 띄우고 한 달이, 또 한 달이 지나도 그녀에게선 아무런 소식이 없었다. 초조하고 불안해졌다. 무엇 때문일까. 왜 편지가 없는 걸까. 마음이 변했나. 혹 무슨 사고라도 난 것일까.

안재영이 가까스로 외출증 한 장을 얻은 것은 뜬눈으로 밤을 새운 후였다. 그녀의 집으로 달려갔다. 학교 다닐 때 자주 바래다주었고, 가족과도 인사를 나눴었다.

그녀의 오빠 김민근金民根이 안재영을 보고는 흠칫 놀랐다. 그는 안재영을 밖에서 잠시 기다리게 한 다음 옷을 갈아입고는 다시 나왔다. 안재영은 이상한 생각이 들었으나 김민근이 이끄는 대로 동네 다방으로 따라갔다. 삼십을 조금 넘긴 듯한 김민근은 차를 시키고 나더니 심각한 얼굴로 말했다.

"어차피 알게 될 일이니까 말을 하겠네. 소희는 지금 집에 없네. 어디론가 떠나 버렸네."

"소희가 집에 없다뇨? 떠나다뇨? 아니, 어디로 갔길래요?"

안재영은 소스라치게 놀라며 다그쳤다.

"어디로 갔는지는 우리도 몰라. 간다는 말두 없이 떠나 버렸으니까."

"아니, 왜? 왜 소희가 집을 나갔단 말입니까?"

"불행한 일이 생겼어."

"불행한 일이라뇨? 그게 뭔데 소희가 집을 나갔단 말입니까?"

김민근은 잠시 묵묵히 앉아 있더니 잠바 호주머니에서 편지 하나를 꺼내 안재영에게 내밀었다.

"이게 뭡니까?"

"소희가 자네한테 보내는 걸세. 부대로 보내면 혹 충격을 받아 탈영이라도 할지 모른다며 집으로 보냈더군. 자네가 찾아오면 전해 주라고. 나에겐 자네를 잘 좀 타일러 달라고 부탁했고…"

안재영은 떨리는 손으로 편지를 펼쳐 보았다. 눈물 자국인 듯 군데군데 편지는 얼룩져 있었다.

사랑하는 泳에게

날 잊어줘. 난 泳의 아내가 될 수 없는 여자야. 영과 결혼한 첫날 밤. 난 나의 고귀한 순결을 泳에게 바치려고 했어. 그것이 泳에 대한, 나의 가장 큰 사랑의 표시라고 생각했어. 그래서 그날 밤 영의 요구마저 거절했는데….

하지만 이젠 모든 게 끝났어. 나의 순결도, 영에 대한 사랑도 무참히 짓밟히고 말았어.

그것은 나에게 지우려야 지울 수 없는 커다란 火印이야. 죽고 싶은 심정뿐이야. 차라리 그날 밤 泳에게 모든 걸 주었더라면 이렇게까지 원통하지 않을 거야.

미안해. 날 용서해 줘.

그리고 날 버려. 침을 뱉고 욕을 해도 좋아.

날 찾을 생각은 하지 마. 이젠 내가 어떻게 될지는 나 자신도 몰라.

부디 좋은 여자를 만나 행복하게 살기를 바래.

泳과의 아름다웠던 날들을 생각하며

-姬-

안재영은 두 손으로 편지를 움켜쥐며 몸을 부르르 떨었다. 그의 눈에 불꽃이 튀었다.

"대체 이게 무슨 소리입니까? 왜 이렇게 됐단 말입니까?"

"고정해. 잘못은 나한테도 있어."

김민근이 안재영에게 담배 한 개비를 내밀었다. 안재영이 그것을 받아 물자 김민근이 다시 라이터를 켜 주며 한숨을 길게 내쉬었다.

"숨기고 싶네만, 어차피 자네도 알아야 할 것 같네. 얼마 전 할아버지 제사로 식구들이 시골엘 갔는데, 소희는 공부할 것이 있다면서 가지 않았어. 돌아오니 글쎄, 집에 강도가 들지 않았겠어. 소희는 알몸으로 꽁꽁 묶여 있고… 어찌 이런 일이 일어날 수 있는지. 너무나 분통이 터지네. 소희의 마음이야 오죽했겠어? 형사들이 두 놈 모두 붙잡기는 했지만, 이제 와서 그게 무슨 소용이 있겠어…"

"이 새끼들을 그냥!"

안재영은 화를 참지 못하고 밖으로 뛰쳐나왔다. 어떻게, 어떻게 이런 일이 있을 수 있나. 그놈들을 때려죽이고 싶었다. 분노와 복수심이 끓어올라 견딜 수가 없었다. 그러나 그들이 어디에 있는지도 몰랐고 혹 안다 하더라도 또 때려죽일 수도 없는 일이었다. 그것이 더 미칠 노릇이 아닌가. 소희는 치욕감을 견딜 수 없어 집까지 나갔으니… 얼마나 상심하고 절망스러울까. 하늘이 노래졌다. 안재영은 땅바닥에 털썩 주저앉아 땅을 치며 분노의 눈물을 흘려야 했다.

부대로 돌아온 후로도 분노가 가라앉기는커녕 커져만 갔다. 숨쉬기가 어려울 지경이었다. 복수하고 싶다. 그놈들을 죽여 버리고 싶다. 하지만 어떻게, 어떻게 그놈들을 잡아 죽일 수 있을까. 몸을 가누지 못할 정도로 술을 퍼마셔도 소용이 없고, 오히려 복수심은 더욱더 끓어오르기만 했다.

문득 월남으로 가면 어떨까 하는 생각이 들었다. 폭력은 폭력으로 응징할 수 있고 살인과 파괴가 합법적으로 용납되는 곳은 전쟁터밖에 없지 않는가. 소희를 짓밟고 나의 사랑을 송두리째 빼앗아 간 놈들이 버젓이 살아 있는 이곳에 있다간 틀림없이 미치고 말 것이다. 그놈들 대신 베트콩을 때려죽이자. 그러면 분이 풀릴 것이다.

죽어도 좋다. 아니, 차라리 죽고 싶다. 미친 듯이 싸우다가 깨끗이 죽으리라. 가자. 안재영아! 월남으로… 오냐. 가자! 월남으로. 월남에서 화를 분출하자. 가서 소희 복수를 하자.

자신이 탈출할 수 있는 길은 오직 월남밖에 없다는 생각에 안재영은 그 길로 파월을 자원했다.

파월선

바다 위 떠 있는 섬들이 멀어져 가면 또 다른 섬들이 나타난다. 맑게 갠 하늘에서는 갈매기들이 유유히 날고 파도는 크게 일렁인다. 안재영 상병은 파도를 가르며 미끄러져 가고 있는, 미 해군 수송선 갑판 위에 우두커니 서서 그것들을 바라보고 있었다. 여인의 살결 같은 보드라운 바람이 불어왔다.

"여러분은 자유의 십자군十字軍입니다. 여러분은 공산 침략을 당해 곤경에 처한 우방 국가를 도와주러 가는 것입니다. 여러분도 잘 아시다시피 우리 대한민국이 6·25 전쟁으로 곤경에 처해 있을 때 자유 우방국들이 목숨을 바쳐 도와주었습니다.

이제 우리는 그 보답을 하는 것입니다. 물에 빠진 친구를 구하기 위해 과감히 물에 뛰어드는 것처럼, 의義를 사랑하는 우리 민족이 위기에 처한 월남을 구하고, 나아가서는 월남의 승리를 위해 우리 군대를 파병하고 있는 것입니다.

돌이켜 보건대, 310여 년 전 만주滿洲벌을 가로지른 흑룡강黑龍江가에 출병했던 우리의 사격수들은 청淸나라의 요청에 따라 기병대와 싸운 적이 있고, 고려高麗 원종元宗 때는 몽고蒙古의 강요로 여몽麗蒙연합군이 편성되어 이백여 척의 함선과 1만여 병력으로 일본정벌의 채비를 한 적이 있습니다. 또 이조李朝의 인조仁祖 때도 외세의 강압으로 말미암은 타의 출병의 기록이 남아 있습니다. 그러나 지금의 월남 파병은 자유 수호를 위한 도덕적인 선택의 차원에서… 물론 국가 이익의 추구라는 면도 없다고는 볼 수 없습니다만… 아무튼 우리나라 5천 년 역사상 처음으로 자주적인 결의로 월남 파병의 결단을 내렸던 것입니다. 그뿐만 아니라 월남 전선은 우리의 휴전선과도 직결되어 있습니다. 마치 우리의 이웃집에 불이 났을 때 우리가 나서서 불을 끄지 않으면 안 되는 것처럼 우리는 불이 난 월남을 돕지 않으면 안 되는 것입니다.

지금 월남에 파견되어 있는 우리 국군은 용감하게 싸워 혁혁한 전과를 올리고 있으며, 월남과 미국을 비롯한 자유 우방국들로부터 열렬한 찬사를 받고 있습니다. 따라서 여러분도 선배 전우들이 이룩한 업적에 누가 되지 않도록 맡은 바 임무에 충실하기 바랍니다.

자유 수호를 위해 목숨을 걸고 월남에 가서 싸우려는 여러분의 의로운 행동은 역사에 길이길이 빛날 것입니다. 여러분은 이제 역사에 길이길이 남을 영광을 차지할 것이며, 여러분의 영광은 곧 조국의 영광이기도 한 것입니다. 후세에 너의 조상이 누구냐고 묻거든, 나의 조상을 트로이 전선에 참전한 용사였다고 일러 주라고 했던 고대 희랍 사람들의 긍지를, 여러분도 가져주길 바라는 바입니다.”

안 상병은 동부전선 ○○지구에서 무섭도록 훈련을 받을 때 부대장이나 정훈 장교들로부터 이런 말을 자주 들었었다. 또 파월 환송식 때나 신문·방송 등을 통해서도 이와 유사한 말을 많이 들었었다. 그러나 그의 월남전 참전은 자유 수호를 위한 사명감 때문이 아니었다. 월남전 참전은, 폭력을 폭력으로 응징할 수 없는 현실에 관한 돌파구요 폭력 앞에 무력한 자신을 아무 데나 던져버리고 싶은, 일종의 자위행위였다.

이제 나는 전쟁터로 간다. 어쩌면 고국 땅을 영영 밟지 못할지도 모른다. 후회는 없다. 다만 소희를 마지막으로 한번 보지 못하고 떠나온 것이 안타깝다.

'소희는 지금 어디서 무얼 하고 있을까. 날 생각하고 있을까. 혹 자살이라도 한 건 아닐까. 그렇다고 집을 나가다니… 소희가 보고 싶다…. 소희야. 잘 있어라.'

상념에 잠겨 있던 안 상병은 흐르는 눈물을 닦고 갑판을 내려왔다.

선내 복도를 지나는데 어디선가 재즈 음악이 들려왔고, 어떤 선실에서는 〈맹호는 간다〉 〈파월 장병의 노래〉가 우렁차게 들려오기도 했다. 안 상병은 그 선실을 그냥 지나쳐 자기의 선실로 들어갔다.

"어딜 갔다 오는 거야. 안 상병?"

동료들 서넛과 잡담을 나누고 있던 윤준희尹俊熙 상병이 고개를 돌리며 물었다.

"응, 갑판엘 좀… 헌데, 다들 어디 갔어?"

안 상병이 선실 안을 둘러보며 되묻자 윤 상병은 빙긋 웃으며 턱으로 선실 문 쪽을 가리켰다.

"저 소리 안 들려? 발바닥 비비는 소리…."

"발바닥…."

"트위스트 말야. 지금 신나게들 추고 있다구."

"윤상병도 같이 가서 놀지 않고…."

“나? 난 춤엔 소질 없어. 저게 뭐야. 마치 프라이팬에 오른 닭 떼마냥 파닥거리고… 허, 이럴 땐 쏘주나 마시는 게 최곤데. 술도 못 마시게 하고…”

그러자 그의 곁에 있던 허응천許應天 일병이 빙글거리며 나섰다.

“아니어라우. 술은 없어도 술 취한 기분은 얼마든지 낼 수 있어라우.”

“술 취한 기분?”

윤 상병이 허 일병 쪽으로 급히 고개를 돌렸다.

“그러니께 그게 워터콤 하나 하면 말입니다요 잉… 요놈의 배가 살랑살랑 흔들릴 때마다 복도에 나가 시계불알매넝 왔다 갔다 하면 된다 이거지라우. 고렇게만 하면 술을 한 방울 안 마시고도 참말로 술 취한 사람매넘…”

순간, 윤 상병이 허 일병의 머리통을 쥐어박았다.

“뭐야? 이 새애끼가 지금 누굴 놀리고 있어!”

늘어서 있는 이층 침대 저편에 한상문漢相文 상병이 침대 가장자리에 쭈그리고 앉아 심각한 표정으로 뭔가를 들여다보고 있었다. 안 상병은 그쪽으로 다가갔다. 얼핏 성경책을 읽고 있는 것 같았다. 그런데 자세히 보니 성경책 갈피에 여자 사진이 끼어 있다.

“뭘 그리 열심히 봐?”

안 상병이 바싹 다가가 웃으며 묻자 한 상병은 화들짝 놀라며 성경책을 얼른 덮었다. 그리고는 고개를 쳐들며 안 상병을 올려다보았다.

“난 또 누구라구… 선임하산 줄 알았잖아?”

“애인?”

“응, 약혼자야. 군대 오기 전 시골에서 약혼했지”

훈련을 마치고 면회가 허락되었을 때 안 상병은 면회소에서 사진 속의 그 여자를 본 일이 있었다. 시골티가 물씬 나는 그녀는, 갖고 온 보따리에서 떡이며 김밥, 닭고기를 꺼내 한 상병에게 자꾸 먹으라고 권하며 눈물을 줄줄 흘렸다. 그때 안 상병은 어머니와 삼촌을 면회하면서도 그들 쪽을 흘끔흘끔 바라보며 소희를 생각했다. 안 상병은 그가 부럽다는 생각을 하며 중얼거렸다.

"한 상병은 꼭 살아서 돌아가야 해. 약혼녀를 생각해서라도…."

그때 저녁 식사 시간을 알리는 안내 방송이 흘러나왔다. 안재영은 말을 멈추고 동료들과 함께 식당으로 향했다. 식당에는 병사들로 장사진을 치고 있었다. 병사들이 스탠 식판이나 포크 따위를 들고 일렬로 늘어서서 차례를 기다리다 배식대 앞으로 나아가면 미군과 한국군 취사병들은 재빠른 동작으로 음식들을 퍼담아 준다. 음식을 받아든 병사들은 빈자리로 가서 그것들을 허겁지겁 먹어 치운다.

급양하사관의 고함 소리, 포크와 스푼이 달그락거리는 소리, 발자국 소리, 병사들이 떠드는 소리가 한데 뒤엉켜 도떼기시장을 연상케 한다. 양식이었다. 음식은 푸짐했다. 비프스테이크, 로스트치킨, 베이컨 따위와 디저트로 오렌지주스와 아이스크림도 있었다.

병사들 중에는 양식을 처음 먹어 보는 사람도 많았다. 먹는 방법과 식기 사용법을 잘 몰라 쩔쩔매며 옆 사람을 흘끔거리기도 한다.

"야, 다 처먹은 놈들은 빨랑빨랑 나가잖구 뭘 꾸물거리고 있어? 야, 일등병! 너 말고… 땅딸보 너 말이야. 넌 새꺄. 아까부터 밥 다 처먹고도 스푼은 왜 들고 다니는 거얏! 빨랑 갖다 놔! 지금까지 스푼 잃어버린 게 몇 갠 줄이나 알앗! 새끼털, 그딴 스푼을 갖다 뭣에 쓸려고 집어 가는지 모르겠어. 월남 가서 스푼 없어 밥 못 먹는 줄 아나. 원… 저러니까 미군 취사병들이 우릴 보고 거지라고 욕하는 거지. 개새끼덜…."

팔뚝에 완장을 찬 급양하사관은 눈알을 번뜩이며 외쳐대고 있었고, 미 해군 하사관들은 한국군이 식기나 음식을 훔쳐 가지 않나 해서 문 앞에 지키고 서 있었다.

화장실도 엉망이었다. 파월 교육 때 좌변기 사용법도 교육받았건만 좌변기 의자 위로 신발을 신고 올라가 용변을 본 병사가 있는가 하면 소변기에다 대변을 본 병사도 있었다. 세면기 안에는 담배꽁초와 휴지가 수북했다. 화장실, 복도, 선실 곳곳에는 뱃멀미로 병사들이 토해 낸 토사물이 널려 있었다.

안 상병은 창피하고 부끄러웠다. 미군들이 얼마나 얕잡아 보고 하찮게 여길까. 저들이 우리보고 거지니 도둑놈, 야만인 같다고 욕을 해도 할 말이 없지 않은가. 밤이 되자 선실의 공용 캐비닛 뒤에서는 화투판이 벌어졌다. 〈파고다〉니 〈아리랑〉 같은 담배를 놓고 담배 따먹기 노름이다. 그들 주위에는 구경꾼들이 그득했다.

"죽을 사람들은 빨랑빨랑 죽으쇼."

"씨이팔, 망통이 뭐야. 망통이… 난 죽었어."

"김 상병님은요?"

"쌔끼, 겁주는데… 에잇, 구삥 가지구 죽는다."

"난 안 죽어."

"나두."

"그럼 전 두 개 걸겠습니다."

"새꺄, 한꺼번에 두 개씩 거는 게 어딨어? 하나씩 올려."

"아무래도 오 일병, 저것이 꽤 높은가 분디… 에랏. 코피 쏟기 전에 나두 죽어뿐지자. 알리면 먹을 만한디 말여…"

"그깟 알리 갖구 뭘 그러십니까? 이젠 유 병장님하고 저하고 둘밖에 안 남았음다. 유 병장님도 땡 이하면 손 터십쇼."

"어쭈, 이게 겁줘. 하지만 난 안 죽어. 하나 걸었어."

유 병장이 '아리랑' 한 개비를 군용 담요 위에 던진다. 그 위에 오 일병도 '아리랑' 한 개비를 던진다.

"한 개 더 거시죠?"

"좋아, 나도 끗발 있으니까…"

다시 '아리랑' 두 개비가 던져진다.

"전 한 개 더 걸겠습니다."

"한 개 더? 이거 아무래도 켕기는데… 그만 펴봐."

"선 마음 아닙니까? 제가 선인데…"

"선은 무슨 놈의 선… 펴라면 펴는 거지."

"팔땡입니다."

오 일병이 화투장 두 개를 던진다.

"헐, 한 끗 차구나. 난 칠땡인데… 너 혹시 사기 치는 거 아냐? 아까부터 계속 따는 게 수상해."

"사기라뇨? 그런 말 마십쇼."

오 일병이 군용 담요 위의 담배들을 몰아가자 유 병장의 이맛살이 찌푸려진다.

"도리짓구 땡으로 돌려. 섯단 재미없어."

"그런 법이 어딨습니까? 한창 끗발 오르는 판에…"

"쌔꺄. 고참이 까라면 까는 거지. 원 말이 그리 많아. 쫄따구가… 도리 짓구 땡으로 어서 돌렷!"

"이거 너무 합니다. 똑같이 전쟁터에 나가는 마당에… 우린 모두 파월 동기가 아닙니까? 총알이 고참, 쫄병 가려가며 날아오는 것두 아닐 테구…"

"새꺄. 아가리 닥치지 못해! 이게 얻다 대구 맞먹으려고 들어? 이걸 그냥 콱… 전쟁터엔 고참, 쫄병도 없는 줄 알앗!"

안 상병은 머리가 복잡해지고 있었다. 배의 롤링으로 속이 메스꺼웠고 골치도 아팠다. 기관실에서 울려오는 엔진 소리가 무척 크게 들려왔다. 시원한 바람을 마시고 싶었다. 그는 자리에서 일어나 갑판 위로 올라갔다. 어두운 밤하늘에 무수한 별들이 보석처럼 반짝이고 있었고, 뱃전에 부딪히는 파도 소리가 들려왔다. 어디쯤 왔을까. 미지의 세계가 두렵기도 한 반면 새로운 세계의 동경이, 전쟁터로 간다는 것도 잠시 잊게 만드는 밤이었다.

아낌없이 이 젊은 육체를 바치리라. 그것은 애국이라는 낱말과는 다른 것이었다. 또다시 소희의 해사한 미소가 떠올랐다. 소희! 넌 지금 어디 있느냐. 왜 우린 이렇게 헤어져야만 하느냐. 안 상병은 처절한 심정이 되어 난간에 기대섰다. 그리고 담배를 피워 물며 밤하늘을 올려다보았다.

"밤바람이 제법 차죠?"

어둠 속에서 누군가가 다가오며 말했다. 대학 일 년을 마치고 입대했다는, 정순우鄭淳雨 일병이다. 안 상병은 그에게(그뿐만이 아니라 다른 사람들에게도 마찬가지였으나) 별 관심이 없었지만 정 일병은 안 상병을 따르고 있었다.

"자원했다며?"

안 상병은 귀공자처럼 예쁘장하고 무엇 하나 부러울 게 없을 것 같은 그가 무엇 때문에 월남 파병을 자원했을까 궁금했다.

"예."

"무엇 때문에 자원했어? 후방에서 편한 곳에 있었다는 것 같던데…."

"편하기는요. 군대 생활, 어디 가나 다 마찬가지죠. 뭐"

"그래도 죽을 염려는 없잖아! 후방에서 그럭저럭 때우고 복학이나 하잖고?"

"전쟁을 경험해 보고 싶었어요. 왜 동족끼리 싸우는지. 이데올로기의 대립이 무엇인지…. 월남이 어떤 나란지도 알고 싶었구요. 체험하고 싶었던 거죠. 말하자면."

안 상병은 웃었다. 자신을 위험에 빠트리는 값비싼 감상주의로군. 돈이나 진급이나 명령 때문에 또 자신처럼 홧김에 전쟁터에 뛰어들었다면 또 모른다. 치기 어린 장난기에 목숨을 걸어야 할까. 정 일병의 그런 생각들이 가치 있는 것일까. 또 알아서 어떻게 하겠다는 것인가. 총알이 빗발치듯 날아오는 전쟁터에 서게 되면 대번에 자신의 생각이 얼마나 어리석었고 무모했는지를 알게 될 것이다.

그러나 월남과 전쟁의 실상에 관한 정 일병의 관심은 컸다. 그는 배 안에서도 시간이 날 때마다 신문이나 잡지, 책에서 오려 만든 자그마한 스크랩북을 펴 보곤 했다.

배를 탄 지 사흘째 되던 날, 안 상병은 정 일병의 침대 곁을 지나다 침대 머리맡에 놓여 있는 그 스크랩북을 보게 되었다. 정 일병이 선실에 없었으므로 안 상병은 무심코 스크랩북을 펼쳐 보았다.

- … 월남은 진시황제秦始皇帝의 정략에서 비롯되어 오랫동안 중국의 지배하에서 신음하고 있었으나, 1428년에 이르러 비로소 중국의 세력을 구축하는 데 성공하여 독립을 이룩하였다. 그러나 19세기에 이르러 다시 프랑스의 잠식蠶食을 벗어나지 못하고 드디어 1884년 6월 6일의 <프랑스 월남조약>으로 말미암아 그 운명은 일변하였다. 즉 이 조약에 따라서 월남은 프랑스의 보호를 승인·수락하였으며, 프랑스는 모든 대외 관계에 있어서 월남을 대표하게 되었다.

따라서 월남의 황제는 일체의 권한을 박탈당하고, 다만 황제의 이름을 지니는 유명무실한 존재가 되었다. 그와 동시에 프랑스로부터 새로운 문화가 들어왔으며, 그리스도교가 보급되고 아름다운 프랑스풍風의 도시가 건설되었다.

월남을 영유하게 된 프랑스의 식민지 정책은 가혹하였다. 형률刑律은 극히 엄격하였고, 과세課稅는 무거웠다. 국내 여행도 50리 이상은 금지하였다. 프랑스의 이와 같은 식민지 정책을 월남인들은 교살 정책絞殺政策이라 불렀으며, 이러한 식민지 정책에 반항하여 월남인들은 독립운동을 전개하였다. 1903년, 번시한潘是漢이 국민당을 결성한 것이 독립운동의 효시라고 할 수 있다.

그러나 월남인들의 독립운동과 폭동은 프랑스의 가혹한 탄압에 큰 실효를 거두지 못하고 겨우 명맥만 유지해 나갔다. 그러다가 태평양전쟁이 발발하고 일본군이 월남에 진주하게 되자, 일본은 바오다이 황제를 옹립하여 월남의 독립을 선포하고 베트남 제국을 수립도록 하였다.

1945년, 연합국의 승리가 결정적인 단계에 돌입하자 포츠담 회담에서는 북부 월남은 중화민국이, 남부 월남은 영국이 점령하기로 합의를 보았다. 그러나 영국은 월남에 관한 책임을 프랑스가 져야 한다는 견해를 내세우며 점령을 양보하였다.

이렇게 되자 프랑스는 다시 월남을 손아귀에 넣으려고 기도하였으며, 이에 맞서 2차대전 직후 월남 북부에 재빨리 수립된 호지명胡志明 정전(월맹)이 대항하였다. 그러자 프랑스는 일본의 항복과 더불어 홍콩에 망명해 있던 바오다이 황제를 불러들여 호지명 정전에 대항하는, 월남국越南國을 수립도록 하였다.

1946년 12월에 프랑스와 월남 공산군 간에 시작된 전면전쟁은 오랫동안 치열하게 계속되었다. 그러던 중 1954년 7월, 제네바에서 휴전협정이 체결됨으로써 월남은 남북으로 분단되어, 남에는 월남공화국이, 북에는 호지명이 이끄는 공산정권(월맹)이 수립되었다.

월남공화국의 초대 대통령으로는 미국의 지원을 받는 고 딘 디엠이 당선되었다. 그러나 고 딘 디엠 정권은 일가친척을 중심으로 한 족벌정치를 행하였다. 이와 함께 독재와 부패가 만연하였고 불교도들을 탄압하는 등 실정失政을 거듭하였다.

학생과 불교도들의 데모와 승려들의 분신자살 등 반정부운동이 잇달아 일어났고, 마침내 1963년 11월 두옹 반 민 장군이 이끄는 군부 쿠데타로 말미암아 고 딘 디엠 정권은 무너졌다.

이와 같은 정치적·사회적 혼란을 틈타 고개를 든 것이 소위 베트콩으로 불리는 공산 게릴라들이며 이들은 차차 세력을 강화하여 월남을 크게 위협하게 되었다.

한편, 프랑스는 1955년 2월에 군사권을 정식으로 월남정부에 이양하였고, 1956년 6월에 프랑스군은 월남에서의 철수를 완료하였으나, 월남 정부의 요청에 따라 총원 50명의 육해공군 기술자로 구성된 프랑스 군사 사절단을 잔류시켰다.

그 후 월남 정부군은 1954년 11월에 설치된 1만 5천 명의 미국 군사 고문단의 지도하에 있었으며, 모두 미군 장비로 무장되고 미국의 원조를 받고 있다. 미국은 처음 프랑스를 지원하는 형식으로 인도차이나 전쟁에 개입하였으나, 1961년부터 본격적으로 월남전에 개입하기 시작하여 오늘에 이르렀다.

……

"재미있으세요?"

바로 곁에서 말소리가 들렸다. 안 상병은 못된 손장난을 하다 들킨 사춘기 소년처럼 얼굴을 붉히며 후다닥 스크랩북을 덮고는 소리 난 쪽을 올려다보았다. 그곳엔 정 일병이 빙긋 웃으며 내려다보고 있었다.

"미안해, 허락도 없이 펴 봐서…."

"괜찮습니다. 뭐, 못 볼 걸 보셨나요? 월남에 가는 마당에 월남을 조금은 알아둬야 할 것 같아 스크랩해 둔 것입니다. 좋으나 싫으나 앞으로 1년간은 월남에서 살 텐데, 물론 죽지 않아야겠지만… 필요하시다면 언제든지 봐도 좋아요."

"으응… 고마워. 헌데 어딜 갔다 온 거야?"

안 상병은 정 일병의 말이 옳다고 생각하면서도 공연히 쑥스러워 얼른 말머리를 돌렸다.

"휴게실예요. 오늘이 일요일이잖아요? 장교 휴게실에서 미사가 있었거든요. 전 가톨릭 신자예요. 꼬박꼬박 성당엘 다녔었지요."

"그으…래? 난 오늘이 일요일인 줄도 몰랐어. 배 안에서만 처박혀 있으니까 날짜 가는 줄도 모르겠는걸…."

말꼬리를 흐리며 안 상병은 슬그머니 그 자리를 빠져나와 갑판으로 갔다. 햇살이 눈부셨다. 갑판에는 많은 병사가 나와 서성거리며, 햇살에 반짝이는 바다를 바라보며, 얘기를 나누고 있었다. 미 해군들은 눈부신 흰 유니폼으로 갈아입고 다녔다. 더운 바람이 훅 훅 끼쳐왔다.

안 상병은 난간에 양손을 얹고 바다를 굽어보았다. 고국에서 보던 바닷물보다 훨씬 더 푸른 것 같았다. 옆에서 병사들의 떠드는 소리가 어수선하게 들려왔다.

"와, 되게 더운데? 여기가 어디쯤 될까?"

"필리핀 근방이라고 하던데…."

"그럼 월남은 여기보다 더 더울 게 아냐? 난 더운 건 딱 질색인데. 월남 가서 어떻게 견디지? 생각만 해도 아찔한걸."

"월남이 더운 나라라는 걸 모르고 왔어? 더운 게 싫으면 지금이라도 저 바다에 뛰어들어 헤엄쳐 돌아가려무나."

"이걸 그냥…."

병사들은 더위에 지치고, 배의 롤링에 시달리고, 갑갑하고, 고향 생각이 나서 죽을 맛이었다. 밤이 되면 잠을 설쳤고 식욕은 떨어졌다. 육지가 더욱더 그리워졌다. 심한 뱃멀미에 토하고 더위에 지쳐 의무실에 드러누운 병사들도 많았다. 고향과 가족 생각에 남몰래 훌쩍이는 병사도 더러 있었다.

안 상병도 몇 번 토했다. 더위에 지쳤다. 문득문득 집 생각과 가족, 친구 그리고 소희 생각이 났다. 하지만 그는 고국을 떠나온 걸 후회하지는 않았다.

고국을 떠난 지 닷새가 되던 날 병사들에게 5일분의 수당이 지급되었다. 달러였다. 축 처져 있던 병사들은 갑자기 신바람을 내며 PX나 휴게실로 몰려갔다. 그동안 달러가 없어 PX나 휴게실 자동판매기의 신기한 물건들을 구경만 해 왔기 때문이었다.

안 상병도 동료들과 함께 휴게실로 갔다. 휴게실에 있는 콜라, 커피, 오렌지주스 자동판매기 앞에 병사들이 가득 몰려 있었다. 그들 속에서는 감탄과 함성, 욕설이 뒤엉켜 터져 나왔다.

"어? 이거 와 안 나오노?"

"이런 비영신! 장가가서도 구멍 하나 제대로 못 찾을 자슥아… 구멍에 동전부터 넣어야지. 단추만 눌러대면 뭐가 나와?"

"오메, 잡것. 동전을 넣으니께 컵이 나오고… 고게 뭐시냐… 고렇지. 고 콜라란 놈이 쪼르르 흘러나오네요. 잉"

"마, 콜라만 나오는 줄 알아? 옆에 거스름돈도 떨어졌잖아? 그냥 가려면 가라구…."

"햐, 기찬데… 한 번 더 해봐. 또 나오나…."

"새꺄, 새치기하지 말어. 다음엔 내 차례란 말야!"

"낸 월남 가서 돈 벌어 갖꼬 저거나 살란다. 저거 하나만 사 갖고 서울 한복판에 갖다 놓으믄 떼돈을 벌 게 아니가?"

"놀구 있네. 미국 놈들이 너 돈 벌라고 호락호락 팔 거 같애? 그리고 수당 주자마자 저딴 신기한 기계로 몽땅 회수해 가는데, 어느 세월에 달러를 모아서 사?"

병사들이 아우성을 치며 PX와 자동판매기 앞에 몰려 있는 것을 본

장교 하나가 버럭 소리를 질렀다.

"이 정신 나간 자식들아! 그래, 이 돈이 어떤 돈인 줄이나 알고 그렇게 흥청망청 쓰는 거냐? 이 돈은 바로 너희들 목숨값이란 말야. 목숨값…알겠어. 내 말? 한심한 자식들 같으니라구."

무료한 시간을 잊기 위해 안 상병은 배 안에 있는 음악실을 찾곤 했다. 음악을 들으며 커피라도 마시고 있노라면, 자신이 지금 전쟁터로 향하고 있다는 생각은 까마득히 잊히고, 음악을 좋아하던 소희가 한없이 그리워졌다. 눈을 맞으며 함께 걷던 Y읍과, 함께 음악을 듣던 돌체다방도 눈에 선히 떠올랐다.

태양은 점점 뜨거워졌고 바람은 열기를 더해갔다. 햇살이 너무 따가워 갑판에 오래 있을 수 없었다. 선실도 덥기는 마찬가지였다. 온몸은 땀투성이였다. 병사들은 모두 빨리 월남 땅에 도착하기만을 학수고대했다.

항해를 시작한 지 열흘쯤 되던 날 이른 아침, 안 상병은 갑판에 서 있었다. 뿌옇게 밝아오는 하늘에 물새들이 바삐 날고 있었고, 바다 저편에 호위 구축함이 가까이 떠 있는 것이 보였다. 곧이어 하늘에 미군 전투기들이 나타나더니 배 위를 빙빙 돌았다. 호위 전투기들이었다. 육지가 머지않았다고 생각하고 있을 때였다.

"육지가 보인다!"

선수船首 쪽 갑판 위에 있던 병사들이 뛸 듯이 기뻐하며 소리쳤다. 안 상병은 급히 그들 쪽으로 다가갔다. 과연 저 멀리 육지가 가물가물 보였다. 마치 바다 위에서 막 솟아오르는 것 같았다. 여기저기서 병사들이 몰려오기 시작했다.

"월남이야. 이제 남국의 야자수와 늘씬한 몸매의 월남 꽁까이들을 볼 수 있게 됐어."

"어쩜 꽁까이보다 베트콩을 먼저 만나게 될지도 모른다구. 교육받을 때 베트콩은 어디에나 있고 또 어디에도 없다는 얘길 못 들었어? 날씬한 월남 꽁까이들 중엔 베트콩도 있단 말야."

"아, 앞으로 1년 후 우리 중의 누군가는 한 줌의 재가 되어 비행기를 타고 귀국하겠지?"

월남을 바로 앞에 두고 잊고 있던 전쟁의 공포와 죽음에 관한 두려움이 병사들을 사로잡았다. 대포 소리, 폭격 소리, 함포사격 소리가 점점 크게 들려오기 시작하였다.

미 수송선은 중부 월남 제2의 군항軍港이며 요충지인 퀴논항에 서서히 입항했다. 하늘에는 남국의 뜨거운 태양이 이글거렸다. 멀리 서북쪽으로 광활한 밀림지대가 보였다.

퀴논항 부두에는 환영나온 한국군 병사들과 미군들, 한국교포들, 월남인들이 기다리고 있었다. 부둣가에는 '한월 친선 만세' '한국군을 환영합니다'라고 쓴 플래카드가 몇 개 걸려 있었다. 수송선의 한국군들이 완전군장을 한 채 차례로 배에서 내리자 군악대의 힘찬 환영 팡파르와 함께 태극기와 월남기가 물결처럼 흔들렸다.

안재영은 생각했다. 드디어 월남에 도착했구나. 무서운 전쟁의 와중에서 과연 내가 살아 돌아갈 수 있을까. 어쩌지 못하는 분노로 지원해 오긴 했지만, 안재영 역시 온전히 두려움을 떨쳐버릴 수는 없었다. 착잡했다. 안재영은 동료들의 얼굴을 하나, 둘 훑어보았다. 우리는 목숨과 돈을 맞바꾸러 온 사람들이 아닌가?

피어스 타이거 (Fierce Tiger)

주월 한국군 맹호부대는 파월 초기 몇 개월 동안 전력을 신중하게 가다듬는 데 소비했다. 작전 지역 요소요소에 중대 단위의 전술기지를 구축하고 기지 주변에 대한 소규모 정찰과 매복 활동만 강화했을 뿐 대규모의 전투를 벌이지는 않았다. 이 같은 전술기지의 편성 목적은 연대 규모의 적 공격에도 1개 중대가 지원 없이도 48시간 이상 지탱할 수 있도록 하자는 데 있었다.

그러자 미군과 월남군들은 '아시아 최강이라는 한국군이 왜 싸우려 들지 않고 방어만 하느냐? 맹호는 종이호랑이(paper tiger)가 아니야?'라며 빈정거렸다.

심지어는 월남군 민병대가 맹호부대 사단장이며 주월 한국군 사령관을 겸하고 있던 채명신蔡命新 중장을 방문해 '우리가 당신네들 대신 TAOR(전술 책임 구역)에서 작전을 벌여도 괜찮은가'라고 물을 정도였다. 그러나 채 중장은 이런 말을 귓등으로 흘려 버렸다.

"호랑이는 섣불리 움직여 상처를 입지 않는다. 우리의 계획대로 밀고 나가면 시간이 모든 의문을 풀어 줄 것이다."

이렇듯 파월 초기의 맹호부대의 중대 단위 전술기지 구축 작전은 미군이나 월남군으로부터 좋은 반응을 얻지 못했지만, 이것은 어디까지나 주월 한국군의 4단계 전술 중 첫 단계 작전에 불과했다. 전혀 전투를 벌이지 않았던 것은 아니다. 풍손전투·룩네전투·빈랑수색전·전지작전·안찬전투·추수작전 등 수십 차례의 전투를 벌였다. 물론 이 같은 전투는 맹호의 전력에 비할 때 큰 전투라고는 할 수 없었다. 하지만 이는 아직 월남의 지형과 기후에 익숙하지 못한, 전투 경험이 없는 병사들에게 소규모 전투로 담력을 기르고 게릴라전의 대응법, 전투 경험, 환경 적응을 시키기 위한 당초의 계획이었다. 병사들이 전투에 익숙해지고 환경에 적응하면서 차츰 공격 단계로 넘어서고 있었다.

그렇지만 아직도 맹호부대는 중대 단위 전술기지 작전을 고수하고 있었는데 이는 미군이나 월남군이 단기 작전을 수십 전이나 벌이고도 평정이 제대로 되지 않고 있다는 사실과 토착되어 있는 베트콩에게는 토착으로 대항하겠다는 생각에서였다.

이럴 무렵인 1966년 6월, 주월 미 제1야전군 사령관 라슨 중장이 채명신 중장에게 캄보디아 국경지대에서 전투를 벌이고 있는 미 제25사단을 한국이 도와줄 것을 요구했다.

"캄보디아 국경 지역에 한국군 1개 연대를 파견해 주시오. 맹호는 그동안의 전투 경험으로 우릴 지원할 만한 여력이 있잖소?"

"하지만… 우린 아직 준비가 덜 됐소이다."

처음 채명신 중장은 이런 이유를 내세워 거절했는데 거절한 보다 큰 이유는 예상되는 격전에서 한국군의 희생을 막기 위해서였다. 그러나 미군 측이 계속 끈질기게 요구하고 한국군의 능력으로 충분히 감당할 수 있으리라고 판단돼 채 중장은 제의를 받은 지 약 열흘 만에 이를 수락했다. 그러면서 그는 이번 기회에 한국군이 싸우려 들지 않는다는 이미지를 깨끗이 불식시킬 필요가 있다는 생각을 했다.

이에 따라 부사단장 이남주李南柱 준장은 미 제25사단 3여단장 워커 장군을 만나 협의한 결과, 한국군 1개 대대만을 보내 미군을 지원하고 주둔지는 캄보디아 국경지대인 두코로 정하기로 합의를 보았다.

7월 9일 새벽 6시, 최병수崔柄授 중령이 지휘하는 맹호 기갑연대의 3대대와 이에 배속된 포병부대는 1백 87대의 차량으로 퀴논을 출발, 19번 도로를 따라 플레이쿠를 거쳐 19번 도로의 맨 끝인 캄보디아 국경지대 두코로 향했다. 병력과 탄약, 식량 등을 실은 차량 대열이 플레이쿠를 지날 무렵 미 3여단의 탱크들이 나와 에스코트를 해 주었고, 3대대 병력은 오후 2시경 무사히 두코에 도착할 수 있었다.

평균 해발 3백m의 고원지대인 두코는 높이 10여m의 열대수들이 하늘을 덮은, 그야말로 버려진 정글 지대였다. 따라서 공중 지원이나 포 지원을 받기 힘든 곳이었다. 그뿐만 아니라, 두코는 그 이웃에 유명한 호지명 통로인 야드랑 계곡을 끼고 있고, 또 캄보디아와 가깝기 때문에, 적은 우수한 보급을 받는 것과 함께 불리할 때면 언제든지 국경 너머의 성역으로 도망칠 수 있는 곳이기도 했다. 더욱이 이 지역의 적은 모두 월맹 정규군이었다.

그 무렵, 미 25사단 3여단은 이 일대에서 플리비어 작전을 벌이고 있었고, 그 북방에서는 미 제1공수기갑사단이 지원 작전을 하고 있었다. 하루에도 수십 명씩의 전사자가 속출했다.

대대장 최 중령은 두코에 도착하자마자 부하들에게 진지 구축 작업을 서두르도록 지시했다.

"밤을 새워서라도 진지 작업을 빨리 끝내도록 하라! 만일 이럴 때 적이 기습해 오면 우린 결정적인 타격을 입게 된다. 여긴 후퇴할 곳도 없다는 사실을 명심하라!"

채명신 장군도 달려와 진지 구축 작업을 독려했다. 종일 비가 내리는 날도 있었으나 병사들은 쉬지 않고 일했다. 덤불은 거둬내고 호를 파고 생나무를 잘라 호 위에 덮고, 그 위에 모래주머니를 얹었다. 이렇게 사흘 만에 훌륭한 진지가 구축되자, 대대장 최 중령은 진지 주변의 매복 초소를 강화하고 적의 기습에 대비했다. 그러나 이렇다 할 적정은 나타나지 않았다.

하루는 미 3여단장 워커 장군이 진지에 날아왔다. 그는 진지를 둘러보고 나더니 다소 못마땅한 표정을 지으며 최 중령에게 말했다.

"이게 뭔가? 콘크리트 성 같은 중대 기지만 만들어 놓고 가만히 들어앉아 있으면 싸움은 언제 한단 말인가? 미군처럼 적을 찾아 나서서 싸우시오!"

당시 근방의 미군들은 텐트를 치고 야영을 하면서 적을 찾아다니며 싸우고 있었는데, 때로는 야영 중에 적의 기습을 받아 큰 타격을 입으면서도 이 방법을 버리지 않고 있었다. 워커 장군의 이 말에 최 중령은 퀴논에 있는 사단장 채 장군에게 이 같은 사실을 보고하며 어떻게 하면 좋을지를 물었다. 그러자 채 장군의 입에서 짤막한 불호령이 떨어졌다.

"넌 누구의 명령을 받는, 누구의 부하인가?"

최 중령은 난처한 상황에 빠지고 말았다. 직속상관인 채 장군의 명령에 따르는 것이 당연한 일이었지만, 워커 장군의 요구도 무시할 수 없는 형편이었기 때문이다. 그는 생각 끝에 두 장군의 지시를 절충시켜 중대 기지를 근거로 하여 2개 소대 병력을 지역 내의 감시초소에 매일 내보내게 되었다. 그러다가 미군 측의 요청으로 국경선에서 4백m 지점까지 중대 규모의 병력으로 정찰을 나가도록 했다.

적은 이 기회를 노렸다. 8월 9일 밤. 월맹군 약 600여 명이 한국군이 수색 정찰을 나간 틈을 타서 불과 182명의 병력밖에 없는 9중대 기지를 덮친 것이었다. 마침 9중대 대원들은 이틀간의 수색 정찰을 마치고 돌아와 외곽 경계병들을 제외하고는 모두 취침에 들어가 있을 때였다. 밤 10시 30분경, 전방 청음 초소와 소대 전방에 나가 있는 매복조로부터 무전이 날아왔다.

"적이 새까맣게 몰려온다!"

원래 9중대장은 이춘근李春根 대위였다. 그러나 그 날짜로 그는 강세호姜世虎 대위에게 중대장직을 인계하고 합동 근무를 하고 있었다. 신임 중대장 강 대위는 3개월 전에 결혼하고 월남으로 왔는데, 그는 적의 기습을 받고 있다는 보고를 받자 부하들에게 조명탄을 발사하라고 명령했다. 또 미 3여단에서 중대 기지에 파견 나와 있던 5대의 탱크병들에게 적을 향해 서치라이트를 비추도록 명령을 내렸다. 조명탄이 터지고 미군 탱크병들이 서치라이트를 비추자 전방 초소 앞은 대낮처럼 밝아졌다. 이와 거의 동시에 중대 기지 안에 수십 발의 박격포탄이 비오듯 떨어졌다. 대전차 로켓 포탄도 날아왔다.

"아무래도 안 되겠군요. 밖의 상황 좀 봐야겠어…."

갑자기 강 대위가 중대장 벙커에서 밖으로 나가려고 했다.

"안 돼, 위험해!"

이 대위가 그를 만류했다. 그러나 강 대위는 벌써 벙커 밖으로 뛰쳐나가고 있었다. 강 대위가 벙커 밖으로 뛰쳐나오는 순간. 적의 박격포탄이 벙커 지붕 위에 떨어지면서 강 대위는 그 자리에서 쓰러지고 말았다. 강 대위가 쓰러지자 전임 중대장 이 대위가 지휘를 맡았다.

"전원 자기 위치로 가랏! 적이 가까이 올 때까지 사격하지 마랏! 아군 포대에 포 지원을 요청하라!"

자다가 깬 병사들은 급히 자기 위치로 가서 반격 태세를 취했고, 중대에 파견 나와 있던 포병 관측장교는 아군 61포대에 적의 박격포 진지를 정확하게 알려 주었다. 이 대위는 다시 무전으로 대대본부에 있는 최 중령을 불렀다.

"적이 기습해 왔습니다! 적은 약 1개 대대 이상의 병력인 것으로 판단됩니다. 즉각 지원을 바랍니다!"

보고를 받은 최 중령은 곧 3여단장 워커 장군에게 상황을 알리는 한편, 탄약의 보급과 탱크 지원을 요청했다. 그러나 3여단에서는 밤중인 데다가 기상이 나빠 지원이 불가능하다는 회신을 보내왔다.

이윽고 아군 61포대 C전포대와 628전포대에서 포탄이 날아갔다. 105mm와 155mm 포탄이 괴성을 지르며 날아와 적이 숨어 있는 정글을 강타했다. 적의 박격포탄이 중대 기지에 떨어지기 시작한 지 5분 만이었다. 중대 기지에 쏟아지던 수백 발의 포탄이 멎으며 적이 기관총과 AK소총, 장총 등을 쏘아대며 몰려왔다. 적이 TNT로 철조망을 폭파하고 진지 앞 30m 전방까지 다가왔을 때였다.

"사격 개시!"

중대장 이 대위의 입에서 명령이 떨어지는 순간, 이제까지 침묵을 지키던 중대원들의 총이 일제히 불을 뿜었다. 중대 기지에 있는 탱크도 직사포와 캘리버 50, 30 기관총을 마구 쏘아 댔다.

"물러서지 마랏! 한곳이라도 뚫리면 끝장이닷!"

"야, 저 새낄 잡앗! 저 기관총 말야!"

맹호들은 눈을 부릅뜨고 고함을 질러대며 M소총, M2카빈, M79 유탄발사기, LMG 따위를 미친 듯이 갈겨댔다. 카키색 군복을 입은 적들은 외마디 비명을 지르며 무수히 고꾸라졌다. 그러나 적은 쓰러진 시체를 넘어 맹렬히 돌진해 왔다.

맹호들도 피를 흘리며 쓰러졌다. 적이 20m 앞까지 다가오자 소대장들은 위험을 무릅쓰고 포 지원을 요청했다.

"야, 무전병! 포를 때리라고 햇!"

"적이 너무 가까이 있어 위험합니다!"

"새꺄. 시키면 시키는 대로 햇!"

105mm 포탄이 군 앞에서 작열했다. 적이 공중으로 치솟고, 팔다리가 흩어져 떨어지는 것이 보였다. 발악적인 폭발음, 총소리, 비명 소리가 뒤엉켜 들려왔다. 그래도 적은 물러서지 않고 악착같이 달려들었다. 아군 진지에까지 뛰어드는 놈들도 있었다. 치열한 백병전이 벌어졌다. 곳곳에서 수류탄이 터졌다.

"좆마이 새끼가….."

"윽!"

"야. 김 상병! 뒤를 조심햇!"

욕설과 함께 대검이 번뜩였고 비단 폭을 찢는 듯한 날카로운 비명이 터져 나왔다. 폭죽처럼 피가 튀었다. 밤 12시쯤 되자 플레이쿠에 있는 미군 항공기들이 날아와 지원 폭격을 해 주었다. 적이 주춤거리며 한 발 물러섰다. 그러나 적의 사격은 맹렬히 계속되었다.

반면 맹호의 포격과 사격은 뜸해졌다. 원래 적의 연대 규모의 공격을 받더라도 48시간을 지탱하도록 중대 전술 시에는 충분한 탄약과 포탄이 준비되어 있어야 함에도 불구하고, 전투 개시 2시간 만에 갖고 있는 탄약과 포탄을 거의 써 버렸던 것이다. 처음 3대대는 두코에 도착한 즉시 미 3여단에 충분한 탄약과 포탄을 지원해 줄 것을 요구했었다. 그러나 3여단에서는 "적정이 있으면 곧 공수해 주겠다"라며 공급을 기피했는데, 이날 밤에는 공교롭게도 기상이 나빠 공수할 수 없게 되었던 것이다.

잠시 주춤거리던 적은 다시 수류탄을 던지며 돌격해 왔다. 맹호 9중대 병사들은 탄약을 아끼며 필사적으로 진지를 사수했다. 그 무렵 야드랑 계곡에 있던 10중대와 대대 기지에 있던 11중대가 9중대를 구하기 위해 달려오고 있었지만, 정글 속을 심야에 전진해야 할 뿐만 아니라 적의 매복 기습도 경계해야 했으므로 빨리 오지는 못하고 있었다.

"씨팔, 10중대, 11중대 애들은 왜 아직도 안 와? 이러다간 우리 모두 송장이 된 다음에 송장 치르러 오는 게 아냐?"

"까짓거, 탄약만 충분하면 우리끼리도 버틸 수 있을 겐디… 이빨이 없으면 어떻게 놈들을 물어뜯는단 말이가?"

"해도, 니들은 연애라도 해 봤으니께 죽어두 덜 억울할끼다. 허지만 낸 뭐꼬? 내야말로 계집 치마폭 한번 안 뒤집어 본 숫총각이란 말이다."

병사들이 일말의 불안감을 감추지 못하며 싸우고 있을 때 응원군이 가까이 왔다는 소식이 들려왔다.

새벽 5시경이 되자 적이 서서히 퇴각하기 시작했다. 병사들은 환호를 울리며 적을 추격하려고 했으나, 중대장 이 대위가 이들을 큰소리로 말렸다.

"섣불리 공격하지 말라! 우리는 지금 지치고 탄약도 떨어졌다. 곧 응원부대가 도착할 것이니 그때까지 기다려라."

날이 샐 무렵 응원부대가 도착해 적을 소탕했다. 적은 무수한 시체와 무기들을 남긴 채 완전히 퇴각했다. 진지 일대는 밤새도록 쏘아 올린 조명탄의 패러슈트로 정글에 마치 흰 꽃이 핀 것 같았다. 진지 바로 앞에는 무수히 쓰러진 적들이 걸레 조각같이 널려져 있었다.

이 전투에서 9중대는 적 1백 87명을 사살하고 6명을 포로로 잡았으며 61mm 박격포 5문, 기관총 10정, AK 소총 43정. 장총 19정, 40mm 대전차 로켓 12문 그밖에 수만 파운드의 탄약을 노획했다.

반면 아군의 피해는 신임 중대장 강세호 대위를 비롯해서 7명이 전사했고 42명이 부상당했다. 진지는 포격을 받은 몇 개의 지상 설비물만 파괴되었을 뿐 아무 이상이 없었다. 날이 밝자 보고를 받은 채명신 장군이 헬리콥터를 타고 날아와 9중대원을 치하하며 기뻐했다. 이어 사이공에서 주월 미군사령관 웨스트모얼랜드 장군도 희색이 만연하여 날아왔는데, 그는 한국군이 거둔 전과에 크게 놀라워하면서도 잘 믿기지 않는다는 표정이었다.

대승大勝을 거둔 3대대는 대열을 정비해 8월 22일, 퀴논으로 돌아왔다. 4명의 장병에게 을지무공훈장이, 기타 26명의 장병에게는 각종 훈장이 수여되었고, 사병에 한하여 전 중대 1계급 특진이 상신되었다. 그리고 3대대가 두코에서 돌아온 다음 날인 8월 23일에는 맹호 연병장에서 맹호부대의 지휘권 인수인계식이 거행되었다.

맹호부대의 사단장과 주월 한국군사령관 직을 겸하고 있던 채명신 중장이 맹호부대 사단장직을 유병현柳炳賢 소장에게 인계하고 자신은 주월 한국군 사령관직만 전담하게 된 것이었다.

두코 전투에서 한국군 맹호부대가 3배 이상의 적을 격파하고 통쾌한 승리를 거두었다는 소식이 전해지자 미군을 비롯한 주월 연합군과 월남군은 저마다 놀라움과 함께 찬사를 보냈다.

"종이호랑인 줄 알았더니 그게 아니군. 한국군 맹호부대는 피어스 타이거(Fierce Tiger, 사나운 호랑이)이군."

또한 월남 주재 각국의 종군 기자들은 이 놀라운 뉴스를 앞다투어 세계에 띄웠다. 이와 함께 한국군 전력에 뒤따라 다니던 잡음도 사라졌다. 그러나 무엇보다도 가장 큰 소득은 파월 한국군들에게 자신감을 심어준 것이라 할 수 있다.

반면 다른 문제점이 생겨나기 시작했다. 맹호부대 파월 초기에 월남에 와서 실전 경험이 풍부하고 환경에도 어느 정도 익숙해진 파월 고참들이 1년 임기를 마치고 서서히 월남을 빠져나가고 있는 점이었다. 물론 귀국병, 전사자, 부상자 등으로 생긴 빈자리는 본국에서 온 파월 신참들이 메꿔 나가고 있었지만, 맹호부대 파월 1주년이 되어가던 1966년 9월경부터는 파월 신참의 숫자가 부쩍 늘어나 고참과 신참의 비율이 각각 절반씩 차지할 정도가 되었으므로 지휘관들은 은근히 걱정하고 있었다. 안재영 상병이 월남 땅을 밟은 것도 바로 이 무렵이었다.

파월 신참들을 태운 트럭 두 대가 울창한 정글과 황량한 벌판을 지나 태양열로 끓어오르는 아스팔트 위를 쏜살같이 달려갔다. 멀리서 포성이 아련히 들려왔고, 한낮의 더위에 지친 듯 맥 빠진 모습으로 늘어져 있는 마을이 보였다. 마을 곁을 헤드라이트를 켠 미군 지프와 트럭, 장갑차, 탱크들이 지나가고 있었다.

먼지를 뒤집어쓰고 땀투성이가 된 채 트럭 뒤에 앉아 가던 흑인 병사들이 한국군을 보고는 낄낄거렸다. 우람한 흑인 병사 하나가 새빨간 헛바닥을 날름거리며 소리치는 것이었다.

"헤이! 도몽두천, 으이정부! 잘먹고 잘살아라!"

한국군 트럭의 하사 하나가 자리에서 벌떡 일어나더니 멀어져 가는 미군 트럭 뒤꽁무니를 향해 주먹쑥떡을 먹이며 응수했다.

"야, 동두천 영자가 너한테 성병 준다고 빨리 오랜다! 이 ×같이 생겨먹은 자식아…."

그러자 저쪽의 흑인 병사가 능글능글 웃으며 무지막지하게 생긴 굵다란 팔뚝으로 맞받아 주먹쑥떡을 날렸다. 트럭은 급커브를 돌더니 아스팔트를 벗어났다.

모래 먼지가 피어올랐고, 트럭 바퀴에 마른 자갈들이 튕겨져 나갔다. 미친 망아지처럼 길길이 뛰며 달리다 트럭은 한번 호흡을 멈췄다가 야트막한 언덕을 올라갔다.

좌우로 야자수 숲이 드문드문 보였고 야자수들을 베어 낸 언덕 꼭대기에 철조망이 겹겹이 쳐진 중대 기지가 있었다. 기관총을 땅 쪽으로 내려뜨린 채 높다란 망루에 서 있던 경계병이 트럭을 향해 손을 흔들어 보였고, 호 속에 있던 병사들이 윗몸을 일으켰다. 철모를 쓰고 총을 쥔 병사도 있었고 러닝셔츠에 야전삽을 든 병사도 있었다. 모두 검게 탄 모습이었다. 그들은 잠시 트럭 위의 월남 신참들을 호기심 어린 눈으로 바라보더니 총과 야전삽을 들어 보이며 환영했다. 반가움을 표시하는 악담도 들려왔다.

"야, 신병들이 왔구나… 앞으로 1년 동안 좆뺑이 좀 쳐봐라. 맛이 어떤가…."

트럭 위의 병사들은 좀 쑥스러운 생각도 들고 낯선 부대에 처음 왔을 때 흔히 느껴지는 은근한 두려움도 생겨 별말이 없었다. 빙그레 웃으며 손을 흔들어 답례할 뿐이었다.

"새끼덜… 몇 달 먼저 왔다구 고참티를 내려구 들어… 우리가 뭐 군대 생활을 처음 하러 온 거야! 신병이 뭐야, 신병이…."

위병소 앞에 잠시 머물렀던 트럭이 중대 기지 안으로 들어설 때 안재영 상병 곁에 있던 윤준희 상병이 못마땅해하며 투덜거렸다.

곧이어 트럭들이 멎고, 인솔 중사의 악쓰는 소리가 들려왔다.

"하차! 빨랑빨랑 하차하란 말얏! …뭣들 꾸물거렷? 니들 집에 다 왔는데…."

파월 신참들은 트럭에서 뛰어내려 어리둥절한 표정으로 두리번거리며 서 있었다. 위장 막사들이 납작하게 엎드려 있다. 운전병들이 위장망 속에서 차량을 정비하고, 철조망 쪽에서는 웃통을 벗어젖힌 병사들이 무언가 작업을 하고 있다. 곧 병사들은 파월 신참들을 향해 손을 번쩍 들어 흔들어 보이기도 하고 손가락으로 V를 그리며 환영의 뜻을 표했다.

그들은 모두 무릎 위까지 바짓가랑이를 잘라 버린, 짧은 작업복 바지를 입고 있었다.

"새끼덜… 전투는 안 하고 맨날 처먹기만 했나? 모두 한결같이 기름기가 번들거리고 살이 오동통 오른 게 꼭 돼지 새끼들 같아. 비쩍 마르고 살결이 허연 우리와는 대번에 표가 나는걸…”

　윤 상병이 자신의 팔뚝을 들여다보며 볼멘소리를 내뱉었다. 그때 저쪽에서 장교 세 명과 사병 몇 명이 다가왔다. 장교들 중 한 명은 대위 계급장을 달고 있었고, 한 명은 중위, 또 한 명은 소위 계급장을 달고 있었다. 파월 신참들은 얼른 대열을 갖추며 부동자세를 취했다. 인솔 중사가 경례를 붙이며 신고를 하려고 하자, 대위는 머리 위에서 이글거리는 태양을 째리듯 바라보며 이를 제지했다.

　“아, 아… 관 뒤. 날씨도 더운데… 인원만 보고해. 모두 몇 명이야?”

　“총원 23명입니다.”

　대위는 파월 신참들을 한번 훑어보았다. 파월 신참들은 키가 크고 깡마르며 눈매가 매서운 대위가 틀림없이 중대장일 거라고 생각했다. 대위가 다시 입을 열었다.

　“먼 길 오느라 수고들 많았다. 날씨도 덥고 고단할 텐데, 긴 이야긴 하지 않겠다. 난 너희들 중대장인 이 대위다… 이제 너희들은 나와 다른 전우들과 함께 한 식구가 된 것이다. 여긴 본국과는 달리 언제 어떻게 목숨이 날아갈지 모르는 위험한 곳이다. 그러니 모두 정신 바짝 차리지 않으면 안 된다.… 모쪼록 몸 건강히 그리고 합심하여 용감히 싸우고 1년 뒤에 모두 무사히 귀국할 수 있기를 바란다. 선불리 나서지 말고 상관의 명령에 절대복종할 것이며… 그 밖의 자세한 것은, 각 소대장과 본부 행정반에서 도와줄 것이다. 우선 먼 길을 오느라 시장할 텐데, 식당으로 가서 식사부터 하도록.”

　이어 그는 옆에 있던 장교들을 소대장이라고 소개하고, 1개 소대는 지금 정찰을 나갔다는 애기를 덧붙인 다음 곧 병사들을 해산시켰다. 파월 신참들은 중대장이 시원시원해서 좋다고 나직이 속삭이며 파월 고참 병사들을 따라 식당으로 갔다.

취사병들이 대기하고 있었다. 메뉴는 비프스테이크에다 에그 프라이, 토스트, 쌀밥과 된장국, 달라트 배추로 담근 김치, 우유, 오렌지주스, 살구주스 등 다양하고 푸짐했다. 고추장도 있었다.

병사들은 며칠 굶은 사람처럼 음식을 마구 입 안에 쑤셔 넣었다. 스테이크 위에 고추장을 발라 먹는 병사들도 있었다. 윤 상병이 한 마디 내뱉는 걸 잊지 않았다.

"요렇게 잘들 처먹으니 기름기가 번들거리지."

기실 주월 한국군은 '세계에서 가장 잘 먹는 군대'라는 말을 들을 정도로 식탁이 풍성했다. 처음 월남 파병 때 '한국군의 보급지원은 미군이 한다'는 한·미 실무자 협정에 따라 미군은 미군과 똑같은 양의 식량(레이션)을 한국군에게 공급하도록 되어 있었다. 미군들의 레이션은 전투 지역의 상황에 따라 A·B·C로 3등분 되어 있었다. A레이션은 가장 후방 지역의 것으로 생고기·생야채·과일 등 날 것 그대로이고, B레이션은 중간 지역의 것으로서 반가공한 식품이거나 다른 식품과 함께 조리해 먹을 수 있는 것들을 말하는데, 여기에는 치즈·커피·홍차·조미료·소스 따위가 있다. 그리고 C레이션은 전투 지역에서 먹기 편한 그야말로 완전히 만들어진 음식을 말한다.

한국군은 처음 월남에 도착하면서 주로 C레이션을 먹었고, 식당이 건설되면서부터는 B레이션을, 그리고 사단사령부 식당 같은 곳에서는 A레이션을 많이 먹게 되었다.

또한 한국군은 한·월 실무 협정에 따라 월남군 측으로부터 월남군과 동일하게 하루에 1인당 쌀 800g, 소금 152g을 공급받았고, 우리나라 정부로부터는 된장 50g과 고추장 30g씩을 공급받고 있었다. 따라서 주월 한국군은 미군의 레이션, 월남 측의 쌀과 소금, 우리나라 정부의 된장과 고추장을 공급받게 됨으로써 1인당 5천cal에 달했다. 이것은 월남군의 1.6배가 되며, 미군보다도 1천 2백cal가 더 많은 것이었고, 값으로 따져도 월남군 급식비의 5.5배, 미군 급식비보다도 7원이 더 많았다. 이렇게 되자 1966년 초 주월 미군사령부의 제1군수지원사령관 아이플러 장군이 당시의 주월 한국군 군수지원사령관 이범준(李範俊) 준장에게 항의를 한 적이 있었다.

"한국군이 우리 미군 측으로부터 뿐만 아니라 월남군 측으로부터도 식량을 공급받고 있으니 한 사람이 2인분을 먹는 셈이 아니오? 그러니 양자택일을 하든지, 아니면 한·월 실무자 협정에 따른 식량 보급을 수정해 주시오."

그러자 이범준 장군은 이렇게 대꾸했다.

"귀관은 국제법을 아시오? 한·미협정에 관해서는 귀관과 얼마든지 얘기할 수 있소. 하지만 한·월협정에 관해서는 귀관이 간섭할 수 없는 것이오."

"사실상 월남군 측이 당신네들에게 공급해 주고 있는 쌀이나 소금도 모두 우리가 사 주는 것이며, 따라서 우리는 이중으로 부담하고 있는 셈이오."

"난 월남군 측으로부터 그런 얘긴 못 들었소. 만일 당신네 측이 월남군 측에게 쌀과 소금을 사 준다면, 그 증거를 대시오."

결국 이렇게 해서 미군 측은 이 문제를 더 거론하지 않게 되었고, 주월 한국군은 계속 우수한 식사를 하게 되었다. 그러나 한국인의 입맛에 양식류의 레이션이나 월남쌀이 맞을 리 없었다. 처음 한동안 푸짐한 육류의 레이션을 즐겨 먹던 한국군들은 차츰 고향의 음식, 특히 김치를 먹고 싶어 견딜 수 없을 정도였다.

　병사들은 궁여지책으로 미군들이 필리핀에서 가져다주는 달라트 배추와 대만산 고추로 김치를 담가 먹고는 있었지만, 그 맛이 희한하여 고향의 김치를 그리워하지 않을 수 없었다. 어떤 부대에서는 부대 앞 빈터에 고국에서 가져온 배추나 무씨 등을 심기도 했지만, 기후 차이와 농사법 미숙 등으로 번번이 실패하기 일쑤였다. 겨우 성공하여 무나 배추가 잘 자라준다 해도 턱없는 양에 많은 병사가 김치맛을 고루 맛보기는 어려웠다. 한국 군인들은 비로소 한국인에게는 뭐니 뭐니 해도 김치가 제격이라는 걸 깨달았다.

상병 안재영

안재영 상병은 윤준희 상병, 정순우 일병을 비롯, 파월 동기 7명과 함께 제3소대에 배속되었다. 소대장은 육사 출신이라는 자그마한 키에 몸매가 다부진 김동석金東錫 중위였고, 소대 선임하사는 얼굴이 둥그스름하고 덩치가 제법 큰 예의 신덕규 중사였다. 김 중위와 신 중사는 석 달 전 함께 파월됐었다고 했다.

안 상병을 비롯한 파월 신참들이 제3소대에 배속되던 날 저녁, 소대장 김 중위는 전 소대원을 내무반에 모아놓고 엄숙한 어조로 장황하게 훈시를 하고는 이내 밖으로 나가 버렸다. 김 중위의 훈시 내용은 주로 파월 신참이 갖춰야 할 자세에 관한 것이었는데, 안 상병은 그와 비슷한 훈시 내용을 그동안 여러 차례 들어왔던 터였으므로 별로 귀담아듣지 않았다. 다만 훈시 내용 중에 '용감히 싸워…' '목숨을 바쳐…'란 말이 자주 반복되고 있다는 것과 약간 앳되게 보이는 외모와는 달리 영웅심이 강하다는 인상이 깊게 남았다. 소대장이 밖으로 나가자 신 중사가 능글맞게 웃으며 혼잣말처럼 중얼거렸다.

"우리 전쟁도 아닌데 목숨까지 바쳐 가며 싸울 게 뭐 있어? 죽으면

다 그만인데… 적당히 싸우다 돈이나 벌어 살아서 돌아가는 게 제일이지…."

그는 새로 온 월남 신참들을 일렬로 집합시키더니 맨 오른쪽부터 한 사람씩 부르는 것이었다. 맨 먼저 말상을 한 최 일병을 불렀다.

"넌 새꺄, 생긴 게 왜 그 모양이야? 망아지가 걸어오는 줄 알았잖아?"

처음부터 트집이요 시비였다. 최 일병은 얼굴을 붉히며 잠자코 서 있기만 했다.

"넌, 왜 월남에 왔냐?"

"누란累卵의 위기에 처한 자유월남을 돕고자…."

최 일병이 어디서 많이 들은 듯한 말을 주워섬기자 신 중사가 대번에 코웃음을 쳤다.

"뭐? 누란의 위기? 너 군대 오기 전 사회에서 뭘 했냐?"

"… 월부 책 장사를… 했습니다."

"월부 책 장사? 그럼 책이나 많이 팔 일이지 누란인지 계란인지는 왜 팔아? 네가 팔던 책 제목이 누란의 위기였냐?"

파월 고참들이 와르르 웃었다. 파월 신참들도 웃음을 참지 못하고 쿡쿡거리며 따라 웃었다.

"닥쳐!"

신 중사가 얼굴을 험악하게 일그러뜨리며 소리를 빽 질렀다. 병사들은 움찔하며 입을 다물었다. 몇 사람을 거쳐 정 일병이 신 중사 앞에 섰다.

"넌 왜 왔냐?"

"전쟁이 뭔지, 월남이 뭔지 알고 싶어서 왔습니다."

정 일병이 담담한 어조로 말했다.

“어쭈, 제법 고상하게 나오시는데… 넌 사회에서 뭐 했어?”

“학교 다니다 입대했습니다.”

“그럼 데모도 많이 했겠구먼.”

“조금 했습니다.”

“전쟁이 뭔지 알고 싶어 왔다면 지원했을 테구… 데모하던 자식이 월남엔 뭣 하러 왔어? 월남서도 데모 때문에 골머리를 썩이고 있는 판국에… 그리고 전쟁이 뭔지, 월남이 뭔지를 알아서 뭘 해? 그거 알면 누가 밥 먹여 준다든? 전쟁이 무슨 불구경인 줄 아나. 원… 아무튼 알굿다. 네 소원대로 다음번 작전 때는 전쟁 맛을 톡톡히 맛보도록 해 주마. 알겠나! 다음!”

안 상병이 신 중사 앞으로 다가갔다.

“너는?”

똑같은 질문의 유희가 시들해진 듯 신 중사의 질문이 짧아졌다.

“싸우고 싶어 왔습니다.”

“그럼 깡패냐? 싸우고 싶어서? 그럼 너두 누란의 위기를 구하러 왔냐?”

“아닙니다. 전 그저 싸우고 싶어 왔을 뿐입니다.”

“호, 그래? 요번에 온 신병들은 별 희한한 놈들이 다 있네… 누란인지 계란인지를 구하러 온 놈이 없나. 전쟁 구경을 하러 온 놈이 없나… 할 일 없어 쌈박질이나 하러 온 놈도 있고… 그래, 넌 뭘 해 처먹구 살았냐?”

“학교에 다니다…”

“너도 학교냣? 들어갓! 난 대학생입네 해 가지고 배지나 달고 거들먹거리던 놈들만 보면 이가 갈리니까… 돈 한 푼 못 벌고 부모 돈 타 쓰는 주제에 시건방지기만 한 자식들… 다음!"

신 중사는 돈이 없어 학교를 중단하고 온갖 궂은 장사를 하며 가슴에 배지를 단 대학생들을 선망의 눈초리로 바라보았던 때를 되살리기 싫은 듯 고개를 옆으로 세차게 흔들며 소리를 빽 질렀다.

마지막으로 남아 있던 윤 상병이 유들거리는 듯한 표정으로 신 중사 앞으로 나아갔다. 신 중사는 담배를 피워 물며 그를 쏘듯이 바라보았다. 넌 또 웬놈이냐는 투였다.

"넌 또?"

신 중사가 차가운 눈빛으로 윤 상병의 아래위를 훑었다.

"예, 전 돈 벌 수 있는 방법을 연구하기 위해 왔습니다."

"돈 벌 수 있는 방법?"

갑자기 신 중사의 눈빛이 빛났다.

"그렇습니다. 전 원래 군대 오기 전 고철 장사를 했는데, 월남에 고철이 많다길래 그걸 갖다가 팔아먹을 수 있는 방법이 없을까… 연구 중입니다."

"고철이라니?"

"월남 땅에 지천으로 깔려 있는 게 고철 아닙니까? 부서진 탱크며 장갑차 트럭 대포… 또 파괴된 건물에서 나오는 철근… 온통 쇳조각이 아닙니까? 그것만 갖다 팔 수만 있으면 가만히 앉아서 떼돈을 벌 수 있을 거다 그겁니다."

"호, 그으래? 거 괜찮은 생각 같은데…"

신 중사는 수긍이 간다는 듯 고개를 끄덕였다. 사납던 그의 얼굴에 은은한 미소가 감돌았다. 그는 돌연 자리에서 벌떡 일어서더니 윤 상병의 어깨를 치며 칭찬했다.

"됐어! 그래도 네놈이 제일 낫군. 공연히 허튼소리나 하는 놈덜보다는 부서진 탱크 팔아먹을 궁리하는 네놈이 백번 낫고 말고."

자대배치를 받은 지 사흘째 되던 날, 안 상병의 중대에 출동 준비 명령이 떨어졌다. 귀국이 얼마 남지 않은 파월 고참들은 못마땅해했지만, 파월 신참들은 은근히 겁을 먹으면서도 호기심을 감추지 못했다.

파월 고참 중에는 자신의 무용담을 늘어놓으며 은근히 자랑하는 병사들도 있었다.

"그러니까 그게 맹호 5호 작전을 벌일 땐디 말이여… 그때 대단했었지. 베트콩 놈덜두 많이 죽긴 했지만, 우리 편도 많이 상傷했으니께. 어떤 중대에선 소대장 3명이 한꺼번에 전사했을 정도였댔지. 우린 그때 베트콩 동굴에다 연막탄과 최루탄을 던져 넣고 기어 나오는 놈덜을 쏘아 죽였는디, 끝까지 안 올 땐 기다란 막대기 끝에다 TNT를 매달아 쑤셔대기도 하고 수류탄을 까 넣기도 했어. 그때 내 손에 죽은 놈이 열 명은 될 거구만."

"난 숲속에서 수류탄을 던지려는 놈을 갈겨 버린 적이 있는데, 그땐 정말 간담이 서늘하더구만. 한발만 늦었어도 골로 갈 뻔했어."

안 상병이 파월되어 첫 번째로 전투에 참가하게 된 것은 1966년 9월의 맹호 6호 작전 때였다. 맹호 6호 작전은 퀴논 북쪽 푸캇산 이남의 퀴논 평야 평정작전에 이어 해발 1천 4백m의 푸캇산 일대의 적 본거지를 타격하기 위한 것이었다.

푸캇산은 빈딘섬 베트콩 요새로서 이 산속에 있는 천연동굴에는 E2B라는 정규 베트콩의 대대본부가 있었고, 그 북쪽으로는 월맹 정규군 1

개 대대가 은거하고 있었다. 그러나 푸캇산의 베트콩 부대는 지난번 맹호 5호 작전 때 큰 타격을 입고 전열을 정비하고 있었는데, 맹호부대에서는 베트콩의 20년 아성인 푸캇산을 소탕하여 적을 완전히 제압하고자 했던 것이다.

공격 개시 전, 아군의 105mm 포대와 155mm 포대에서는 푸캇산 동굴 지역 일대에 수천 발의 포탄을 퍼부었다. 바다에서는 함포사격이 쏟아졌다. 이윽고 포격이 멎자 푸캇산 일대를 포위하고 있던 맹호들의 공격이 시작되었다. 먼저 선발 중대가 헬리콥터에 분승하여 적지에 뛰어들어 낙하지점을 확보했고, 이어 다른 부대의 헬리콥터들도 차례로 내려앉았다. 아군의 포격으로 밀림에서는 불길과 연기가 치솟아 오르고, 미군의 무장 건십들은 하늘을 낮게 날며 엄호 사격을 퍼부었다.

"산개散開하라!"

"바위 뒤로 엄폐하라!"

헬리콥터에서 뛰어내리기가 무섭게 사방에서 총알이 날아왔고, 대대장·중대장·소대장들이 외쳐대는 칼날 같은 고함 소리가 들려왔다. 안 상병은 몸을 굴려 바위 뒤로 몸을 숨겼다.

"괜찮아!"

소리 난 쪽을 바라보니 분대장 송중락宋重洛 병장이 바위 뒤에 몸을 기댄 채 웃고 있었다. 그의 이빨이 하얗게 보였다.

"예"

안 상병은 고개를 끄덕이며 철모를 조금 쳐들고 주위를 둘러보았다. 저쪽의 바위 뒤에 파월 신참 이 일병이 몸을 잔뜩 웅크리고 있는 것이 보였다. 미지味知의 전장의 공포가 그를 얼어붙게 하였을 터였다. 드디어 전쟁터에 왔구나. 안 상병의 뇌리에 이런 생각이 퍼뜩 스쳤다. 두렵다는 생각은 별로 들지 않았다. 동녘 하늘이 조금씩 밝아지고는 있었지만, 밀림 속에는 아직 어둠이 가시지 않고 있었다.

"마, 뭘 해? 사격하잖구…."

송 병장의 목소리였다. 순간, 정신이 번쩍 들었다. 송 병장은 적의에 가득 찬 눈으로 밀림 속을 노려보며 총을 쏘아 대고 있었다. 여기저기서 콩 볶는 듯한 총성이 요란했다. 안 상병은 손에 들고 있던 M2카아빈을 바위 밖으로 겨누었다. 그러나 적의 총알이 어디서 날아오는지 알 수가 없었다. 그는 송 병장이 총을 쏘고 있는 곳을 향해 냅다 갈겨 대긴 했지만, 그의 눈에 적의 모습은 보이질 않았다. 갑자기 그는 자신이 어렸을 때 하던 전쟁놀이를 하고 있다는 착각에 사로잡혔다.

"사격 중지잇!"

중대장의 짜릿한 음성이 들렸고, 이어 총성이 뚝 그쳤다. 화약 냄새가 코끝에 물씬 풍겨 왔다. 적의 총성도 들리지 않았다. 적이 다 죽은 걸까.

안 상병은 탄창을 갈아 끼며 바위 밖을 살펴보았다. 쥐 죽은 듯이 조용하기만 할 뿐 적의 주검은 보이질 않았다. 까마귀 떼처럼 하늘을 빙빙 돌며 기총소사를 퍼붓던 무장 건십들도 어느새 사라지고 없었다.

"소대 이상 없나?"

소대장 김 중위가 바위 밖으로 나오며 외쳤다. 전투에 능한 군인처럼 그의 모습은 당당했고 얼굴에는 자신감 같은 게 넘쳐흐르고 있었다.

"옛. 별 이상이 없는 것 같습니다."

신 중사가 포격으로 파인 구덩이에서 기어 나오며 대꾸했다.

"소대 앞으롯!"

　짤막하면서도 위엄찬 명령을 떨구며 김 중위는 총을 앞으로 겨눈 채 앞장서서 밀림 안으로 들어갔다. 여기저기서 병사들이 기어 나와 그의 뒤를 따랐다. 파월 신참들의 얼굴에는 두려운 빛이 역력했다. 밀림은 아주 울창하여 그 속을 뚫고 나가기가 힘들었다. 시야를 가리는 갖가지 열대수들, 가시덤불, 늪지, 목숨을 노리는 함정이나 부비트랩, 벌써부터 끓어오르는 더위… 금방이라도 밀림 저편에서 총알이 날아올 것만 같았다. 바스락거리는 소리만 나도 머리끝이 쭈뼛했다. 총을 쥔 손에는 땀이 흥건했다. 손뿐만이 아니었다. 얼굴이며 등에서 식은땀이 줄줄 흘렀다.

　"타타타탕…."

　갑자기 소대 뒤쪽에서 요란한 총성이 났다. 병사들은 일제히 땅바닥에 엎드리며 총을 움켜쥐었다. 그러나 더 이상의 총성이 들리지 않았다.

　"무슨 일얏!"

　김 중위가 날카롭게 외쳤다.

　"아닙니다! 새로 온 최 일병이 바스락거리는 소리에 놀라 총을 쐈습니다."

　"개새끼, 난 또 상황이 벌어진 줄 알았잖아? 아무튼 신병 놈들 때문에 골치야…."

　신 중사가 눈을 부릅뜨며 핏대를 올렸다. 밀림을 뚫고 전진을 계속했어도 적은 나타나지 않았다. 그것이 오히려 불안했다. 차라리 한바탕 신나게 싸우는 게 나을 것 같았다.

　안 상병은 뒤따라오는 정 일병의 얼굴을 흘끗 보았다. 전쟁을 알고 싶다던 그의 얼굴이 창백해 보였다. 어딘가 몸이 아픈 사람 같았다. 아니 어쩌면 두려움 때문인지도 몰랐다. 시간이 지날수록 태양은 점점 뜨거워졌다. 찜통 속에 들어앉아 있는 것 같았다. 뜨거운 열기가 확확 풍기고 있었다.

5분간의 휴식이 주어졌다. 병사들은 땅바닥에 주저앉아 수통을 열고 물을 마셨다. 병사들의 몸에는 수류탄과 함께 4~5개의 수통이 주렁주렁 매달려 있었다.

"경계를 철저히 하고 물을 아껴 마시도록 하라."

김 중위가 이렇게 말했으나 파월 신참들은 갈증을 참지 못하고 물을 벌컥벌컥 들이켰다. 안 상병도 녹슨 수통을 열고 입 안 가득 물을 쏟아 부었다. 소독약 냄새에 물은 뜨뜻미지근했다. 얼음에 채운 수박화채와 시원한 맥주 생각이 간절했다.

"파월 초기엔 물 때문에 정말 고생했지. 한번은 전투 도중 물이 떨어져서 헬리콥터가 스페어 깡(스페어 캔)에다 물을 싣고 왔는데, 놈들의 대공사격이 어찌나 심한지 헬리콥터가 도저히 내릴 수 없었더랬어. 헬리콥터에선 할 수 없이 스페어 깡을 공중에서 내던지고 말았는데. 그 스페어깡이 바위에 부딪히며 그만 박살이 났지 뭐야?"

파월 고참 오 상병이 담배를 피워 물며 말했다. 그러자 파월 신참 윤 상병이 얼른 물었다.

"그래서? 그럼 물을 못 마셨단 말이야?"

"목이 타들어가는데 가만 있을 수 있겠어? 중대장이 말리는 것도 못 들은 척하고 너 나 할 것 없이 논두렁 물을 퍼마시긴 했는데… 나중에 집단 설사 소동이 벌어졌지 뭐… 하지만 이젠 습관이 돼서 물을 많이 마시지 않고도 견딜 만하다구"

다시 출발 명령이 떨어져 얼마쯤 걷고 있을 때 파월 신참 이 일병이 기겁을 하며 그 자리에 멈춰 섰다. 그의 뒤를 따라가던 안 상병이 의아했다.

"왜 그래?"

"저기 저… 저것 좀 보십쇼."

이 일병이 몸을 사시나무 떨 듯하면서 바로 옆에 있는 나뭇가지를 가리켰다. 순간, 안 상병도 소스라치게 놀랐다. 나뭇가지에 여자의 기다란 머리칼이 한 웅큼 매달려 있는 게 아닌가. 그때 분대장 송 병장이 그것을 보고는 화나 중얼거렸다.

"짐승 같은 자식들… 또 잔재주를 피우고 있군."

"잔재주라뇨?"

이 일병이 송 병장을 쳐다보며 묻자 송 병장은 그를 떠밀며 대꾸했다.

"어서 가기나 해. 베트콩 새끼들이 우리덜 사기를 떨구려구 하는 수작이니까. 월남 민병대 애들은 저것만 보면 겁을 집어 먹구 움직이려고도 하지 않지. 나도 처음엔 되게 겁먹었지만, 이젠 아무렇지도 않아…."

송 병장이 나뭇가지에 매달려 있는 머리칼을 향해 침을 탁 뱉었다. 안 상병은 싸울 맛이 뚝 떨어졌다. 기분이 영 개운치 않았다. 영화에서 보던 멋지고 맹렬한 전투 장면과는 사뭇 다르다. 밀림을 샅샅이 뒤지며 전진했지만 적을 만날 수 없었다. 다른 중대 지역에서는 간간이 총성이 울리고 적을 사살했다는 무전 연락도 들어왔지만, 안 상병의 중대에서는 별다른 상황이 없었다.

"새끼덜, 나타나기만 해 봐라. 단번에 부숴 줄 테니까…."

소대장 김 중위는 전투를 못 해서 안달이 났지만, 적이 숨어 있는 동굴이나 은신처는 쉽사리 나타나지 않았다. 한차례 스콜을 맞고 나자 병사들은 물먹은 솜처럼 더욱 지쳤다. 배낭과 무기가 더 무거워졌다. 질퍽

한 땅바닥이 무겁게 끌어당겨 걷기가 힘들 지경이었다. 그러면서도 적을 만나지 못한 것이 그들을 더욱 맥빠지게 했다. 파월 신참들의 입에선 불만이 터져 나오기 시작했다.

"뭔 놈의 전쟁이 이리도 시시하노? 베트콩 놈덜은 코빼기도 보이질 않고 우리끼리만 헤매고 있으니…."

"그러게 말야. 이거야 원. 숨바꼭질하는 것도 아니고…."

"분대장님요, 놈덜은 대체 우에 있는 겁니꺼? 놈덜이 보여야 한바탕 싸우든지 할 게 아닙니꺼?"

"마, 목숨 붙어 있다구 까불지 마랏! 상황이 벌어지면 땅바닥에 코부터 박을 자식들이… 잔소리 말고 경계나 철저히 햇! 언제 어디서 총알이 날아와 목숨을 모셔갈지 모르니까."

밀림 속의 하루해는 짧았다. 보이지 않는 적을 찾아 가시덤불을 헤쳐 나가고, C레이션 깡통을 따서 배를 채우고, 스콜을 맞고, 담배 몇 대를 피우는 동안 태양은 밀림 저편으로 서서히 가라앉고 있었다.

소대장 김 중위는 적을 찾아 섬멸하지 못한 것을 못내 아쉬워하며 조금이라도 더 수색전을 벌이고 싶어 했다. 그러나 중대장으로부터 날아온 무전이 그를 제지시켰다.

"적의 기습을 받을 우려가 있다. 각 소대는 적합한 야영지를 찾아 호를 파고 경계에 임하도록 하라."

김 중위가 투덜거리며 소대를 멈추자, 신 중사가 그를 위로했다.

"내일은 뭔가 전과를 올릴 수 있을 겁니다. 새끼덜, 지들이 숨으면 어디로 숨겠습니까? 아니, 오늘 밤 놈들이 다니는 길목에 매복만 잘하고 있으면 무더기로 낚아 올릴 수도 있잖습니까?"

김 중위는 소대원들에게 적합한 매복지를 찾아 정신을 바짝 차리고 있으라고 명령을 내렸다. 병사들은 참호를 파고 들어앉아 C레이션 깡통으로 저녁을 때웠다. 참호 속에서 베이컨 조각을 씹으며 파월 고참 오 상병이 안 상병에게 웃으며 말했다.

"전쟁터에서 첫 밤을 보내는 기분이 어때?"

"글쎄… 생각했던 것보다 조용하군. 전쟁터에 와 있다는 생각이 전혀 들지 않을 정도야."

안 상병은 실컷 싸워 보겠다는 자신의 생각이 여지없이 깨어졌다는 사실에 씁쓰레한 웃음을 지어 보였다.

"베트콩들은 아군이 휩쓸고 지나갈 때면 일제히 몸을 숨기지. 숨어서 지나가기만을 기다리는 거야. 그리고 아군이 물러나면 다시 나타나고…."

"그럼 놈들을 어떻게 잡지?"

"이제 보면 알겠지만, 우린 미군이나 월남군의 토벌 방법과는 달라. 미군이나 월남군은 한번 휩쓸고 지나가면 그만이겠지만, 우린 놈들의 동굴이나 은신처를 찾아 섬멸한 후에도 며칠이고 길목을 지키고 있다가 싸그리 때려잡는 거지."

"기다리면…? 기다리고 있으면 놈들이 저절로 나온단 말야?"

"그럼. 견디다 못해 반드시 나오게 돼 있어. 이게 바로 말야 뭉개기 작전이란 거지만 말야."

미군의 전법戰法이 '치고 이동하는(Hit and Move) 작전'이라면 VC의 전법은 '치고 도망치는(Hit and Run)' 작전이라고 하는 수 있었다. 이보다 한국군의 전법은 '치고 기다리는(Hit and Stay) 작전'인 셈이었다. 즉 미군은 2, 3일 동안 대대적인 섬멸 작전을 벌이고는 곧 다른 지역으로 이동했으며, 따라서 베트콩들은 그 기간 동안만 숨어 있으면 무사할 수 있었다.

그러나 한국군은 한 지역에 10여 일 이상씩 머무르며 지키고 있었기 때문에 오줌까지 마셔가며 동굴에 숨어 있던 베트콩들도 결국은 밖으로 나왔다가 사살되거나 견디다 못해 손을 들고 나오는 경우가 많았다. 이 전법은 동굴작전 때 아주 효과적이었다. 또한 한국군은 베트콩 소탕에 '사냥 이론'을 도입해서 썼다. 즉 꿩은 사냥꾼이 곁을 지나가도 날지 않는 경우가 있어 잘 훑어야 한다. 노루는 몰이꾼 사이로 교묘히 빠져나가는 특징이 있고, 멧돼지는 한번 튀면 산봉우리를 단숨에 넘어간다.

이 같은 동물의 본능은 인간에게도 있다고 볼 수 있다. 즉, 지역 베트콩은 다른 지역으로 넘어가지 않고 그 지역 내에서만 맴돈다. 꿩과 흡사하다. 반면 월맹군은 움직이면 성省 단위로 이동한다. 멧돼지와 같다. 따라서 이 같은 습성은 잘 이용하여 길목을 지키고 있으면 적을 함께 소탕할 수 있게 되는 것이다.

"마, 니들 지금 뭇들 하고 있어?"

갑자기 안 상병과 오 상병이 있는 참호 속으로 누군가가 뛰어들며 나직하게 외쳤다. 안 상병과 오 상병은 들고 있던 총을 얼른 그에게로 돌렸다. 소대장 김 중위였다.

"니들 죽고 싶어 환장했어? 매복 중에 잡담하면 어떻게 되는 줄이나 알앗? 만일 내가 적이었으면 니들은 벌써 골로 갔어."

김 중위가 눈을 치떴다.

"죄송합니다."

안 상병과 오 상병의 입에서 이 말이 나오는 것과 그와 동시에 김 중위의 군홧발이 두 사람의 정강이를 세차게 걷어찼다.

"윽!"

고꾸라질 것 같은 아픔을 애써 참으며 두 사람은 몸을 꼿꼿이 세웠다. 김 중위는 참호 속을 둘러보다가 먹다 남은 C레이션 깡통이 떨어져 있는 것을 보고는 그것을 집어 들었다.

"이건 또 뭐얏?"

"C…레이션 …깡퉁입니…."

오 상병이 더듬거리며 말했다.

"새꺄. 누가 그걸 몰라서 물엇?"

"……."

"처먹었으면 흔적을 남기지 말아야 할 것 아냐? 똥이나 음식찌꺼기에서 나는 냄새가 적을 유인한다는 것을 몰라서 그랫? 개씨끼덜 같으니라구… 니들 죽는 건 괜찮지만 왜 남들까지 죽이려구 해? 니들은 군법회의감인 줄이나 알앗!"

"……."

안 상병과 오 상병은 할 말이 없었다.

"개새끼덜… 이번만은 특별히 봐 줄 테니까 앞으로 정신 똑바로 차렷! 알겠어. 내 말?"

"예…."

"대답에 군기가 빠졌엇!"

김 중위는 그들의 정강이에 다시 군홧발을 날리고는 어둠 저쪽으로 사라졌다. 안 상병은 커다란 자책감과 모욕감을 느꼈다. 월남까지 와서 이게 무슨 창피란 말인가. 오자마자 잘못만 저지르고….

다음 날, 날이 밝자 부대는 다시 적의 동굴 수색 작전을 벌였다. 그러나 교묘히 위장된 적의 동굴을 찾아내기란 쉽지 않았다. 안 상병과 오 상병은 전날 밤의 잘못도 있고 해서 기어코 동굴을 찾아내고야 말겠다는 다짐을 하며 수색에 나섰다. 하늘에는 무장 건십과 정찰기가 떠서 지원해 주고 있었고, 지원 병력도 공수되어 왔다. 여기저기서 총성이 들려왔고, 간간이 폭발음도 터져 나왔다. 맹호가 서서히 전과를 올리고 있었다. 그러나 김 중위의 소대에서는 여전히 이렇다 할 전과는 없었다. 점심도 C레이션 깡통을 따서 우물거리고는 있었지만, 더위에 지치고 피로해서 입맛이 뚝 떨어져 있었다.

"뜨끈한 곰탕 국물에다 고춧가루 술술 뿌려 밥 말아 먹고 싶구나. 매콤한 깍두기가 있으면 더욱 좋고…"

"낸 말이다. 보리밥에다 시원한 냉수를 말아 밥 한술을 뜰 때마다 그 위에 총각김치를 척 얹어 먹고 싶은기라. 고향 집 대청에서 밥 먹던 때가 간절하구마."

"누가 머라 캐도 들에서 일한 다음에 먹는 들밥이 제일이제. 보리밥에 풋고추, 고추장, 열무김치, 그라고 텁텁한 막걸리… 들밥 날라주던 순이, 고 가시나 생각도 간절하데이."

병사들은 군침을 삼키며 고향과 고향의 음식 맛을 그리워했다. 한 손엔 햄 조각, 다른 한 손엔 파인애플 깡통을 들고 앉아 있는 안 상병은 음식을 씹던 입 동작을 멈추고 눈앞의 파파야 나무 잎사귀를 멀거니 바라보았다.

축제 때 소희와 깔깔거리며 마시던 생맥주의 끓어오르는 하얀 거품과 시원하면서도 짜릿한 그 맛이 목구멍을 타고 흘러 넘어가는 것 같았다.

"통기타 음악을 들으며 생맥주를 마시고 있으면 난 새삼 내가 젊다는 것을 느껴."

언젠가 학교 앞 주점에서 소희가 한 말이 생각났다. 그래, 그땐 세상이 온통 우리 것 같았지. 세상은 장밋빛으로 황홀했어. 우린 마냥 행복했었지. 호주머니에 돈 한 푼 없었어도 아무 상관 없었어. 그때의 그 행복했던 순간들은 모두 사라지고, 소희마저 내 곁을 떠났다. 그리고 스스로 전쟁터를 찾아와 있는 지금, 그렇다면 나는 불행한 것일까. 입에 맞지도 않는 C레이션으로 끼니를 때우고, 다음 끼니의 C레이션을 먹기 위해 보이지 않는 적을 찾아 밀림을 헤매고 있는 우리는 과연 불행한 사람들일까….

"출바알!"

로마의 군병軍兵처럼 다부지고 용감해 보이는 소대장 김 중위가 손을 높이 치켜들었다가 앞으로 길게 뻗으며 소리쳤다. 병사들은 들고 있던 깡통과 피우고 있던 담배를 땅바닥에 내던지고는 소대장의 뒤를 따랐다. 밀림을 벗어나 시야가 넓은 바위산 근처에 이르렀을 때였다. 갑자기 어디선가 '딱궁!' 하는 총성이 나더니 소대장 바로 뒤에 가던 파월 신참 이 일병이 그 자리에서 고꾸라졌다. 나뭇가지에 매달린 여자의 머리칼을 보고 몹시 놀라던 병사다.

"적이닷! 엎드렷!"

병사들이 납죽 땅바닥에 엎드리는 것과 동시에 총알이 또다시 날아왔다. 김 중위는 쓰러진 이 일병 곁으로 기어갔다. 총알이 이 일병의 목을 꿰뚫었고, 이 일병은 이미 눈을 부릅뜬 채 죽어 있었다.

"개새끼들…."

김 중위는 입술을 깨물어 총알이 날아오는 방향을 살폈다. 총알이 바위산 중턱에서 날아오고 있다는 것은 이내 알 수 있었으나, 적의 모습은 보이질 않았다.

"저 뒤 바위 뒤닷! 사격하랏!"

소대장의 이 말이 떨어지기가 무섭게 병사들은 일제히 목표물을 향해 사격을 개시했지만, 지형적으로 아주 불리했다. 적 앞에 아군이 훤히 노출되어 있을 뿐만 아니라 눈부신 햇살 때문에 적을 향해 정확히 조준할 수도 없었다.

"1분대는 좌측으로, 2분대는 우측으로, 그리고 3분대는 나와 함께 정면으로 공격한다."

소대장의 명령에 따라 병사들은 각기 흩어져 바위산을 공격하려 했지만, 몇 미터도 전진하지 못하고 또다시 두 명의 병사가 부상을 당하자 아군들은 주춤거렸다.

"꼼짝할 수 없습니다! 적은 우릴 손바닥에 앉힌 듯 훤히 내려다보며 쏘고 있습니다!"

1분대를 지휘하고 있던 신 중사가 바위 뒤에 몸을 웅크린 채 외치자 소대장이 버럭 화를 냈다.

"그렇다고 가만 있을 거얏! 목숨을 걸고 돌격하랏!"

"돌격은 위험합니다. 몇 발자국도 못 가서 쓰러지고 말 겁니다. 우선 놈들의 기관총부터 없앤 다음 돌격해야 합니다."

신 중사가 소대장의 돌격 명령에 반대의 뜻을 보이고 있을 때 파월 신참 정 일병이 나섰다.

"제가 가겠습니다. 제가 놈들의 기관총을 때려 부수겠습니다."

"뭐, 네가?"

신 중사가 가소롭다는 표정을 지었다.

"왜 제가 가면 안 됩니까."

"넌 안돼! 지금 우리가 전쟁 게임하고 있는 줄 알앗? 전쟁이 뭔지 알고 싶다고 온 놈이 첫 전투에서 죽고 싶어서 그랫?"

"……."

"신병은 십중팔구 죽기 십상이란 말얏. 앞으로도 죽을 기회는 얼마든지 있으니까 오늘은 참으라구."

그때 파월 고참 박 병장이 정 일병 곁으로 기어가더니 그의 어깨를 툭툭 치며 말했다.

"넌 빠져. 파월 고참들은 뭐 허수아빈 줄 알앗? 네가 갈 바엔 차라리 내가 가겠다. 넌 잠자코 구경이나 햇!"

그러더니 그는 신 중사 곁으로 바싹 다가갔다.

"선임하사님, 제가 가겠습니다."

"네가?"

신 중사가 박 병장을 흘끗 쳐다보았다.

"엄호 사격이나 해 주십쇼. 제가 저쪽 바위를 타고 올라가 수류탄을 까 넣겠습니다. 전 학교 다닐 때 산악부였거든요…."

박 병장은 신 중사의 대답이 채 떨어지기도 전에 산 중턱을 향해 기어 올라갔다. 그러자 적의 총구가 그를 향해 불을 뿜었고, 이에 맞서 아군도 맹렬히 응사했다. 박 병장은 적의 총탄을 요리조리 잘도 피하며 마치 원숭이처럼 날랜 동작으로 적의 진지를 향해 다가갔다. 소대원들은 아슬아슬한 그의 모습을 지켜보며 계속 엄호 사격을 퍼부었다.

박 병장이 적의 진지 앞 5m 전방에 이르렀을 때였다. 바위 뒤에 숨어 있던 베트콩 하나가 바위 밖으로 나오며 박 병장에게 총을 갈겼다. 순간, 아군의 일제 사격이 바위 밖으로 나온 베트콩을 고꾸라뜨렸다. 그러나 박 병장도 움직이질 않았다. 죽은 걸까. 부상을 당한 걸까. 한참 만에야 박 병장의 몸이 꿈틀 움직였다. 부상이었다. 박 병장은 부상당한 몸을 이끌고 다시 바위를 기어오르기 시작했다. 그것을 본 소대장이 고함을 쳤다.

"위험햇! 그대로 있어!"

이 말을 들었는지 못 들었는지 박 병장은 사력을 다해 바위를 계속 기어 올라갔다. 그때 산 중턱 바위 뒤에서 박 병장을 향해 일제 사격이 쏟아졌다. 박 병장은 그 자리에 쓰러지더니 더 이상 움직일 줄 몰랐다.

"이 새끼들을 그냥…."

바위산 우측에서 이 광경을 지켜보고 있던 안 상병이 이빨을 아드득 갈았다. 적개심이 끓어 올라 견딜 수 없었다. 눈이 확 뒤집혔다. 전혀 예상하지 못한 감정이었다. 그것은….

그는 엄폐하고 있던 바위 뒤에서 뛰쳐나와 적의 진지를 향해 빠르게 기어 올라갔다.

"위험햇! 돌아왓!"

등 뒤에서 2분대장 송 병장이 외쳐댔고 적의 총알이 비 오듯 날아왔지만, 안 상병은 미친 듯이 바위를 오르기만 했다. 신기하게도 적의 총알은 그를 비켜 지나갔다.

"저게 누구얏?"

소대장이 놀란 눈으로 바라보며 묻자 곁에 있던 무전병이 얼른 대꾸했다.

“안 상병입니다.”

“안 상병? 그럼 신병 아냣?”

“예, 이번에 새로 보충되어 온….”

“신병이 겁대가리도 없이… 얏, 엎드렷! 갈 테면 포복으로 가란 말얏! 골통 바숴지기 전에….”

안 상병은 원한에 사무친 사람처럼 엄폐할 생각도 않고 쏜살같이 기어 올라가 죽은 박 병장 곁에 엎드렸다. 아군의 치열한 엄호 사격으로 적은 고개를 들지 못하고 있었다.

죽은 박 병장의 모습은 처참했다. 온몸이 벌집투성이가 된 채 눈을 치뜨고 있었다. 얼핏 소희의 모습이 떠올랐다. 안 상병은 이를 악물며 수류탄을 꺼내 적이 숨어 있는 바위 뒤를 향해 힘껏 던졌다.

“쾅!”

요란한 폭음과 함께 비명 소리가 들렸다. 그리고 잠잠했다. 바위산 아래에 있던 소대장이 소리쳤다.

“돌겨억!”

소대원들은 단숨에 바위산을 뛰어올라 총을 마구 갈겨대며 적의 진지를 뛰어들었다. 수류탄에 맞아 죽은 적의 시체 4구가 나뒹굴고 있을 뿐 나머지 적은 이미 없었다. 바위 뒤에 사람 하나가 겨우 기어들어 갈 만한 자그마한 동굴이 있었다.

“남은 놈들이 모두 이리로 도망친 모양입니다. 수색할까요?” 신 중사가 동굴 입구에 총을 겨눈 채 소대장에게 말했다.

“일제 사격을 퍼붓고 들어가라.”

병사들은 동굴 입구에다 총탄을 마구 퍼부은 다음 송 병장을 선두로 몇 명의 병사들이 동굴 안으로 들어갔다. 적의 모습은 보이질 않았고, 동굴은 사방으로 끝없이 뻗어 나가 있었다. 송 병장을 비롯한 몇몇 병사들이 동굴 안으로 들어간 동안 나머지 병사들은 사방을 경계하며 무전을 받고 날아온 헬리콥터에 전사자와 부상자를 실어 후송시켰다.

안 상병은 동굴 입구에 주저앉아 넋 잃은 사람처럼 산 아래만 굽어보고 있었다.

"안 상병, 아주 잘했어. 넌 이제 훈장을 타게 될 거야."

소대장이 그의 어깨를 두드려 주며 칭찬해 주었다. 신 중사도 놀랍다는 표정을 지으며 그에게 한마디 던졌다.

"싸우러 왔다더니 정말 용감하던걸. 하지만 그처럼 겁대가리 없이 싸우다간 모가지가 열 개라도 남아나질 못해. 오늘은 정말 운이 좋았던 거야."

한참 만에야 동굴 안으로 들어갔던 송 병장을 비롯한 병사들이 되돌아 나왔다. 그들의 옷에는 흙먼지와 진흙이 뒤엉켜 있었고, 얼굴에는 피로의 기색이 역력했다. 송 병장이 동굴 안에서 노획한 물건들을 소대장 앞에 내려놓으며 지친 얼굴로 말했다.

"개미굴입니다. 놈들은 벌써 멀리 도망쳐 다른 출구로 빠져나간 것 같습니다. 놈들이 버리고 간 총 두 자루와 탄약과 약품이 약간 있었을 뿐입니다."

"쥐새끼 같은 놈들… 하지만 멀리 도망치지는 못할 거다. 우리가 이 산을 온통 포위하고 있으니까. 어디로 빠져나가도 우리 손에 잡히게 돼 있거든."

　모닥불이 사위어 가듯 격전의 열기는 차츰 가라앉았고, 하늘에서는 비가 쏟아지기 시작했다. 마치 전쟁의 열기를 식혀 주려는 듯 하늘에서는 쉬지 않고 비가 내렸다. 빗줄기는 점점 세져서 무성한 잎사귀를 적시고 땅이나 바위에 얼룩져 있는 핏자국을 씻어 주었다.

전쟁과 여자

밤이 되자 비바람이 세차게 불고 몸이 덜덜 떨릴 정도로 추웠다. 안 상병은 낮에 세운 공으로 매복조에서 열외되어 소대장을 비롯한 몇몇 병사들과 함께 적이 버리고 간 동굴 속에서 비바람을 피하고 있었다.

동굴의 입구는 비록 좁았지만, 동굴 안은 꽤 넓었고 천장도 높았다. 베트콩들이 은거하던 곳에는 마른 흙과 건초가 깔려 있었다. 동굴 안에 들어와 다시 한번 수색해 본 결과 VC들이 쓰던 맷돌과 옷가지 몇 벌, 그리고 색깔이 바랜 월맹 국기가 더 나왔다. 낮의 격전으로 몸은 몹시 피로했지만 안 상병은 웬지 잠을 이룰 수가 없었다. 동굴 벽쪽에 누워 모포를 뒤집어쓴 채 깊은 생각에 잠겼다. 죽은 전우와 자신이 던진 수류탄으로 산산조각으로 찢겨 나뒹굴던 사체가 자꾸 눈앞에 어른거렸다.

나는 폭력을 폭력으로 응징할 수 있는 전쟁터에 오기를 원했다. 오늘 폭력을 폭력으로 응징했다. 나의 전우를 죽인 적을 갈기갈기 찢어 놓았다. 그런데도 통쾌하다거나 기쁘지 않다. 소희의 원수를 갚았다는 생각도 들지 않는다. 오히려 괴롭다. 명백한 살인을 하고도 용서받을 뿐만 아니라 오히려 칭찬까지 들었다. 비록 그것이 자유 수호를 위한, 폭력자에 관한 단호한 응징이라고는 하나 왠지 죄책감에서 벗어날 수 없다. 과연 나의 행위는 정당했던 것일까. 도대체 나의 그런 행위를 정당 행위라고 해야 할지조차 명확하지 않다.

살인이 용서받지 못할 범죄가 되는 사회와 살인이 정당 행위로 옹호되는 사회 - 그 차이란 과연 무엇일까. 이제까지 쥐새끼 한 마리조차 죽여 본 일이 없었던 안 상병은 자신이 순식간에 고귀한 목숨들을 끊어 놓았다는 사실에 직면하지 않으면 안 되었다. 괴로움 속 밤을 뜬눈으로 새워야 했다.

다음 날에도 비는 부슬부슬 계속 내렸다. 월남 중부 해안 지역이 우기雨期에 접어든 것이다. 이곳의 우기는 10월경부터 4월경까지 계속되는데, 중부 지역이 우기일 때 월남의 남부 지역은 건기乾期이다. 이와는 반대로 월남의 남부 지역이 우기일 때 중부 지역은 비 한 방울 내리지 않는 건기가 된다. 우기 때의 날씨는 한국의 가을 날씨처럼 서늘한 편이지만, 건기 때의 날씨는 몹시 더운 것이 특징이다. 비록 비가 내리는 우기 중이었지만, 맹호의 작전은 쉬지 않고 계속되었다. 이제 적뿐만이 아니라 밀림과 비와도 싸워야 했다. 병사들은 푸캇산의 수많은 동굴 속에 은신한 적을 찾아 섬멸하고 있었다.

거의 매일같이 쏟아지는 비 때문에 헬리콥터가 제대로 뜰 수 없어 보급에 어려움이 많았다. 병사들은 물이 떨어져 고생을 하는가 하면 식량이 떨어지자 물소를 잡아먹을 궁리까지 떠돌았다. 이 같은 악조건 속에서도 전과는 계속 올라갔다. 어떤 중대에서는 중대 병력으로 적의 대대장을 사살하고 대대 병력을 섬멸시키기도 했다.

작전이 시작된 지 열흘쯤 되던 날 아침, 분대원들을 이끌고 수색을 나갔던 송 병장이 희색이 만면하여 돌아와서는 소대장 김 중위에게 보고했다. 모처럼 비가 그치고 하늘이 밝게 개어 있을 때였다.

"소대장님, 적이 무더기로 숨어 있는 곳을 발견했습니다."

"적이 무더기로 숨어 있는 곳?"

소대장이 눈빛을 빛내며 반문했다. 소대장 김 중위는 남달리 전과에 신경을 많이 쓰는 사람이었다. 그는 소대원들에게 다른 소대보다도 전과를 많이 올리도록 연일 다그치고 있었다. 때로는 무리한 공격도 서슴지 않았다. 며칠 전만 해도 그는 다른 소대보다 전과를 더 올리기 위해 앞장서서 무리하게 적을 공격하다가 하마터면 큰 피해를 입을 뻔했었다.

"예, 저쪽에 있는 바위 일대에 베트콩 놈들의 것으로 보이는 변이 여기저기 흩어져 있는 걸 발견했습니다."

이 작전 때에는 소위 변 검사라는 것이 유행하고 있었다. 즉 동굴 속에 숨어 있는 베트콩들도 대변만은 밤중이나 새벽에 동굴 밖에 몰래 나와 처리한다는 사실이다. 병사들은 아침마다 적의 동굴이 있을 것으로 추정되는 지역을 수색하여 적이 숨어 있는 동굴을 찾고, 또 동굴 속에 적이 숨어 있는지의 여부와 그 숫자까지도 가늠해 내고 있었다.

"놈들의 것이 확실해?"

"예, 아군은 그쪽에 얼씬도 하지 않았을 뿐만 아니라 배설물 찌꺼기도 우리 것과는 다릅니다. 게다가 배설물의 상태로 봐서 어젯밤에 갈겨 놓은 것이 분명합니다."

"흐흠… 그래? 그럼 그건 틀림없는 훈장감이로군. 그래, 몇 놈이나 될 것 같나?"

소대장은 회심의 미소를 지으며 곁에 있던 M2카아빈을 집어 들었다.

"꽤 많은 것 같습니다. 스무 명은 충분히 될 겁니다."

"그으래? 거참. 잘됐군. 싸그리 황천길로 보내줄 테니 기다려라. 자, 그렇다면 출발이다. 소대원들을 집합시켯!"

그때 신 중사가 나섰다.

"소대장님, 중대에 연락해서 중대 병력으로 공격하는 게 낫지 않겠습니까? 우리끼리 공격하다가 자칫 당하기라도 하면…."

순간, 소대장이 이맛살을 찌푸리며 신 중사를 노려보았다.

"겁이 나나?"

"그런 건 아닙니다만…."

"다른 소대가 올 때까지 기다리다간 놈들을 놓치게 될지도 몰라. 중대엔 우선 동굴 속에 있는, 베트콩 몇 놈을 소탕한다고 보고하고, 먼저 기습하여 놈들을 싸그리 때려잡는 거야. 우리끼리도 충분히 올릴 수 있는 전과를 뭣 때문에 남들에게 나눠주나?"

김 중위는 소대원들을 이끌고 적의 변이 발견된 지점으로 가서 그 일대를 은밀히 수색했다. 오 상병이 커다란 바위틈 사이에 있는 동굴을 발견했다. 동굴 입구에는 보초로 보이는 베트콩 두 명이 총을 입구 밖으로 겨눈 채 바위 뒤에 웅크리고 앉아 있었다.

"적의 소굴이 틀림없군."

보고를 받고 달려온 소대장이 바위 뒤에 숨어 동굴을 바라보며 나직이 외쳤다.

"제가 애들 두엇을 데리고 가서 처치하겠습니다."

송 병장이 옆구리에 찬 대검을 만지작거리며 말하자 소대장이 고개를 끄덕였다. 소대원들이 동굴 일대를 포위하고 있는 동안 송 병장은 파월 고참 오 상병과 김 상병과 함께 발소리를 죽여 동굴 입구로 접근했다. 송 병장과 오 상병은 대검과 수류탄만을 지닌 채 바위를 타고 동굴 옆으로 다가갔고, 김 상병은 M2카아반을 등에 멘 채 동굴 앞쪽으로 살금살금 기어갔다. 적의 보초들은 오늘 날씨를 살피려는지 하늘을 쳐다보며 저희들끼리 뭐라고 나직이 떠들고 있었다.

동굴 앞 5m 전방까지 기어간 김 상병이 작은 돌멩이 하나를 주워 보초 앞에 던졌다. 그러자 보초들은 깜짝 놀라며 총을 움켜쥐고 자리에서 몸을 일으켰다. 그 순간 동굴 입구 양쪽에서 다가간 송 병장과 오 상병이 몸을 비호飛虎같이 날려 적을 하나씩 덮쳤다. 그들은 손에 들고 있던 날카로운 대검을 보초들의 심장에 깊숙이 내리꽂았다.

"윽!"

적의 보초들은 저항도 못 하고 맥없이 쓰러졌다. 이어 송 병장과 오 상병, 김 상병은 수류탄을 빼어 들고 총을 겨눈 채 동굴 안으로 기어들어 갔다. 동굴 안은 캄캄했다. 그러나 15m쯤 기어들어 가자 동굴이 좌우로 갈라져 있었고, 좌측 동굴에서 불빛이 새어 나왔다. 송 병장은 김 상병에게 눈짓으로 우측 동굴을 경계하도록 지시한 다음 오 상병과 함께 좌측 동굴로 기어갔다. 십여 명의 베트콩들이 호롱불 주위에 모여 뭔가를 들여다보며 얘기를 하고 있었다. 동굴 벽에 기대앉아 총기를 손질하고 있는 자들도 보였다.

"이 새끼들, 맛 좀 봐라!"

동굴 좌우 벽에 바싹 붙어 송 병장과 오 상병이 수류탄 2발을 적이 모여 있는 곳을 향해 집어 던졌다. 이어 마구 총을 난사했다. 요란한 폭발음과 적의 비명 소리가 울려 퍼졌다. 호롱불도 꺼져 캄캄했다. 송 병장과 오 상병은 다시 수류탄 2발을 까 넣고는 잠시 기다렸다.

"후라쉬를 켜고 들어가 보자."

두 사람은 플래시로 앞을 비추며 조심스럽게 전진했다. 화약 내음이 돌가루와 함께 버썩거렸다. 팔다리와 몸뚱이가 사방에 널려 있었다. 동굴 벽에서 무너져 내린 바위 조각이 날카롭게 신경을 곤두세우고 있었다.

그들이 베트콩의 시체들을 살피며 잠시 서성거리고 있을 때 소대장 김 중위와 신 중사, 그리고 몇 명의 병사들이 조심스럽게 들어왔다. 소대장은 쓰러져 있는 베트콩의 시체들을 살펴보더니 다소 못마땅한 듯한 표정을 지었다.

"이게 단가?"

"옛. 이곳에 모여 있던 적은 모두 죽은 것 같습니다."

송 병장이 땀과 바위 가루로 뒤범벅이 된 얼굴을 팔뚝으로 쓱 문질러 닦으며 대꾸했다.

"스무 명은 충분히 될 거라고 했잖아? 여기 있는 시체는 열 구밖에 안 돼. 나머진 다 어디로 갔어?"

"글쎄요… 몇 놈은 수류탄이 터질 때 저 안쪽으로 도망쳤거나 처음부터 저 안쪽에 숨어 있었던 것 같습니다. 소대장님."

송 병장이 플래시 불빛을 동굴 안쪽으로 비쳤다.

"그렇다면 쫓아가서 나머지 놈들도 잡아야지…"

소대장이 동굴 안쪽을 노려보며 중얼거리자 신 중사가 조심스럽게 말했다.

"하지만… 놈들은 벌써 멀리 도망쳤거나 저 안에 숨어 우리가 들어오기를 기다리고 있을지 모릅니다. 그보다는 중대에 연락해서 이 일대를 포위하고 이곳에 연막탄과 최루탄을 터뜨려 놈들이 더 이상 참지 못하고 기어 나올 때 잡는 것이 더 나을 것 같습니다. 만일 동굴 저쪽에도 밖으로 나가는 구멍이 있다면 연기가 솟아 나올 거고, 연기가 솟아 나오는 곳만 단단히 지키고 있으면 놈들은 쉽게…."

"그런 소리 말앗! 우리가 애써 발견한 적을 뭣 때문에 다른 소대에 넘겨준단 말얏? 이 동굴은 우리가 발견한 거니까 이곳의 적은 우리가 소탕해야 돼… 야, 너희 둘! 안으로 들어가 수색해 봐."

소대장은 뒤에 있던 파월 고참 최 병장과 김 상병에게 동굴 안쪽을 수색하도록 명령했다. 그들은 곧 총을 겨누고 수류탄을 빼어 든 채 조심스럽게 동굴 안쪽으로 전진했다. 그들이 시야에서 사라진 지 5분쯤 되었을 때였다.

"쾅! 쾅!"

동굴 안 저쪽에서 요란한 폭발음 소리가 들리더니 이어 요란한 총소리가 났다.

"적입니다! 저 총소린 아카보 소총 소립니다. 기습을 당한 모양입니다…."

신 중사가 소리치며 급히 동굴 안쪽으로 달려가자 소대장과 병사 몇이 그 뒤를 따랐다. 동굴 안은 총성이 뚝 끊긴 채 조용했다. 신 중사는 적이 숨어 있을 만한 곳에 수류탄을 까 던지고 총을 쏘며 앞으로 나아갔다. 잠시 적의 총탄이 날아왔으나 신 중사의 수류탄 몇 발에 잠잠해졌다.

신 중사의 발끝에 갑자기 묵직한 것이 채였다. 그는 얼른 플래시를 켜서 확인해 보았다. 최 병장과 김 상병이 쓰러져 있었다. 얼른 그들을 일으켜 보았지만, 이미 처참한 모습으로 죽어 있었다. 앞쪽에는 그가 던진 수류탄에 맞아 죽은 듯한 베트콩 시체 2구가 쓰러져 있는 것이 보였다. 더 이상의 적은 없는 것 같았다.

신 중사는 동굴 안쪽의 경계를 부하들에게 맡겼다. 죽은 최 병장과 김 상병을 보니 어처구니가 없고 울화가 치밀었다. 소대장의 어리석은 명령에 두 명의 동료가 개죽음을 당한 것이다. 신 중사의 눈에서 눈물이 흘렀다. 죽음이 슬퍼서라기보다 억울해서였다. 하지만 신 중사는 입으로 눈물만 삼킬 뿐이었다. 소대장은 죄책감을 느꼈는지 침통하게 죽은 부하들을 조용히 바라보더니 밖으로 나갔다. 뒤따라 들어온 정 일병이 신 중사를 일으켰다.

"고정하십쇼…."

정 일병에게 이끌려 동굴 밖으로 나오던 신 중사가 정 일병을 흘끗 바라보며 중얼거렸다.

"전쟁이 뭔지 알고 싶어서 왔다고 했지? 전쟁이란 바로 이런 거야. 누군가의 명예와 훈장을 위해 다른 사람이 대신 죽는 거…."

신 중사가 동굴 밖으로 나왔을 때 소대장은 동굴 입구의 바위에 기대앉아 허탈한 표정으로 담배를 피우고 있었다. 신 중사는 그를 싸늘한 시선으로 바라보며 지나쳐 저쪽 바위에 가 앉았다. 그도 담배를 피워 물었다. 허무하다는 생각이 들었다. 소대장이 자신의 말만 들었더라도 부하 2명을 희생시키지는 않았을 게 아닌가. 그깟 적 몇 명 더 죽여 전과를 올리는 것이 뭐 그리 대단한 일이라고, 명예와 훈장이 뭐 그리 소중한 것이라고 부하들의 목숨과 바꾼단 말인가. 차라리 적을 열 명 놓치는 한이 있더라도 부하 한 명을 살리는 것이 더 훌륭한 일일 것이다.

맹호 6호 작전은 48일간 계속된 끝에 성공적으로 끝났다. 48일간의 작전 기간 중 무려 32일 동안이나 비가 내리고 적의 맹렬한 저항도 있었지만, 프랑스군 점령 이래 그 어느 군대도 점령하지 못했던 푸캇산을 마침내 맹호들이 점령한 것이다. 이 작전의 승리로 적 2개 대대와 5개 독립 중대 및 지방 게릴라 조직이 거의 와해되었다.

그 전과로 적 사살 1천 161명, 포로 518명, 기타 많은 무기와 탄약, 식량, 의약품 따위를 노획했다. 아울러 이 지방에서 생산되는 농산물과 소금이 적의 수중에 들어가지 못하도록 만들었다. 그 후 퀴논과 봉손 간의 1번 도로를 완전히 개통시킬 수 있었다. 반면 맹호도 30명의 전사자와 그 밖의 많은 부상자를 냈다. 득이 있으면 으레 실도 있게 마련이다.

퀴논은 원래 작고 아름다운 어촌이었다. 그러나 미 해병 7연대와 1개 수송 중대가 주둔한 데 이어 한국군 맹호부대가 주둔하면서 중요한 항구로 변했다.

퀴논에 이르는 주요 도로는 2개인데, 그 하나는 남북으로 뻗은 1번 도로요, 다른 하나는 서쪽의 중부고원지방의 플레이쿠와 동서로 연결되는 19번 도로로 작전상 아주 중요한 지역이었다. 퀴논의 번화가에는 레코드점·식품점·식당·바·카페 등이 자리 잡고 있었고, 영어로 된 간판을 달아놓은 상점이나 술집도 꽤 많았다. 거리에는 자전거·모우터스쿠터·자동차들이 오가고 있었으며 아오자이를 입은 월남 여인들이 많이 눈에 띄었다.

억수같이 쏟아지던 비가 그쳤는가 싶더니 날씨는 이내 변덕스럽게 찌는 듯이 무더웠다. 안 상병은 같은 소대의 파월 고참 송 병장, 오 상병, 그리고 파월 동기 윤 상병과 함께 퀴논 시내를 걷고 있었다. 작전이 끝난 후 외출 허가를 받고 부대를 나온 것이었다. 아군이 적진을 향해 두들겨 대는 포 소리가 아련히 들려왔고, 하늘 위로 미군의 헬리콥터들이 분주히 날아다니는 것이 보였다. 이런 것마저 없다면 전쟁 중인 나라라는 생각이 들지 않을 정도로 시내는 조용했다. 생각보다도 거리에는 사람들이 많지 않았다. 도시 전체가 이글거리는 태양 속에서 졸고 있는 것 같았다. 간혹 눈에 띄는 월남군이나 월남 경찰은 슬리퍼 비슷한 샌들을 신고 어슬렁거리거나 야자수 그늘에 서서 담배를 피우며 저희들끼리 뭐라고 떠들어대고 있었다. 윤 상병이 그들을 보며 못마땅한 얼굴로 투덜거렸다.

"한량한 자식들! 우린 저희를 위해 죽도록 싸우고 있는데, 저것들은 뭐 저래? 이건 주객主客이 전도돼도 한참 전도됐어."

그러자 송 병장이 씨익 웃으며 대꾸했다.

"그래도 재들, 자존심 하난 알아줘야 한다구. 재들은 오히려 우리나 미군 애들을 우습게 보고 있어. 꽁까이들 옷을 입는 것만 봐도 그렇구… 지금 재들이 피우고 있는 담배가 뭔 줄 알아?"

"……"

"루비 퀸 같은, 지들 담배라구. 캐멀이나 셀렘, 팔멀 같은 양담배가 흔해도 재들은 지들 담배만 찾는단 말야."

안 상병은 월남에 처음 왔을 때 환영나온 월남인들이 냉담하고 무덤덤한 표정이었던 것을 떠올렸다. 우리나라 사람들이 외국인, 특히 서양인에게 곧잘 보이는 그 열렬하고 뜨거운 환영과는 사뭇 거리가 먼 것이었다.

"재들은 우리 같은 외국인을 우습게 볼 뿐만 아니라, 외국인들이 자기

네 나라에 와 있는 것조차 싫어하지. 달러를 벌 때만 제외하고… 왜 그런지 알아?”

송 병장이 이번에는 안 상병을 쳐다보며 물었다. 안 상병은 잠시 생각하는 듯하다가 고개를 옆으로 저었다. 알 수 없는 일이었다.

“그 이유는 간단해, 그건 이제까지 월남 땅에 외국인들이 머물 때 평화보다는 전쟁이나 불행이 뒤따랐기 때문이야. 중국인, 불란서인, 그리고 지금은 미국인이 와 있기 때문에 전쟁이 일어났다고 생각하거든. 그러니 싫어할 수밖에…”

송 병장은 서너 발자국 앞서 걸어가더니 시장 옆에 있는, 어느 허름한 음식점 앞에 멈춰 섰다. 월남 식당인 것 같았다. 그는 뒤따라온 안 상병과 윤 상병을 바라보며 미소를 짓더니 나직이 말했다.

“월남에 왔으니까 월남 음식 맛을 봐야 할 게 아냐? 전쟁터에서 묻혀온 피 냄새는 술로 씻구…”

안 상병과 윤 상병은 말없이 파월 고참들을 따라 음식점 안으로 들어갔다. 한눈에 보기에도 음식점 안은 지저분했다. 더욱이 어디선가 불쾌하고 야릇한 냄새가 풍겨 왔다.

안 상병과 윤 상병은 별로 마음이 내키지는 않았지만, 파월 고참들과 함께 테이블 앞에 둘러앉았다. 긴 시에스타를 즐기다 일어난 듯 월남 소년 하나가 하품을 하며 다가오더니 주문을 받았다. 송 병장은 서툰 월남말 몇 마디를 하기도 하고, 손가락으로 테이블 위에 그림도 그려 보이며 음식을 주문했다. 월남 소년은 고개를 끄덕거리거나 갸웃거리며 다시 묻기도 하더니 주방 쪽으로 사라졌다. 홀 저편에서 카레를 끼얹은 쌀밥과 생선튀김, 바나나튀김 같은 것들을 맛있게 먹고 있던 월남인 사내 셋이 그들을 흘끗 바라보더니 다시 음식을 먹는다.

안 상병은 그들이 푸캇산에서 사살한 베트콩의 모습과 너무나 흡사하다는, 지극히 당연한 사실을 오히려 이상스럽게 느끼며 혹 저들이 베트콩은 아닐까 생각했다. 윤 상병도 잔뜩 경계의 눈빛을 번뜩이고 있다. 한참 만에 술과 함께 음식이 나왔다. 코가 썩을 듯한 이상한 냄새가 나는 넉맘국수, 마요네즈로 덮인 새우회, 기름에 튀긴 바나나, 까맣게 번들거리는 월남순대, 모양이 좀 특이한 월남만두였다.

음식이 나오자 윤 상병이 코를 움켜쥐었다.

"송 병장님, 이 지독한 냄샌 뭡니까? 골치가 지끈지끈 아픈 게 꼭 시궁창 냄새 같습니다."

"시궁창 냄새라니? 월남 사람들이 칼 빼 들고 죽이려 들 거야… 하긴 나도 처음엔 고약한 냄새 때문에 싫었지… 넉맘이라는 양념인데 월남 사람들은 이것 없이는 살지 못할 만큼 좋아하는 모양이야."

"넉맘인지 넝마인지… 이 따위 냄새나는 음식을 어떻게 먹습니까? 야만인처럼…"

얼굴을 찡그리며 윤 상병은 넉맘국수 그릇을 옆으로 밀어 놓았다.

"그런 소리 말아. 우린 뭐 냄새나는 음식 안 먹나? 외국 사람들, 우리가 맛있게 먹는 김치 냄새 맡고 얼굴 찡그리는 것 못 봤어?"

넉맘은 햇볕에 말린 생선을 갈아서 발효시킨 다음 약간 썩혀서 만든 양념간장의 일종이다. A급 넉맘은 약 1년 동안이나 썩히고 B급은 6개월 정도만 썩히면 먹을 수 있다. 월남 사람들에게는 이것이 식생활에 없어서는 안 될 정도이지만, 외국인은 그 지독한 냄새에 코를 틀어막는 것이 보통이다.

안 상병도 넉맘 냄새가 싫었다. 그러나 그는 억지로 조금 먹었다. 술잔에 술이 채워지자 송 병장이 잔을 높이 치켜들었다.

"자, 자… 건배하자구. 푸캇산 전투에서 살아남은 우리를 위하여… 그리고 아깝게 전사한 전우들의 명복을 빌며…."

안 상병은 갑자기 코끝이 찡했다. 죽은 자는 말이 없지만 왜 산 자는 죽은 자를 생각하며 가슴 아파하는 것일까. 오 상병이 갑자기 눈물을 글썽이며 뇌까렸다.

"새끼… 귀국할 때 함께 눈 뜨고 가자고 해 놓고선… 차라리 그때 내가 그냥 들어갔어야 하는 건데… 아니, 소대장이 그런 바보 같은 명령만 내리지 않았어도 죽진 않았을 거야."

오 상병은 소대장의 명령에 따라 동굴에 들어갔다가 수류탄에 맞아 죽은, 파월 동기 김 상병을 생각하고 있었다. 그의 가슴 속에서는 소대장에 대한 미움이 불끈불끈 치솟았다. 송 병장이 그에게 담배를 내밀며 위로했다.

"파월 동기가 죽은 게 어디 이번이 처음이야? 나도 파월 동기를 몇이나 잃었어. 이번에 죽은 박 병장도 나와 파월 동기고… 박 병장 개, 철모에다 '주는 대로 처먹고 때리는 대로 맞고 빡빡 기다가 월남 땅 빠이빠이 하련다'라고 써 놨다가 중대장에게 들켜 호되게 기합을 받았어, 다른 건 다하고선 월남 땅 빠이빠이만 못 했어. 그것도 귀국 말년에 말야…."

윤 상병은 파월 고참들의 얘기를 들으며, 음식 위에 날아앉은 파리들을 입김으로 후후 불어 날려 보내고 있다가, 송 병장의 얘기가 끝나자 얼른 입을 열었다.

"씨이팔, 웬 놈의 파리가 이리도 많누? 꼭 베트콩 쌔끼들 모양 쫓아도 쫓아도 꾸역꾸역 몰려오긴… 성질나는데 LMG로 냅다 갈겨 버릴까 부다…."

그러더니 그는 고개를 쳐들고 송 병장을 건너다보았다.

"분대장님, 이거 기분도 여엉 그렇지 않은데 자리를 옮기는 게 어떻겠습니까."

"기분이 여엉 그렇지 않다니?"

"그렇지 않습니까? 전쟁터에서 빡빡 기다 겨우 외출 나왔는데 냄새나고 파리 떼 득실거리는 곳에서 따분하게 술만 마실 수 있겠느냐, 이겁니다. 기분도 풀 겸 어디 가서 신나게 술 마시는 게 어떻겠습니까? 술값은 제가 낼 테니까요."

"좋아! 난 너희들 신참한테 월남 음식 맛보게 해 주고 천천히 자릴 옮길 생각이었는데, 네 말대로 여긴 여엉 기분이 나질 않아. 가자구. 내가 멋진 곳으로 안내할 테니까…."

송 병장은 자기 앞에 놓인 술잔의 술을 홀짝 마시더니 자리에서 일어섰다. 그들은 울적한 기분을 떨쳐 버리기라도 하듯 발로 바닥을 세게 짓눌러 걸으며 식당 밖으로 나왔다. 저쪽 시장길 양쪽에 허름한 옷차림의 부인네들이 땅바닥에 쭈그리고 앉아 돼지고기·생선·두부 따위를 바나나 잎사귀에 얹어 팔고 있었다. 닭이나 돼지 새끼의 발목에 끈을 매달아 쥐고 앉은 노인들도 보였다.

그들은 타는 듯한 햇볕에 술기운이 확확 치솟아 오르는 것을 느끼며 바·카페·카바레 등이 늘어서 있는 거리로 갔다. 길가로 향한 술집의 창문에는 닭장 철망이 쳐져 있었으며, 술집 둘레에는 단단한 콘크리트 방벽이 버티고 있었다. VC의 수류탄 공격을 막기 위한 것이었다.

“전쟁 냄새 술집에서 더욱 물씬거리는군.”

윤 상병이 콘크리트 방벽을 바라보며 비아냥거렸다. 송 병장은 술집 간판을 죽 훑어보고 나더니 영어로 ‘조세핀’이라고 쓴 바 안으로 성큼 들어갔다. 요염한 불빛이 넘실대는 바 안에서는 외출 나온 미군 사병들이 거나하게 취한 채 호스티스들과 노닥거리고 있었다. 송 병장은 그들을 흘끗 바라보며 나직이 중얼거렸다.

“자식들, 전투엔 취미 없고 먹고 마시고 계집질하는 데에만 흠뻑 빠져 있군.”

송 병장은 곧바로 바텐더 앞의 높다란 의자로 다가가 걸터앉았다. 안 상병·윤 상병·오 상병도 그의 곁에 나란히 앉았다.

“뭘 마실 거야?”

바텐더 뒤쪽의 선반을 꽉 채운 진빔·헤네시·산토리·화이트호오스 등의 양주병을 건너다보며 송 병장이 말하자 역시 그것들을 호기심 어린 눈으로 바라보고 있던 윤 상병이 투덜거렸다.

“씨이팔, 언제 양주를 먹어 봤어야 이름을 알 게 아닙니까? 맨날 쏘주나 막걸리만 먹던 놈이… 아무거나 취하는 걸로 시켜 주십쇼. 먹구 취하면 그뿐이니까.”

송 병장이 씩 웃으며 바텐더에게 위스키와 진저를 시켰다. 그때 저쪽 구석의 테이블 앞에 앉아 있던 호스티스 둘이 그들 곁으로 다가오더니 서툰 영어로 브랜디를 사 달라고 졸라댔다.

“요것들이 우리 목숨 수당을 노리고 있군. 이봐, 윤 상병, 안 상병! 니들 생각 있으면 하나씩 페어차도록 해. 신참이니까 우선권을 주는 거니까…”

송 병장이 윤 상병과 안 상병을 바라보며 히죽 웃었다. 윤 상병은 배시시 웃고 서 있는 호스티스들을 바라보더니 눈이 약간 사팔이고 가슴의 볼륨이 유난히 큰 여자에게 자기 곁에 앉으라고 손짓했다. 그러자 오 상병이 자기 자리를 여자에게 내주고는 안 상병의 옆자리로 가 앉았다.

"그럼 저 여잔 안 상병이 가져야겠군. 볼륨은 없지만 몸이 미끈한 게 하룻밤 데리고 뒹굴기에는 괜찮은 것 같은데…"

송 병장의 이 말에 안 상병은 고개를 옆으로 흔들었다.

"전 됐습니다."

"왜? 맘에 안 들어?"

"그보다는 여자 생각이 별로 없습니다. 그냥 술이나 마시겠습니다."

"그으래? 술도 여잘 끼고 마셔야 제맛이 나는 법인데… 아무튼 싫으면 관둬. 내가 차고 마실 테니까."

송 병장이 껌을 질겅이며 저쪽 테이블의 미군과 다른 호스티스들이 낄낄거리고 있는 것을 재미있게 바라보고 서 있는 호스티스의 손목을 낚아채 자기 옆자리에 앉혔다.

송 병장과 윤 상병은 호스티스들과 손짓 발짓을 해 가며 연신 술을 마셨다. 윤 상병은 게슴츠레한 눈으로 사팔눈 여자의 훤히 드러나 보이는 유방을 흘끔거리며 간간이 그녀의 허벅지에 손을 들이대었다. 안 상병과 오 상병은 그들에게서 시선을 돌린 채 묵묵히 술만 마셨다. 그들 바로 곁에서 혼자 맥주를 마시고 있던 미군 사병이 그들에게 말을 걸어왔다.

"코리안 타이거인가?"

"그렇다."

안 상병이 고개를 끄덕이며 영어로 대꾸해 주었다.

"타이거들이 푸캇산에서 큰 승리를 거두었다는 얘길 들었다. 그 전투에 참가했었나?"

"참가했었다."

그러자 턱수염을 기르고 얼굴이 유난히 흰 그 미군 사병은 놀랍다는 표정을 지어 보였다. 그러더니 테이블 위에 놓여 있던 맥주잔을 높이 치켜들었다.

"승리를 축하한다. 건배하자. 난 핸더슨 일등병이다. 네브라스카 출신이고 수송병으로 일하고 있다. 월남에 온 지는 육 개월쯤 됐다."

"고맙다. 승리를 축하해 줘서… 난 안재영 상병이다. 보병이고, 월남에 온 지는 두 달도 채 못 됐다."

안 상병은 위스키 잔을 들어 보이며 미소를 지었다. 오 상병이 따라서 자기의 위스키 잔을 쳐들며 안 상병에게 물었다.

"뭐라는 거야?"

"우리가 푸캇산 전투에서 승리한 걸 축하한다는군."

"축하? 난 승리의 기쁨보다 동기를 잃은 슬픔이 더 커."

오 상병은 시큰둥한 표정을 지으며 위스키를 털어 넣더니 바텐더에게 빈 술잔을 내밀었다. 바텐더가 그의 술잔을 채워 주었다.

"저 친구는 기분이 별로 안 좋은 것 같다. 어디 아픈가?"

핸더슨이 오 상병의 얼굴을 살피며 안 상병에게 물었다.

"아니다. 전투에서 전우를 잃어 괴로워하고 있다."

이 말에 핸더슨은 수긍이 간다는 듯 고개를 끄덕였다.

안 상병은 그가 다른 미군 사병 같지 않고 어딘가 진지하고 지적으로 보였다.

"넌 영어를 꽤 잘하는구나. 코리안은 영어를 잘 못하는 줄 알았는데…."

"잘하지는 못한다. 학교 다닐 때 영어 회화 클럽에서 조금 배웠을 뿐이다. 미국과 우리가 친구이니까…."

"난 코리안 말은 모르지만, 코리아를 조금 안다."

"한국엔 가 봤나?"

"아직 가 보진 못했다. 하지만 코리아 얘기는 많이 들었고, 또 코리아에 관한 공부도 좀 했다. 한국전과 월남전을 서로 비교도 해 보았구…."

"……."

안 상병은 조금 놀랍다는 생각이 들었다. 군사전문가도 아닐, 이 미군 사병이 무엇 때문에 한국전과 월남전을 비교해 보고 한국에 관한 공부를 했을까. 그러나 곧 그 의문은 풀렸다.

"나의 아버지는 한국전에 참전했었다. 공군 조종사였지. 어려서부터 코리아에 관한 이야기를 많이 들었고, 자연히 코리아와 동양에 관심이 생겨났다. 결국 그것이 대학에서 동양의 역사와 정치사까지 공부하게 만들었고…."

그랬구나. 안 상병은 고개를 크게 끄덕였다.

"한국전과 월남전의 차이는 뭐라고 생각하는가?"

"내가 알기로 한국전은 전선이 하나였다. 처음 전쟁이 시작되었을 때부터 전쟁이 끝날 때까지 하나의 전선을 경계로 남북으로 오르내리며 사우스 코리아와 UN군, 그리고 노오스 코리아와 중국 공산군이 치열하게 싸운 재래식 전면 전쟁이었다. 이에 비해 월남전은 전선 없는 전쟁이며 비정규전이다. 어디까지가 전쟁터고 또 누가 적인지조차 구분하기 힘든 것이 월남전의 특색이다."

핸더슨은 말을 잠시 멈추고 맥주를 한 모금 마셨다.

"그러나 무엇보다도 한국전과 월남전이 다른 점은… 한국전 때 코리안들은 뚜렷한 반공정신 아래 하나로 뭉쳐 공산주의자들과 맞서 용감히 싸운 반면, 지금 이곳의 월남인들은 그렇지가 못하다. 반공정신이나 승리에 대한 집념 같은 것이 부족하다. 월남군은 마치 우리 미군에 고용된 용병처럼 마지못해 싸울 뿐만 아니라 미군의 뒷전에 물러나 앉아 있다. 전쟁은 미군이나 한국군 같은 외국 군대가 대신하고 월남군은 단지 경찰군으로 전락한 꼴이다. 주객이 전도된 격이라고나 할까."

"맞아. 바로 그거다. 나도 너의 말에 전적으로 공감한다. 그리고 놀랐다. 너 같은 미군이 있다는 게… 난 미군은 술과 여자, 쾌락만 즐길 뿐 그런 생각은 안 하는 줄 알았었다."

안 상병은 핸더슨에게 찬사를 보내며 손을 내밀어 악수를 청했다. 핸더슨은 빙그레 웃더니 안 상병의 손을 맞잡아 흔들었다.

"내 말을 진지하게 들어줘 고맙다. 사실 우리 미군 중에는 술과 여자, 쾌락을 즐기며 전쟁을 회피하려는 사람들이 적지 않다. 그 이유가 무엇 때문인 줄 아는가? 그것은 월남전이 우리의 전쟁이 아니기 때문이다. 이 전쟁이 우리의 전쟁이라면 우리 미군은 독립전쟁처럼 목숨을 걸고 용감히 싸울 것이다. 불난 집 주인은 뒷전에서 불구경만 하고 있는데, 이웃 사람이 기를 쓰고 불을 끄려고 하겠는가? 내 말이 틀렸는가?"

"그렇다면 앞으로 월남전은 어떻게 되리라고 보는가?"

"그건 나도 모른다. 다만 이 상태라면 미군이 아무리 많이 투입되고 온갖 최신식 무기를 다 동원한다 해도 쉽사리 전쟁을 끝내지 못 하리라고 생각될 뿐이다."

안 상병과 핸더슨이 심각한 표정으로 얘기를 나누고 있는 동안에도 송 병장과 윤 상병은 안 상병 쪽에는 별 관심을 두지 않은 채 호스티스들과 노닥거리는 데에만 열중하고 있었다. 오 상병은 혼자 담배를 피우며 술잔만 묵묵히 비웠다. 얼굴이 벌겋게 달아오른 윤 상병이 뜨거운 숨을 토해 내며 내뱉는 소리가 들려왔다.

"분대장님, 이거 아랫도리가 고동을 쳐 더 이상 못 참겠습니다."

"왜? 저 애와 자고 싶나?"

송 병장이 피우던 담배를 여자의 반나체 사진이 박힌 유리 재떨이에 비벼 끄며 웃었다.

"모처럼 여자 냄새 맡으니까 숨이 콱 막히고 몸이 비비 꼬이는 게… 쟬 데리고 어디 가서 한탕하고 싶어 미치겠습니다. 분대장님께선 그런 생각이 안 드세요?"

"나도 그런 생각이 안 드는 것은 아니지만… 재들은 어떡하구?"

송 병장이 눈짓으로 안 상병과 오 상병을 가리켰다.

"아, 그거야 뭐 재들이 싫어서 저러고 있는 게 아닙니까? 재들은 가자고 해도 안 갈 게 뻔해요. 그냥 내버려 두고 우리끼리만 나갔다 오는 게 어떻겠습니까? "

송 병장은 잠시 생각하는 듯하더니 고개를 옆으로 저었다.

"아무래도 난 안 되겠어. 고참이 쫄병들 데리고 나와 그러는 것도 말이 아닌 것 같고… 대신 너 혼자라도 보내줄 테니까. 멀리 나가지 말구. 알았지?"

윤 상병은 아무 소리 하지 않고 있었으나 싫은 표정은 아니었다. 그런 그를 보며 쓴웃음 지으며 송 병장이 덧붙였다.

"아직 해도 지지 않았는데 계집 끼고 밖에 돌아다니는 건 위험해. 베트콩 놈들의 기습을 받을 염려도 있고, 백바가지들한테 걸릴 염려도 있고… 요 위층 옥상에 올라가면 방이 하나 있을 거야. 좀 지저분하고 덥기는 하겠지만 바깥보다는 안전할 테니까 거기로 가도록 해."

송 병장은 윤 상병의 몸에 찰싹 달라붙어 애교를 떨고 있는 호스티스에게 서툰 월남말로 몇 마디 했다. 그녀는 알겠다는 듯이 두어 번 고개를 끄덕였다. 윤 상병의 눈빛이 그녀의 매끄러운 다리를 핥고 있었다.

송 병장은 윤 상병의 마음을 충분히 이해하고도 남았다. 남자들만 득시글거리는 전쟁터에서 모처럼 만난 여자를 품에 안고 싶을 것이다. 사랑이라는 감정과는 무관한 남자의 본능이었다. 그건 자신도 마찬가지였지만, 부하들을 거닐고 온 처지로서 그들을 내팽개친 채 환락에 취할 수는 없는 일이었다.

전쟁의 의미

윤 상병은 안 상병과 오 상병에게 눈을 한번 찡긋해 보인 다음 호스티스를 껴안고 밖으로 나갔다. 바 안의 미군과 호스티스들은 낄낄거리며 수작을 벌이고 있었다. 안 상병은 오 상병과 몇 마디 얘기를 나누다가 핸더슨에게 고개를 돌려 물었다.

"넌 왜 혼자 술을 마시는가?"

"난 혼자 술 마시는 걸 좋아한다. 고향에 있는 약혼자를 그리며 술을 마시고 있다. 나름 감미롭지"

"약혼자? 미인인가?"

핸더슨은 어깨를 움찔거리며 빙긋이 웃더니 정글복 윗주머니에서 사진 한 장을 꺼내 안 상병에게 건네주었다. 호수를 배경으로 사복을 입은 핸더슨과 금발에 동그스름한 얼굴을 한 여인이 다정히 포즈를 취하고 있다. 여인은 꽤 미인이었다. 불현듯 안 상병의 뇌리에 소희가 떠올랐고, 언젠가 그녀와 함께 산정호수에서 사진을 찍던 일이 생각났다. 그러나 그는 그 사진을 갖고 있지 않았다. 아마 집 앨범 속에서 빛이 바래 가고 있을 것이다.

"무척 아름다운 여인이다. 네가 부럽다."

안 상병은 핸더슨이 정말 부러웠다. 소희와 헤어지지만 않았다면 나도 핸더슨처럼 그녀와 찍은 사진을 자랑스럽게 내보일 수 있을 게 아닌가. 아니, 이 땅에는 아예 발을 들여놓지도 않고 한국에서 제대 날짜만 손꼽아 기다리고 있을 것이다.

"월남에 오기 전, 약혼자와는 재미 많이 보았나?"

안 상병은 질투심 같은 걸 느끼며 짓궂게 물었다.

"재미라면? 섹스를 말하나?"

"그렇다. 결혼할 사이니까 뭐 당연한 거겠지만."

"결혼할 사이라면 꼭 섹스를 해야 하나? 우린 한 번도 하지 않았다."

핸더슨의 입에서 튀어나온 뜻밖의 말에 안 상병은 깜짝 놀랐다. 믿어지지도 않았다. 결혼할 사이가 아니더라도 눈만 맞으면 쉽사리 향락에 빠진다는 미국인이 아닌가. 안 상병은 고개를 갸웃했다. 그러나 핸더슨은 진지하기만 했다.

"약혼자가 섹스 요구를 거부했나?"

안 상병은 언젠가 자신을 완강히 거부하던 소희가 떠올라 자신도 모르게 내뱉고 말았다. 말하고 나자 왠지 좀 심한 질문을 한 것 같다는 생각이 들었으나 핸더슨은 당혹스러워 보이지 않았다. 대신 좀 이상스럽다는 듯이 고개를 갸웃했다.

"거부? 아니다. 오히려 낸시(약혼자)는 내가 월남으로 떠나오기 전, 나와 하룻밤 보내길 간절히 원했다. 지금도 낸시는 나와 깊은 관계로 나아가고 싶어 안달이 나 있다는 애교스러운 편지를 보내온다."

핸더슨은 조금 웃어 보였다. 안 상병은 도저히 이해할 수가 없었다. 소희처럼 그의 약혼자가 혼전 관계를 거부했다면 또 모른다. 헌데, 이건 약혼자가 오히려 적극적으로 요구했는데도 그가 거부했다는 게 아닌가.

"무엇 때문에 약혼자의 요구를 거부했는가? 관계하는 것을 싫어하는가? 아니면 그 여자를 사랑하지 않기 때문인가?"

"싫어할 일이 있나. 나도 남자다. 나에게도 본능이 있다. 또 사랑하지 않는다면 왜 약혼을 했겠는가? 넌 사랑하는 사이라면 반드시 그러한 관계가 필요하다고 생각하는가?"

"그래도 남녀 간의 사랑은 육체적 관계를 통해 더욱 뜨거워지고 두 사람이 진정한 하나로 결합될 수 있지 않을까? 넌 그런 관계를 통해 약혼자를 완전한 네 것으로 만들었어야 하지 않았을까?"

"물론 육체적 관계는 사랑하는 사람 사이에서 귀중하고, 또 필요한 것일지도 모른다. 하지만 난 가장 이상적인 사랑이란 육체와 육체의 결합보다 마음과 마음의 결합이라고 생각한다. 또 넌 섹스를 통해 여자를 자기 것으로 만들 수 있다고 했는데, 그게 대체 무슨 뜻인가? 넌 육체적 관계로 그 여자가 네 것이 되었다고 생각하는가?"

안 상병은 소희를 육체적으로 정복함으로써 그녀가 완전한 내 것이 될 수 있다고 믿었던, 자신을 생각하며 얼굴을 붉혔다. 그러나 그는, 스스로 플라토닉 러브를 추구하고 육체적인 관계를 혐오하고 있는 듯한 핸더슨의 말에 강한 반발심을 느꼈다. 어쩌면 그의 말은 위선에 불과할지 모른다.

"그렇다면 넌 결혼하고 난 후에도 육체적 관계를 회피할 것인가?"

"아니다. 내가 성불능자라면 모르지만, 무엇 때문에 회피하겠는가? 다만, 난 내가 이 전쟁터에서 살아 돌아갈 때까지만이라도 그녀를 보호하고 싶을 뿐이다. 만일 내가 이 전쟁터에서 전사한다면 그녀의 아픔은 얼마나 더 크겠는가? 나는 그녀를 지켜 주고 싶다. 이것이 그녀에 대한 나의 사랑이다. 여기서 살아남아 귀국한다면 난 그녀를 뜨겁게 안을 것이다."

이 사내는 나와, 아니 보통 사내와는 다르다. 육체적 관계를 단순한 사랑의 표현이나 본능의 욕구로서가 아니라 뭔가 신성한 섭리로서 받아들이려 한다. 또 진실로 사랑하는 여인의 앞날까지 생각해 본능적 욕구마저 억제하고 있다. 육체보다는 정신에 우위를 부여하고 승화된 사랑을 위해 본능마저 제어할 수 있는, 이 사내야말로 순수하고 고귀한 사랑의 감정을 지닌 사람일지 모른다. 이 사내에게 존경심과 찬사마저 보내고 싶다.

다른 한편에서는 이 사내에게 강한 저항 의식이 치솟고, 오만하고 비인간적인 것 같은 이 사내의 생각을 산산이 부숴 버리고 싶었다. 이 사내의 사랑이 정말로 고귀하고 진실한 것이라면, 소희를 강제로 끌어안으려 했던 나는 비겁하고 타락한 인간일까. 본능적 욕구를 억제치 못하고 사랑하지도 않는 여자에게서 뜨거운 성적 충동을 느끼는 사내들은 순수하고 고귀한 사랑의 감정이 없는, 성의 노예들일까. 안 상병은 자신이 어떤 결론에 도달하지 못하고 심한 갈등 속에서 번뇌하고 있음을 느꼈다.

바에서 나와 윤 상병은 호스티스를 따라 바가 들어 있는 건물 옥상으로 올라갔다. 어두컴컴한 바 안에 있다가 옥상에 올라서자 따가운 햇살에 눈이 부셨다.

옥상 한가운데에 판자와 두꺼운 박스 종이 C-레이션 깡통으로 얼기

설기 이어 붙인 허름한 가건물이 있었다. 윤 상병은 만일을 대비해서 들고 올라온 M2 카아빈을 가건물 출입구 쪽으로 겨눈 채 호스티스의 뒤를 따라 천천히 걸어갔다. 가건물 출입구 옆 벽에 바싹 붙어 선 윤 상병은 그녀에게 턱짓으로 먼저 들어가라는 시늉을 했다.

그녀는 윤 상병을 흘끗 쳐다보며 씩 웃고는 출입문 안으로 들어갔다. 윤 상병은 마치 동굴 수색 작전을 할 때처럼 총을 겨누고 경계의 눈초리를 번뜩이며 후다닥 뛰어들었다. 뭔가 불쑥 튀어나오면 여지없이 방아쇠를 잡아당겨 버릴 태세였다.

출입구에 들어서자마자 칸막이도 없는 널따란 방이 나왔는데, 방 안은 조용했다. 방 한가운데에 서서 두 손으로 긴 머리칼을 뒤로 쓸어 넘기고 있는 그녀를 제외하고는 아무도 없는 듯했다. 그러나 윤 상병은 총구를 내려뜨리지 않고 재빨리 방 안을 살펴보았다.

방 좌우로 커다란 침대가 하나씩 놓여 있었고, 방 정면에는 창문이 하나 있었다. 그밖에 낡아빠진 냉장고가 하나, 녹이 잔뜩 슨 선풍기와 대나무로 만든 의자와 조잡한 나무 탁자, 물컵·대나무 발·빈 양주병 따위가 눈에 띄었다. 지붕이 너무 낮아 큰 사람은 머리를 숙여야 할 정도였다.

윤 상병은 맨 먼저 침대 밑을 살펴보고는 창문 쪽으로 다가갔다. 창문 앞에는 햇살을 막기 위한 대나무 발이 처져 있었다. 그는 발을 걷어 올리고 닫혀 있는 창문을 열었다. 멀리 탁 트인 들판이 보였고, 멀리서 포 소리가 들려왔다.

호스티스는 선풍기를 켜더니 왼쪽에 있는 침대 위에 걸터앉았다. 윤 상병은 방 안을 한 바퀴 돌아보고 나서 그녀의 반대편에 있는 침대 위에 털썩 주저앉았다. 침대가 놓여 있는 벽 쪽에는 천연색으로 된 여자의 누드 사진이 하나씩 걸려 있었다. 그것을 보는 순간 잠시 숨을 죽이고 있던 그의 욕정이 불끈 치솟았다.

"서둘러! 하나도 남기지 말고"

성난 사람처럼 윤 상병이 날카롭게 쏘아붙였다. 호스티스가 픽 웃더니 몸을 일으켰다. 그리고는 선 채로 물끄러미 윤 상병을 쳐다보았다. 서두르지 말아라, 풋내기 따이한 병사야. 여긴 네 나라와는 달라. 네 나라에서는 빠릿빠릿해야 먹고 살 수 있는 모양이지만, 여기서는 그러다간 금방 지쳐 쓰러지고 말아. 여기 와서 보질 못했니? 사람들이 모두 지느러미가 큰 물고기처럼 느릿느릿 움직이고 태양이 뜨거운 한낮에는 사람들이 모두 늘어지게 자며 전쟁마저 쉬엄쉬엄하고 있다는 걸. 모든 걸 후다닥 해치우길 좋아하는 너희들이 볼 때는 우리가 한없이 게으르고 느려터진 것 같겠지만, 여기서는 그래야만 살 수 있어. 섹스도 마찬가지야. 몸이 달아오른다고 흥분해서 보채면 이내 쭉 뻗고 말걸. 여기선 뭐든 슬로우 슬로우 퀵퀵이란 걸 알아야 돼.

"뭘 그렇게 꾸물거리고 서 있어?"

윤 상병은 상기된 얼굴로 소리를 빽 질렀다. 그러자 그녀는 얼굴에 웃음기를 띠며 옷을 벗기 시작했다.

그래. 너도 월남에 올 때는 월남 여자를 안고 싶었겠지. 무지무지하게 더운 날씨와 억수 같은 빗속에서 정글과 늪지를 기고 목숨을 건 전투를 하면서도 너는 문득문득 사내로서의 욕망이 치솟았을 거고. 귀국 후 월남에서의 너의 무용담을 들려주고 싶겠지. 그것이 전투든, 여자든. 실컷 즐기렴. 결국 사랑 없이 뜨겁게 달아오르던 흥분 대신 너는 폐허 같은 허탈감을 느끼며 수치심을 맛보게 될 터이지만, 적어도 넌 참을 수 없는 욕망을 맘껏 발산시키고 훗날의 얘깃거리는 만들 수 있을 거니까.

그녀는 몸을 가리고 있던 몇 개의 옷 조각을 훌훌 벗어 던졌다. 실오라기 하나 걸치지 않은 알몸으로 그녀는 침대에 드러누워 천정을 빤히 올려다보았다. 약간 처지기는 했지만 풍만한 젖가슴, 거무스름한 젖꼭지, 넓게 벌린 두 다리와 그 사이로 보이는 음모(陰毛). 윤 상병은 침을 꿀꺽 삼키며 후다닥 아랫도리만 벗어 던지고는 그녀에게 달려들었다. 그녀에게서 약간 불결한 냄새가 났지만, 그는 그것을 알아차리지 못했다. 그는 자신의 욕망만 불태우며 그녀의 육체를 거칠게 몰아붙였다.

"탕! 탕! 탕!"

윤 상병이 한 차례의 격정을 끝내고, 그녀 옆에 질펀히 드러누워 나른한 향락의 끝을 음미하며 담배 한 개비를 피워 물고 있을 때였다. 밖에서 요란한 총성이 들려왔다.

"무슨 소리얏?"

윤 상병은 깜짝 놀라며 몸을 벌떡 일으켜 침대 모서리에 세워 두었던 M2 카아빈을 집어 들었다. 그리고는 날랜 동작으로 바닥에 엎드리며 총구를 출입구로 겨누었다.

"베트콩이다!"

퍼뜩 이런 생각이 스쳤다. 그때 요란한 오토바이 소리가 들려왔고, 곧이어 자동소총의 속사음도 들려왔다. 그 소리는 분명 가까이에서 나는 소리였으나 출입문 밖은 조용했다. 겁이 덜컥 나며 불길한 생각이 치솟았다.

여자의 깔깔거리는 웃음소리가 들려왔다. 윤 상병은 엎드린 자세로 웃음소리가 난, 침대 쪽으로 고개를 휙 돌렸다. 호스티스가 홑이불로 젖가슴을 가리고 앉아 웃고 있었다.

"이 년이 갑자기 미쳤나? 웃긴 왜 웃어?"

윤 상병이 눈을 치뜨며 중얼거리자 그녀는 호호거리며 손가락 하나로 윤 상병의 아랫도리 쪽을 쿡쿡 찌르는 시늉을 했다. 그제야 그는 자신이 윗도리만 입고 아랫도리는 홀랑 벗은 채 총을 들고 엎드려 있는 것을 깨달았다. 자신도 그 꼴이 너무도 우스꽝스러워 저절로 웃음이 터져 나오려 하였다. 그는 바닥에서 일어나며 그녀가 몸을 가리고 있는 홑이불을 확 잡아챘다.

"이년아, 넌 안 벗었냐? 털 뽑아 논 암탉마냥 홀라당 벗은 게…."

윤 상병은 그녀의 젖가슴 하나를 우악스럽게 쥐었다 놓고는 얼른 바지를 입고 군화를 신었다. 그런 다음 총을 겨눈 채 출입문을 발길로 걸어차며 밖으로 뛰쳐나갔다.

햇살이 눈부시게 흩어지고 있을 뿐 옥상 위에는 아무도 없다. 건물 아래쪽에서 사람들의 웅성거리는 소리가 들려왔다. 윤 상병은 옥상 난간 곁으로 다가가 아래를 내려다보았다.

놀랍게도 바 출입문 바로 앞쪽에 정글복을 입은 미군 한 명이 큰 대大 자로 쓰러져 있었다. 그 쓰러진 미군 곁에는 또 다른 미군 몇 명이 화가 잔뜩 나 씩씩거리고 있었다. 혹 자신들에게 불똥이 튈까 월남인들은 혼비백산하여 순식간에 흩어졌다.

"윤 상병! 윤 상병!"

옥상 입구의 계단 쪽에서 윤 상병을 부르는 소리가 나더니 송 병장·안 상병·오 상병이 요란한 발자국 소리를 내며 뛰어 올라왔다.

"무사했구나. 난 처음 네가 당한 줄 알고 간이 콩알만 해졌다구."

송 병장이 윤 상병을 보더니 안도의 한숨을 내쉬었다. 술을 많이 마신 듯 윤 상병 앞으로 다가오는 그의 발걸음은 휘청거렸다. 얼굴색도 벌겠다. 그의 등 뒤 안 상병과 오 상병도 마찬가지였다.

"어휴, 웬 술을 이리 많이 마셨습니까?"

윤 상병이 한 걸음 뒤로 물러서며 핀잔을 주었다.

"새꺄, 다 너 때문이야. 넌 계집과 신나게 노닥거리는데 우린 멍청히 앉아 있냐? 술이라도 실컷 마셔야지… 그나저나 네 모가지가 붙어 있어 다행이다. 너한테 무슨 일이 있었으면 내가 어떻게 되는 줄이나 알아? 하마터면 십년감수할 뻔했어."

송 병장이 윤 상병의 이마에 꿀밤을 한 대 먹였다.

"죄송합니다. 하지만 제가 죽긴 왜 죽습니까. 이래 봬도 전 베트콩 손에 죽을 목숨이 아닙니다."

"까불고 있네. 너, 내 말 안 듣고 밖으로 나갔으면 벌써 목이 달아났을지도 몰라. 내가 저 밀실을 알았기에 망정이지."

"아무튼 고맙습니다. 목숨 구해 주시고…."

윤 상병은 멋쩍게 머리를 긁적였다.

"그나저나 어땠어?"

송 병장이 게슴츠레한 눈을 번뜩였다.

"하도 급한 김에 후딱 해치우고 좀 쉬었다가 느긋하게…, 저놈의 총소리 때문에… 미적지근한 물속에 발 담갔다가 뺀 기분입니다. 그리 썩 개운치는 않다 이겁니다."

"쌔끼, 어지간히 급했던 모양이구나. 하지만 넌 몸이라도 풀었잖아? 네가 한창 재미 볼 때 네 코앞에서 목숨 하나 날아갔다는 걸 알아야 돼"

"암튼 고맙습니다. 다음번에 외출 나오면 책임지고 송 병장님을 우선 배려하겠습니다. 헌데 저 아래 미군은… 기습당한 겁니까?"

윤 상병은 좀 전에 내려다보던 옥상 난간 쪽을 흘끗 바라보았다. 거기에 안 상병과 오 상병이 총을 움켜쥔 채 아래를 내려다보고 있었다.

요란한 차량 음과 미군들이 떠들어 대는 소리가 들려왔다.

"그래, 너처럼 놀러 나왔다가 깨끗이 간 거지. 재수 억세게 없는 놈이야. 오토바이를 탄 베트콩에게 저격당한 모양이야."

윤 상병은 전쟁터가 아닌 시가지에서 그것도 대낮에 미군이 기습당해 죽었다는 사실에 어처구니없었다. 다른 한편으로는 자신의 목숨이 붙어 있다는 게 신기하고 놀라웠다. 그는 땀이 잔뜩 밴 손으로 자신의 목을 쓰다듬어 보았다. 실로 모든 것이 악몽 같았다.

"어이, 그만들 내려가지. 여기 있어 봐야 좋을 것 하나 없어. 백바가지들이 몰려오기 전에 우린 일찌감치 이곳을 뜨는 게 좋겠어."

송 병장이 손짓을 하며 안 상병과 오 상병을 부르고 있을 때 가건물에 있던 호스티스가 다가왔다. 그녀는 건물 아래쪽에서 벌어진 상황에는 별 관심이 없다는 듯 옥상 난간 쪽은 거들떠보지도 않고 윤 상병 쪽으로 오더니 배시시 웃었다. 윤 상병은 문득 그녀가 아까와는 달리 천박하게 느껴졌다. 사팔눈이 무척 거슬렸다. 그러나 그는 군복 윗주머니의 수첩에 접어 두었던 달러 두 장을 꺼내 그녀 앞에 내밀었다. 그녀가 잠시 망설이는 듯했다. 아까 선불을 받았는데, 또 웬 돈이냐는 것 같았다. 윤 상병은 그녀의 손에 달러를 쥐여 주며 중얼거렸다.

"이건 팁이야, 특별 팁이지. 너 때문에 내 모가지가 붙어 있는 건지도 모르잖아…"

송 병장 일행이 옥상을 내려왔을 때 바 앞에는 미군들이 분주히 왔다 갔다 하고 있었다. 미군 헌병의 모습도 보였다. 오토바이를 탄 베트콩 저격병의 총에 맞아 죽은 미군은 헌병 지프의 뒤쪽에 실려졌다. 미군 전사자의 가슴팍은 온통 피투성이었다. 안 상병은 아까 바 안에서 술을 마시다 바 밖에서 난 요란한 총소리에 놀라 송 병장·오 상병 그리고 핸더슨 일등병을 비롯한 바 안의 다른 미군들과 함께 밖으로 뛰쳐나갔다가 베트콩의 저격을 받고 숨진 미군의 시체를 보았을 때 느꼈던 그 섬뜩함이 다시 그의 가슴을 욱죄었다. 베트콩은 어디에도 있고, 또 어디에도 없다는 말을 절감하는 순간이었다. 안 상병은 바 옆에 세워 둔 드리쿼터 운전석에 앉아 허탈한 표정을 짓고 있는 핸더슨 일등병 곁으로 다가갔다.

"핸더슨"

안 상병이 나지막하게 부르자 핸더슨이 그에게로 시선을 돌렸다.

"뭐라고 위로해야 할지 모르겠다. 이런 불행한 일을 당해 마음이 아프다. 부디 몸조심해라. 그래야 고향에 돌아가 약혼자와 결혼할 수 있을 게 아닌가?"

"고맙다. 오늘 같은 날, 이런 일이 벌어져 안타깝다. 너와 좀 더 얘길 하고 싶었는데… 우린 곧 돌아가야 한다."

핸더슨이 씁쓰레한 미소를 지으며 창밖으로 손을 내밀었다. 안 상병도 손을 뻗어 그의 손을 마주 잡았다.

"우리도 지금 이곳을 떠나려고 한다. 오래 있어 봐야 좋은 게 없을 것 같다. 다음에 또 기회 있으면 만나자. 네 약혼자 얘길 좀 더 듣고 싶어."

안 상병은 핸더슨에게 손을 흔들었다. 그리고 동료들이 기다리고 있는 바 건물 모퉁이로 갔다.

송 병장은 뭔가 기분이 언짢다는 듯 땅바닥을 군홧발로 걷어차며 마른 흙먼지를 일으키고 있었고, 오 상병은 벽에 비스듬히 기대선 채 의기소침해진 얼굴로 먼 하늘을 응시하고 있었다. 이빨 사이로 침을 찍찍 갈기며 못마땅한 듯한 표정을 짓고 있던 윤 상병은 안 상병이 가까이 다가오자 그의 어깨에 한 손을 얹으며 둔탁한 목소리로 중얼거렸다.

"안 상병, 우린 함께 왔으니까 귀국 때도 함께 가자구. 너, 죽으면 안 돼."

안 상병이 웃으며 고개를 끄덕여 주자 윤 상병은 땅바닥에 침을 탁 뱉고는 그것을 군홧발로 문지르며 다시 말했다.

"씨이팔, 전쟁은 죽이고 죽고, 뺏고 빼앗기고, 겁탈하고 겁탈당하는 것이라더니. 그 말이 하나도 틀리지 않아."

A4 스카이호크 편대가 시끄러운 폭음을 일으키며 북쪽 하늘로 날아가고 있었다. 미군들이 떠들어 대는 소리는 그 폭음 소리에 이내 묻혀버렸다. 안 상병은 문득 정 일병을 생각했다. 전쟁이 무엇인지 알고 싶어 자원했다는 정 일병. 그래, 정 일병. 전쟁은 바로 이런 것이다. 이게 바로 전쟁이야.

고향 무정

맹호부대는 푸캇산 일대의 평정 지역을 유지하기 위해 피란민 2만 명을 평정 지역에 정착시키는, 주민 이동 계획을 강행해 나갔다. 미군은 감히 상상조차 못 했던, 복구 사업이었다.

이러한 계획에 따라 맹호 6호 작전이 끝난 후 새로 부임한 맹호부대장 유병현 소장은 전 TAOR(전술 책임 지역) 내의 피란민 수용소에서 우호적인 월남 피란민들을 가려내도록 명령했다. 맹호부대 심사심리 요원들은 각 수용소를 다니며 피란민의 성분을 분류하여 2만 명을 선출해 냈다. 그리고 이들을 퀴논 미 지역사령부 수송대대의 협조를 받아 평정 지역인 푸캇산 일대로 이동시켰다. 이와 함께 이들 피란민에게 모포·의류·우유·석유·밀가루·비누·식염 등을 나누어 주었다.

피란민들이 대거 빈딘섬으로 몰려오자 빈딘 성장省長이 맹호부대를 찾아와 항의했다.

"이렇게 많은 피란민을 데려오면 우린 어떡하란 말인가. 이렇게 많은 사람을 먹여 살릴 길이 없으니 중단해 주기 바란다."

이에 맹호부대에서는 빈딘 성장을 설득하려고 애썼으나 끝내 협조가 어렵다고 판단되자 이 같은 사실을 월남 정부에 통보하고 협조를 구했다. 그런데 정작 회답을 갖고 온 사람은 미 제1야전사령관 라순 중장이었다. 그는 맹호부대장 유병현 소장에게 이렇게 충고했다.

"당신네들이 한 일을 잘했다고는 볼 수 없다. 민주주의 사회에서 주거의 자유를 침해할 수는 없지 않은가. 당신네들은 월남 국민이 원하는 대로 해 주어야 할 것이다."

그러나 유 소장은 물러설 수 없었다. 나름대로 확신이 있었기 때문이었다.

"우린 이 지역에서 피를 흘렸다. 그 피가 무엇을 의미하는지 아는가. 피의 대가는 이 지역이 영구한 평정 지역이 되는 것에 있다. 나는 이 지역의 평정을 맡은 전술 지휘관이다. 장군은 맹호가 이곳에서 계속 작전할 수 있는가, 아니면 짐을 꾸려 귀국해야 하는가를 결정해 줄 의사가 있는가?"

결국 맹호부대는 피란민들을 새 평정 지역에 정착시키는 데 성공했다. 이 군정軍政 형태의 이동이 성공하자 맹호부대는 곧 행정권을 월남인들에게 넘겼다. 그 이후에도 맹호부대는 많은 피란민을 다루었으나 군정 형태의 이동은 다시 시행하지 않았다. 맹호 6호 작전에 의한 특수한 평정 사업은 이것이 처음이자 마지막이었다.

이 무렵 미군과 사이공 주재 외국 특파원들은 독자적인 작전 개념을 창안하여, 이를 효율적으로 수행해 가고 있는 주월 한국군의 능력을 높이 평가하기 시작했다. 특히 미군들의 생각이 미치지 않았던, 민사심리전에서는 크게 주목을 받기까지 했다. 월남전에 비판적이던 영국, 프랑스 등 유럽의 기자들은 주월 한국군의 능력을 보도를 통해 칭찬하기도 했다.

- 한국군은 동굴이나 방에 남아 있는 밥의 양을 보고 VC의 숫자를 알아
  낸다고 한다. 이것은 생활 풍습이 다른 미군은 도저히 알아낼 수 없는
  일이다. 역시 동양 전쟁은 동양인이 해야 한다.
- 월남전을 한국군에 맡겼다면 월남은 벌써 평정됐을 것이다.
- 한국군의 작전 방식 중에는 미군의 그것보다 나은 것들이 많다.

두코 전투와 맹호 6호 작전 등에서의 놀라운 전과와 함께 이 같은 보
도가 나돌자 맹호부대 병사들은 더욱 자신감을 갖게 되었다. 그러나 여
기에는 새로운 문제가 생겨났다. 처음의 긴장감이 풀리면서 자만심과 방
심이 찾아든 것이다.

대담해진 고참병들은 주의력이 소홀해져 뜻밖의 실수를 하는 경우가
생겼다. 도로 공사를 하던 공병 중대가 '공사만 하고 있다가는 훈장은 구
경도 못 하겠다.'며 삽과 곡괭이 대신 총을 들고 정글로 뛰어드는가 하면
포를 쏘는 포병들이 병력을 나누어 보병의 소탕전에 끼어들었다가 피해
를 입은 일까지 있었다. 심지어는 헌병들이 군기 검열 대신 베트콩을 잡
으러 다니기도 했을 정도였다.

1966년 11월 11일, 맹호 6호 작전 때 참가치 않았던 기갑연대를 주력
으로 하여 맹호 7호 작전이 시작되었다. 푸캇산 서남방 재구촌在求村 좌
측의 베트콩들을 소탕하기 위한 작전이었다. 다만 TAOR가 서남방으로
좀 더 확장되었고, 퀴논 평야를 가로지르는 19번 도로 주변 적의 위협을
제거할 수 있었다는 것이 이 작전을 통해 얻은 소득이었다.

이 작전 때 맹호부대는 카슨 계곡까지 진격하여 베트콩들에게 물자를 공급해 주는 한 부락을 장악하게 되었다. 부락에는 남자는 없고 부녀자들만 있었다. 대부분 젊은 여자들은 임신 중이었다. 임신 중인 여자들의 반은 베트콩의 아내였고, 반은 인근 월남군 22사단 장병들의 아내라 놀라움을 안겨 주었다. 적과 적의 가족이 한 부락 안에 공존하고 있었던 것이다.

이 같은 사실을 보고받은 맹호부대장 유 소장은 어이없어 월남군 22사단장에게 항의했으나 그 대답 역시 어처구니없는 것이었다.

"처우도 충분히 해 주지 못하는 형편에 장병들의 사생활을 간섭할 수는 없는 일 아닌가?"

결국 맹호부대는 이 부락을 포기하지 않을 수 없었다. 맹호부대는 맹호 7호 작전 이후 한동안 휴식을 취하며 전열을 정비했다. 그러나 소규모의 수색 작전이나 야간 매복 작전은 계속되었다.

병사들은 수색 작전이나 야간 매복 작전을 마치고 귀대하면 편지를 쓰거나 퀴논에서 방송되는 '맹호의 소리'에 귀를 기울이며 고국의 향수를 달래곤 했다. 특히 고국의 소식과 고국의 중요 방송 프로를 녹음으로 들려주거나 즉석 희망 음악을 들려주는, '맹호의 소리'는 인기가 대단했다. 전쟁터에서 겪는 긴장과 우울을 씻어 주는 청량제 역할을 했기 때문이었다. 병사들의 방송에 대한 기호는 대개 비슷했다. 그것은 한가할 때에는 드라마를 주로 듣고, 작전이나 매복을 나가거나 돌아왔을 때에는 한국의 유행가를 듣는 것이었다.

안 상병의 소대에서 가장 열심히 라디오 방송을 듣는 사람은 가수 지망생이라는, 파월 고참 황정현黃正鉉 상병이었다. 그는 특히 음악 프로를 즐겨 들었는데, 한가할 때는 물론 참호를 팔 때에도 라디오 방송 노랫소리에 맞춰 흥얼거리곤 했다. 그는 노래를 무척 잘 불렀다. 어느 날 전방 초소로 잠복을 나가기 위해 구릿빛 얼굴에 검정 칠을 하고 있던 황 상병이 안 상병에게 말했다.

"안 상병, 한 가지 부탁이 있는데 들어주겠어?"

"부탁?"

부탁이라는 말에, 안 상병은 고개를 갸웃거리며 황 상병을 바라보았다.

"뭐 어려운 부탁은 아니고… 오늘 밤 우리 부대가 매복조잖아? 그런데 난 그것도 모르고 '맹호의 소리'에 음악을 신청했거든. 내가 좋아하는, 오기택의 '고향 무정'이란 노래를 오늘 밤에 틀어 달라고 말야."

"그런데?"

"음, 이따 그 노래가 방송에 나오는지 안 나오는지 들어봐 줘. 내가 신청한 노래가 나왔는지 안 나왔는지 알고 싶거든."

안 상병은 문득 소희가 떠올랐다. 소희가 면회 왔을 때 함께 갔던 돌체 다방에서도 그녀는 음악을 신청하지 않았던가.

"뭐, 어려운 부탁도 아닌데…."

안 상병은 쾌히 승낙했다. 그날 밤, 안 상병은 '맹호의 소리' 방송이 끝날 때까지 귀를 기울였으나 황 상병이 신청한 곡은 나오질 않았다. 왜 안 나올까. 신청곡이 너무 많기 때문일까. 아니, 어쩌면 오늘 나오지 않는 것이 나을지도 몰라. 신청곡이 내일 나오면 황 상병이 들을 수 있을 게 아닌가. 안 상병은 이런저런 생각을 하며 라디오를 듣다가 잠이 들었다.

그날 밤, 황 상병은 그의 분대원들과 함께 전방 초소에서 매복 근무를 하고 있었다. 초승달 달빛만 교교히 비칠 뿐 사방은 고요했다. 비록 야간 매복 근무를 위해 낮잠을 잤다고는 하나 새벽녘이 되자 몸이 몹시 피곤했고, 졸음마저 왔다. 따끈한 커피 생각이 간절했다. 아니, 담배라도 피우면 졸음이 덜 올 것 같았다. 그러나 불빛 때문에 담배를 피울 수 없는 노릇이었다. 궁여지책으로 참호 바닥에 엎드려 작업모로 담뱃불을 가리고 담배 몇 모금을 빨았을 뿐이었다.

"눈 똑바로 뜨고 있어!"

분대장 노 하사는 부하들이 매복하고 있는 곳을 찾아다니며 나직이 외치곤 했다. 그가 막 황 상병이 있는 참호에 들어왔을 때였다. 어디선가 바스락거리는 소리가 들려왔다. 조심스럽게 주위를 살피니 매복 장소 바로 앞의 숲이 조금씩 움직이는 것이 보였다.

"적이다!"

노 하사와 황 상병은 거의 동시에 이런 생각을 했다. 본능적으로 위기의식을 느끼며 두 사람은 몸을 웅크린 채 적을 향해 총구를 겨누었다. 이윽고 숲 사이에서 검은 물체 하나가 기어 나오더니 사방을 두리번거리는 것이 보였다. 적의 척후병이었다.

"쏠까요?"

황 상병이 노 하사를 흘끗 쳐다보며 눈짓으로 물었다.

"아직은 안 돼. 저놈은 첨병이야. 놈들이 모두 나타나면 일제 사격을 퍼붓도록."

그로부터 잠시 후, 자박자박 다가오는 발자국 소리가 어렴풋이 들리더니 베트콩 몇 명이 나타났다. 그들은 자신들의 목숨을 노리는 총구가 코앞에 있는 줄도 모르고 매복조가 있는 쪽을 향해 조심스럽게 다가오고 있었다. 그들이 완전한 사정거리 안에 들어서자 분대장 노 하사는 버럭 소리를 질렀다.

"일제히 사격하라! 훈장감이 코앞에 있다!"

이 말이 떨어지기가 무섭게 매복조의 자동화기가 일제히 불을 뿜었다. 베트콩들은 너무도 갑작스러운 기습에 총 한번 쏘아보지 못하고 썩은 나무처럼 쓰러졌다. 비명도 제대로 지르지 못했다.

"사격 중지잇!"

요란하던 총성은 뚝 그쳤다. 황 상병이 몸을 숨겼던 참호에서 일어서며 노 하사에 말했다.

"제가 가서 살피겠습니다."

"그래, 조심해서 접근해."

황 상병은 쓰러진 베트콩들에게 총을 겨눈 채 조심스럽게 다가갔다. 모두 총탄을 맞고 숨진 듯했다. 그러나 그가 열 발자국 가량 움직였을 때 '탕!' 하는 한 방의 총성과 함께 황 상병은 힘없이 앞으로 고꾸라졌다. 부상으로 쓰러져 있던 베트콩 하나가 황 상병에게 총을 쏜 것이었다. 이와 동시에 노 하사의 총구가 불을 뿜었고, 황 상병을 쏜 베트콩은 온몸이 벌집투성이가 되어 절명했다.

"이봐, 황 상병! 정신 차렷!"

노 하사는 쓰러진 황 상병을 끌어안아 일으키며 소리쳤다. 황 상병이 눈을 가늘게 뜨고 노 하사를 바라보았다.

"부, 분대장님…"

황 상병은 뭔가 말을 하려는 듯 애쓰다가 그대로 숨을 거두고 말았다. 새벽녘, 밀림 위로는 어둠이 서서히 물러가고 있었다.

황 상병의 전사 소식이 전해진 그날, 그의 소대 분위기는 침통했다. 소대장 김 중위는 소대원들을 볼 면목이 없다는 듯 하루 종일 소대원들 앞에 나타나지 않고 장교 숙소에만 들어앉아 있었다. 소대원들도 우울한 표정을 감추지 못하고 하루를 보냈다.

특히 황 상병에게 자신의 신청곡을 들어 달라는 부탁을 받았던 안 상병은 너무 괴롭고 착잡했다. 황 상병이 금방이라도 내무반 문을 밀치고 들어오며,

"어이, 안 상병! 내가 신청했던 노래, 방송에 나왔어!"

이렇게 말할 것만 같았다. 황 상병이 죽은 것이 어젯밤 그의 신청곡이 나오지 않았기 때문인 것 같은 엉뚱한 생각이 들기도 했다. 안 상병은 그날, 일도 손에 잡히지 않았다. 멍하였다. 음식도 거의 먹히지 않았다.

저녁 식사 시간이 끝난 후 안 상병은 내무반 자기 자리의 벽에 기대앉아 있다가 무심코 라디오를 켰다. 얼마 전 PX에서 15달러를 주고 산, 소형 트랜지스터라디오에서는 여자 아나운서의 차분하고도 밝고, 그리고 다정한 목소리가 흘러나오고 있었다.

"맹호장병 여러분, 여기는 맹호의 소리 방송입니다. 오늘도 자유 수호를 위해 얼마나 수고 많으셨습니까…. 지금 고국 전역에서는 흰 눈이 내리고 있습니다. 중앙관상대에서는 평균 25cm의 대설大雪이 될 것이라고 예보했습니다."

고국에 눈이 내리고 있다는 보도가 나오는 순간, 내무반 여기저기에서 휴식을 취하며 가벼운 잡담을 나누던 병사들이 일제히 "와" 탄성을 터트렸다. 전우를 잃은 슬픔으로 침울하던 분위기가 일시에 확 깨지는 듯했다.

"고국에 눈이 온다고? 거, 기분 삼삼할 게구마. 눈… 좋제. 눈이 오는 날, 따끈한 아랫목에서 얼음이 동동 뜬 동치미 국물에다 국수 말아 먹던 생각이 간절하구마."

"마, 넌 기껏 먹는 타령이냐? 무드 없게끔… 눈 오는 날엔 뭐니 뭐니 해도 애인과 팔짱 끼고 걷는 게 최고라구. 그래도 작년 겨울엔 함박눈을 펑펑 맞으며 그 여자와 함께 걸었었는데…"

"그깟 고무신 거꾸로 신고 달아난 계집 생각하면 뭘 할까? 이래 봬도 난 고향에 백년가약百年佳約을 약속한 여자가 있단 말이다."

"까불지 마. 계집과 당나귀 뒷다린 믿지 말란 말, 못 들었어? 계집과 당나귀 뒷다린 언제 걷어차고 도망칠지 모른다구. 백년가약이 무슨 계약서나 되는 줄 알아? 백년가약이 아니라 억년가약을 입방아로 나불댔어도 잠시만 한눈팔면 끝장이라구. 날 보면 몰라?"

"안됐다. 그래, 아마 그 여자, 이렇게 눈이 내리는 날엔 딴 놈팽이 팔목에 매달려 있을 게다."

"이 새끼가 지금 누굴 약 올리는 거얏? 그렇잖아도 성질 돋아 죽겠는데…"

고국의 눈 소식을 들으며 한동안 떠들어 대던 병사들은 이내 풀이 죽어 조용해졌다. 후덥지근한 열기 속에서 모두 조용히 고향 생각에 잠긴 것이다.

소희와 눈을 맞으며 함께 걷던 그때 〈Winter World of Love〉를 듣던 다방과 옷깃에 묻은 눈을 털며 포장마차로 들어갔었지. 그땐 그것이 별로 대수롭지 않은 일이었는데 지금은 왜 이토록 그리울까. 지나가 버린 것은 모두 아름답게 느껴지기 때문일까. 그녀가 내 곁에서 떠나고 없기 때문일까. 보고 싶다. 소희야. 너와 눈을 맞으며 걷고 싶고, 너와 눈 내리는 거리를 바라다보며 따끈한 커피를 마시고 싶다. 너와 음악을 들으며 너의 아름답고 사랑스러운 눈동자를 바라보고 싶다. 달콤한 너의 목소리로 메마른 나의 가슴을 위로받고 싶다. 소희는 지금 어디서 무얼 하고 있을까. 눈을 맞고 걸으며, 아니면 소담스럽게 내리는 눈을 바라보며 나를 생각하고 있을까. 안 상병이 눈을 지그시 감고 소희를 생각하고 있을 때 문득 그의 상념을 깨트리는 여자 아나운서의 목소리가 들려 왔다.

"… 다음은 맹호 八연대 八대대의 황정현 상병께서 신청하신, 오기택의 〈고향 무정〉을 보내드리도록 하겠습니다. 이분께서는 어제 생일을 맞은 약혼자와 함께 이 음악을 듣고 싶다고 적어 보내 주셨습니다만, 신청곡이 너무 많이 밀려 부득이 오늘 보내드리게 되었습니다. 이 점, 사과드리며 두 분의 앞날에 무한한 행복이 깃들기를 기원하면서 신청하신…"

안 상병은 눈을 번쩍 떴다. 내무반 다른 병사들의 시선이 일제히 안 상병의 트랜지스터라디오에 쏠렸다. 장기를 두고 있던 송 병장과 윤 상병이 손을 멈췄으며, 스크랩북에 뭔가를 쓰고 있던 정 일병도 고개를 돌렸다. 안 상병의 바로 옆에 있던 오 상병이 얼른 다가오더니 라디오의 볼륨을 높였다.

"구름도 울고 넘는, 울고 넘는 저 산 아래, 그 옛날 내가 살던 고향은 있었건만…"

만일 황 상병이 전사하지 않았더라면 황 상병은 물론 내무반 전우들은 환성을 지르며 기뻐했을 것이다. 그러나 전사한 황 상병이 신청한 노래가 울려 퍼지고 있는 지금 병사들의 얼굴은 숙연하기만 했다. 노래가 흘러나올수록 병사들은 더 침울해졌으며 여기저기서 훌쩍거리는 소리가 났다.

"… 지금은 어느 누가 살고 있는지 지금은 어느 누가 살고 있는지…."

가수 오기택의 구성진 음성이 병사들의 가슴을 후벼파고 있을 때 무겁게 가라앉고 있는 내무반에 날카로운 비명 같은 소리가 터져 나왔다.

"라디오를 꺼! 라디오를 끄란 말얏! 아니 방송국에 전화를 걸어 당장 그 노래를 틀지 말라고 햇!"

황 상병의 죽음을 가장 가까이에서 본 그의 분대장 노 하사가 자신의 두 귀를 손으로 틀어막으며 소리쳤다. 그는 쓰러져 엉엉 울음을 터뜨렸다. 안 상병은 얼른 라디오를 껐고, 문 옆에 있던 최 일병은 문을 박차고 밖으로 나가 버렸다. 순식간에 내무반 안은 울음바다로 변했다.

그때 내무반 문이 열리며 소대장 김 중위와 소대 선임하사 신 중사가 들어왔다. 그들은 잠시 어리둥절한 표정을 지으며 내무반 안을 둘러보다가 김 중위가 위엄을 갖추며 소리쳤다.

"왜들 울고 난리얏!"

그러자 송 병장이 얼른 눈물을 닦고는 부동자세를 취하며 대답했다.

"좀 전에 라디오에서 전사한 황 상병의 신청곡이 나오는 바람에…."

"황 상병의 신청곡?"

김 중위가 한결 누그러진 목소리로 물었다. 그러나 그의 얼굴에는 어두운 그림자가 짙게 드리워졌다.

"그렇습니다. 매복을 나가기 전에 음악을 신청한 모양인데… 그 노래가 오늘…."

송 병장은 말을 제대로 잇지 못하고 울먹였다. 김 중위와 신 중사의 눈가에도 물기가 어리고 있었다.

"그렇다고 사내새끼들이 계집처럼 울고불고 난리를 피웟? 전쟁터에서 매일같이 일어나는 게 사람 죽는 일인데 그따위로 마음이 나약해서 어떻게 전쟁을 치르겠다는 거얏! 군기가 확 빠진 자식들 같으니라구…"

갑자기 신 중사가 눈을 부릅뜨며 버럭 소리를 지르자, 병사들은 눈물을 닦으며 자세를 고쳤다. 김 중위가 눈짓으로 신 중사를 나무라며 소대원들을 향해 말했다.

"너희들 심정을 모르는 바는 아니다. 하지만 전쟁터에서 죽고 사는 건 운명이다. 언제까지고 슬픔에 빠져 있어서는 안 된다. 슬픔을 딛고 용감히 싸우는 자만이 승리할 수 있고, 그것이 전쟁터에서 살아남을 수 있는 비결이다. 오늘 밤, 너희들에게 맥주파티를 열어 주겠다. 실컷 마시며 슬픔을 달래도록 해라. 대신, 내일 또다시 눈물을 보이거나 축 처져 있는 놈을 보면 가만두지 않겠다."

그날 밤, 김 중위의 소대원들은 맥주를 마시며 전우를 잃은 슬픔을 달랬다. 술기운에 그들의 슬픔은 조금씩 수면 아래로 가라앉히기 시작했다.

맹호부대가 푸캇산 일대에서 맹호 6호 작전을 벌이고 있을 무렵 파월 증파 부대로 새로 월남에 온, 이소동李김東 소장이 이끄는 백마부대는 월남의 중부해안 지역인 난호아를 중심으로 북으로 투이호아, 남으로는 판랑에 이르는 TAOR 속에는 3개 성, 11개군, 76개 면, 38만 명의 주민이 살고 있었고, 해발 2천여m의 원시림과 나트랑·판랑의 평야 지대가 공존하고 있었다. 나트랑·판랑·캄란 같은 중요한 군사 기지도 그 속에 있었다. 맹호부대의 TAOR 면적이 1천 2백km^2인 것보다 백마부대의 그것은 그 배가 넘는 광대한 지역이었다.

백마부대가 월남에 주둔할 즈음, 주월 미군은 본격적인 확전 단계에 있어 월남의 각 항구와 공항에는 매일같이 병력과 물자가 쏟아져 들어오고 있었다. 그 무렵 주월 미군은 거의 40만 명에 육박하고 있었다. 병력에 여유가 생기면서 적의 소굴로 뛰어들어 적극적으로 적을 섬멸하고 있었다.

북위 17도선 이남에 집결한 월맹군 정규 사단과 접전한 헤이스팅(Hasting) 작전, 호지명 통로의 입구 격인 캄보디아 국경지대에서 수십 일 동안이나 벌인 폴 리버(Paul Revere) 작전 등은 모두 이 무렵의 성역 타격 작전이었다.

이러한 미군의 작전은 전과를 많이 올리고는 있었지만, 반면 미군의 희생도 컸다. 그러면서도 이들은 이 전법을 거의 바꾸지 않고 있었다. 그 규모는 가히 사단급이었다. 그중의 대표 격은 미 제1공중기동사단, 제1공중기갑사단, 173여단 등이었다. 이들은 텐트를 치고 주둔해 있다가 하룻밤 사이에 전 사단이 공중기동하여 새로운 공격지점에 내려 전투를 벌이곤 하는, 마치 떠돌이 부대 같았다. 미군 측에서는 주월 한국군에게 그랬던 것처럼 새로 파월되어 온 백마부대 측에게도 그들의 방식대로, 그들이 원하는 지역에서 전투해 주기를 끈질기게 요구했다.

이 문제를 놓고 사이공과 주월 한국군의 야전사령부가 있는 나트랑에서는 한·미 작전회의가 빈번히 열렸다. 따라서 주월 한국군 사령관 채명신 장군은 사이공에서는 주월 미군 사령관 웨스트모얼랜드 장군, 나트랑에서는 미 제1야전군 사령관 라슨 장군과 자주 만나 회의를 하지 않으면 안 되었다.

"백마의 TAOR는 적정이 심한 곳이 아니다. 그러므로 백마는 3개 연대 중 1개 연대는 투이호아·캄란·판랑·나트랑·빈호아 등 주요 보급기지를 지켜 주고, 나머지 2개 연대는 공중 기동하여 그때그때 적정에 따라 투입되는, 독립전투단으로 편성해 주길 바란다. 또한 한 전쟁에서 작전권이 이원화되어서는 안 된다. 세계 2차 대전에서도, 또 한국전쟁 때에도 그랬다. 더욱이 한국군의 보급과 장비를 미국이 지원하는 마당에 한국군이 작전권을 독자적으로 행사한다는 것은 말이 안 된다."

주월 미군 측의 이 같은 주장이 계속되자 채명신 장군은 웨스트 모얼랜드 장군을 찾아가 따지듯 말했다.

"작전권 문제는 이미 여러 차례 거론된 것이지마는, 난 한국군의 작전권 독립을 양보할 수 없다. 이제까지 우리는 장군(웨스트 모얼랜드)의 총체적인 작전 계획하에 우리 한국군이 맡은 부분에 관해서는 독자적으로 작전을 수행해 왔지만, 별다른 문제는 없었다. 앞으로도 우리는 미군이 필요한 작전을 요청해 오면 한국군을 이동시켜 협조는 하겠지만, 이런 경우에도 작전명령은 내가 내리겠다. 우리는 이미 두코 전투에서도 이 같은 선례를 남기지 않았는가. 같은 군인으로서, 또 연장年長의 형을 대하는 입장에서 나는 장군을 존경하고 있다. 그리고 장군도 내 말을 귀담아 들어주는 걸로 알고 있다. 정말 장군은 작전권 문제로 나와 소통이 되지 않는다고 생각하는가."

채 장군의 말을 묵묵히 듣고 있던 웨스트 모얼랜드 장군이 빙긋이 웃으며 대답했다.

"그럴 리가 있는가. 제너럴 채하고는 협조가 잘된다고 생각한다. 그리고 나는 제너럴 채의 주장을 이해한다. 하지만 참모들이 옹고집이다. 나의 참모들은 한국에 있는 한국군이 미8군의 작전권 아래에 있다는 것을 들어 기회 있을 때마다 반발하고 있다."

그러자 채 장군은 웨스트 모얼랜드 장군에게 그의 참모들을 만날 수 있도록 해 달라고 부탁했고, 웨스트 모얼랜드 장군은 이 부탁을 들어주었다. 채 장군은 웨스트 모얼랜드 장군의 참모들을 한 사람씩 만나 이렇게 설득했다.

"우리 주월 한국군을 용병이라고 비난하는 사람들도 많다. 한국군이 청부 전쟁을 맡았다고 비난하는 것은 비단 베트콩만이 아니다. 이처럼 어려운 처지에서 당신네 미군을 돕고 있는 우리 한국군을 당신네마저 궁지에 몰아넣어야 하겠느냐. 또한 당신네들은 우리 한국군이 미군처럼 기동 타격 방식의 작전을 하지 않는다고 비난하고 있는 모양이지만, 이것은 당신네 미군과 우리 한국군의 전술 개념의 차이에서 오는 것이다. 우리는 주민이 많은 지역을 완전히 장악함으로써 적의 활동을 봉쇄하고, 주민을 보호하는 도로를 개통시켜 쌀·야채·해산물 같은 민간 물자의 교역을 가능케 해 민심을 안정시키는 것이 급선무다. 이렇게 먼저 주민을 보호하는 것이 당연한 일이라고 보며, 주민을 잘 보호하게 되면 적은 결국 거처를 잃고 고립하게 된다."

채 장군의 이 같은 설득에 웨스트 모얼랜드 장군의 참모들은 대체로 긍정적인 반응을 보였다. 그러나 결정적으로 쐐기를 박아 준 것은 웨스트 모얼랜드 장군이었다. 그는 다음번 참모 회의 때 채 장군의 팔을 높이 쳐들어 주었다.

"제너럴 채는 나와 같은 파월군의 사령관으로서 나와 동격이다. 따라서 제너럴 채의 말은 곧 내 말과 동일시 된다."

이후 작전권 시비는 더 이상 재현되지 않았고, 백마부대의 주둔지 문제와 작전 방식을 놓고 한·미 간에 팽팽히 맞섰던 이견도 일단락되었다.

우리 측의 주장대로 얻게 된 작전권의 확보는 실질적으로 몇 가지 이점을 약속받은 것과 다름없었다. 즉 해안 지대와 같은 유리한 지역을 선택하여 작전을 벌일 수 있어 공중 지원과 포 지원 등을 받기가 쉬웠고, 미군의 지시에 따라 오지에 투입됨으로써 생길 수 있는 대량 희생의 가능성을 감소시켰다. 해안선 지역의 요지를 평정할 수 있어 우리나라 용역 회사와 기술자들의 월남 진출을 쉽게 할 수 있게 했다. 그뿐만 아니라 효과적인 대민 지원 사업으로 월남 시민에게 한국에 대한 좋은 이미지를 심어 줄 수도 있었다.

그러나 백마부대는 기동 타격 부대가 되지 않은 대신 TAOR 내의 주요 시설을 정비해야 하는 임무가 부여되었으므로 초기의 백마부대는 경비부대 같은 인상을 풍길 정도였다. 물론 백마부대는 불도저 작전, 역마 작전, 도깨비 작전 등 소규모의 작전을 벌이고는 있었으나, 이것은 월남전에 적응하고 자체 경비를 위한 성격도 있어서 전과戰果가 별로 없었다. 이렇게 되자 백마부대 자체 내에서 불만이 나오기 시작했다.

"레이저 훈련, 산악 훈련까지 하고 온 우리가 시시하게 경비만 하고 있는가."

"경비만 하다간 베트콩은 구경도 못 하고 세월만 다 가겠다."

"이웃에 있는 맹호부대에서는 맹호 6호 작전을 벌여 1천여 명이 넘는 적을 사살했다는데, 우리는 대체 이것이 뭔가?"

병사들로부터 시작된 불만은 소대장, 중대장, 대대장, 연대장, 그리고 급기야는 사단장인 이소동 장군의 생각마저 흔들어 놓았다. 마침내 이

소동 장군은 채명신 주월 한국군 사령관에게 부하들의 이 같은 생각을 전하게 되었다. 그러나 채 장군의 답변은 단순했다.

"미군들이 백마를 중부 월남 깊숙이 투입하려는 것을 반대해서 그곳에 머무르게 한 것이오. 그편이 성과가 좋은 것이니 그대로 있으시오."

그러나 백마부대의 '조용한 기간'도 그리 오래 계속되지 않았다. 1967년 1월 29일부터 전 사단이 투입된 백마 1호 작전을 시작으로 혼바산에 관한 사단 규모의 대대적인 전투를 시작하게 된 것이었다. 이와 함께 백마부대도 서서히 전과를 올리기 시작했으며, 월남의 지형과 월남전에 맞는 전투 방식도 몸에 익히게 되었다.

한편, 맹호 수호 작전 이후 한동안 휴식에 들어갔던 맹호부대는 1967년 1월로 접어들면서 맹호 8호 작전을 전개했는데, 이 작전은 월남의 판문점으로 불리던 맹호부대의 TAOR 남쪽 지역의 쿠몽 고개를 넘어 남하하는 것이었다.

이 작전에 참가한 부대는 맹호 26연대 3대대 및 수색 중대, 기갑연대, 장갑차 중대, 공수특전지구대 등 약 4개 대대 규모였고, 이 작전은 장장 60일간이나 계속되었다. 맹호부대 도착 이래 최장의 작전이었다.

맹호부대는 이 작전으로 상당한 전과를 올렸다. 아울러 쿠몽에서 송카우까지의 40km의 1번 국도와 빈칸까지의 15km의 6번 도로가 개통되어 개전 이래 처음으로 이 해안 지방에 육로 교통을 가능하게 했다. 즉 주민들의 통행이 자유스러워지고, 따라서 물품의 왕래도 원활하게 되었다.

백마부대의 백마 1호 작전과 맹호부대의 맹호 8호 작전이 성공적으로 수행되고 있던 1967년 2월 17일, 나트랑에 있는 주월 한국군 야전사령부에서는 채명신 주월 한국군 사령관의 주재하에 주월 한국군 지휘관 회의가 개최되었다. 맹호부대의 유병현 사단장, 백마부대의 이소동 사단 장을 비롯하여 두 사단의 주요 지휘관이 모두 모인 자리였다.

이 자리에서 채 장군은 한국군 최초의 군단급 작전인 오작교 작전의 실시를 발표하고, 각 사단별로 작전 세부 계획을 보고하도록 지시했다.

이 오작교 작전이란 맹호부대의 TAOR 북단에 있는 투이호아 사이에 이르는 1번 국도를 완전 개통시킴으로써 월남 정부의 숙원이던 '월남의 척추'를 완전 회생시키자는 것이었다. 따라서 이 작전이 계획대로 성공한 다면 중부 월남은 완전히 한국군의 장악하에 들어오게 되는 것이며, 나 트랑·캄란·퀴논·푸캇 등의 주요 군수물자 보급기지 역시 보호받을 수 있고, 월남 정부의 숙원 또한 풀어 주는, 야심적인 작전이었다.

그러나 이 작전을 수행하는 데에는 여러 가지 어려움이 따랐다. 작전 지역이 이제까지의 전투 지역과는 비교도 안 될 정도로 넓었다. 또 북쪽 과 남쪽에서 두 사단이 남하와 북상을 해야 하기에 이제까지 몸에 익 은 중대 전술 기지 개념을 버리고 적을 찾아 치는 선제공격의 개념을 적 응시켜야 한다는 것이었다. 주월 미군 측에서는 이러한 작전 계획을 크 게 반대했다.

"작전 지역이 너무 넓고 적정敵情도 심상치 않아 이 작전은 성공하기 어렵다. 이 작전 계획을 전면 취소하길 권한다."

미군 측의 이 같은 반대 견해 표명뿐만 아니라 웨스트 모얼랜드 장군 은 채명신 장군에게 점잖은 충고까지 했다.

"당신네의 작전 계획은 매우 야심적인 것이긴 하나, 너무 무리하지는 말아라."

그러나 주월 한국군은 이 같은 반대에도 결국 오작교 작전을 실행하기로 방침을 굳혔다. 나름대로 성공할 수 있다는 판단이 섰기 때문이다. 기실 맹호 8호 작전이나 백마부대의 도깨비 2호, 마두馬頭 1·2호 작전 등의 실시로 두 부대의 거리를 최대한으로 좁혀 놓은 것도 이 오작교 작전을 위해서였다.

이 작전 계획에서는 우방군의 보병 지원은 전혀 계획되지 않았다. 그러나 그 무렵 맹호부대의 북단 봉손 지역에서 미 제1공중기갑사단과 25사단 3여단이 퍼쉽 작전이란 대규모 소탕전을 벌이고 있었고, 백마부대 쪽인 투이호아 서북방에서도 미군이 애덤즈 작전을 수행하고 있어 간접적인 바람막이는 될 수 있는 상황이었다.

맹호부대와 백마부대는 이 작전의 성공을 위해 D데이를 각각 달리하여 작전의 규모를 은폐하기로 했다. 지상 기동을 위한 공격 준비 사격도 거의 하지 않고 헬리콥터 착륙 작전에 관한 제압 사격만 하기로 했다. 작전 지역에 관한 항공기의 비행을 미군 측에 삼가 줄 것을 요청하는 한편, 교량 공사에 병력을 지원해 달라는 월남군의 요청도 보류시켰다.

주월 한국군이 오작교 작전을 강행하기로 방침을 굳히자 미군 측은 미 제101 공중기동사단 소속의 제임스 러셀 대위 등 14명의 장병을 보내 한국군의 작전 견학을 희망했다. 이에 따라 주월 한국군 사령부에서는 이들을 오작교 작전에 임하는 한국군 중대에 배속시키고, 배속된 중대의 중대장의 명령에 절대복종할 것을 다짐받았다. 이 같은 준비 속에서 오작교 작전의 D데이는 서서히 다가오고 있었다.

오작교 작전

맹호 병사들은 밀림을 뚫고 들판을 가로질러 진격을 거듭했다. 때로는 무성한 갈대숲과 발목까지 빠지는 수렁을 지나기도 했다. 곳곳에 숨어 있는 베트콩과 부비트랩·지뢰·각종 함정 따위가 그들의 목숨을 위협했고, 끓어오르는 더위와 타는 듯한 갈증, 밀림의 독사와 독충, 말라리아 등도 그들을 끈질기게 괴롭혔다.

밀림과 들판 곳곳에서는 낮과 밤을 가리지 않고 작열하는 총포탄 소리가 하늘을 뚫고 울려 퍼지곤 했다. 때로는 전투가 소강상태에 빠져들어 기분 나쁠 정도로 고요할 때도 있었다. 병사들은 전투가 한창일 때보다도 오히려 소강상태가 계속될 때를 더 두려워했다.

마을은 대개 텅 비어 있는 경우가 많았다, 마을 사람들은 집집마다 문에 못질을 단단히 해 놓고는 어디론가 사라져 버렸고, 몇 마리의 닭이 무심히 땅을 파며 돌아다니고 있는 것이 고작이었다. 그리고 담벼락이나 야자수 같은 곳에는 〈미 제국주의자들과 그들의 앞잡이 물러가라!〉는 삐라가 붙여져 있었다. 베트콩의 악선전 때문이었을 것이다.

병사들은 텅 빈 마을을 수색할 때면 허탈감 같은 것을 느끼곤 했다.

자기들을 도와주기 위해 온 우리를 왜 피하는 것일까! 이제까지 월남 정부나 미군은 무얼 했길래 주민들이 베트콩 말에 따를까. 한국전쟁 때에는 주민들이 국군과 유엔군을 환영하고, 공산군을 보면 숨었다지 않은가. 무엇보다도 민심을 얻는 게 필요했다.

한국군은 정보 장교와 한국군에 배속된 월남군들을 통해 주민들을 안심시키고 그들의 마음을 끌어들이기 위해 선무 방송을 했고, 주민들에게 식량을 비롯한 각종 구호물자를 나누어 주었다. 주민들의 생명은 물론 그들의 재산을 보호하기 위해 애를 썼다. 그러자 주민들은 차츰 한국군에게 신뢰와 친근감을 갖기 시작했다.

어느 날, 김 중위의 소대는 들판을 따라 진격하다가 숲 그늘 속에 장이 서고 있는 것을 발견했다. 물건을 사고파는 사람들은 대부분 아낙네였는데, 그들은 쌀·소금·옷감·바나나·코코넛·채소 등 일상용품들을 거래하고 있었다. 어떤 아낙네는 아이를 안고 물건을 팔고 있었으며, 또 어떤 노파는 쭈그리고 앉아 담배를 피우고 있었다. 그들은 한국군을 보자 다소 놀라는 표정을 짓기도 했으나, 대부분은 무표정한 얼굴로 흘끗 바라볼 뿐이었다. 까맣게 그을린 얼굴로 놀고 있던 아이들 몇이 한국군을 보자 달려 나오며 담배를 달라고 손을 벌렸다.

최 상병이 군복 윗주머니의 담뱃갑에서 담배 몇 개비를 뽑더니 아이들이 달려오고 있는 쪽을 향해 휙 던졌다. 아이들은 땅바닥에 떨어진 담배를 먼저 주우려고 서로 밀치며 아우성쳤다. 그것을 본 신 중사가 최 상병을 향해 버럭 고함을 질렀다.

"새꺄, 그게 무슨 짓이얏!"

"뭘 말입니까…?"

최 상병이 영문을 모르겠다는 듯 신 중사를 멀뚱히 쳐다보았다.

"그걸 몰라서 물엇? 쟤들이 거지얏? 그리고 네가 미군이냔 말얏! 나쁜 자식 같으니라구…, 줄려면 똑바로 주지. 집어던지긴 왜 집어던졋!"

신 중사는 한국에 진주한 미군들과 똑같은 행동을 하는 최 상병의 행동에 깊은 분노를 느꼈다. 그 또한 미군들을 따라다니며 그들이 던져 주는 껌이나 초콜릿 따위를 얻어먹었던 까닭이다. 신 중사가 갑자기 철모를 벗더니 부하들을 향해 소리쳤다.

"담배나 껌, 그리고 아무거나 먹을 걸 갖고 있는 놈들은 모두 이 속에 담앗!"

신 중사의 심정을 눈치챈 병사들이 갖고 있던 담배며 껌, 초콜릿 따위를 꺼내 신 중사의 철모에 담았다. C레이션 깡통을 꺼내놓는 병사도 있었다. 소대장 김 중위도 뜯지 않은 담배 한 갑을 내놓았다. 신 중사의 철모 하나로는 부족해 윤 병장의 철모까지 채워 넣었다.

신 중사는 철모에 쌓인 물건들 위에 몇 개비밖에 피우지 않은 담배 한 갑을 꺼내 그 위에 얹었다. 그는 아이들의 머리를 일일이 쓰다듬어 주며 그것을 골고루 나누어 주었다. 심지어 수첩에 끼워 둔 달러 몇 장을 꺼내 아이들 손에 하나씩 쥐어 주었다. 그 모습을 지켜보던 윤 병장이 안 병장에게 나직이 속삭였다.

"돈밖에 모르는 노랭이인 줄 알았더니 그게 아닌데…"

안 병장은 갑자기 가슴이 뭉클해져 옴을 느꼈다. 아이들에게 물건을 골고루 나누어 주고 터벅터벅 걸어오는 신 중사의 눈가에 이슬이 조금 맺혀 있었다.

진격은 계속되었다.

맹호 병사들은 곳곳에서 적을 패퇴시키며 파죽지세로 밀고 나아갔다. 그러나 그들이 지나가고 나면 그 자리에 베트콩이 어느 틈엔가 다시 나타났다. 때로는 진격하는 맹호의 뒤를 따라와 공격하기도 했다.

따라서 맹호 병사들은 진격하다가 갑자기 방향을 돌려 후방에 있는 적을 소탕하곤 했다. 진격하다 다시 후퇴하여 잔적을 소탕하고 난 후 정 상병이 안 병장에게 말했다.

"월남전은 승전은 있으되 승리가 없는, 그런 끝없는 전쟁이라더니, 그 말이 꼭 맞는 것 같습니다. 이건 적을 소탕하고 진격하면 등 뒤에서 또 놈들이 나타나니…"

안 병장도 그 말에 수긍이 갔다. 어렸을 때 하던, 땅따먹기 놀이를 하는 착각마저 들 정도였다. 그러나 전투는 계속되었다. 그들은 적을 물리치며 진격을 계속해야만 했다. 진격을 거듭하던 안 병장 대대는 완강한 적의 저항에 부딪혔다. 야자수 숲이 우거진 언덕에 은거하고 있던 적이 로켓포와 박격포, 자동소총을 쏘아 대며 맹렬히 대항해 왔던 것이다. 지형적으로 아군에게 극히 불리했다. 적은 야자수 숲 언덕에 참호를 파고 숨어 있는 반면, 아군이 적을 공격하자면 앞이 훤히 트인 논바닥을 가로질러 가야 했기 때문이었다. 할 수 없이 공격은 밤에 하기로 계획되었다.

공격 개시 시간이 되자 아군의 105mm 포가 울부짖으며 적이 숨어 있는 야자수 숲을 맹타했고, 미군기들이 날아와 네이팜탄을 퍼부었다. 야자수 숲에서 불길이 치솟아 올랐다.

맹호 병사들은 질퍽한 논바닥을 기어 야자수 숲 가까이 다가갔다. 야자수 숲에서 적이 기관총과 자동소총을 마구 쏘아댔다. 둥근 달이 밝게 비치고 있고 은폐물이 없어 아군에게 여러모로 불리했다. 그러나 아군도 필사적으로 응사했다.

"돌격, 앞으롯!"

소대장 김 중위가 큰소리로 외치며 앞으로 뛰쳐나갔다. 그를 향해 적의 총알이 마구 날아왔다.

"소대장님, 위험합니다!"

신 중사가 등 뒤에서 외쳤지만, 김 중위는 죽음이 두렵지 않다는 듯 논 가운데를 마구 달려 나가다가는 엎드리고, 또 달려 나갔다. 다행히 적의 총알이 그를 쓰러뜨리지는 못했다. 그의 소대원들도 총을 쏘며 적을 향해 돌진했다. 순간, 비명 소리가 나며 두 명의 병사가 쓰러졌다.

전투는 치열하게 계속되었다. 그러나 시간이 지날수록 적의 완강했던 저항은 차츰 꺾이고 적은 곳곳에 시체를 남긴 채 도주하기 시작했다.

"적을 추격하라! 한 놈도 그냥 살려 보내지 말라!"

김 중위가 부하들을 독려하며 앞장서 나아갔다. 그것을 본 신 중사가 김 중위을 말렸다.

"소대장님, 일단 추격을 중지하는 게 좋을 것 같습니다. 다른 소대보다 우리 소대의 진격이 너무 빠릅니다. 자칫하다간 오히려 기습당할 염려가 있습니다."

"무슨 소리얏! 눈앞에 적을 놔두고도 그냥 물러서란 말얏! 우리 소대는 다른 소대보다 뒤쳐져서는 안 돼!"

김 중위는 신 중사를 쏘아붙이고는 다시 앞으로 전진했다. 그러나 다음 순간, 몇 발의 총성이 터지더니 김 중위가 앞으로 푹 고꾸라졌다.

"소대장님!"

신 중사가 얼른 김 중위를 안아 일으켰으나 그는 이미 숨져 있었다. 총알이 목을 꿰뚫었는지 김 중위의 목에서는 핏줄기가 분수처럼 뿜어 오르고 있었다. 신 중사는 부하들이 적을 쫓는 것을 중지시키고 소대장의 죽음을 알렸다. 소대장의 주검을 본 소대원들은 슬퍼했다.

용감한 소대장이었다. 결코 겁쟁이 군인은 아니었다. 그러나 자신의 목숨까지 바꿔 가며 악착같이 적을 추격할 필요가 있었을까. 명예욕? 적개심? 아니면 훈장을 타기 위해 그토록 용감했던 것일까. 하지만 푸캇산 동굴작전 때에도 적을 끝까지 추격하여 섬멸하려다 아까운 부하들을 희생시켰었고, 이번에는 그 자신마저 희생되지 않았는가. 그의 전공은 다른 군인의 귀감이 될 것이며 그는 훈장을 받게 될 터이지만 그의 가족은 얼마나 슬퍼할까. 안 병장은 저만큼 떨어져 있는 소대장의 철모를 주워 들었다.

얼마 후, 바나나 모양의 수송 헬리콥터가 날아와 논바닥에 내려앉았다. 김 중위를 비롯한 전사자들의 시체가 먼저 실렸고, 이어 부상자들이 실렸다. 안 병장의 소대에서는 김 중위 외에도 안 병장과 파월동기이며 며칠 전 월남 아이들에게 담배를 던져 주었다가 신 중사로부터 호된 꾸지람을 들은 최 상병이 전사했다. 파월 신병 유 상병은 무릎 관통상을 당했다. 전사자와 부상병들을 실은 헬리콥터는 바람을 일으키며 둥근 달이 떠 있는 하늘 쪽으로 멀어져 갔다.

오작교 작전은 약속된 날짜에 마치 견우와 직녀가 만나듯 맹호부대 병사들과 백마부대 병사들이 투이호아 북방 15km의 호아다 마을의 1번 국도상에서 만남으로써 순조롭게 끝났다. 북쪽과 남쪽에서 진격해 오던 두 사단의 장병들은 서로를 발견하자 뛰어와 얼싸안았다. 이 소식을 전해 들은 양 사단의 유병현 장군과 이소동 장군이 헬리콥터로 날아와 1번 국도상에서 악수를 함으로써 그 절정을 이루었다.

이 작전의 성공으로 한국군은 적 사살을 비롯한 많은 전과를 올렸다. 6천 8백km^2의 중부 월남이 한국군의 장악하에 들어오게 되었으며, 이 구간에 시외버스가 운행되기 시작했다. 그뿐만 아니라 이 작전의 성공을 직접 보기 위해 맥나마라 미 국방장관과 함께 이 지역에 온 웨스트 모얼랜드 장군은 "오작교 작전이야말로 월남전에 새로운 전기를 마련한 것"이라며 극찬했다.

아무튼 오작교 작전은 명실공히 대성공을 거둔 작전으로 길이 평가되었다.

만남

뎅그렁 뎅그렁….

어디선가 평화로운 교회의 종소리가 들려왔다. 퀴논 시내의 상가 거리를 홀로 걷고 있던 안 병장은 갑자기 감전이라도 된 듯 그 자리에 우뚝 서서 종소리가 들려 오는 방향을 살폈다. 길모퉁이 저쪽으로 높다랗게 치솟은 교회의 종탑이 보였고, 청동으로 된 그 교회의 종탑은 한낮의 눈부신 햇살을 받아 반사광을 내쏘고 있었다,

처음 들어 보는 교회의 종소리이거나 처음 보는 교회의 종탑은 아니었다. 비록 교회에는 나가지 않은 그였지만 고국에 있을 때 그러한 종소리는 수없이 들었고, 또 비슷한 종탑을 자주 보았다.

그런데 그것이 그에게는 전혀 새로운 것처럼 느껴졌고, 신기한 생각마저 들었다. 포성과 종소리, 전쟁과 교회, 그것은 전혀 어울리지 않는 것 같기도 했다.

안 병장은 엉거주춤한 자세로 서서 종소리가 울려 퍼지는 종탑을 물끄러미 바라보다가 자신도 모르게 그쪽으로 발걸음을 옮겼다. 마치 무엇에 홀린 사람처럼, 그는 종소리가 울려 퍼지는 쪽으로 무작정 걸었던

것이다.

그날 오전, 그는 동료 전우들과 함께 부대를 빠져나와 퀴논엘 왔었다. 동료들은 오작교 작전으로 지친 몸을 달래고 전쟁의 피 내음을 씻기 위해 전투 수당을 움켜쥐고 바로 달려갔지만, 그는 왠지 혼자 있고 싶어 동료들의 유혹을 뿌리치고 홀로 거리를 걷고 있던 참이었다. 끝까지 혼자 있기를 고집하는 그에게 윤 병장은 비아냥거리기도 했다.

"얘가 전쟁 몇 번 치르더니 센티멘털해졌네? 혼자 도대체 뭘 하겠다는 건지 궁금하군. 어디 혼자 갈 만한 데라도 있어?"

그는 쓸쓰레한 웃음만 지어 보이고는 도망치듯 동료들 곁을 떠났었다. 어느새 종소리는 그쳤지만, 그는 종탑만 바라보며 길을 건너고 집과 건물 사이를 이리저리 빠져나가 다가갔다. 미로를 헤매는 것 같았다. 얼마쯤 그렇게 헤매다 보니 야트막한 언덕 위에 붉은 벽돌로 지은 교회가 가까이 보였다. 그는 이마에 흐르는 땀을 닦을 생각도 않고 급히 언덕을 올라갔다.

언덕 오른쪽으로는 콘크리트 블록식의 가옥이 줄지어 늘어서 있었고, 왼쪽으로는 교회의 담장이 이어져 있었다. 교회의 담장 안쪽으로는 커다란 잎사귀의 열대수들이 가득했다. 담장을 끼고 얼마쯤 올라가자 활짝 열린 교회의 정문이 있었다. 그는 정문 앞에서 안을 들여다보았다. 문에서 똑바로 바라다보이는 널따란 마당 안쪽 저편에 커다란 성모상聖母像이 있다. 그걸로 보아 이 교회는 가톨릭 성당인 듯했다. 안 병장은 잠시 망설이다 마당 안으로 발걸음을 내디뎠다. 눈부신 햇살이 마당에 쏟아져 내리고 있을 뿐 아무도 없었다. 그는 마당 가장자리에 늘어서 있는 열대수 밑에 놓여 있는 벤치에 가 앉았다. 열대수 잎사귀 사이로 햇빛이 반짝였고, 멀리서 포성이 은은히 울리고 있었다.

오늘이 무슨 요일일까. 그는 문득 이런 생각을 했다. 전쟁의 소용돌이 속에서 요일마저 잊고 살아온 것일까. 그는 한참을 생각한 끝에 오늘이 토요일임을 깨달았다.

월남인 수녀修女 한 명이 성당 건물에서 나와 돌로 된 층계를 내려오다가 벤치에 우두커니 앉아 있는 그를 보고는 빙긋 웃으며 가볍게 목례를 했다. 이제까지 보아 왔던 월남 사람과는 달리 밝고 평화스러운 얼굴이다. 그녀는 전쟁 따위에는 아예 관심이 없거나 이곳 바로 옆에서 매일 피비린내 나는 전투가 벌어지고 있다는 것을 전혀 의식하지 못하는 것 같았다. 수녀가 성당 건물 옆에 있는 자그마한 건물 안으로 사라지자 안 병장은 벤치에서 일어나 성당 건물 쪽으로 다가갔다.

이곳에서도 전투가 있었던 것일까? 지은 지 꽤 오래된 듯한 건물 벽에 군데군데 총탄 자국이 남아 있었다. 그는 돌층계를 밟고 올라가 성당 안으로 들어섰다. 정면에 십자가에 못 박힌 예수상과 제대祭臺가 보였고, 신도 십여 명이 군데군데 꿇어앉아 기도를 올리고 있었다. 미사 시간이 아닌지 신부神父의 모습은 보이질 않았다. 안 병장은 발소리를 죽여 걸어가 맨 뒤쪽에 있는 기다란 의자의 한쪽 귀퉁이에 앉았다. 문득 언젠가 친구를 따라가 보았던 명동 성당의 모습이 떠올랐다.

그가 앉아 있는 곳에서 몇 칸 앞쪽에 하얀 미사포를 쓴 여인이 장궤틀에 무릎을 꿇고 앉아 기도하는 모습이 보였다. 무슨 기도를 하는 것일까. 이 전쟁 속에서 무사히 살아남기를 기원하는 것일까. 전쟁터에 나간 남편이나 형제의 무운을 빌고 있는 것일까. 전쟁 통에 죽은 남편이나 형제를 위해 기도하는 것일까. 그것도 아니면 전쟁이 이 땅에서 영원히 추방되기를 간절히 기원하는 것일까. 그러나….

안 병장은 고개를 들어 제대 뒤쪽 벽에 있는 십자가를 바라보았다. 십자가에 매달린 예수가 양팔을 벌린 채 무심한 표정을 짓고 있었다. 신神은 응답이 없지 않은가. 수많은 신도의 열심인 기도에 신은 아무런 반응도 보이지 않지 않은가. 예수뿐만 아니라 이 땅에는 수많은 불자佛 者도 있건만, 부처 역시 아무런 반응이 없지 않은가. 왜 신은 침묵만 지키고 있는가. 왜 신은 추잡하고 저주스러운 전쟁을 하루빨리 종식하지 않는가. 신은 존재하지 않는 것일까.

안 병장이 우두커니 앉아 이런 생각을 하고 있을 때 앞쪽에 앉아 있던 여인이 성호를 그으며 자리에서 일어났다. 눈을 약간 내리깐 채 걸어오는 그녀를 보는 순간 안 병장은 흠칫 놀랐다. 소희와 너무나 흡사했다. 머리채를 길게 늘어뜨리고 흰 아오자이를 입은 그녀는 무심코 걸어나오다 자기를 뚫어져라 보고 있는 사내와 얼핏 눈이 마주치자 얼굴을 붉히며 얼른 시선을 돌렸다. 그러나 안 병장은 그녀가 자기 곁을 스쳐 지나 문밖으로 사라질 때까지 그녀에게서 시선을 떼지 못했다. 이상한 일이었다. 이제까지 그는 누군가를, 아니 소희를 볼 때조차 그토록 유심하게 본 일이 없었다.

그녀가 나간 후, 안 병장은 잠시 넋 잃은 사람처럼 앉았다가 성당 밖으로 나갔다. 그녀가 성모상 앞 장궤틀에 꿇어앉아 성모상을 올려다보며 기도를 올리고 있는 것이 보였다. 그녀의 손가락 끝에는 묵주가 걸려 있었다.

안 병장은 아까 앉았던 벤치에 앉아 그녀가 묵주 알을 굴리며 기도하는 모습을 물끄러미 바라다보았다. 얼마 후, 기도가 다 끝났는지 그녀는 성호를 긋고 자리에서 일어섰다. 그녀는 몸을 돌려 정문 쪽으로 나가려다 벤치에서 자기를 보고 있는 아까 그 사내를 보았다. 흠칫 놀라는 모습이 느껴졌다. 하지만 그녀는 이내 무표정하게 마당 구석에 세워 놓았던 자전거에 올라타더니 천천히 정문을 빠져나갔다. 안 병장도 곧 자리에서 일어나 그녀를 따라 나갔다.

그녀가 탄 자전거는 언덕을 내려가고 있었다. 안 병장이 그녀의 뒷모습을 쫓으며 몇 발자국 걸었을 때 지프 한 대가 그의 곁을 스쳐 언덕 아래로 내달렸다. 그런데 지프는 곧 속도를 늦추며 클랙슨을 울리더니 그녀가 탄 자전거 쪽으로 바싹 다가섰다. 그녀가 흘끗 쳐다보고는 자전거를 담장 곁으로 붙이고 아주 천천히 페달을 밟았다. 하지만 지프는 그녀를 휙 앞지르더니 그녀의 자전거를 가로막아 섰다. 순간, 그녀는 놀랐고 자전거는 담장에 부딪혔다. 크게 기우뚱거렸지만 다행히 그녀는 넘어지지 않았다. 운전사는 미군이었다. 그는 그녀를 향해 뭔가 외치고 있었다. 그녀는 한 손으로 담장을 짚은 채 미군을 바라보고 있었다. 안 병장은 얼른 언덕 아래로 내달렸다.

미군은 금발을 한 백인 사병이었다. 그는 입가에 웃음을 흘리며 그녀를 향해 달러 몇 장을 흔들어 대고 있었다. 그녀는 분노로 얼굴이 시뻘겋게 되어 미군을 쏘아보고 있었다. 아까 성당에서 보았던 그녀와는 전혀 다른 모습이었다.

"잠깐이면 된다. 넌 다른 여자보다 예쁘니까 돈을 더 주는 거다. 어서 타라."

"싫다. 난 그런 여자가 아니다."

"비싸게 굴지 마라. 그런다고 값이 올라가는 것 아니다. 내 물건은 우리 부대에서도 알아준다. 틀림없이 널 황홀하게 만들어 줄 것이다.”

“우리 월남 여자를 모독하지 마라. 넌 무엇 때문에 월남에 왔는가. 우릴 도와주기 위해서 왔는가. 그럴 바엔 차라리 너희 나라로 돌아가라.”

미군 병사는 눈을 가늘게 뜨고 웃음을 흘리며 그녀의 몸을 훑고 있었다. 그녀는 굴욕감과 분노로 일그러져 쏘아 대고 있었다. 대번에 무슨 일인지 알 것 같았다. 이 미군 졸병 놈이 돈 몇 푼으로 월남 여자를 흥정하고 있구나. 안 병장은 치밀어 오르는 분노를 간신히 억제하며 미군 병사 앞으로 천천히 다가갔다.

“벌건 대낮에 길에서 이게 무슨 짓이야? 지나가는 여자를 붙잡고…. 여자 생각이 나거든 술집이나 창녀촌으로 가라….”

미군 병사가 코웃음을 치며 안 병장을 쳐다보았다. 넌 웬 놈이냐는 투였다. 대낮부터 술을 마셨는지 미군 병사의 눈동자가 붉게 충혈되어 있었다.

“남의 일에 웬 참견이냐? 난 지금 이 여자와 이야기하고 있다. 공연히 남의 흥정 깨지 말고 네 갈 길이나 가라. 코리아 호랑이들도 월남 여자를 좋아한다는 얘길 들었는데?”

분노가 확 치밀어 올랐다. 머리 위에서 끓어오르는 태양이 분노를 더욱 자극했다. 태양의 그 강렬한 빛 때문에 아무런 자의적 의식 없이 살인을 했다는, 《이방인異邦人》의 뫼르쇠. 소설 속 그의 모습이 얼핏 스쳐 지나갔다. 안 병장은 들고 있던 M16을 장전했다. 오작교 작전 이후 새로 지급받은 자동소총이다. 아직 이 총으로 적을 쏘아보지는 못했지만, 연습 사격을 통해 그 우수성은 충분히 느꼈다. 1분 동안에 750발을 발사하여 6백 야드 떨어진 곳에 있는 철모를 박살 낸다. 탄환이 발목을 뚫으면 다리가 모두 부서지고, 그 충격으로 죽을 수도 있다는 무기다.

안 병장은 이맛살을 찌푸리며 장전한 총의 총구를 미군의 코앞에 바싹 들이댔다.

"새꺄. 말이면 단 줄 알앗! 이게 뭔 줄은 알지? 여자보다도 더 탐난다는 네들이 만든 M16이야. 한번 확 긁어버리면 넌 뼈도 못 추려. 네들이 만든 총에 모가지 날아가고 싶지 않으면 순순히 꺼져. 알겠지. 내 말?"

여러 차례 전투를 치르고 적을 사살하는 동안 그도 변한 것일까. 안 병장의 목소리는 비수처럼 날카로웠다. 그의 눈에는 살기가 번뜩였다. 미군 병사의 얼굴에서 웃음기가 일시에 사라졌다. 공포와 놀라움으로 노랗게 변해 그는 양손을 내저으며 겁먹은 목소리로 외쳤다.

"안 돼! 같은 편끼리 왜 이래? 가겠어… 제발 쏘지 마. 난 귀국이 한 달밖에 안 남았다구."

미군 병사의 철모에는 그가 파월된 달부터 시작하여 복무한 달이 기록되어 있었다. 그 옆에는 체크 표시가 되어 있었다. 맨 아래 MAY 옆에만 체크 표시가 없었다.

"쌔끼… 그래도 죽고 싶지는 않은 모양이구나. 네 놈 머리통에다 써 붙인 메이(MAY)에다 멋지게 체크 표시를 하고 싶지 않거든 어서 썩 꺼졋!"

안 병장은 그 미군 병사의 철모를 바라보며 픽 웃고는 지프의 앞바퀴를 군홧발로 세차게 걷어찼다. 미군 병사는 허둥대며 달러를 군복 윗주머니에 쑤셔 넣는 둥 마는 둥 시동을 걸었다.

"고마워요. 이 은혜를…."

흙먼지를 일으키며 쏜살같이 달아나는 미군 지프의 뒷모습을 바라보며 안 병장이 씁쓰레할 때 그녀가 다가오며 말했다.

"아, 아닙니다. 저런 놈들 때문에 공연히 우리까지…."

안 병장은 어색한 태도로 이렇게 말했지만, 내심 부끄러운 생각이 들었다. 굳이 저 미군만 나쁘다고 할 수 없었다. 한국군 중에도 달러 몇 장으로 월남 여자를 사려는 사람이 없지 않았다. 저 미군처럼 길거리에서 아무 여자나 붙들고 그러는 것은 아니라 해도… 결국은 월남 여자를 은근히 멸시하기 때문이 아닐까. 어쩌면 그것은 우리가 월남인들을 돕고 있다는 우월감 때문인지도 모른다.

안 병장의 얼굴에서는 땀이 솟구쳐 올랐고 심한 갈증을 느꼈다. 비단 뜨거운 태양 때문만은 아니었다. 그는 손등으로 이마의 땀을 닦으며 주위를 둘러보았다. 길모퉁이에 식료품 가게가 하나 있는데, 그 가게 앞에 파라솔을 친 테이블이 보였다.

"무척 덥군요. 저기 가서 콜라나 함께 마시겠어요?"

안 병장은 그녀와 얘기를 나누고픈 충동을 느끼며 손으로 식료품 가게를 가리켰다. 그녀는 별로 망설이는 기색 없이 고개를 끄덕이더니 담장 쪽에 세워 두었던 자전거를 끌고 왔다. 미군 헬리콥터 편대가 서북쪽 하늘로 날아가는 것이 멀리 보일 뿐 포성은 들리지 않았다.

안 병장은 그녀와 파라솔 밑의 테이블에 앉았다. 대나무 발이 쳐져 있는 식료품 가게 안쪽에는 뽀얗게 먼지를 뒤집어쓴 치약·비누·과자·야채·과일 위로 파리 떼가 윙윙거리는 것이 보였다. 식료품 가게 주인인 노파가 테이블 위에 코카콜라 깡통 두 개를 올려놓고 안 병장을 향해 엄지손가락 하나를 들어 보이며 웃었다.

"따이한 호랑이 최고다. 덩치 큰 미군이 걸어 채인 망아지처럼 도망치는 걸 다 봤다. 따이한 군대는 당수(태권도)를 잘하니까 맨손으로 싸웠어도 이겼을 것이다."

안 병장이 노파의 말을 잘 알아듣지 못하자 그녀가 생긋 웃으며 영어로 통역을 해 주었다.

"따이한 맹호가 최고래요. 나도 그렇게 생각하구요."

안 병장은 공연히 쑥스러운 생각이 들어 얼른 콜라병을 집어 들어 한 모금 마셨다. 콜라 맛이 뜨뜻미지근하였다.

그녀는 거듭 감사의 뜻을 표하며 자신을 소개했다. 이름은 코 빈이며 고등학교를 졸업하고 사이공에 있는 미국인 회사에서 타이피스트로 일하다가 얼마 전에 그만두고 고향에 돌아왔다고 했다. 자신은 오빠와 남동생이 각각 하나씩 있는 약국집 외동딸이라고도 했다. 그녀는 무척 발랄했다. 얘기에 꾸밈이 없는 것 같았다. 안 병장도 자신을 간략히 소개했다.

얼마쯤 얘기를 나눴을 때 그녀는 슬픔 어린 표정을 지으며 말했다.

"우리나라 여자는 불쌍해요. 오랜 전쟁으로 남편과 형제, 친척을 잃고 때로는 총탄과 포탄에 맞아 죽기도 해요. 그리고 외국 군인들로부터 멸시를 받으며 노리갯감이 될 때도 있어요. 미군은 우리의 친구라고 주장하고, 우리를 돕고 있는 것이 사실이긴 하지만 때로 그들은 우리를 멸시의 눈초리로 내려다보며 주인 행세를 하려고 해요. 전쟁터에서 시달리고 넘치는 혈기를 어쩔 수 없어 그런다는 걸 모르는 바는 아니지만, 그들이 달러 몇 장으로 우리를 흥정하여 소유하려는 걸 볼 때면 서글픔과 분노, 모욕감을 느끼지 않을 수 없어요. 제가 사이공에 있는 미국인 회사에 다니다가 그만둔 것도 멸시의 눈초리가 싫었기 때문이에요. 물론 안安 같은 점잖고 정의로운 사람들도 있긴 하지만, 그렇지 않은 사람이 훨씬 더 많아요."

안 병장은 그녀가 좀 전 미군으로부터 당한 모욕감이 아직 가시지 않았을 거라 생각하며, 그녀의 말에 수긍이 갔다. 그러나 자신이 점잖고 정의로운 사람이라는 데에는 부끄러움을 느꼈다.

"그 말을 부인하고픈 생각은 없어요. 하지만 그것은 전쟁을 치르는 나라의 여성이 어쩔 수 없이 겪어야 하는, 숙명과도 같은 것인지도 몰라요. 비단 월남에서뿐만 아니라 이 지구상에 있어 왔던, 수많은 전쟁에서 여성의 그 같은 희생이 없었던 적은 없을 거예요. 불과 10여 년 전에 있었던, 우리나라의 한국전쟁을 알겠죠? 그때 우리 한국 여성들은 지금 당신네 월남 여성들이 겪고 있는 것과 마찬가지로 온갖 수모를 겪었어요. 전쟁은 비단 살상과 파괴뿐만 아니라 사람들 가슴 속에 깊은 상처와 트라우마를 남겨 주지요."

안 병장은 우수에 잠긴 듯한 월남 여인의 눈동자가 꽤 매력적이라고 생각했다.

"하긴, 외국 남자들만 나쁘다고 할 수도 없지요. 같은 여자로서 달러 몇 장에 몸을 파는 여자들을 볼 때면 수치심이 느껴져요. 전 이해할 수가 없어요. 그럴 바에는 차라리 죽는 것이 낫지 않을까요?"

옳은 얘기다. 이 여자는 아직 세속적인 때가 묻지 않은 듯 보인다. 순결하며, 정조 관념이 강한 것 같다. 소희가 그랬던 것처럼. 하지만 이 여자는 다른 월남 여인들을 진정으로 이해하지 못하고 있는 것이 아닐까. 만일 이 여자의 가족이 극도로 굶주리거나 아파서 병원비가 필요할 절체절명의 순간에도 끝까지 자신을 지키다가 마침내는 스스로 목숨을 끊을 수 있을까. 안 병장은 순간적으로 이런 생각이 들었지만, 입 밖으로 내어 말하지 않았다. 대신 그는 성당에서 열심히 기도를 드리던 모습을 떠올렸다.

"아까 열심히 기도하는 것 같던데…. 그토록 간절히 기도할 일이라도 있습니까?"

빈이 콜라 깡통에서 입을 떼며 조그맣게 웃었다.

"글쎄요…. 특별히 꼬집어서 말하기 어려울 정도로 간절한 기원은 많지요. 우선 이 땅에서 포성이 멈추고, 형제와 형제가 서로를 향해 겨누었던 총부리를 거두고, 공포에 질리고 핏기 없는 이 땅 사람들의 얼굴에 다시 환한 미소가 감돌고, 헤어졌던 가족이 다시 만나고… 이 땅에서 해결되어야 할 일이 너무나 많으니까요."

"신이 그런 것들을 해결해 줄 수 있다고 믿으세요? 이 땅에 포성과 총성이 멈추지 않고 도처에서 사람이 죽어가는데 신은 방관하고 있지 않습니까?"

안 병장은 성당에서 느꼈던 생각을 물었다.

"우리는 기도만 드릴 뿐이에요. 신에게 해결을 강요할 수는 없는 일이에요. 그것은 모두 신의 뜻이니까요."

"그렇다면 구태여 교회를 찾을 필요도 없지 않습니까? 집에 앉아 기도만 드리면 될 테니까…."

"물론 그럴 수도 있겠지요. 집뿐만 아니라 포탄이 쏟아지는 전쟁터에서, 기도문 한 줄 암송하는 것도 훌륭한 기도가 될 수 있을 거구요. 하지만 전 성당을 찾아가 기도를 드리는 게 좋아요. 성당 안에 있으면 전쟁의 두려움과 마음속의 온갖 번민이 가라앉거든요. 그 속에서 전 마음의 평온을 느껴요."

안 병장은 고개를 가볍게 끄덕였다. 그도 아까 성당에 있었을 때 전쟁과는 거리가 먼 이방 지대에 와 있다는 느낌으로 잠시나마 전쟁을 망각할 수 있었지 않았나. 피비린내 나는 전쟁터에서 뒹굴던 그가 성당에 있다는 것은 확실히 감격스러운 경험이었다.

그들은 식료품 가게를 나와 나란히 걸었다. 거리에서 마주친 월남인 몇이 그들이 함께 걷는 것을 보고는 조소 어린 눈길을 던지기도 했다. 그럴 때면 빈은 시선을 끌고 가는 자전거 쪽으로 돌리거나 땅바닥 쪽으로 떨어뜨렸다. 안 병장은 미군과 함께 가던 한국 여인을 경멸스러운 눈으로 바라보던 때를 생각하며 피식 웃었다.

그들이 야자수 그늘을 따라 시내 중심가를 걷고 있을 때였다. 등 뒤에서 낯익은 한국말이 들려 왔다.

"여, 안 병장! 재미 좋구만."

안 병장은 걸음을 멈추며 뒤를 돌아보았다.

빈도 그 자리에 우뚝 섰다. 윤 병장·정 상병 등 함께 외출 나왔던 부대 동료들이 야릇한 미소를 지으며 서 있었다. 어디서 한잔 거나하게 걸쳤는지 그들의 얼굴은 벌겋다. 윤 병장이 술 냄새를 풍기며 다가왔다.

"역시 내 눈은 못 속여. 내 이럴 줄 알았다구. 요렇게 혼자만 재미 보려고 아까 우리를 따돌리고 달아났구먼? 요, 응큼한 자식 같으니라구…"

"그게 아냐. 좀 전에 우연히 만났을 뿐이야."

안 병장이 변명하듯 황급히 말했다. 윤 병장은 실실 웃으며 빈을 쳐다보더니 안 병장의 어깨를 탁 치며 덧붙였다.

"새꺄, 솔직히 말하면 누가 잡아먹냐? 저 여자, 괜찮은데… 얼굴도 곱상하고 몸에 탄력이 있어 뵈는 게, 술집 여자 같진 않구. 어디서 물었어?… 솔직히 불어 봐."

"누구 눈엔 뭐만 보인다더니… 그게 아니란 말얏."

안 병장은 신경질적으로 내뱉으며 윤 병장에게 눈을 흘겼다.

고개를 수그린 채 잠자코 서 있던 빈이 안 병장에게 나직이 말했다.

"전 그만 가보겠어요. 아버지 약국엘 가 봐야 하거든요. 아무튼 오늘, 고마웠어요."

그녀는 익숙한 동작으로 자전거에 올라타고는 페달을 밟았다. 긴 머리칼을 바람에 날리며 포도鋪道 위를 미끄러져 가는 그녀의 뒷모습을 안 병장은 넋 잃은 듯 바라다보고 서 있었다.

오래 빈과 얘기하고 싶었지만 어쩔 수가 없었다. 짓궂은 윤 병장의 시선을 그녀가 계속 받도록 내버려 둘 수도, 그렇다고 자전거를 타고 가는 그녀의 뒤를 졸졸 따라갈 수도 없는 묘한 처지였다. 이제 하나의 점으로만 보이는 빈을 안 병장은 멀거니 바라보고만 있었다.

포성 속의 사랑

그날 이후, 안 병장은 외출을 나갈 때면 빈을 만났다. 빈도 안 병장의 부대로 면회를 왔다. 전에는 외출이나 외박이 허락되었을 때도 부대에 그냥 머물러 있는 일이 많았지만, 안 병장은 이제는 외출을 은근히 기다리게 되었다. 외출하기 전날에는 마냥 기분이 들떴다.

그동안, 전사한 소대장 김 중위의 뒤를 이어 ROTC 출신 송 중위가 새로 소대장으로 부임해 왔다. 선임하사였던 신 중사를 비롯한 여러 전우가 임기를 마치고 귀국선을 탔으며, 그 자리를 파월 신참들이 메꾸고 있었지만 안 병장은 그런 일에는 별다른 관심이 없었다.

그에게 가장 큰 관심사는 역시 빈을 만나는 일이었다. 파월 임기가 세 달가량밖에 남지 않았다는 사실이 그를 초조하게 만들고 있었다. 그녀에게서는 자주 편지가 왔고, 안 병장도 틈만 나면 그녀에게 편지했다. 어쩌면 소희 때보다도 더 애틋하고 뜨거운 마음이었는지도 모른다. 안재영의 마음이 빈에게 기울어 갈수록 소희의 기억은 안개 속으로 묻혀 점점 희미해지고 있었다.

- … 빈, 월남에 올 때 자포자기한 심정이었어. 사랑하던 여자를 잃은 충격 때문이었지. 그래서 난, 시궁창 같은 이 전쟁터에다 나를 빠뜨리고 몸부림치다 죽었음 좋겠다고 생각했어. 불같은 더위, 보이지 않는 적으로부터의 공포, 밀림과 수렁, 포탄과 비 오듯 쏟아지는 총탄, 죽음과 파괴가 판치는 이 월남 땅이 학대를 위해 더없이 좋다고 말이야. 하지만 지금 나는 이 저주스러운 전쟁터에서, 살아야겠다는 강렬한 욕구를 느끼고 있어. 그것은 폐허 같은 나에게 빈이 뜨거운 사랑을 불어넣고 있기 때문이야. 고마워 빈…. -

안 병장의 이 같은 편지에 빈이 답장을 보내왔다.

- … 고마워할 사람은 오히려 저예요. 우리 또래는 전쟁터에서 태어났고 전쟁 속에서 숨 쉬며 자라왔어요. 또 우리는 매일같이 대포 소리와 총소리, 폭격과 비행기 소리, 또 살인과 파괴, 폭정과 데모, 공산주의자들의 만행 속에 살아왔어요. 넉맘과 코카콜라, 아오자이와 청바지, 우리의 문화와 외국의 문화, 동양인과 서양인 온갖 폭력적이고 부정적인 것과 상반된 것들을 보면서요. 누가 적인지 누구와 왜 싸워야 하는지도 모르고, 전쟁의 소용돌이 속에서 신념이나 용기도, 삶의 목적도, 미래의 희망도 포기한 채, 그저 하루하루를 맹목적으로 살아가고 있을 뿐이에요.

사랑도 마찬가지예요. 적개심과 절망만이 가득한 우리에게는 사랑이 비집고 들어올 틈이 없어요. 다만 육체적 쾌락만이 사랑이라는 이름으로 난무하고 있지요. 저의 가슴에도 수치심, 분노, 절망만이 가득할 뿐 미래의 희망이 없었어요. 사랑은 물론이고요.

그런 나에게 안安은 미래의 소망과 사랑을 불어넣어 주고 있어요. 이제까지 살아오면서 지금처럼 행복했던 적이 없었던 것 같아요. 다 안安이 제게 가져온 행복이에요. 비록 이 행복이 머지않은 장래에 깨어진다 해도, 전 결코 후회하지 않을 거예요. 안安에게 고마움도 잊지 않을 거예요⋯. -

무모하고, 허무하며, 저주스러운 전쟁 속에서 안 병장과 빈은 사랑의 꽃을 피우고 있었다. 하지만 그 사랑에는 아이들 손에 들려 있는 유리그릇처럼 언제 떨어져 깨질지 모를 불안이 도사리고 있었다.

어느 날 퀴논의 노천카페에서 안 병장과 빈이 차를 마시고 있을 때였다. 이런저런 얘기를 하던 중 빈이 불쑥 말했다.

"안, 우리 집엘 가 보지 않겠어?"

"집엘? 갑자기 집은 왜? 오늘이 무슨 날이야?"

안 병장은 어리둥절해 그녀를 바라보았다. 그녀는 생글생글 웃고 있었다.

"꼭 무슨 날이라야 가나, 뭐⋯ 그냥 엄마한테 자기를 소개해 주고 싶어. 엄마도 안安을 알고 있어. 내가 얘길 했거든. 엄마도 안安을 만나보고 싶댔어."

안 병장은 잠시 망설이다가 이윽고 고개를 끄덕였다.

"좋아. 못 갈 것도 없지. 그러잖아도 한번 가 보고 싶었으니까."

그녀의 집은 퀴논 중심가에서 얼마 떨어지지 않은 곳에 있었다. 제법 번듯한 이 층 양옥집이었다. 그 집에는 그녀의 어머니밖에 없었다. 그녀의 어머니는 딸로부터 안 병장을 소개받고 크게 반색하였다. 그리고 널찍한 마당 한구석에 있는 테이블로 안내했다. 그 테이블 둘레에는 커다란 야자수들이 둘러싸고 있어 그늘지고 시원했다. 가족끼리 모여 얘기도 나누고 식사도 하는 곳이라 했다.

빈의 어머니는 서둘러 간단한 음식을 내오며 안 병장에게 연신 먹으라고 권했다. 그러한 빈의 어머니에게서 그는 문득 고국의 어머니 모습을 떠올렸고, 빈이 자신의 어머니를 많이 닮았다고 생각했다.

빈의 어머니는 안 병장에게 가족관계·군대 오기 전의 직업·월남에 온 시기·결혼했는지의 여부·한국에 관한 얘기를 묻고 자신의 가족관계와 빈에 관한 얘기 등도 들려주었다. 중간에서 통역하던 빈은 그녀의 어머니가 자신에 관한 얘기를 할 때 부끄러운 듯 얼굴을 붉혔다. 어떤 얘기는 통역을 얼버무리기도 하며 어머니를 향해 눈을 곱게 흘기기도 했다.

얼마쯤 얘기를 하다 빈의 어머니가 자리를 뜨자 안 병장은 빈에게 넌지시 말했다.

"어머니가 미인이신데… 젊었을 땐 빈보다 훨씬 더 예뻤겠는걸."

그러자 빈은 약이 오른다는 듯 뾰로통한 표정을 지어 보였다.

"하하, 화난 표정이 더 예쁜데. 너무 질투하지 마. 농담이니까."

안 병장은 너털웃음을 터뜨리며 빈의 발그스름한 볼을 손끝으로 툭 건드리자 빈은 더 이상 화난 표정을 짓지 못하겠다는 듯 까르르 웃었다. 그들이 전쟁의 포성을 잊은 채 둘만의 대화 속에 빠져 있을 때 대문 쪽에서 인기척이 났다. 안 병장과 빈은 대문 쪽을 보았다. 서른 살을 조금 넘긴 듯한 사내가 대문 밖에서 안을 기웃거리고 있다.

"삼촌"

사내를 바라보던 빈이 갑자기 반색하며 자리에서 벌떡 일어나 달려갔다. 사내는 빈의 삼촌 쾅이었다. 쾅은 빈을 따라 대문 안으로 들어서다

의자에 앉아 있는 안 병장을 보고 흠칫 놀라며 빈에게 물었다.

"저 사람은 누구야? 우리 월남 사람 같진 않은데…."

"제 친구예요. 따이한 맹호부대 군인인데, 우리 집에 놀러 왔어요."

"뭐, 따이한?"

쾅은 언짢은 기색을 드러내며 안 병장을 매서운 눈초리로 쏘아보았다. 그런 그를 빈이 얼른 잡아끌어 집 안으로 데려가며 말했다.

"뭘 그렇게 보세요? 좋은 분이니까 안심하세요."

빈과 함께 집 안으로 들어간 쾅은 반가워하는 빈의 어머니에게 건성으로 인사하고는 빈에게 다그치듯 물었다.

"뭣 때문에 따이한 군인과 가깝게 지내는 게냐? 따이한 군대는 잔인무도한 미군이 고용한 용병이다. 미군과 함께 우리 민족의 통일을 방해하고, 마침내는 우리나라를 식민지로 만들어 노예로 지배하려는 침략자란 말야."

쾅은 빈의 아버지인 단의 막냇동생으로 빈딘성省 북쪽에 있는 쾅가이성에서 농사를 지으며 평범하게 살았다. 하지만 미 공군의 오폭으로 그의 어린 딸이 죽자, 가족도 버린 채 정글로 들어가 베트콩이 되었다. 그런 그는 미군과 그 우방군인 한국군에 극도의 적개심을 품고 있었다.

"삼촌이 왜 미국과 따이한 군대를 싫어하는지는 저도 잘 알아요. 저도 조카가 억울하게 죽은 게 가슴 아파요. 하지만 미군이 일부러 그런 것도 아니고, 특히 따이한 군대는 우리 월남인들과 아주 잘 협력하고 있어요. 따이한 군대는 우리 월남을 이해하고 우리나라를 돕고 있어요. 더욱이 우리나라를 식민지로 만들어 우리를 노예로 만들려는 생각은 억지예요. 삼촌"

빈의 말에 쾅은 눈살을 찌푸리며 빈정거렸다.

"따이한 군인 놈과 가깝게 지내더니 아주 그놈들 편이 됐구나. 하지만 난 그따위 말에 넘어가질 않아. 난 오로지 침략자들로부터 억압받고 착취당하는 인민의 해방을 위해 목숨을 걸고 싸울 뿐이야."

"전 삼촌이 말씀하시는 인민 해방이 무엇을 뜻하는지 잘 몰라요. 그보다도 전… 삼촌이 이젠 정글에서 나와 삼촌의 가족을 돌보길 바래요. 지금 숙모를 비롯한 삼촌의 가족이 얼마나 어렵게 지내고 있는 줄이나 아세요? 제발 고향으로 돌아가셔서 가족들을 돌보도록 하세요."

"뭐얏? 지금 네가 날 훈계하고 있는 거야?"

쾅은 눈을 치켜뜨며 빈을 노려보았다.

"혁명가가 된 지금, 나에겐 가족도 없을뿐더러 가족이 필요하지도 않아. 혁명가는 오직 인민을 부모·형제·자매로 생각할 뿐이야. 이 땅에서 침략자들을 몰아내면 모든 인민은 대우받으며 행복하게 사는 세상이 될 거구. 그렇게 되면 자연적으로 내 가족도 잘살게 되는 거야."

쾅의 이 같은 혁명이론에 빈은 목소리의 톤을 높여 반박했다.

"그렇다면 삼촌은 가족보다도 혁명이 더 중요하단 말예요?"

"우리에겐 이 땅에서 침략자들을 몰아내고 인민을 해방하는 일이 무엇보다도 중요해. 따라서 우리가 승리하는 그날까지 가족에 얽매일 수는 없는 거야."

"가족이 사소한 것이라구요?"

빈이 흥분한 얼굴로 쾅을 쏘아보고 있을 때 두 사람의 얘기를 듣고 있던 빈의 어머니가 빈을 나무랐다.

"삼촌께 그렇게 말대꾸하면 못써. 나도 삼촌 말에 이해 못 하는 것이 있긴 하지만, 그건 삼촌 생각이니까 우리가 굳이 상관할 필요 없지 않겠니? 그보다도 삼촌께서 긴히 하실 말씀이 있어 찾아오신 모양이니까 넌 밖에 나가 있도록 해. 밖에 네 손님이 기다리고 있잖니?"

빈은 더 이상 아무 소리 하지 않고 밖으로 나왔다. 담배를 피워 물고 석양이 불그레하게 물들기 시작하는 하늘을 물끄러미 바라보고 있던 안 병장이 다가오는 빈을 향해 물었다.

"누구야? 삼촌?"

빈은 아직도 흥분이 가시지 않은 얼굴로 고개를 끄덕였다.

"헌데, 얼굴빛이 왜 그래? 싸우고 난 사람처럼…"

"응… 삼촌과 말다툼 좀 했어. 삼촌은 우리와는 생각이 다르거든. 우리 집 식구 중에서 삼촌 말에 동조하는 사람은 오빠뿐이야."

빈은 말하면서 안 병장 앞에 놓인 담뱃갑에서 담배 한 개비를 뽑아 물었다. 안 병장은 그녀에게 라이터 불을 켜 주었다. 빈은 담배를 두어 모금 깊숙이 빨고 나더니 집 안에서 있었던 일을 얘기하기 시작했다.

빈의 얘기를 들으며 안 병장은 놀라움과 함께 섬뜩함을 느꼈다. 빈의 말대로라면 그녀의 삼촌은 베트콩이 틀림없다. 그렇다면 결국 적과 한집 안에 있는 것이 아닌가. 더욱이 그 적은 사랑하는 빈의 삼촌이다.

"순박하던 삼촌이 왜 저토록 달라졌는지 몰라. 정글로 들어가기 전까지만 해도 삼촌은 오직 가족과 농사밖에 몰랐는데… 그런 삼촌이 가족과 농사도 버리고 인민 해방을 위해 싸우겠다는 말을 듣고는 무서웠어. 난 이데올로기와 혁명을 위해서 인간 개인과 가족마저 외면할 수 있다는 논리에 찬성할 수 없어. 아무리 훌륭한 이데올로기와 혁명이라도 인간의 존엄성과 가정의 행복을 외면하는 것이라면 그것은 결코 훌륭한 것이 될 수 없잖아"

담배를 피우며 그녀의 얘기에 귀를 기울이던 안 병장은 고개를 끄덕였다.

미군이 잘못 떨어뜨린 폭탄 하나가 한 가정을 파괴하고, 한 인간의 사상마저 뒤바꾸어 놓았구나. 만일 미군의 오폭만 없었더라면 빈의 삼촌이라는 사내는 지금쯤 가족과 함께 농사를 지으며 평화롭게 살고 있을 텐데. 그는 미군의 오폭으로 사랑하는 딸이 죽자 정글로 들어가 베트콩이 되었다. 그는 이제 가족마저 외면한 채 미군과 우리를 증오하며 총부리를 겨누고 있다. 누가 그를 이렇게 만든 것일까. 미군일까. 물론 폭탄을 잘못 떨어뜨려 그의 딸을 죽게 한, 미군에게도 책임은 있을 것이다. 하지만 전쟁 중에 이런 일은 흔히 있을 수 있지 않은가. 그렇다면 보다 큰 책임은 전쟁 그 자체와 전쟁을 일어나게 만든 이데올로기의 대립에 있는 것이 아닐까. 아, 여기에도 이데올로기의 대립과 그 대립에서 비롯된 폭력 때문에 희생양이 된 사람이 있구나. 앞으로도 전쟁이 계속되는 한, 이 같은 희생은 또 있을 것이다. 안 병장은 슬픈 표정을 지으며 어둠이 깔리는 하늘을 올려다보았다.

눈앞의 나무 사이로 별빛이 어렴풋이 스며들고는 있었지만, 새벽은 멀지 않았다. 달은 이미 저버렸다. 안 병장은 그의 분대원들과 함께 숲 언덕에 숨어 눈앞에 있는 오솔길을 내려다보고 있었다. 밤새 매복을 하고 있었던 것이다.

"안 병장님, 조용한데요. 오늘 밤 매복은 별일 없이 끝날 모양입니다. 아직껏 아무 일 없는 걸 보면 말예요."

안 병장과 한 조가 되어 매복하고 있던 정 상병이 나지막한 소리로 속삭이고 있었다.

"아직 긴장 풀면 안 돼. 매복이 다 끝나 부대로 돌아갈 때까지 안심할 수 없어."

안 병장이 눈짓으로 오솔길 쪽을 가리키며 주의를 주자 정 상병은 피식 웃었다.

"이제 곧 날이 밝을 텐데. 뭐 별일이야 있을라구요? 밤새 헛고생만 한 것 같아요. 하긴 이제 매복할 날도 얼마 안 남았지만…. "

그때 오솔길 저편의 숲이 헤쳐지며 총을 든 사내 하나가 조심스럽게 다가오는 것이 보였다. 틀림없는 베트콩 척후병이었다. 안 병장은 얼른 정 상병에게 조용히 하라는 시늉을 하며 턱짓으로 적이 다가오는 방향을 가리켰다. 다른 분대원들도 적을 발견했는지 재빠른 동작으로 사격 태세를 취하고 있었다.

안 병장은 언덕 위쪽에 있는 분대장 윤 병장 쪽을 바라보았다. 쭈그러진 작업모를 고쳐 쓰고 있던 윤 병장은 안 병장과 눈이 마주치자 싱긋 웃으며 고개를 끄덕여 보였다. 매복 장소 바로 앞까지 다가온 베트콩 척후병은 근처에 적들이 없다고 판단했는지 뒤쪽을 향해 손짓했다. 그러자 아까 오솔길 저편의 숲이 헤쳐지며 대여섯 명의 베트콩이 나타났다. 그들이 매복 장소 바로 앞까지 다가온 순간이었다.

"사겨억! 놈들은 독 안에 든 쥐다. 한 놈도 살려 보내지 마랏!"

윤 병장의 고함 소리와 함께 분대원들의 총구가 일제히 불을 뿜었다. 안 병장도 참호에서 몸을 약간 일으키고는 적을 향해 M16을 마구 갈겨 대기 시작했다. 새벽 공기를 가르며 요란한 속사음이 울려 퍼졌고, 베트콩들은 미처 피할 겨를도 없이 외마디 비명을 지르며 쓰러졌다. 나무 뒤로 숨은 베트콩 두 명이 응사를 해 오긴 했지만, 매복조 기관총의 집중 사격을 받고는 이내 잠잠해졌다.

적의 저항이 없자 윤 병장이 사격 중지 명령을 내렸다. 순식간에 총성은 그치고 정적이 감돌았다. 베트콩들이 쓰러진 곳에서는, 총탄이 튕겨 오르며 일으킨 흙먼지가 뽀얗게 피어오르고 있었다.

"모두 뻗어 버린 모양입니다. 제가 내려가 보고 오겠습니다."

정 상병은 날쌘 동작으로 참호를 뛰어나와 쓰러져 있는 적을 향해 M16을 겨눈 채 다가갔다. 그의 등 뒤에서 윤 병장이 크게 소리쳤다.

"조심햇! 아직 죽지 않은 놈이 있을지도 모르니까."

베트콩은 모두 죽은 것 같았다. 신음 소리 하나 들리지 않았다. 정 상병은 베트콩의 시체 하나하나를 군홧발로 툭툭 건드려 보며 확인을 해 나갔다.

"깨끗합니다! 모두 벌집투성이가 되었습니다!"

정 상병이 언덕을 행해 소리치자 윤 병장을 비롯한 나머지 분대원들은 사방을 경계하며 베트콩들의 시체가 있는 곳으로 갔다.

"모두 여섯 놈이로군."

베트콩의 시체를 세어 보고 난 윤 병장이 중얼거리자 그의 곁에 있던 유 일병이 오솔길 아래쪽을 바라보며 대꾸했다.

"척후병이었던 그놈은 도망친 것 같습니다. 아까 보니까 척후병까지 모두 일곱 놈이었던 것 같은데…."

"한 놈이 도망쳤다. 조심하라! 죽은 놈들의 무기를 수거하고 몸을 수색해 봐. 쓸만한 정보가 나올지도 모른다."

윤 병장이 외치고 있을 때 안 병장은 여기저기 흩어져 있는 베트콩의 시체를 둘러보다가 한 주검에 문득 시선이 멈췄다. 앳되게 보이는 얼굴이었다. 안 병장은 그쪽으로 다가가 좀 더 자세히 살펴보았다. 열다섯 살 정도의 어린 소년이었는데, 가슴과 목에 총을 맞았다.

이처럼 어린 소년이 무엇 때문에 전쟁터에 나왔을까. 중학교에 다니며 친구들과 한창 뛰어놀 나이 아닌가. 안 병장은 야자수 숲 사이로 쏟아져 들어오는 아침 햇살을 받으며 갑자기 현기증을 느꼈다.

"아주 어린 소년이군요."

어느새 다가왔는지 정 상병이 안 병장 곁에서 눈을 껌벅이며 말했다. 그의 얼굴에도 놀라움과 연민의 빛이 역력했다.

"그래, 너무 어려. 전쟁터에 총 들고 나오기에는… 내가 쏜 총에 맞아 죽었을까?"

안 병장은 죽은 소년의 얼굴에서 눈을 떼지 않고 쓸쓸한 말투로 중얼거렸다.

"죄책감을 느끼시는군요. 저도 이 아이가 불쌍합니다. 하지만… 이 아인 우리의 목숨을 노리던 적이에요. 설사 이 아이가 안 병장님께서 쏜 총에 맞았다고 해도, 그건 안 병장님의 책임은 아니에요. 누구의 총에 맞았든 그건 누구의 책임도 아니에요. 이 아인 다만 전쟁이 휘두르는 엄청난 폭력 앞에 가엾게 희생되었을 뿐입니다."

정 상병은 이렇게 말하면서 죽은 소년의 몸을 수색했다. 소년의 검은 파자마에서 자그마한 수첩 하나와 낡은 만년필이 나왔다. 정 상병이 그 수첩을 펴들자 수첩 갈피에서 사진 한 장이 툭 떨어졌다. 안 병장은 허리를 굽혀 사진을 주웠다.

사진 속에는 오십 살가량 되어 보이는 여인을 중심으로 세 명의 청년과 한 처녀가 활짝 웃으며 둘러서 있었다. 그중 가장 앳된 이가 지금 눈앞에 죽어 있는 소년이었다. 가족사진이었다. 안 병장은 물끄러미 사진을 보다가 소년의 수첩을 뒤적거리는 정 상병에게 건네주었다. 정 상병도 사진을 보고는 쓸쓸한 마음을 어쩌지 못하는 듯했다.

"가족사진이네요. 가운데 있는 여인이 어머니이구 그 옆에 있는 사람들은 형제구…."

"이 아이의 어머니가 자식이 죽은 걸 알면 얼마나 슬플까… 전쟁이란 비참한 거야. 이 지구상에서 전쟁이 없어지는 날이 올까…."

안 병장은 눈을 들어 환하게 밝아지는 하늘을 응시했다. 총성의 흔적은 씻은 듯이 없어진 맑고 깨끗한 하늘이었다.

"부모들이 몹시 슬퍼하겠죠. 사진을 보니 막내 같은데… 이 아이의 수첩엔 온통 어머니를 그리는 글뿐이에요. 한 구절 읽어 드릴까요?"

안 병장은 말없이 고개를 끄덕였다. 정 상병이 틈틈이 익힌 월남어 실력으로 글을 읽어 주었다.

─ … 어머니! 전 무서워요. 미군의 폭격도 무섭고 호랑이처럼 무섭다는 따이한 군대도 무서워요. 어머니 전투도 배고픈 것도 빗속의 행군도 무섭고 싫어요.

어머니 곁을 떠난 후 몇 달 동안 전 밀림 속에 숨어 훈련받고 이곳저곳 행군도 많이 했어요. 미군과 따이한 군대의 공격을 받아 동료들이 죽는 것도 보았고, 저 역시 죽을 고비를 넘겼어요. 저도 미군을 향해 총을 쏘았고 그들이 다니는 길목에 지뢰를 파묻기도 했어요. 그럴 때마다 전 손이 떨리고 마음이 마구 방망이질을 해 대요. 왜 내가 이런 일을 해야 하나요.

어머니! 전, 죽기도 싫고 싸우기도 싫어요. 왜 다 같은 사람끼리 죽고, 죽이고, 싸우는지 모르겠어요. 그리고 고통받는 인민을 해방시키기 위해 싸운다는 우리가 같은 동포를 죽이고 재산을 빼앗고 마을을 불태우는 것을 볼 때면 이상한 생각이 들어요.

어머니! 전 그저 어머니 곁으로 돌아가고 싶어요. 어머니가 만들어 주시는 음식도 먹고 어머니의 무릎을 베고 잠들고 싶을 뿐이어요. 전 어떻게 해서든지 죽지 않고 살아남아 어머니 곁으로 돌아가고 말 거예요. 전쟁이 너무도 지긋지긋해요.

어머니! 전 어머니 곁에 돌아갈 날만 손꼽아 기다린답니다. 그날이 언제일까요? 밤이면 더욱더 보고 싶은 어머니…. -

수첩을 덮는 정 상병의 눈가에 이슬이 맺히고 있었다. 안 병장도 콧등이 찡해왔다. 피가 엉겨 붙은 소년의 야윈 목덜미가 유난히 눈에 띄었다.

"슬픈 일기장이로군…."

안 병장은 신음하듯 중얼거렸다.

그때 저쪽에서 윤 병장의 커다란 목소리가 들려왔다.

"어이 뭣들 하고 있어? 뭐 쓸만한 거라도 나왔어?"

"아닙니다! 수첩하고 낡은 만년필밖에 없습니다."

정 상병은 대꾸하며 죽은 소년 곁에 떨어져 있는 구식 장총을 주워들고는 윤 병장 쪽으로 다가갔다. 바로 그때였다. 숲속에서 조그마한 물체 하나가 날아오더니 정 상병 바로 앞에 '툭!' 하고 떨어졌다.

"수류탄이닷!"

정 상병은 고함을 지르며 그 수류탄을 발로 걷어찼다. 수류탄이 저만 큼 떨어져 있는 숲 쪽으로 날아가는가 싶더니, 이어 요란한 폭음 소리가 들렸다. 그러나 다음 순간, 다시 총성이 울려 퍼지며 정 상병은 그 자리 에서 허리를 꺾으며 쓰러졌다.

"적이닷!"

"저쪽이닷!"

"아까 도망친 놈이 틀림없어!"

정 상병의 고함 소리와 함께 날쌔게 땅바닥에 엎드렸던 매복조 병사 들이 소리를 지르며 총알이 날아오는 쪽을 향해 맹렬히 응사했다. 치열 한 총격전 속에서 유 일병은 낮은 포복으로 숲 쪽으로 다가가 수류탄을 집어 던졌다. 수류탄이 터진 후 적의 총격은 뚝 그쳤다.

급히 안 병장은 정 상병 곁으로 달려갔다. 정 상병은 두 손으로 복부 를 끌어안고 고통스러운 신음 소리를 내뱉고 있었다. 그의 복부 쪽은 온 통 피투성이였다.

"이봐, 정 상병, 정신차렷!"

안 병장이 정 상병의 등을 조금 받쳐 일으키며 소리치자 정 상병은 감 았던 눈을 가느다랗게 뜨고 안 병장을 올려다보았다.

"안 병장님… 전 틀린 것 같습니다. 귀국이 얼마 안 남았는데…"

"왜 그따위 소리를 햇? 넌 살 수 있어. 살 수 있단 말얏! 정신차렷!"

애써 미소를 지어 보이고는 정 상병은 이내 눈을 스르르 감으며 고개 를 떨구었다. 숨을 거둔 것이다.

"임마, 죽긴 왜 죽어? 넌 전쟁이 뭔지 알고 싶어 왔다고 했잖아? 그런 놈이 왜 죽느냐 말얏! 전쟁이 뭔지 왜 사람들이 싸우는지, 전쟁의 참상을 똑바로 보고 귀국해서 많은 사람에게 알려 주고 싶다며? 그런 놈이 죽으면 누가 그걸 알려 주냔 말이야. 이 바보 같은 자식 같으니라구…."

　　안 병장은 죽은 정 상병을 꼭 끌어안고 통곡했다. 몰려든 분대원들의 입에서도 슬픔과 분노, 안타까움의 흐느낌 소리가 가늘게 떨려 나오고 있었다. 맑은 정 상병의 눈을 이젠 다시 볼 수 없다고 생각하니 안 병장은 더욱 슬픔이 솟구쳤다. 아! 이 전쟁 때문에 얼마나 많은 전우가 세상을 등졌는가. 이 망할 놈의 전쟁! 조금 전까지만 해도 베트콩 소년의 수첩을 보며 슬픔을 감추지 못했던 정 상병이, 그 소년과 마찬가지로 총탄에 숨지다니… 바보야, 너는 꼭 살아 돌아갈 줄 알았는데… 안 병장은 정 상병의 시신을 끌어안고 오열했다. 안 병장의 군복에 정 상병의 피가 흥건히 배어들었다.

귀국선

태양은 점점 뜨거워지고 있었다. 정말 견디기 어려운 더위였다. 연병장 모래 알맹이들은 사정없이 내리쬐는 햇살에 몸부림치듯 반짝였고, 바람 한 점 불지 않았다. 사방은 고요했다. 포성과 총성, 비행기 소리도 들리지 않았다. 전쟁의 거친 숨소리들이 일시에 멎은 듯했다. 안 병장은 내무반 막사 벽에 기대앉아 연병장 저편의 야자수 숲 쪽을 넋 잃은 듯 바라보고 있었다.

"여기 있었군…."

소리와 함께 윤 병장이 다가오더니 안 병장 곁에 털썩 주저앉았다. 안 병장은 그를 흘끗 쳐다보고는 고개를 다시 연병장 쪽으로 돌렸다.

"정 상병 때문에… 이러고 있는 거야?"

"……."

"참 더러운 전쟁이야. 매춘부 사타구니처럼… 돈이고 뭐고 하루라도 빨리 뜨고 싶어. 전쟁이라는 게 이따위로 허무하고 더럽고 재미없는 것인 줄 알았으면 아예 월남 땅엔 오지도 않았을 텐데…."

윤 병장은 아무 대꾸도 없이 그저 앉아 있는 안 병장의 얼굴을 잠시 바라보더니 말을 이었다.

"하지만 우린 파월 신참이 아니잖아? 전쟁도 알 만큼 알았고, 사람 죽는 것도, 사는 것도 별게 아냐. 총알이 비 오듯 쏟아지는 곳에서도 살 놈은 용케 살아나고, 죽을 놈은 안방에서 편히 자다가도 날벼락을 맞는 법이니까. 난 사람 죽는 걸 하도 많이 봐서 그런지, 이젠 생사生死는 초월한 것 같은 생각이 들지 뭐야. 그렇다고 뭐, 내가 위대한 철학자라도 된 건 아니지만…."

윤 병장은 자기가 말해놓고도 우스운지 피식 웃었다. 그리고는 손에 들고 있던 것을 안 병장에게 불쑥 내밀었다.

"이게 뭔데?"

어디서 본 듯한 물건이었다. 안 병장은 조금 놀라듯 비로소 말문을 열었다.

"정 상병 스크랩북이야. 정 상병의 유품을 정리하다 발견했다고 해서 내가 가지고 온 거야."

파월선에서 우연히 들춰 보았던, 그 스크랩북이었다. 그것은 전사한 정 상병의 스크랩북이 틀림없었다.

"헌데, 이걸 왜 나한테?"

"스크랩북 맨 뒤쪽을 펴 봐."

안 병장은 급히 스크랩북의 맨 뒤쪽을 펴 보았다. 거기에는 만년필로 쓰인 글귀가 있었다.

－ 나는 전쟁이 뭔지, 이데올로기의 대립이 무엇인지, 왜 동족끼리 싸우는지 그리고 월남과 월남 국민을 알고 싶어 이 스크랩북을 만들었다. 월남

전쟁과 월남에 관해 수집한 각종 자료를 스크랩할 것이다. 전쟁터에서의 경험과 생각을 곁들여 놓을 것이다. 언젠가 이 스크랩북을 토대로 월남전쟁에 관한 소설을 쓰기를 희망하며.

　- 1966년 7월 7일

　일병 정순우

* 만일 내가 월남에서 전사하면 이 스크랩북은 존경하는

　안재영 병장님께 전해 주십시오. -

내용과 날짜로 보아 월남에 파병되기 전에, 그리고 자신이 전사하면 스크랩북을 안 병장에게 전해 달라고 한 것은 그보다 나중에, 그러니까 안재영이 병장으로 진급한 이후에 쓴 것이다. 안 병장은 갑자기 가슴이 뭉클해져 옴을 느꼈다. 정 상병이 나를 이토록 생각해 줄 줄이야. 나는 그를 각별하게 생각한 적이 없는데… 단지 후배 같고 동생 같아 아껴주고 싶기만 했을 뿐이다. 그런데 그는 나를 생각하고 있었구나. 안 병장은 전사한 정 상병에게 미안했다. 그의 전사가 더욱 슬프게 느껴졌다. 윤 병장이 안 병장의 어깨를 가볍게 두드려 주었다.

"정말 부러워. 존경해 주는 부하도 다 있고… 하긴, 언젠가 나한테 자기는 왠지 안 병장한테 마음이 끌린다고 하더군. 아무튼 좀 감상적이고 세상 물정 모르는 순둥이이긴 했지만, 좋은 놈이었어."

윤 병장이 자리를 뜬 후 안 병장은 스크랩북을 한 장씩 넘겨 보았다. 전에 파월선에서 얼핏 보았던 대로 스크랩북에는 신문이나 잡지에서 오려 낸 월남에 관한 것들이 가득 붙어 있었다. 하지만 뒤쪽으로 갈수록

스크랩은 적어지고 대신 정 상병 자신이 월남에 와서 보고 느낀 글들이 주로 적혀 있었다. 대부분 짤막짤막한 글들이었다.

- 나는 월남전쟁을 이해하려고 애쓰지만 좀처럼 어렵다. 그 양상이 복잡해서 종잡을 수 없는 전쟁인 것 같다. 전방도 후방도 없고, 적과 아군의 구별도 뚜렷하지 않고, 승패 또한 불분명하다. 그리고 사람들은 왜, 무엇을 위해 싸우고 있는지조차 모르는 것 같다. 그러면서도 전쟁은 끊임없이 계속되고, 어디서나 전쟁의 냄새는 물씬거린다. 내가 알고 있는, 그 어느 전쟁과도 사뭇 다른 것이 월남전쟁이다.-

- 어젯밤 전투가 끝난 자리를 돌아보다가 흙을 한 움큼 움켜쥐고 죽은 적의 시체를 보았다. 죽는 것이 원통해서일까? 마지막 순간까지 고향의 부모나 사랑하는 누군가를 애타게 그리며 몸부림친 것일까? 그 죽은 적에게서 나는 깊은 연민을 느꼈다.

전쟁터가 아닌 곳에서 만났더라면 술 한잔, 담배 한 대를 나누며 정담을 나눴을지도 모를 그와 내가, 전쟁터에서 상대편이라는 이유 하나만으로 죽이고 죽였다. 우리는 왜 생전 보지도 못한, 증오나 분노의 감정도 없는, 한 사람의 인격을 이렇게 죽이고 죽여야만 하는가?-

- 죽음, 파괴, 전쟁미망인과 전쟁고아, 팔다리가 잘려 나간 상이군인, 유랑민, 위안부들, 이산가족… 이 모든 것은 전쟁이 만들어 내는 비극이다. 생명의 존귀함이나 인간의 존엄성도 없는 전쟁은 과연 누구를, 무엇을 위한 것일까. -

　　전사한 정 상병의 스크랩북에는 신동집申瞳集의 '악수'라는 시詩도 실
려 있었다.

　　많은 사람이

　　여러 모양으로 죽어 갔고

　　죽지 않은 사람은

　　여러 모양으로 살아 왔고

　　그리하여 서로들 끼리

　　말 못할 악수를 한다.

　　죽은 사람과

　　죽지 않고 남은 사람과,

　　악수란, 오늘

　　무엇을 말하는 것이냐,

　　나의 한 편 팔은

　　땅 속 깊이 꽂히어 있고

　　다른 한 편 팔은

　　짙은 밀도의 공간을 저항한다.

　　죽은 사람이 살았을

　　때를 그리워하며

　　살은 사람이 죽어 갈

　　때를 그리어 보며……

스크랩북의 거의 끝부분에는 〈타임〉지나 〈뉴스위크〉지에서 오려낸 듯한 영문기사가 붙어 있고, 바로 다음 장에는 최근에 쓴 듯한 안 병장에 관한 글이 있었다.

　- 안 병장님을 처음 보았을 때 나는 그의 눈에서 살기 가득한 분노를 느꼈다. 그렇다. 그는 죽으려는 사람처럼 미친 듯이 싸웠다. 그러나 요즈음 그의 눈에는 웃음이 흐르고 있다. 생기가 흘러나온다. 나는 그 이유를 안다. 그의 가슴에 사랑이 샘솟고 있기 때문임을. 아무튼 기쁘다. 가혹하고 비참한 전쟁터에서도 사랑이 꽃필 수 있고, 사랑의 힘이 포탄이나 총알보다도 위대하다는 사실을 깨닫는다.

스크랩북을 덮으며 안 병장은 전사한 정 상병이 단순한 감상이나 장난기에서 월남 파병을 지원한 것이 아님을 알 수 있었다. 정 상병은 진정으로 전쟁의 참상과 월남을 알기 원했다. 그에게는 뜨거운 휴머니즘이 있었다. 그는 나를 깊이 이해하며 사랑해 주었다. 그러나 난… 그를 몰랐고, 알려고도 하지 않았다. 그의 숨결이 멎고, 그의 미소가 사라지고, 그의 언어가 말을 잃은 지금, 스크랩북을 통해 그를 겨우 만나고 있지 않은가.

그립다. 그가 자신에게 닥친 불행을 예견해 그의 스크랩북을 나에게 남긴 것은, 비록 자신이 죽더라도 전쟁의 참상을 고발하고, 인간의 존엄성과 근원적 가치를 옹호해 달라는 뜻이 아니겠는가. 안 병장은 입술을 지그시 깨물며 자리에서 일어섰다.

"어쩌면 오늘이 빈과의 마지막 만남일지도 몰라. 오늘이 귀국 전 마지막 외출이니까."

처음 빈과 만났던, 그 성당의 벤치에서 안 병장은 긴 침묵을 깨며 침통하게 말했다. 순간, 빈의 얼굴에 어두운 그림자가 스치고 지나갔다. 그러나 그녀는 곧 웃는 낯을 하면서 대꾸했다.

"축하해요. 우리 오늘, 축배라도 들어야겠어요."

"공연히 마음에도 없는 말은 하지 마."

안 병장은 퉁명스럽게 내쏘았다.

"공연한 말만은 아니에요. 사실 전… 안을 만나면서도 늘 불안했어요."

"……."

"사랑하는 사람을 전쟁터에 둔, 여자의 마음을 아세요? 언제나 불안하고 초조해요. 포성과 총성만 들려도, 비행기 소리만 나도, 그리고 편지가 오지 않는 날이면 공연히 마당을 서성이게 돼요. 하지만 이젠 조금 안심이 돼요. 안이 전쟁터에서 벗어나 귀국할 수 있게 됐으니까요."

조금은 이해할 수 있을 것 같았다. 어쩌면 전쟁터에 있는 당사자보다도 전쟁터에 사랑하는 남자를 내보낸 여자가 더욱 불안하고 초조할지도 모른다. 안 병장은 문득 사랑하는 사람과의 이별을 슬퍼하기보다는 사랑하는 사람의 무사 귀환을 기뻐해 주는 빈이 말할 수 없이 고마웠다.

"하지만, 이제 귀국하면 다시는 빈을 못 보게 될지도 몰라. 빈을 사랑하지만, 월남과 우리나라는 너무나 멀어. 우리의 사랑이 이루어진다는 보장도 없고."

"왜 그런 심각한 말씀만 하세요? 설령 오늘이 안安과의 마지막 날이 된다 해도 전, 안이 전쟁터에 있는 것보다는 고국으로 무사히 돌아갈 수 있게 된 게 더 기뻐요. 우리 오늘은 심각한 얘기 그만두고 멋지게 즐겨요."

뭐랄까. 안 병장은 좀 묘한 기분이 들었다. 물론 그녀의 사랑을 이해 못 하는 것은 아니지만, 이 여자는 좀 다르다. 이별이라면 으레 여자의 흐느끼는 눈물이나 야속함이 먼저 연상되지 않는가. 소설이나 영화 속에서도 이별 장면은 대개 그랬다. 헌데, 이 여자는… 발랄한 성격 때문일까. 오랜 전쟁을 겪으면서 이별을 너무 흔하게 보아 온 탓일까. 슬픔의 극단적인 표현 같은 것일까. 아니면 그저 위선일까. 그러나 그는 곧 잠시나마 그녀의 사랑을 의심한, 자신이 부끄러워졌다.

"그래, 빈의 말이 옳은 것 같아. 우리 오늘, 슬픔을 접어 두고 멋지게 보내자구. 오늘을 아름답게 추억하도록 말야."

안 병장은 고개를 쳐들고 활짝 웃었고 빈의 얼굴에도 웃음꽃이 피었다.

"헌데, 멋지고 아름다운 이별은 어떻게 하는 거지?"

안 병장이 웃음기를 버리며 고개를 갸우뚱거렸다.

"우선 귀국을 축하하는 축배부터 들어요. 오늘 술은 제가 살 테니까요."

빈은 안 병장을 퀴논 시내에 있는 어느 고급 레스토랑으로 안내했다. 이제까지 그들이 한 번도 간 적이 없는 곳이다. 낭만적이고 멋스러운 그곳에서는 감미로운 음악이 흘러나오고 있었다. 평소 먹어 보지 못한 고급 음식을 먹고 맥주도 몇 병 마셨다.

안 병장은 그날따라 빈이 더욱 예뻐 보였다. 가슴의 아름다움이 잘 드러나는 아오자이를 입은 탓인지 그녀의 육체는 꽤 성숙해 보였고, 샹들리에의 은은한 불빛이 그녀를 더욱 매력적으로 보이게 했다. 두 사람은 때때로 얘기를 중단하고, 서로를 말없이 바라볼 때가 많았다. 그럴 때면 안 병장은 야릇한 기분을 느꼈다.

"안安, 정말로 나를 사랑해?"

안 병장을 물끄러미 바라보던 빈이 조금 심각하게 물었다.

"갑자기 그건 왜 물어? 내 사랑을 의심하는 거야?"

"그런 건 아니지만… 좀 이상해서 그래."

"이상하다니, 뭐가?"

"이제까지 안安은 한 번도 날 요구하지 않았어. 키스조차도…."

차분하고 조용한 말씨였다. 부끄러운 듯한 기색은 없었다. 오히려 당당했다. 오히려 안 병장이 당황해서 얼굴을 붉혔다. 사실 안 병장과 빈은 거의 스킨십이 없었다. 그것은 안재영이 생각해도 실로 이상한 일이었다.

때로는 남자로서의 욕정이 꿈틀거리지 않은 것도 아니었지만, 이상하게도 그녀를 만나면 품었던 욕정마저 차분히 가라앉곤 했다. 남녀 간의 사랑은 육체적 관계를 통해 더욱 뜨거워지고 완전히 '내 것'이 될 수 있다고 믿었던 그였다. 소희에게도 이러한 생각을 강요하지 않았던가. 언젠가 바에서 만났던 핸더슨 일등병이 육체적인 섹스를 혐오하고 플라토닉한 사랑을 추구하는 듯한 말을 했을 때에는 강한 반발심까지 느꼈다. 그런 그가 빈과 여러 달 동안 사귀면서 그러한 욕구를 별로 느끼지 않았다는 것은 실로 커다란 변화요, 안 병장 스스로도 의외의 일이었다.

그렇다고 빈과의 육체적 관계를 통해 발생할, 어떤 책임감이나 죄책감 같은 것이 두려웠기 때문도 아니었다. 왜 그랬을까. 핸더슨 일등병이나,

혹은 나도 모를 어떤 것으로부터 영향을 받아 인식의 변화가 온 걸까. 이 여자를 정말로 사랑하지 않기 때문일까. 그것도 아니면…. 안 병장은 이제까지 까맣게 잊고 있었던 일이 비로소 생각난 듯한 기분을 느끼며 좀 멍해졌다. 그때 그를 일깨우기라도 하듯 빈이 말했다.

"혹시 전에 사랑하던 여자 때문인가요?"

안 병장은 문득 그럴지도 모른다는 생각을 했다. 비록 지금은 소희를 잊고 소희에 관한 사랑이 빈에게로 옮겨 갔다고는 하나, 가슴속 깊은 곳에서는 아직도 소희를 사랑하기 때문이 아닐까. 그러나 그는 고개를 옆으로 저었다.

"그렇지 않을 거야. 화인火印처럼, 사랑했던 사람에 관한 사랑이 남아 있을지는 모르지만, 그것은 흔적에 불과해. 지금 난 그 흔적보다 몇십 배, 아니 몇백 배 더 선명하게 빈을 사랑하고 있어."

"그럼 그 여자에게도 아무것도 요구하지 않았어? 키스까지도?"

빈은 두 손을 턱에 괴며 짓궂게 물었다. 그녀의 초롱초롱한 눈에는 호기심이 그득했다.

"아냐. 그 여자와 키스했어. 섹스도 요구했고… 그러나 거부하는 바람에 성공하지는 못했지."

"그러면서 나한테는 왜 요구하지 않은 거지? 나도 그 여자처럼 거부할까 봐?"

"글쎄… 하지만 그때와 지금은 달라."

"뭐가?"

"그때 난 사랑하는 사람끼리 육체적 관계는 당연하고, 그럼으로써 여자를 내 소유로 만들 수 있다고 생각했었지. 그런데 이상하게도 빈을 만나고 난 후부터는 그런 생각이 별로야."

빈은 고개를 끄덕이며 뭔가 생각하는 듯하더니 나직하면서도 또렷한 어조로 말했다.

"나도 사랑 없는 섹스는 반대해. 아니, 혐오감마저 느끼고 있어. 여자를 섹스를 통해 소유할 수 있다는 생각도 잘못된 것이라고 봐. 그렇지만 사랑하는 사람끼리는 당연하고 아름다운 것이라고 생각해. 안安, 오늘밤 나와 함께 지내지 않겠어?"

실내에 에어컨이 윙윙거리며 돌아가고 있었지만, 안 병장은 뜨거운 모래바람이 얼굴에 확 끼쳐오는 것 같았다. 막돼먹은 여자의 입에서나 나올 법한 말을, 순진하고 정숙하게만 생각했던 빈이 별로 부끄러워하는 기색도 없이 말하고 있는 게 아닌가.

"갑자기 그게 무슨 소리야? 아까도 말했지만, 난 이제 곧 귀국하게 될 거고, 귀국하고 나면 빈을 영영 못 만나게 될지도 몰라. 난 빈에게 결혼을 약속할 수 없단 말야. 알겠어? 내 말?"

"물론 알아. 솔직히 말해줘서 고맙기도 하고. 하지만 결혼이나 재회를 약속해야만 섹스를 할 수 있는 건 아니잖아? 난 사랑하는 사이라면 굳이 결혼이나 어떤 약속을 하지 않고도 할 수 있다고 생각해. 사랑하는 사람끼리의 관계는 결혼과 같은, 어떤 목적을 위한 계약행위가 아니라고 믿기 때문이야. 단순히 결혼만을 위한 섹스라면, 그것은 돈을 목적으로 한 창녀의 섹스와 뭐가 다를 게 있어? 어디까지나 결혼은 사랑의 귀결로 이루어지는 것이지. 섹스가 결혼의 전제조건이 될 수는 없다고 생각해. 난 사랑하는 사람끼리의 섹스에는 결혼도 재회도, 또 어떠한 약속도 필요 없는 것이 오히려 순수하고 아름답다고 봐. 나는 다만 안安과의 육체적 관계를 통해 우리의 뜨거운 사랑을 확인하고, 나의 모든 것을 주고, 안安의 모든 것을 갖고 싶을 뿐이야. 다른 의미는 하나도 없어."

안 병장은 그녀의 말뜻을 알 것도 모를 것도 같았다. 또 옳은 것 같기도 했고, 모순된 것 같기도 했다. 그러나 그녀의 생각이 소희나 핸더슨 일등병의 생각과는 사뭇 다르다는 것만은 분명했다.

소희는 숭고한 결혼을 위해서는 사랑하는 사람끼리도 결혼 전의 순결이 절대적인 가치였다. 그래서 결혼을 약속한 사이인 안 병장의 요구마저 거부했다. 그리고 핸더스 일등병은 정신적인 사랑에 큰 비중을 두고, 자신이 전쟁터에서 전사할 경우까지 생각해 약혼자의 간절한 요구마저 거부했다. 그런데 빈은 사랑하는 사이라면 구태여 결혼 같은 약속이나 목적 없이도 관계할 수 있다고 주장하고 있다. 과연 누구의 생각이 옳은가? 안 병장은 혼란을 느끼며 한 가지 결론에 도달했다. 사랑과 섹스를 보는 눈과 결혼관이 다를 뿐 모두 그 나름대로 타당성이 있다는 것이었다.

"뭘 그렇게 깊이 생각해? 내 말 때문에 그러는 거야? 내 말이 틀렸다고 생각해?"

빈이 온화한 미소를 지으며 말하자 안 병장은 만지작거리던 맥주잔에서 얼른 손을 떼며 고개를 쳐들었다.

"아, 아냐. 다만…"

"부담은 갖지 마. 우리가 다시 만나 결혼까지 할 수 있다면 더없이 좋겠지만, 설령 오늘이 안安과의 마지막 날이 된다 해도 난 안安을 원망하거나 후회하지 않을 거야. 다만, 나를 사랑한다면 오늘 밤 나를 뜨겁게 안아 줘. 난 진정으로 안安을 원하고 있어."

남은 맥주를 비우고 빈이 먼저 일어섰다. 수초 사이를 헤엄치는 물고기처럼 유연하게 빈은 테이블 사이를 걸어 나갔다. 안 병장은 피우고 있던 담배를 재떨이에 비벼 끄며 자리에서 일어섰다. 위스키를 마시며 고향의 여자 친구 이야기며 음탕한 얘기들을 하고 있던 옆 테이블의 미군 병사들 중 하나가 안 병장을 향해 눈을 찡긋해 보였다. 미군 병사는 '재미 많이 보라구'라고 말하는 듯했다.

레스토랑을 나온 두 사람은 야자수 길을 따라 말없이 걸었다. 어느새 주위는 어두워져 있었고, 동녘 하늘에는 달이 솟아오르고 있었다. 월남에 와 전투하며, 보초를 서며, 고국과 가족을 그리며, 죽은 전우를 생각하며, 소희를 그리워하며, 때로는 빈을 생각하며 문득문득 보던, 남국의 그 달이다.

안 병장은 불현듯 빈과 밤새도록 저 밝은 달빛 아래를 마냥 거닐고 싶다는 생각을 했다. 커다란 야자수 잎 사이로 호텔의 불빛이 보였다. 전에도 몇 번 보았던, 자그마한 호텔이다. 그 호텔 앞에서 안 병장은 조금 망설였다. 그러나 빈은 남자를 유혹하여 호텔에 자주 드나든 여자처럼, 앞장서서 호텔로 들어갔다. 호텔 보이의 안내를 받아 2층에 있는 구석진 방에 들어갈 때까지 그녀는 별로 거리낌이 없었다. 안 병장은 내심 놀라워할 뿐 숙맥처럼 빈의 뒤를 따라다니기만 했다.

호텔이라고 하기에는 수수하였지만, 방 안은 잘 정돈되어 있었다. 흰 홑청을 덮은 커다란 침대와 테이블, 의자, 냉장고, 옷장이 반듯하게 놓여 있었고, 침대 머리맡에는 고급스러운 스탠드가 있었다. 안 병장은 방 안을 둘러보고 베란다가 있는 창가로 다가갔다. 눈 아래로 가로등 불빛에 비친 거리가 보였다. 가로등 불빛 아래로 사람들이 오가고 있었다. 창가에는 환한 달빛이 쏟아져 내리고 있었으며, 포성이 아련히 들려왔다. 안 병장은 눈을 들어 하늘에 떠 있는 달을 쳐다보았다.

문득 소희 생각이 났다. 소희는 지금쯤 뭘 할까. 나처럼 저 달을 쳐다보고 있을까. 설혹 저 달을 보고 있지는 않다 해도 저 달빛은 소희가 있는 방의 창가에도 환히 비치고 있겠지. 아니, 어쩌면 소희는 이 세상 사람이 아닐지도 몰라….

언제 빈이 다가온 것일까.

"달이 너무 밝죠?"

"으음…."

안 병장은 달에서 눈을 떼지 않고 건성으로 대꾸했다.

"우울해 보여요. 저 달처럼…."

빈은 냉장고에서 꺼내 온 맥주 깡통을 내밀었다. 안 병장은 그것을 말없이 받아 한 모금 마셨다. 빈의 손에도 맥주 깡통이 하나 들려 있었다.

"안安, 고향에 돌아가서도 저 달을 볼 때가 있겠죠?"

안 병장은 대답 대신 고개를 가볍게 끄덕였다.

"안安이 떠나고 나면 난 매일 밤 저 달을 바라보며 안을 생각하게 될 것 같아. 어쩌면 저 달을 바라보며 울지도 모르고…."

빈이 조금 슬퍼 보였다. 안 병장은 빈에게로 다가가 그녀의 긴 머리칼을 살며시 쓰다듬었다. 그녀의 머리칼이 무척 부드러웠다. 문득 안 병장은 빈의 머리칼 속에 얼굴을 묻고 싶은 충동이 일었다. 그러나 대신 안 병장은 조용히 입을 열었다. 마치 충동을 떨쳐버리려는 듯이….

"지금도 늦지 않았어. 그냥 집으로 돌아가."

안 병장은 빈을 소유하고자 하는 욕망이 없었다. 조용히 떠나고 싶었다. 아니, 그는 그녀를 지켜 주고 싶었다. 약혼자의 요구마저 거부하고 월남에 왔다던, 핸더슨 일등병의 행동이 결코 위선이 아니었음을 비로소 깨달을 수 있었다. 그리고 아울러 핸더슨 일등병의 깊은 마음을 이해할 것 같았다.

"안, 더 이상 그런 소린 하지 말아. 내가 안을 원하고 있는 걸. 안도 사내니까 여자의 육체를 탐하고 싶은 욕망은 있겠지?"

"……"

"안은 아무런 생각도 할 필요가 없어. 다만 나를 즐겁고 뜨겁게 소유하기만 하면 되는 거야."

빈은 손에 들고 있던 맥주 깡통을 테이블 위에 올려놓고 나서 목욕탕 쪽으로 걸어갔다. 목욕탕 앞에서 그녀가 아오자이를 벗는 것을 본 순간, 안 병장은 난처한 기분을 느끼며 얼른 창밖으로 고개를 돌렸다. 담배를 피워 물었다. 그의 귀에 '쏴아!' 하는 샤워 소리가 들려왔다.

"안도 목욕하지 않겠어? 물이 아주 시원한데…"

빈의 말에 안 병장은 고개를 돌렸다.

커다란 타월로 몸을 가린 빈이 웃으며 다가오고 있었다. 이슬에 젖은 장미처럼, 그녀에게서는 풋풋하고 싱그러운 향기가 났다.

"난 됐어."

안 병장은 그녀의 매혹적인 몸매에 숨결이 조금 빨라짐을 느끼며 고개를 옆으로 저었다. 빈은 알겠다는 듯 싱긋 웃고는 침대 곁으로 다가가 걸터앉았다.

"안, 전등불을 꺼 주겠어?"

안 병장은 잠시 머뭇거리다 호텔 방 입구로 걸어가 전등의 스위치를 껐다. 방 안의 다른 곳은 어두운데, 침대 주위에만 붉은 불빛이 교태스럽게 넘실거렸다.

"안, 이리 와"

빈은 자리에서 일어서더니 몸을 가리고 있던 타월을 살며시 떨어뜨렸다. 실오라기 하나 걸치지 않은 그녀의 알몸이 훤히 드러났다. 풍만하게 솟아오른 젖가슴, 검고 윤기 나는 머리칼, 탄력 있고 매끄러운 피부, 사타구니 사이의 거뭇한 음모陰毛. 안 병장의 호흡은 멈추었다. 몸이 떨렸다. 그녀의 아름다움에 전율이 그의 몸을 관통하고 있었다. 그는 자신도 모르는 사이에 꿀꺽 침을 삼켰다. 가만히 숨죽이고 있던 욕정이 불꽃처럼 갑자기 확 피어올랐다. 불꽃은 거세게 치솟아 오르며 그의 몸을 달구었다.

그때 눈앞에 소희가 나타나며 날카로운 목소리가 귀를 때렸다.

"난 자기가 이런 사람인 줄은 정말 몰랐어. 날 사랑한다는 것도 거짓말이야. 자기가 날 창녀나 술집 여자처럼 한순간 쾌락의 대상으로 생각했다면, 난 창녀나 술집 여자나 다름없는 여자야. 그러니 마음대로 해. 하지만 이걸로 자기와 나는 끝장이야. 영원히 끝장이란 말야…."

언젠가 Y읍의 여인숙에서 그의 강요에 소희가 옷을 벗어 던지며 내뱉던 말이었다. 안 병장은 피어올랐던 순간처럼 갑자기 욕정이 푹 사그라지며 자신이 말할 수 없이 부끄러워졌다.

"뭘 그렇게 망설이고 있어? 난 이제까지 남자 앞에서 옷을 벗어 본 일이 없는 숫처녀야. 하지만 안에게 나의 모든 것을 주고 싶어. 그리고 안을 갖고 싶어. 그것뿐이야. 안安… 어서 이리 와요."

나무라면서도 호소하는 듯한 빈의 목소리에 소희의 환영이 사라지면서 안재영은 제정신이 들었다. 눈앞에 빈이 서 있다. 그녀의 눈에는 애원의 빛이 그득했다. 빈은 아무런 조건 없이 사랑하기를 원한다. 자신을 주고 싶어 하고 나를 갖고 싶어 한다. 불확실한 미래의 두려움이 그녀와 사랑하는 걸 망설이게 한다. 하지만 미래가 불확실하다고 미리부터 두려워할 필요는 없지 않을까. 빈과 내가 헤어진다 해도 진정 우리가 원한다면 다시 만날 수 있지 않을까. 빈의 순결을 지켜 주는 것이 과연 빈을 위한 것일까.

달빛 아래 빈의 몸이 하늘거리고 있었다. 가냘픈 몸매였다. 그녀의 가냘픈 몸매에 풍만한 가슴이 다소 무겁게 보였다. 안재영은 한 걸음 다가가 커다란 그의 손으로 그녀의 하얀 가슴을 가볍게 쓰다듬었다. 그녀의 가슴이 빳빳하게 서는 것을 느꼈다. 그녀의 살결은 놀랄 만큼 부드럽고 감미로웠다. 찰랑거리는 머릿결을 쓸어 뒤로 넘겨 그녀를 받치며 그녀에게 입을 맞추었다. 그의 땀내 나는 거친 군복이 그녀의 부드러운 맨살에 겹쳐졌다. 바짝바짝 마르다고 느꼈던 입 안에 언제 침이 고여 들었던가. 부드럽고 향긋한 빈의 입 안에서 그가 침을 삼키고 있었다. 그와 그녀는 화드득거리며 발버둥치고 있었다. 집채만 한 욕망이 그와 그녀를 덮쳤다. 교교한 달빛이 창문을 넘어 들어와 그들의 밤을 지켜보고 있었다.

월남전쟁은 더욱 치열하게 확산하고 있었다. 미국은 본국 내의 반대 여론에도 불구하고 미군의 병력을 증강하고, 우수한 무기와 물자를 쏟아부으며 월남전쟁을 승리로 이끌려 하였다. 그러나 미군은 모든 면에서 열세인 월맹군·베트콩에게 고전하고 있었다. 전쟁이 확산할수록 미군의 사상자 수가 늘어났다. 항공기를 비롯한 각종 물자의 손실도 날로 증가

하는 추세였다. 그럼에도 미국은 월남에서 손을 떼지 못하고 있었다. 그것은 월남전쟁이 공산주의와 자유세계 간의 이데올로기 전쟁이며, 월남이 적화되면 인근 동남아시아 국가들도 적화되거나 위협을 받기 때문이기도 했지만, 자유세계의 리더를 자처하는 미국의 위신과도 밀접한 관련이 있었다. 미국은 막대한 병력과 엄청난 물자를 손실하면서까지 월남의 수렁에서 빠져나오기 힘든 상황이었다.

그러나 월남을 떠나는 미군이나 한국군 귀국병들에게 월남의 장래나 월남전쟁의 승패, 미국의 위신 같은 것은 큰 관심거리가 되지 못했다. 그들은 다만 살아남아 고국으로 돌아갈 수 있게 되었다는 사실에만 감격하며 새로운 미래를 설계할 뿐이었다.

미군 수송선에 탄 한국군 귀국병들은 아까부터 뱃전에 붙어 선 채 멀어져 가는 월남 땅을 바라보고 있었다. 더러는 월남 땅을 향해 손을 흔들기도 하고, 파월 동기들과 얘기를 나누기도 했지만, 대부분 병사는 착잡하게 묵묵히 서 있을 뿐이었다. 만감이 교차하는 얼굴이었다. 그들에게는 월남과 월남전쟁에 관한 갖가지 기억이 가득 차 있을 것이었다. 머리통이 익어 버릴 것 같은 무더위와 억수같이 쏟아지던 비, 햇빛마저 새어 들지 않는 어두컴컴한 정글과 질척거리는 논, 월남의 이국적인 풍물과 풍습, 미군과 베트콩들, 첫 전투의 두려움, 사랑하던 전우의 죽음, 월남에 온 것에 대한 후회, 밤마다 그리던 고국과 가족들, 양주와 양담배, 미군의 풍성한 물자와 C레이션, 월남여자들, 전쟁에 대한 허무와 분노… 그런 숱한 기억과 추억 말이다. 그 기억은 사람마다 각기 다를 것이다. 월남에서의 일 년은 그것이 좋았든 그렇지 않았든 평생 잊지 못할 기억이 될 것이다. 자신이 평생 처음으로 경험한 기억들을 가슴에 간직한 채 귀국하는 것이며, 귀국한 후에는 자신의 무용담을 과장해서 입에 침을 튀겨가며 얘기할 것이다. 하지만 죽은 자들은 말이 없을 것이다.

안 병장도 뱃전 난간에 기대선 채 담배를 피우며 그가 1년 동안 발붙이고 살았던 월남 땅을 물끄러미 바라보고 있었다. 아직도 월남엔 전쟁이 끝나지 않았음을 알려 주기라도 하려는 것처럼, 포성과 비행기 소리가 뒤엉켜 들려 왔다. 안 병장 역시 만감萬感이 교차하며 지난 1년간의 일들이 주마등처럼 스쳐 지나갔다. 그 1년은 이제까지 살아온 다른 1년보다 확실히 훨씬 길었다. 죽은 전우들의 모습이 하나씩 떠올랐다. 정 상병의 일은 시간이 지나도 아프게 와 닿을 것이다. 1년 전, 파월선 갑판에서 전쟁의 실상과 이데올로기 대립을 알고 싶어 파월을 자원했다던 그의 모습이 눈앞에 어른거렸다. 금방이라도 그가 갑판 저쪽에서 웃으며 달려올 것만 같았다. 그때 그의 생각이 치기 어린 장난기에 불과하다며 비웃었었다. 지금은 왠지 그의 참전 목적이 얼마나 가치 있고 숭고한 것이었나 생각하게 된다.

빈의 모습도 떠올랐다. 빈은 자학과 번민 속에서 허우적거리는 나를 구해 준 여자다. 그녀는 마지막 남은 기름까지 태워 불을 밝히는 등잔처럼 마지막까지 자기의 모든 것을 아낌없이 주려 했던 사람이었다. 그녀와의 마지막 날 밤, 그녀는 싱그럽고 아름다웠지만, 그녀는 아주 미숙하기만 했었다. 옷을 벗기까지의 그 대담스럽던 태도와는 달리, 화드득거리며 불타올랐던 욕망과는 달리, 그녀는 내내 수동적이었다. 야수 같은 나의 행동에 어쩔 줄 몰라 하며 고통스러운 신음 소리만 내었다. 분명 그녀의 육체는 길들지 않은, 누구의 발길도 닿지 않은 처녀림이었다. 하지만 얼마나 그녀와의 관계가 충만했던가. 그토록 미숙한 그녀가 나를 그토록 만족시켰다는 것은 놀라운 일이다. 그녀가 처녀였기 때문일까. 꼭 그런 것만은 아닐 것이다. 그녀가 날 사랑하고, 나 또한 그녀를 사랑하기 때문일 것이다.

빈, 나는 너에게 결혼을 기약하지 않았다. 너도 그런 것을 요구하거나 기대하지 않았다. 빈, 너는 다만 나의 무사 귀환을 기뻐하며 날 보내 주었다. 하지만 난 안다. 지금쯤 나를 생각하며 슬퍼하고 있으리라는 것을. 빈, 너에게 아무런 약속도 없이 홀연히 떠나왔지만, 이제 저 바다를 두고 약속하마. 언젠가는 다시 돌아와 너를 내 아내로 맞아들이겠다고. 그리고 난, 네가 그때까지 날 기다려 주리라고 믿는다.

안 병장은 착잡한 심정을 가누지 못하고 있는데 와자지껄 떠드는 소리가 들려왔다.

"아, 이제 지긋지긋한 월남 땅과도 영원히 빠이빠이로구나. 앞으로 다신 월남 땅을 밟지 않을 생각이다."

"돈을 많이 벌 수 있대두 다시 안 올 테야?"

"돈? 그따위 소린 꺼내지도 마. 둘라(달러)를 삼태기로 건질 수 있다 해도 난 다시는 월남에 오지 않겠다 이거야. 못 봤어? 월남에서 돈 벌어 고향에 밭뙈기나 마련하겠다고 외출 때 계집질 한번 않던 최 상병… 그토록 아등바등하며 돈을 모았어도 죽고 나니까 한 줌의 재밖에 더 남았어? 이제는 질렸다구"

"그건 참말로 네 말이 맞데이. 내사 마 월남에서 번 돈은 몽땅 기집한테 갖다 바쳤지만서두 후회는 없는 기라. 실컷 재미 보고, 남쪽 나라 관광하고, 불꽃놀이(전쟁) 구경하다 이렇게 모가지 붙어 귀국하면 됐제. 더 이상 뭘 바라겠노?"

"그래도 빈손으로 털레털레 돌아가는 것보담야 한 아름 안고 돌아가는 게 낫지. 그래. 너들은 귀국 박스에 뭘 좀 채워 넣냐?"

"채워 넣긴… 고향에 돈 몇 푼 보내고, 술 먹고… 남은 게 뭐 있냐? 1년 동안 정글 빡빡 기고 결산해 보니까 고작 일제 카메라 한 대와 트랜지스터 한 대만 남던 걸? 그것도 카메란 결혼해서 신혼여행 갈 때 쓰고, 트랜지스터라디오는 연속극 좋아하는 노친네한테 선물하려고 큰맘 먹고 산 거라고."

"새끼, 1년 내내 편지 한 장 오지 않던 자식이 장가가서 사진 박을 생각부터 하고 있구나. 그래라. 장가가서 사진이나 실컷 박고 잘 살으려무나."

안 병장은 삼삼오오 모여 서서 연신 떠들어 대고 있는 귀국병들을 둘러보았다. 낯선 얼굴도 있었지만 대부분 낯익다. 좀 전까지만 해도 멀어져 가는 월남 땅을 바라보며 착잡해 하더니 이제 그들의 얼굴에는 활기가 솟아나고 있었다.

그래. 그래도 너희들과 나는 행복한 놈들이다. 월남에서 고생을 했든 안 했든, 돈을 벌었든 벌지 못했든, 고국에서 기다려 주는 사람이 있든 없든, 우리는 이 밝은 태양 아래 버젓이 살아 있지 않은가. 그 치열한 전쟁터에서 죽지 않고 살아남아 고국에 돌아갈 수 있다는 것 하나만으로 우리는 행복한 것이며, 그것은 곧 신의 축복이다. 죽은 자들을 보라. 우리와 함께 파월되었다가 전사한 전우들을 생각해 보라. 건장하던 그들은 다 어디로 갔는가. 한 줌의 재가 되어 버린 그들을 생각한다면 살아서 숨 쉬고, 월남에서의 추억을 더듬고, 죽은 전우들을 슬퍼하며 얘기할 수 있는 우리는 얼마나 행복한 사람들인가. 비록 내일 새로운 고난과 갈

등에 부딪히고, 삶의 악다구니에 시달리는 한이 있더라도 오늘만큼은
우리는 행복한 사람들이다.

안 병장은 빈과의 이별마저도 기쁘게 받아들여야 한다고 생각하며
후끈한 열기가 뿜어 오르는 갑판을 가로질러 한 떼의 파월동기들이 모
여 떠들고 있는 쪽으로 천천히 걸어갔다.

비록 전쟁터에서 많은 전우를 잃기는 했지만, 나는 이곳에서 많은 것
을 보고 배웠다. 1년간의 월남 생활은 여러모로 나를 변모시켰어….

안 병장은 확실히 처음 파월선을 탔을 때와는 다른 사람이 되었다. 그
것이 전쟁의 참혹함 때문인지, 허무한 죽음을 많이 본 때문인지, 빈이라
는 여인 때문인지 모르지만, 귀국선에서 안 병장은 새로운 삶의 희망으
로 가득했다.

방황

눈발이 희끗희끗 날리는 가운데 어둠이 서서히 깃들었다. 안 병장, 아니 이제는 제대하여 민간인 신분이 된 안재영은 창문에 턱을 괴고 앉아 흩날리는 눈발을 멀거니 바라다보고 있었다. 월남에서 돌아와 첫 번째 맞는 겨울이다.

월남에서 돌아와 제대한 이후 몇 달 동안 그는 별로 하는 일 없이 소일해 왔다. 내년 봄 복학을 기다리며 특별히 할 일이 없었던 탓이다. 간혹 그는 옛 친구들이나 서클 선후배들을 만나기도 했다. 다니던 모교를 두어 번 찾아간 적도 있었다. 하지만 대부분의 시간을 그는 방에서 혼자 보낼 때가 많았다.

사람들은 그가 월남에 다녀오더니 눈빛과 행동이 전과는 많이 달라졌다고 말하곤 한다. 기실 그는 월남에서 돌아온 이후 자신이 낯선 곳에 와 있다는 착각이 들곤 했다. 행동도 어딘지 어색하고 이상한 데가 있었다. 친구들과 얘기하다가도 출입구 쪽에서 소리가 나면 재빠르게 살펴보았고, 길을 걸을 때에도 자신도 모르게 건물 벽이나 담벼락에 바싹 붙어 걸었다. 경계의 눈초리를 번뜩였던 것이다. 아마 전쟁터에서의 긴장감이 완전히 풀리지 않은 탓이었을 것이다. 그의 어머니는 그를 위해 몸보신을 위한 한약 몇 첩을 달여 주었다.

시간이 지나며 그러한 증세는 차츰 없어졌고, 고국의 환경에 익숙해 갔다. 월남의 풍경이나 한국군의 용전분투하는 영화나 텔레비전을 보게 될 때면 과연 저런 곳에서 저들처럼 싸웠을까 하는 생각마저 들 정도였다. 그렇지만 빈에 대한 그리움은 날이 갈수록 더해갔다. 상냥한 웃음, 친절한 말씨… 더운 날 오아시스 같았던 그녀의 싱그러움이 그는 그리웠다. 창밖의 하얗고 깨끗한 눈발 속에 빈이 웃고 서 있는 모습이 보였다.

"빈……."

안재영은 나직이 그녀의 이름을 불렀다. 그런데 돌연 빈의 얼굴 위로 소희의 얼굴이 겹쳐서 떠올랐다. 언젠가 부대로 그를 면회 왔을 때처럼 빨간색 목도리를 목에 두른 모습이었다. 그녀는 원망스러운 눈초리로 안재영을 물끄러미 바라보고 있었다.

"소희……."

안재영이 소희에게 뭔가 얘기하려고 할 때 등 뒤에서 커다란 음성이 들려왔다. 그 소리에 소희는 순식간에 사라져 버렸다.

"창밖을 내다보며 뭘 혼자 중얼거리는 거냐? 넋 나간 사람처럼…?"

안재영은 천천히 몸을 돌렸다. 언제 들어왔는지 어머니가 걱정스러운 얼굴로 방 한가운데 서 있었다.

"왜요? 어머니?"

"에미가 전화 받으라고 몇 번씩 소리쳤는데도 못 들은 게야?"

"……."

안재영은 말없이 마루로 나가 내려져 있는 수화기를 집어 들었다. 수

화기 저편에서 짜증기 섞인 사내의 음성이 튀어나왔다.

"동작 봐라! 뭘 꾸물거리다 이제야 전활 받는 거야? 몇 달 푹 쉬더니만 군기가 쭉 빠졌구나."

"누구…."

수화기 속의 음성이 꽤 귀에 익었다. 하지만 상대방이 누군지 선뜻 생각나질 않았다.

"임마, 벌써 내 목소리도 까먹었어? 월남에서 함께 빡빡 기고서도 몰라? 전화도 한번 안 하고 의리 없는 자식 같으니라구…."

그제야 안재영은 상대방이 누군지를 알아차렸다. 파월 동기이자 한 소대 한 분대에서 함께 싸웠던 윤 병장. 아니 그도 제대했으니까 민간인 윤준희다. 안재영은 제대한 지 한 달쯤 되었을 무렵 그를 만난 적이 있는데, 그때 그는 군대 오기 전 사촌형과 함께하던 고철 장사를 다시 한다며 무척 바쁜 듯했었다.

"난 또 누구라고… 나보고만 뭐라고 그러지 말고, 넌 왜 그동안 연락 한번 없었냐?"

"너하고 나하고 같애? 넌 팔자가 뻗쳐서 먹고 자고 놀다가 복학만 하면 그만이겠지만 난 달라. 월남에서처럼 총 들고 싸우는 건 아니지만, 죽어라고 뛰어야 먹고 살 수 있단 말야."

"그나저나 전화는 왜…?"

"당장 나와. 네놈 쌍판도 보고, 술이나 한잔 같이 하고 싶으니까…."

"지금 당장?"

안재영은 조금 망설였다. 윤준희의 전화가 반가웠고 모처럼 그를 만나고 싶기도 했지만, 왠지 오늘은 밖에 나가고 싶지 않았던 것이다.

“그래, 지금 당장. 나 말고 반가운 사람도 나오기로 했으니까 잔말 말고 빨랑 나와.”

“반가운 사람? 누군데?”

“그건 나와 보면 알아. 아마 너도 만나면 반가워할걸. 너 알지? 전에 우리가 만났던, 명동 그 다방… 7시까지 나오면 돼.”

찰카닥, 하는 소리와 함께 안재영의 의견은 묻지도 않은 채 전화는 끊겼다. 안재영은 잠시 난감해하다가 자기 방으로 돌아와 옷을 갈아입었다.

밖에는 제법 굵은 눈발이 바람에 날리고 있었다. 안재영이 다방에 들어서자, 구석진 자리에 있던 윤준희가 손을 번쩍 치켜들었다.

안재영이 다가가자 윤준희의 맞은편에서 뒷모습만 보이던 두 사내가 자리에서 일어서며 반색하며 손을 내밀었다.

“안 상병, 오랜만이야. 죽지 않고 살아서 돌아왔군.”

사복을 입은 그들을 보는 순간, 안재영은 깜짝 놀랐다. 뜻밖에도 그들은 파월 고참이자 안재영과 같은 소대에 있던 송중락 병장과 오인호吳仁鎬 상병이 아닌가.

반가웠다. 안재영은 그들이 내민 손을 덥석 잡으며 감격스러워했다.

“송 병장 님… 그리고 오 상병…”

그들은 마주 앉아 그동안의 안부를 물으며 월남에서 있었던 일, 옛 전우들에 관한 얘기를 나누었다. 안재영은 송 병장이 제대하여 청계천에서 덤핑 의류 가게를 하고 있다는 것, 오 상병 역시 제대하여 군대 오기 전에 다니던 제과 회사에 복직했다는 것, 함께 근무하던 누구누구는 결혼하고 지금은 뭘 하고 있는지를 전해 들었다.

송중락과 오인호는 윤준희로부터 소대장이었던 김 중위를 비롯하여 몇몇의 전우들이 그들이 월남을 떠나고 난 후에 전사하거나 부상당했다는 소식에 몹시 비통해했다.

한참 얘기 후 그들은 윤준희의 제의로 근처 족발집으로 몰려가 술을 마셨다. 안재영과 오인호는 말없이 얘기를 듣는 편이었고 예전에 월남에서 그랬던 것처럼 송중락과 윤준희는 죽이 맞아 호탕하게 떠들어 댔다.

"이봐, 윤 상병, 생각나? 퀴논에서 바 여자와 재미 보다가 총소리에 놀랬던 거…"

소주 몇 병을 비우고 났을 무렵, 송중락이 입가에 미소를 띠며 윤준희를 건너다보았다.

"그럼요, 그땐 정말 깜짝 놀랐습니다. 베트콩이 기습한 줄 알고 장가도 못 가고 죽나 보다 생각했죠. 오죽하면 아랫도리를 홀랑 벗은 채 총부터 찾았겠습니까? 글쎄, 그 계집아이는 놀라기는커녕 내 모습을 보고 죽어라고 웃는 거예요."

"하하하, 그래. 나 떠난 후는 어땠나? 요즘은 어떻게 하고?"

"제 버릇 개 줍니까? 그게 사는 재민데요…. 근데 진짜는 따로 있습니다. 조기 조 안 병장. 아니 안 상병 같은 놈 말입니다."

윤준희는 짓궂게 웃으며 턱짓으로 안 상병을 가리켰다. 순간, 잠자코 앉아 얘기를 듣고 있던 안재영의 얼굴이 벌겋게 달아올랐다. 송중락과 오인호는 다소 의외라는 듯이 안재영을 바라보았다. 안재영은 얼굴이 화끈거렸다.

"안 상병이?"

"송 병장님과 오 상병은 잘 모를 겁니다만, 송 병장님이 떠난 후로 부대에서 소문이 자자했죠. 맨날 편지가 오가고 외출 때마다 나가서 만나고, 부대까지 여자가 찾아오고…."

"그으래? 난 안 상병은 여잘 좋아하지 않는 줄로만 알았는데…."

송중락이 눈을 둥그랗게 뜨며 짐짓 놀란 표정을 짓자 윤준희는 피식 코웃음을 쳤다.

"세상에 여자 안 좋아하는 놈이 어딨습니까? 벼엉신 쪼다가 아니구선… 얌전한 강아지가 부뚜막에 먼저 올라간다는 말도 못 들어보셨읍니까? 옛말 그른 것 하나도 없습니다."

"마, 공연히 허튼소리 말어."

안재영이 윤준희를 향해 눈을 흘겼다. 윤준희는 지지 않고 맞받았다.

"그럼 아니란 말야? 언젠가는 날 따돌리고 여잘 만났다가 나한테 들켰고, 또 귀국 전엔 외박 나갔다가 다음 날 아침에야 어슬렁어슬렁 기어들어 왔잖아? 난 눈빛만 보면 대번에 안다구."

"……."

안재영은 아무런 대꾸도 않고 단숨에 술잔을 비웠다. 구태여 변명하고 싶지 않았다. 또 귀국 전 외박 나가 빈과 잠을 잔 것은 사실이었지 않은가.

송중락이 어색해진 분위기를 무마하려는 듯 안재영의 빈 술잔에 소주를 가득 따라 붓고는 자기의 잔을 높이 치켜들었다.

"자, 자… 그런 얘긴 그만두자구. 여자랑 잤으면 어떻고 안 잤으면 또 어때? 오늘 이 자린 우리 옛 전우들이 살아서 다시 만난 자리야. 기분 좋게 술이나 들자구."

술잔이 두어 잔 더 돌자, 어색하던 분위기는 이내 가셨다. 그러나 애기는 왠지 시들해졌고, 술도 거의 바닥이 났다. 윤준희가 눈 내리는 유리창 밖을 흘끗 보고 있더니 건너편에 앉은 송중락의 코앞에 얼굴을 바싹 들이대었다.

"송 병장님, 이제 분위기를 좀 바꿔보는 게 어떻겠습니까? 찬성이겠죠?"

"……."

"시시하게 이런 데서 노닥거리고 있을 게 아니라 여자들 있는 곳으로 자리를 옮기자, 이겁니다. 이거야 원, 청승맞고 맹숭맹숭해서 술맛이 나야 말이죠. 마침 제가 잘 아는 단골 매미집이라고 있는데, 제법 반반한 계집들이 많아요. "

"… 거기가 어딘데?"

송중락이 눈빛을 빛내며 침을 꼴깍 삼켰다.

"천호동, 여기서 거리가 좀 멀긴 하지만, 주당 색골이 그런 것 따집니까? 술맛 좋고 분위기 좋으면 천 리 길이라고 마다하겠습니까? 택시 타고 가면 금방입니다."

"어때? 마음 있어?"

송중락이 안재영과 오인호에게 묻자 윤준희가 얼른 끼어들었다.

"쟤들이 뭐 부처님 가운데 토막이라도 되는 줄 아십니까? 반대하게… 그런 건 묻는 게 아닙니다. 그냥 데리고 가는 겁니다."

그러자 족발 조각을 씹고 있던 오인호가 빈정거리듯 대꾸했다.

"새끼… 고철 장사해서 돈 좀 번 모양이구나. 큰소리 탕탕 치는 걸 보니… 월남에서 부서진 탱크 주워다 팔아먹었나? 아무튼 좋아, 가자구. 오늘 같은 날, 싸늘한 하숙방에 들어가는 것보다야 따끈한 매미집 아랫목에서 술 한잔하는 게 백번 나을 테니까 말야.”

“탱크 팔아 처먹었으면 벌써 노났게? 이건 맨날 쪼무라기 고철뿐이
니… 하지만 고철 장사도 보기보다는 괜찮다는 거. 신사복에 넥타이나
매구 거들먹거리는 월급쟁이 놈들보다, 어쩌면 더 실속이 있지. 이래 보
여도 난 사장이니까….”

그들은 화기 있게 큰소리를 내뱉으며 족발집을 나섰다.

안재영은 별로 마음이 내키지 않아 머뭇거렸지만, 윤준희가 등을 떠
미는 바람에 잠자코 그들을 따라갔다.

거리에는 눈이 제법 쌓여 있고, 더 굵어진 눈송이가 소리 없이 내리고
있다. 휘황찬란한 불빛이 번들거리는 명동거리에는 수많은 젊은이가 오
가고 있었다. 팔짱을 낀 젊은 연인, 술 취한 사내들, 그리고 아가씨들….

“제법 예쁜데… 우리 쟤들이나 한번 꼬셔볼까?”

젊은 여자 셋이 깔깔거리며 곁을 스쳐 지나자, 오인호가 곁눈질하며
윤준희에게 속삭였다. 윤준희는 아예 그쪽은 쳐다보지도 않고 퉁명스럽
게 대꾸했다.

“관둬. 쟤들, 별 볼 일 없다구. 돈 들고 시간 걸리고… 맘에도 없는 말
로 사탕발림하자면 골치만 아파. 그러고도 호락호락 넘어가는 줄 알아?
호주머니만 홀라당 털어먹고 나선 언제 봤냐는 듯 내빼기 일쑤라구.”

크리스마스가 며칠 남지 않았음을 만천하에 들려주려는 듯 길가의
레코드 가게에서는 크리스마스 캐럴이 울려 퍼지고 있었다. 성경책을 가
슴에 안은 중년 사내가 눈을 맞으며 길 복판에 서서 ‘예수를 믿으라’ ‘회
개하라’라며 목청껏 외치고 있었다.

그들은 명동성당 쪽 언덕을 넘고, 길을 건너 을지로 2가에서 택시를

잡으려고 했다. 그러나 택시를 타려는 사람은 많은데 좀처럼 빈 택시는 눈에 띄질 않았다. 검은색 외투를 입은 젊은 여자가 발을 동동 구르며 벙어리장갑 낀 손을 호호 불면서 길가에 서 있었다. 그녀 곁에서는 상병 계급장을 단 군인 하나가 지나는 택시들을 향해 손짓을 해 대고 있었다.

안재영은 문득 그녀의 모습에서 언젠가 부대로 면회 왔던 소희가 떠올랐다. 이맘때였을 거야. 소희가 나를 면회 왔던 때가… .

택시 한 대가 그들이 서 있는 데에서 얼마 떨어지지 않은 곳에 멎더니 타고 있던 신사가 내렸다. 윤준희와 상병 계급장을 단 군인이 거의 동시에 달려가 택시의 앞뒷문 손잡이를 하나씩 붙들었다. 앞문 손잡이를 붙든 윤준희가 군인을 향해 점잖게 말했다.

"양보하쇼. 우린 월남에 갔다 온 지 얼마 안 된 피곤한 사람들이니까. 그리고… 여잔, 이렇게 빨리 보내는 게 아니오."

그는 택시 앞문을 열고는 앞좌석에 털썩 주저앉았다. 군인은 다소 언짢아 보였으나 그의 앞으로 다가오는 송중락과 오인호를 보고는 말없이 손잡이를 놓고 말았다.

택시는 을지로와 신당동을 지나 빠른 속력으로 달려갔다. 택시 안에서도 윤준희는 몸을 뒤쪽으로 돌리고 앉아 자못 의기양양한 표정으로 지금 가는 술집의 여자들이 제법 반반하게 생겼다느니 하며 떠들어댔고, 송중락은 연신 키득거리며 윤준희 말에 맞장구쳤다. 광진교를 건넌 택시는 천호동 사거리 근처에서 멎었다. 거리는 활기가 넘쳐흘렀고, 번듯번듯한 건물도 제법 눈에 띄었다. 눈은 뜸해졌다.

앞장선 윤준희를 따라 시장 골목을 지나 얼마쯤 가니 또다른 골목이 나타났다. 골목 양쪽에는 그만그만한 술집들이 도열하듯 늘어서 있었다. 골목 안으로 들어서자 '미인집'이란 간판이 붙은 술집에서 화장을 짙게 하고 한복을 입은 여자 둘이 쪼르르 달려 나오며 그들에게 매달렸다. 윤준희는 자기의 팔목을 잡아끄는 그녀들의 손을 홱 뿌리쳤다.

"미인 좋아하네. 네들이 미인이면 세상에 미인 아닌 여자 없게? 이 손 놔… 우린 임자 있는 몸이란 말이야."

"임자가 뭐 따로 있나? 하룻밤 껴안고 뒹굴면 임자 되는 거지. 자기가 뭐, 성춘향 찾아가는 이 도령도 아닐 테구… 끝내 줄게. 나, 여기 온 지 한 달밖에 안 됐어."

"한 달 좋아하시네. 두 달 전에도 여기 있어 놓구… 그리고 이런 데 있는 애들 쳐놓고 온 지가 한 달 넘었다는 애가 어딨냐?"

그들이 따라올 기미를 보이지 않자 여자들은 눈을 흘기며 이내 돌아섰다.

윤준희는 개선장군마냥 당당한 모습으로 앞장섰다. 그 뒤를 안재영은 조금 위축되어 뒤처져서 걸었다. 요염한 불빛이 일렁이는 술집 안 유리창 가에는 짙은 화장에 미니스커트를 입은 여자들이 쇼윈도의 마네킹처럼 앉아 있었다. 눈 내린 유리창 밖을 보고 있거나, 몸을 웅크리고 있거나 허공에 담배 연기로 동그라미를 만들거나 저희끼리 깔깔거리고 있거나 그 모습은 각양각색이었다. 그러다가도 사내들이 지나가면 온갖 모양으로 유혹하고 있었다. 미소를 지으며 들어오라는 손짓을 하고, 슬리퍼를 질질 끌며 달려 나가 매달리기도 했다. 껌을 질겅이고 있던 여자는 스커트를 치켜들어 허연 허벅지를 보이기도 했다. 그런 그녀들을 보며 안재영은 왠지 슬픈 생각이 들었다.

윤준희는 팔에 매달리는 여자들을 능숙한 말솜씨로 받아넘기며 골목 안으로 계속 들어갔다. 어디선가 젓가락 두드리는 소리와 유행가 가락이 흘러나오고 있었다. 황홀한 듯한 표정으로 골목 양쪽을 두리번거리며 걷던 송중락은 안달이 났다.

"어딜 자꾸만 가는 거야? 여기도 괜찮은 곳이 많은데… 더 가면, 처녀라도 안겨 줄 거야?"

윤준희가 뒤를 돌아다보더니 피식 웃었다.

"욕심도 참 많으십니다. 이런 데서 처녀를 찾게… 설마 우물가에 가서 숭늉 찾으시는 건 아니겠죠?… 너무 안달 마십쇼. 이젠 다 왔으니까…."

그는 손가락 하나를 뻗어 전신주 옆에 있는 술집을 가리켰다. '칠공주집'이라는 간판이 붙은 술집이었다.

"칠공주집? 거, 이름이 괜찮은데? 여자도 많은 것 같구…."

"많긴요… 셋밖에 없어요. 딴 데서 꾸어 와야 일곱이란 뜻이죠." 그들이 '칠공주집' 가까이 이르렀을 때 그 '칠공주집' 건너편에 있는 술집 안에서 사람들이 웅성거리는 것이 보였다. 술집 여자들이 술 취한 사내들의 멱살이며 머리띠를 움켜쥐고는 술값을 내놓으라고 손가락질과 욕설을 퍼부어 대는 중이었다.

'칠공주집' 유리문을 드르륵 열자 유리 창가에 옹기종기 앉아 건너편 술집에서 벌어지는 광경을 넋 잃은 듯 보고 있던 여자들이 자리에서 일어서며 반색했다.

빨간색 미니스커트 위에 검은색 스웨터를 받쳐 입은 여자가 미소를 지으며 달려 나오더니 윤준희 목에 매달렸다. 곱상한 얼굴에 까무잡잡한 피부를 한 여자였다.

"어머, 자기! 얼마나 보고 싶었다구. 그동안 왜 안 왔어?"

그녀가 코맹맹이 소리로 간지러울 정도의 아양을 떨어대자 윤준희는 만족스러운 표정을 지으며 그녀의 큼지막한 엉덩이를 손바닥으로 탁 치며 대꾸했다.

"네가 내 마누라냐? 매일 밤 오게… 마누라래도 매일 밤은 오지 못하겠다."

그때 방문이 와락 열리며 오십 대의 뚱뚱한 여인이 둔한 몸짓으로 나왔다. 술집 주인 여자였다. 윤준희의 목에 매달렸던 여자가 고개를 돌리며 자랑스럽게 말했다.

"엄마, 윤 서방 왔우…."

그러자 윤준희는 여자의 몸을 가볍게 밀쳐 내고 주인 여자 앞으로 다가가며 너스레를 떨었다.

"장모님, 저 왔수다. 공짜 씨암탉 잡아 달라는 소린 안 할 테니, 오늘 밤 멋들어지게 놀 수 있게나 해 주슈. 오늘 밤 모시고 온 손님들은 나하고 월남에서 생사고락을 같이한 나의 전우들이라구요."

주인 여자는 조금 어색한 표정으로 웃고 나더니 엉거주춤한 자세로 서 있는 여자들에게 방을 빨리 치우라고 다그쳤다. 여자들은 재빨리 방으로 뛰어 들어가서 상을 편다, 행주질을 한다, 방석을 꺼낸다 하며 법석을 피웠다.

그동안 윤준희 일행은 두 평 남짓한 홀에 있는 난롯가에 모여 서서 담배를 뻐끔거리며 길 건너편 술집을 재미있게 바라보았다. 잔뜩 주눅이 든 사내 셋이 시계며 양복 따위를 벗어 그 집주인 여자인 듯한, 깡마른 여인에게 내주고 있었다. 송중락이 담뱃재를 난로 위에 툭툭 털며 한 마디 불쑥 내뱉었다.

"꼴 좋다! 꼭 털 뽑히는 수탉 같구나. 쌔끼들, 머리에 피도 안 마른 자식들이 남자 망신 다 시키고 있어… 저런 놈들은 그저 월남에 가서 빡빡 기어봐야 정신을 차린다니까. 못난 놈들!"

윤준희도 빠질세라 한마디 거들었다.

"그러게 말입니다. 군기로 팍 정신자세를 바꿔 놓아야 한다니까요. 미련한 놈들 같으니라구."

이윽고 여자들이 방 안으로 들어오라고 소리쳤다. 맨 먼저 방 안으로 들어서던 윤준희의 눈이 갑자기 휘둥그레졌다. 그의 표정을 재빠르게 눈치챈, 아까 윤준희를 반겼던 여자가 방 안을 휘둘러보며 물었다.

"갑자기 왜 그래요. 서방님?"

"없잖아?"

"없다뇨? 뭐가 없다는 거예요?"

"미스 윤 말야. 걔가 있어야 짝이 맞을 게 아냐? 그만뒀어? 어떻게 된 거야?"

여자가 긴장되었던 표정을 풀며 배시시 웃었다.

"난 또 뭐라구… 그만 간 떨어질 뻔했잖아요. 설마하니 우리가 윤 사장님의 귀한 손님을 ×알만 쥐고 앉아 있도록 하겠어요? 아이, 걱정 마세요. 곧 올 테니까…."

"어딜 갔는데? 벌써 손님 따라 나갔어?"

"윤 사장님도 참… 약 사러 갔어요. 걘 두통약 없이는 하루도 못 사는 애예요."

"젊은 년이 뭐 신경 쓸 일이 많다고 허구헌 날 두통약을 먹누? 하긴 지난번에도 병든 닭마냥 축 처져 있더군. 걘 인물도 괜찮고 몸매도 제법 빠졌지만, 재미가 없어. 노랠 부르래도 부르지 않고, 치마폭만 들춰도 기겁을 하고, 한참 흥 나는데 멍청히 앉아 있구… 걔, 혹시 기둥서방 숨겨놓고 있는 거 아냐?”

“어머, 사람 없다고 함부로 말해도 되는 거예요? 개한테 빠져, 오는 손님이 한둘이 아니라구요. 그보다도… 개 없다구 술 못 마시는 것 아니니까 앉기나 하세요.”

윤준희 일행이 자리에 앉자 여자들은 자신을 미스 오, 미스 김, 미스 강이라고 소개했다. 윤준희와 안재영이 앉은 사이에 미스 오가 송중락과 오인호 곁에 미스 김과 미스 강이 끼어 앉았다.

기실 미스 오는 윤준희의 고정 파트너였으므로 결국 안재영만 파트너가 없었다. 그것을 무마시키려는 듯 미스 오는 얼른 술 주전자와 술잔을 갖고 오더니 안재영에게 웃음을 흘리며 술을 따라 주었다.

“어머, 미남이셔라. 우선 제 술부터 한잔 받으세요. 조금 있으면 저보다도 훨씬 근사한 파트너가 올 거예요. 그때까지 제가 파트너 해 드릴게요. 너무 섭섭해 마세요.”

안재영은 말없이 잔을 받았다.

윤준희가 미스 오의 드러난 허벅지를 손가락으로 쥐어틀며 짐짓 화난 듯이 말했다.

“요게! 서방 곁에다 놔두고 한눈팔고 있어? 너, 한눈팔면 어떻게 되는 줄 알지?”

“뭐, 밤새도록 잠 못 자고 시달리기밖에 더하겠어요? 그래도 전, 일편단심 민들레예요. 말 잘 갈아타는 정치인들보담 백번 낫다구요.”

윤준희와 미스 오의 능숙한 노닥거림에 좌중에는 폭소가 터졌다. 일

순 분위기는 부드러워졌다. 잠시 점잔을 빼던 송중락과 오인호도 잔이 철철 넘치도록 술을 따라주며 비위를 맞춰 주는 여자들과 제법 호기 있게 노닥거리기 시작했다. 송중락이 얼굴 가득 미소를 지으며 술잔을 들어 올렸다.

"자, 자… 지방방송을 잠시 끄고, 우리 화끈하게 한 잔씩 마시자구. 자 부라보!"

그들은 잔에 담긴 술이 튕겨 오르도록 세차게 술잔을 부딪히며 건배했다. 그들이 술을 단숨에 쭈욱 들이켜자, 여자들은 왕을 모시는 궁녀처럼 젓가락에 집어 들고 있던 안주를 잽싸게 그들의 입에 넣어 주었다. 새끼 제비처럼 입을 쫙 벌리고 안주를 받아먹고 난 오인호가 입을 우물거리며 말했다.

"햐, 고맛 괜찮은데… 요런 맛에 방석집엔 오는 거로군."

여자들도 남자들이 따라주는 술을 넙죽넙죽 잘들 받아 마셨다. 그러면서 여자들은 안주로 오른 구운 오징어며 땅콩, 계란말이, 양념조개를 부지런히 집어다 먹었고, 미스 오는 빈 접시가 나기가 바쁘게 상 아래로 내려놓았다.

"자기, 나 통닭 한 마리 먹음 안돼? 시원한 배도 먹고 싶구…."

"요게 또 매상 올리려고 수작 부리네. 그만 좀 처먹어. 허구헌 날 처먹으면서도 또 무슨 먹는 타령이야?"

"내가 먹는 게 아까워서 그래? 상 좀 봐. 먹을 게 아무것도 없잖아? 난 저녁도 안 먹었단 말야. 그리고 매상고를 못 올리면 울 엄마한테 혼난단 말야. 자기 내가 혼나도 좋아?"

"씨팔, 또 마음 약하게 만드네…. 알았어. 그럼 통닭 한 마리하고 배 한

접시만 더 시켜.”

“어머, 멋쟁이! 이래서 윤 사장님이 마음에 쏙 든단 말야.”

뾰로통하던 미스 오가 이내 밝아지더니 윤준희의 목을 와락 끌어안고 볼에다 키스를 해 댔다. 사내들과 여자들이 그 광경을 보고 까르르 웃었다. 한복을 입은 미스 김의 어깨를 껴안고 있던 송중락이 부러운 듯한 시선으로 바라보더니 말했다.

“저러니까 예까지 오자구 했구나. 씨이팔, 우리라구 뭐 하지 말란 법도 없지.”

송중락은 말을 마치자마자 두 손으로 미스 김의 얼굴을 붙잡고는 그녀의 입술에 마구 키스를 퍼부었다. 미스 김은 잠시 당황해하며 입술을 오무렸으나 이내 태연하게 그의 키스를 받아주었다. 다시 폭죽처럼 우렁찬 폭소가 터졌다.

한차례 폭소가 가라앉자 오인호가 좌중을 둘러보며 목소리 톤을 높여 말했다.

“안줏발도 좋고 키스도 좋습니다만, 그보다도 먼저 흥이 나야 할 게 아닙니까. 흥이… 그리고 흥이 나자면 젓가락 장단에 맞춰 뽕짝을 부르는 게 최고다, 이겁니다. 그런 의미에서 제가 한 곡조….”

오인호는 상 위에 놓인 빈 소주병을 마이크 삼아 입에 갖다 대고는 오기택의 ‘고향 무정’을 부르기 시작했다. 그러자 기다리고 있었다는 듯 박수와 환호성이 터져 나왔다. 여자들은 젓가락을 들어 숙달된 솜씨로 장단을 맞췄다. 윤준희는 얼른 빈 술병에 숟가락을 꽂아 넣더니 흥겹게 흔들어 댔다.

구성진 목소리로 오인호가 노래를 부르자 이번에는 미스 김이 질 수 없다며 바통을 이어받아 노래를 불렀다. 한창 유행하는 남진의 '가슴 아프게'였다.

"당신과 나아 사이에~ 저 바다가 없었다면 쓰라아린 이벼얼만은 없었을 거엇을…."

노래를 듣는 순간, 안재영은 불현듯 빈이 떠올랐다. 노래의 가사가 자기의 심정을 대변하고 있다는 생각도 들었다. 한국과 월남을 갈라놓고 있는, 그 널따란 바다. 그 바다를 사이에 두고 나와 빈은 떨어져 있고, 서로 애타게 그리워하고 있다. 하지만… 빈과 나를 갈라놓은 것은 단순히 바다 때문만은 아닐 것이다. 그리고 바다 때문에 우리가 다시 만나지 못하고 있는 것도 아닐 것이다. 빈과 나 사이에는 바다보다도 더 큰, 어떤 장벽이 있다.

그것이 무엇일까. 내가 빈을 그리워하면서도 선뜻 달려가지 못하고, 빈이 나를 그리워하면서도 선뜻 달려올 수 없는 것은 무엇 때문일까. 국적과 풍습의 차이, 전쟁, 장래 문제, 집안에서 반대할 것 같은 두려움 때문일까? 그것도 아니면 도대체 우리 둘을 선뜻 다가서지 못하게 하는 장벽은 무엇이란 말인가….

"이봐요, 아저씨… 취했어요?"

옆에서 누군가가 그의 몸을 가볍게 흔들었다. 미스 오였다. 안재영은 얼른 고개를 쳐들었다. 어느새 노래가 끝났는지 좌중의 시선은 그에게로 몰려왔다.

"왜 그렇게 고개를 푹 수그리고 있어요? 말도 없고… 여자가 없어서 그래요?"

"내버려 둬. 그 친구는 종종 그럴 때가 있으니까. 남진의 '가슴 아프게'를 들으니까 바다 건너 월남에 두고 온 애인 생각이 나는 모양이야.”

윤준희의 이 말에 미스 오는 깜짝 놀라는 시늉을 했다.

“어쩜, 우리 미스 윤과 비슷하기도 해라. 걔도 라디오에서 무슨 꼬부랑 음악만 흘러나오면 저렇게 센티해지던데….”

“잘 됐지, 뭐… 노래 들으며 고독 씹길 좋아하는 사람끼리 파트너가 됐으니까… 그나저나 앤 왜 안 와? 약국이 어디길래 우리가 들어온 지 30분이 넘도록 안 오는 거야? 너, 혹시 공갈친 거 아냐?”

미스 오가 뭔가 얘기를 하려고 할 때 바깥 유리문이 열리는 소리가 났다. 곧이어 주인 여자의 앙칼진 목소리가 들렸다.

“어딜 쏘다니다 이제야 오는 거얏! 손님들이 버얼써 와 있는데… 난 돈이 하늘에서 쏟아져서 네들 먹여 주고 재워 주고, 입혀 주는 줄 알앗! 대체 어딜 갔다 이제야 어슬렁어슬렁 기어들어 오는 거야?”

“죄송해요. 엄마… 머리가 아파서 약 좀 사 먹고 조금 걷다가 들어오느라 늦었어요.”

겁먹은 여자의 음성이 창호지로 된 방문을 가느다랗게 울렸다.

“이런 못난 것 같으니라구… 네가 무슨 사춘기 처녀라고 눈 맞고 돌아다녀! 술집엘 왔으면 술 팔구 웃음 팔아 돈이나 벌 일이지… 어서 들어가지 못햇! 파트너 없는 손님이 계시단 말야… 지난번처럼 손님이 심하게 군다고 눈물 질질 짜며 뛰쳐나오지 말구…”

잠자코 앉아 있던 미스 오가 자신의 허벅지를 더듬고 있는 윤준희의 손을 살짝 치우고는 밖으로 나가 미스 윤을 데려왔다.

“죄송해요. 흥을 깨서… 미스 윤이라고 해요.”

방 안으로 들어선 미스 윤이 사과의 말을 했다. 방문 건너편 쪽에 앉아 있던 송중락과 오인호는 고개를 쳐들면서 그녀를 흘낏 바라보았고 방문 쪽에 있던 윤준희도 몸을 돌리고는 그녀에게 어서 가 앉으라는 시늉을 했지만, 안재영만은 고개를 돌리지 않았다. 묵묵히 앞에 놓인 술잔만 바라보고 있을 뿐이었다.

"얘, 저쪽으로 가서 앉아. 점잖은 손님이야. 너하곤 아주 잘 맞는 것 같아."

미스 오가 미스 윤의 등을 조금 떠밀었다.

미스 윤은 수줍어하는 양 고개를 약간 숙인 채 안재영의 곁에 앉았다. 안재영은 얼핏 스친 그녀의 옆모습이 어디서 본 듯하다는 생각이 들었지만, 그녀를 자세히 볼 생각은 하지 못했다. 그럴 마음이 전혀 나지 않았다.

바닷속처럼 가라앉은 분위기를 부추겨 올리려는 듯 윤준희가 다소 과장된 몸짓을 써 가며 능청을 떨었다.

"드디어, 짝 잃은 기러기처럼 외롭던 우리의 호프 안재영 군에게 천사 같은 미인이 나타나셨습니다. 여러분 저 두 사람을 눈여겨보십시오! 얼마나 잘 어울리는 한 쌍입니까? 수줍어 얼굴도 제대로 못 드는, 저 순진한 모습, 첫날밤 맞는 새신랑, 새색시 같지 않습니까? 자, 그런 의미에서 박수와 건배를!"

요란한 박수 소리가 방 안을 진동시켰고 좌중에는 웃음이 넘쳐흘렀다. 윤준희는 손가락을 꼬부려 입 속에 집어넣고 휘파람을 불어 대며 흥을 돋웠다.

"죄송해요. 늦게 와서… 제 술 한 잔 받으세요…."

미스 윤이 가느다란 목소리로 사과하며 술주전자를 들어 안재영의 술잔에 술을 따랐다. 안재영은 술잔을 들어 술을 받으며 그녀의 얼굴을 흘 끗 보았다. 순간, 안재영은 외쳤다.

"아, 아니? 넌…."

안재영의 입에서 비명이 터져 나오며 들고 있던 술잔을 떨어뜨렸다.

이어 미스 윤이 감짝 놀라며 입술을 파르르 떨었다. 그녀의 손에 들려 있던 술주전자가 힘없이 떨어지더니 상위에 나뒹굴었다.

"소희… 소희가 맞지?"

안재영은 두 손으로 윤의 양어깨를 잡고 흔들며 소리쳤다. 미스 윤은 그 자리에 쓰러지며 흐느꼈다.

분명 소희였다. 얼굴에 짙은 화장을 하고 안색이 창백하긴 했지만, 그 녀는 분명 소희였다. 갸름한 얼굴, 맑고 시원스러운 두 눈, 오뚝한 콧날 과 자그마한 입술, 발그스름한 볼, 윤기 나는 긴 머리칼, 갸날픈 몸매, 발 랄하면서도 수줍음을 잘 타던 그 소희다. 내가 사랑했고 나를 사랑했 던, 당연히 결혼하리라 믿었던 그 소희. 나의 섹스 요구를 거부하다 나 중에는 스스로 옷을 활활 벗어 던지던 그 소희. 치한들에게 순결을 빼 앗기고 가출하여 내 곁을 떠나 버린, 나로 하여금 세상을 비관하여 급기 야는 전쟁터로 달려가게 했던 그 소희, 그 많은 날 동안 나의 가슴 속에 서 맴돌던 그 소희. 그러나 이제는 나의 가슴 속에서 서서히 잊히고 있 던 그 김소희다. 그토록 사랑했고 보고 싶던 그 소희가 지금 내 눈앞에 나타났다. 그런데 난 조금도 기쁘지 않다. 왜 이리 가슴이 찢겨 나갈 듯 이 슬프기만 할까….

"왜들 그래? 두 사람이 서로 아는 사이야?"

사람들의 눈이 휘둥그레진 가운데 윤준희가 소리쳤다. 안재영과 미스 윤, 아니 김소희는 아무런 대꾸도 없었다. 그들은 그저 서로를 얼싸안은 채 눈물만 흘리고 있었다.

그렇게 얼마나 흘렀을까. 소희가 갑자기 휙 몸을 빼더니 양손으로 얼굴을 감싼 채 돌연히 밖으로 뛰쳐나갔다.

"소희! 왜 그랫? 어딜 가는 거얏!"

안재영은 자리를 박차고 일어나 소희를 뒤쫓아 달려 나갔다. 소희는 술집 밖에 있는 전신주를 붙들고 어깨를 들먹이며 흐느끼고 있었다. 전신주에 매달린 전등의 불빛이 청바지에 빨간색 스웨터 차림에 신발도 신지 않은, 그녀를 환하게 비추었다.

안재영은 다가가 그녀에게 손을 살며시 얹었다. 이럴 땐 어떻게 해야 하는 것일까. 하늘이 원망스러웠다. 안재영은 그녀의 어깨를 감싸며 힘차게 껴안았다. 그녀의 서러움이 손끝을 타고 짜르르 전해지고 있었다. 소희야! 내가 그렇게도 찾던 소희를 이런 곳에서 만날 줄은 정말 몰랐다. 바보다. 넌 바보야!

지붕이든 골목이든 온통 하얀 눈으로 뒤덮여 있는데, 전신주 꼭대기에 쌓인 눈이 바람에 흩날리며 가루가 되어 쏟아져 내리고 있었다.

슬픈 재회

통금시간이 지난 걸까. 가까운 곳에서 발자국 소리가 요란히 일더니 방범대원의 호루라기 소리가 어지럽게 귀를 파고들었다.

안재영과 소희는 '칠공주집'에서 얼마 떨어지지 않은 여관방에서 마주 앉아 있었다. 안재영이 전신주 곁에 서서 흐느끼던 소희를 끌다시피 하여 데려온 것이다.

"소희, 이게 얼마 만이야?"

연거푸 담배 두 개비를 피우고 난 안재영이 소희를 건너다보며 나직이 말했다. 격앙되었던 마음은 어느 정도 가라앉아 있었다. 하지만 그의 목소리는 가늘게 떨리고 있었다.

"……."

소희는 대답이 없었다. 서럽게 울부짖던 그녀의 울음은 어느새 조용한 눈물로 변해 있었다. 그녀는 고개를 수그린 채 애써 눈물을 삼키고 있었다.

"왜 이렇게 됐어? 소희가 왜 이렇게 됐느냐구?"

안재영의 목소리는 조금 높아졌다. 그러나 소희는 여전히 대답이 없었다. 안재영은 다시 새 담배에 불을 붙이며 말했다.

"소희가 내게 보낸 편지는 보았어. 오빠가 전해주더군. 오빠한테 대충 얘기도 들었고… 그 얘길 듣고 얼마나 분통이 터졌는지 몰라. 당장 그놈들을 찾아내 갈기갈기 찢어 죽이고 싶었어. 소희의 충격은 얼마나 컸겠어. 그 심정 충분히 헤아릴 수 있어. 하지만 이게 뭐야? 왜 집을 나와 이런 생활을 하는 거야? 이런다고 불행했던 과거가 지워지는 것도 아니잖아? 불행했던 과거는 잊어버려. 그리고 어서 집으로 돌아가."

"난 돌아갈 수 없어."

고개를 조금 쳐들며 소희가 비로소 입을 열었다. 나지막하긴 했지만 또렷한 음성이었다.

"왜? 왜 집에 돌아갈 수 없다는 거야? 창피해서?"

"그래, 그런 것도 있어. 죽지 못하고 이렇게 살고 있는 것도 창피한데 어떻게 집으로 돌아가겠어! 난 더럽고 타락한 여자야. 그놈들에게 짓밟히던 날, 이 소희는 죽은 거나 다름없어. 이제 난 아무한테나 몸을 파는 여자가 됐단 말야."

아직도 그녀의 가슴 속에 증오심이 끓어오르고 있는 걸까.

'그놈들'이라고 할 때 그녀의 눈에서 살기가 번뜩이는 듯했다. 그러나 말을 끝내고는 다시 눈물을 글썽였다.

"왜 그렇게만 생각해? 그 일은 일어나지 말아야 할 일이었어. 하지만 그 일이 일어났어. 그건 어쩔 수 없는 불행이었어. 그렇다고 그 불행에 계속 몸을 담그고 있으면 너만 아프고 고통스러울 뿐이야. 이제 잊어버리고 새출발 해. 아직까지도 이러는 건 스스로를 힘들게 할 뿐이야."

이렇게 말하면서도 안재영은 스스로의 말에 모순을 느꼈다. 그 역시 소희가 순결을 빼앗겼다는 사실에 분노한 나머지 파월을 자원하여 스스로를 위험에 빠트리지 않았던가. 소희가 안재영 앞에 놓인 담뱃갑에서 담배 한 개비를 뽑아 입에 물었다.

안재영은 흠칫 놀랐다. 술집 여자가 된 그녀가 담배를 피운다는 것은 놀라운 일이 될 수 없었지만, 적어도 안재영에게는 충격이었다. 그러나 그는 잠자코 라이터를 켜 담배에 불을 붙여 주었다.

소희는 담배를 깊숙이 빨더니 담배 연기를 길게 내뿜었다. 짙은 화장을 한 얼굴에다 전혀 어색하지 않게 담배를 피우는 그녀를 보면서 안재영은 문득 그녀가 여느 술집 여자와 다를 바 없다는 생각을 했다.

"자기 말대로 내가 치한들한테 순결을 빼앗긴 것은 어쩔 수 없는 불행이었는지도 몰라. 하지만 그 불행은 나에게 더 큰 불행을 안겨 주었어."

"더 큰 불행?"

"그래. 그것은 나의 이제까지의 모든 희망과 미래를 송두리째 짓밟아 놓은, 나에게는 가장 큰 불행이었어."

"……?"

그녀의 말을 선뜻 알아차릴 수 없어 안재영은 가만히 있었다.

"그것은… 자기와 나의 결혼, 우리의 사랑, 우리의 미래가 그 일순간의 불행 때문에 여지없이 파괴되어 버렸다는 사실이야. 모든 희망과 미래가 철저히 파괴된 이 마당에 내가 할 수 있는 일이 뭐 있겠어?… 자학뿐이야. 스스로 희망과 미래를 지키지 못한 나는 철저히 짓밟히고, 멸시당하고, 저주받아야 해. 그래야 나의 잘못을 조금이라도 용서받고, 위로받을 수 있다고 생각해."

비로소 안재영은 그녀의 말뜻을 알아차릴 수 있었다. 수긍도 갔다. 어떤 면에서는 그 자신과 소희가 방법만 다를 뿐 불행을 스스로 더 큰 불행의 늪에 빠트리려 했다는 점에서는 일치했다. 그러나 다른 한편에서는 강한 반발심이 솟구쳐 올랐다.

"소희의 심정은 알겠어. 그렇지만 우리의 사랑과 결혼을 가로막는 것이 꼭 소희의 불행 때문이라고만 볼 수 없어. 나도 소희와 같은 생각으로 월남 파병을 자원했더랬어. 폭력을 폭력으로 응징하는 전쟁터에 가면 분노가 가라앉을 줄 알았지. 그곳에서 고생하다 죽거나 다치는 것이 마음속의 고통을 잊고 오히려 통쾌할 것이라는 생각도 했어. 하지만 그런 걸로는 마음속의 고통을 다 가라앉힐 수 없었어. 아마 그건 소희도 잘 알고 있을 거야. 타락한 생활이 어떤 위안도 줄 수 없다는 것을 말야. 마음속의 고통을 가라앉혀 주는 것은 타락이나 자학이 아니라 사랑이야."

말을 듣던 소희는 크게 놀라며 안재영을 바라보았다. 이 사내 뭔가 달라졌구나! 이 사내는 마음속의 고통 같은 것을 다 가라앉힐 수 있다고 자신 있게 말하고 있다.

그것은 사실이다. 스스로를 괴롭히는 것으로 분노와 절망을 몰아낼 수 없었다. 대신 이 사내는 분노나 증오, 마음의 고통을 가라앉혀 주는 것은 타락이나 자학이 아니라 사랑이라고 하고 있지 않은가. 그렇다면 이 사내에게 새로운 애인이라도 생겼단 말인가. 내가 그토록 사랑하던 이 사내에게 분노나 증오심, 마음속의 고통을 가라앉혀 주고, 자학보다는 사랑이 훨씬 더 훌륭하다는 것을 일깨워 준 여자가 있단 말인가.

소희는 가벼운 현기증을 느꼈다. 잠시 침묵이 흐른 끝에 소희가 입을 열었다.

"분노나 증오심, 마음속의 고통을 가라앉혀 주는 것이 자학이 아니

라 사랑이라는, 자기의 말이 어쩌면 맞는 것인지도 몰라. 하지만 자기
와 난 달라"

"다르다니? 나와 소희가 뭐가 다르단 말야?"

얼핏 소희의 얼굴에는 씁쓰레한 미소가 스쳐 지나갔다.

"자긴 사랑이 위대하다는 것을 깨닫게 되었는지 모르지만, 나에겐 그
런 사랑이 없어. 나의 마음을 가라앉혀 주고 자학보다는 사랑이 위대하
다는 걸 가르쳐 줄, 그런 사랑이 내겐 존재하지 않는단 말야. 나에겐 오
직 폐허 같은 가슴과 철저히 파괴되고픈 절망만이 남아 있을 뿐이란 말
이야."

"왜 그렇게 비관적인 소리만 해? 폐허 속에서도 꽃은 피는 법이야. 설
령 소희의 가슴이 지금 황폐해 있어도, 언젠가는 그 가슴 속에서도 사
랑이 싹틀 거야."

"흥, 언젠가는 황폐한 내 가슴 속에서도 사랑이 싹틀 거라구. 그건 거
짓말이야. 더럽게 짓밟히고 뿌리째 사랑이 뽑힌 가슴에 누가 다시 사랑
을 심어 주겠어? 자기가?"

자조적인 웃음을 띠며 소희는 고개를 옆으로 저었다. 이제 그녀의 얼
굴에서 울음기는 보이질 않았다. 안재영은 아무런 대꾸도 하지 않고 잠
자코 있었다.

"대답해 봐. 강간당하고, 이 남자 저 남자에게 몸을 팔고 웃음을 팔고
있는 날, 자기가 다시 받아들여 여전히 사랑해 주고 황폐한 나의 가슴에
다시 사랑을 심어 줄 수 있겠느냐구?"

안재영은 여전히 말이 없었다. 선뜻 그렇다고, 그는 아직도 널 뜨겁게
사랑하며 너의 아픈 과거는 모조리 수용해 줄 수 있다고, 너의 황폐한

가슴에 다시 사랑을 불어넣겠노라고 자신 있게 말할 수 없었다. 안재영은 너와 결혼하겠다는 말은 더구나 할 수 없었던 것이다. 이제 그는 소희 대신 빈을 사랑하고 언젠가 빈과 결혼하겠다고 다짐까지 하지 않았던가.

"것 봐. 대답을 못 하잖아? 너의 더러운 과거는 용서하고 받아들여 줄 테니 나와 결혼하자. 아직도 너를 뜨겁게 사랑한다고 자신 있게 말하지 못 하잖아? 하지만 상관없어. 또 실망하지도 않고. 자기 입에서 그런 말이 나오리라는 걸 기대하지 않았으니까. 나한테 미안해할 필요 없어. 죄책감을 느낄 필요는 더구나 없어. 우선, 이유야 어떻든 순결을 지키지 못한 나의 죄가 크고, 다른 남자에게 순결을 빼앗긴 여자에게서 멀어져 가는 것이 남자의 속성이니까."

남자의 마음, 아니 안재영의 속마음쯤은 손바닥 들여다보는 것처럼 환히 알고 있다는 듯 소희는 제법 여유스러운 태도까지 취하며 마구 몰아붙였다. 안재영은 자신이 덫에 걸린 짐승마냥 궁지에 몰려 있다는 생각이 들었다. 하지만 여전히 그녀에 대한 강한 연민에 가슴이 쓰라려 왔다.

"너무 빈정거리지 마. 소희도 마음이 괴로우니까 그런 말을 하는 거겠지만, 나도 괴로워. 그동안 소희 때문에 얼마나 괴로웠는지 몰라."

"내가 자기를 괴롭혔다면 미안해. 다만 난 우리의 관계가 끝나 버렸다는 것을 자기한테 확인시켜 주고, 자기의 생각을 나한테 강요할 수 없다는 것을 얘기하고 싶었을 뿐이야. 남자와 여잔 달라. 자긴 나에게서 떠난 후로 다른 여자를 만나 다시 사랑을 느끼고 과거의 아픈 상처를 위로받았는지 모르지만, 난 그렇지가 못했어. 자기 아닌 다른 남자에게서 난 사랑을 느낄 수도 없었고, 또 느끼려고도 하지 않았어."

그녀는 슬픈 얼굴로 웃어 보였다. 안재영은 그녀에게 미안했다. 그녀의 불행이 실로 안타까웠다. 그녀를 위로해 주고 싶었다. 그러나 그는 어떠한 말로도 그녀를 위로해 줄 수 없으리라는 생각이 들었다.

그는 벽에 몸을 비스듬히 기댄 채 애꿎은 담배만 뻐금거리고 있었다. 술이라도 있으면 실컷 마시고, 취하고 싶은 생각뿐이었다. 다시 침묵이 흘렀다. 멀리서 개 짖는 소리가 컹컹 들려 왔다. 소희는 자리에서 살며시 일어나 창가로 다가가 밖을 내다보았다. 하얀 눈으로 뒤덮인 밖이 훤했다.

"생각나? 그때 Y읍에서 함께 있던 때, 그때도 오늘처럼 눈이 많이 내렸었는데…."

창밖을 물끄러미 바라보고 있던 소희가 몸을 천천히 돌리며 말했다. 안재영은 고개를 끄덕여 주었다. 그러나 그의 시선은 건너편 벽의 벽지에 그려져 있는 꽃무늬를 향한 채 움직이지 않았다.

"지금도 난 눈이 올 때면 그때 생각이 나곤 해. 오늘도 난, 내리는 눈을 보며 자기를 생각했어… 차라리 그때 자기의 요구대로 나의 모든 것을 주었더라면 이렇게까지 괴로워하거나 자책에 빠지지 않았을지도 몰라. 집을 뛰쳐나와 술집에서 몸을 팔지도 않았을지도 모르고… 난 바보였어. 그때 왜 옷까지 벗는 날 그냥 내버려 뒀느냐 말이야? 바보같이…."

안재영은 그녀에게로 시선을 돌렸다. 원망스러운 눈길로 소희는 그를 바라보고 있었다.

그래 우리는 둘 다 바보였는지도 몰라. 그때 네가 내 요구를 선뜻 들어주었거나 내가 끝내 내 주장대로 했더라면, 적어도 넌 술집 여자가 되어 자학하지는 않았을지도 모르지. 나 또한 전쟁터에 뛰어들어 몸을 마구 굴리지도 않았을지도 모르고. 하지만 그건 결과론적인 얘기야. 네가 치한들에게 당하고 스스로 타락의 길로 빠져들었기 때문에 자학적으로 하는 얘기일 뿐이야. 만일 우리가 아무 일 없이 결혼에 성공했더라면 난 너의 고귀한 순결 정신을 더욱 높이 평가했을 것이고, 넌 나의 자제력에 존경과 찬사를 보냈을 거야. 그러나 지금은 상황이 다르다.

"내 육체를 원했었지? 나와 뜨거운 정사情事를 벌이고 싶어 했었지? 이젠 거부하지 않고 기꺼이 줄 수 있어. 아직도 난 젊어. 더구나 다양한 테크닉으로 자기를 얼마든지 즐겁고 황홀하게 해줄 수 있어."

창가에서 한 걸음 앞으로 나오더니 소희는 갑자기 빨간색 스웨터를 벗어 던지고, 그 속에 입었던 베이지색의 얇다란 속내의도 벗었다. 그러자 검은색 브라자로 젖가슴만 가린 그녀의 하얀 상체가 드러났다.

"이게 무슨 짓이야? 갑자기 왜 이러는 거야?"

너무도 뜻밖의 광경에 안재영은 몸을 벌떡 일으켜 그녀 앞으로 다가가며 소리쳤다.

소희가 청바지의 지퍼를 내리려던 손을 멈추며 그를 바라보았다.

"이러면 안 돼, 그때와 지금은 달라."

"뭐가 다르다는 거야? 왜 내 육체를 원하지 않는다는 거야? 내가 강간 당하고 뭇 사내에게 짓밟힌 여자라서? 날 가져. 난 다만 그때 자기의 요구를 들어주지 못한 게 억울하고 원통스러워 그러는 것뿐이야."

소희는 싸늘한 시선으로 안재영을 바라보더니 다시 청바지의 지퍼를 내리려고 했다. 순간, 안재영의 커다란 손바닥이 허공을 가르며 날아가 따귀를 갈겼다.

"이 더러운 년! 넌 몸만 망친 줄 알았더니 정신까지 망쳐 버렸구나. 난 네가 이토록 더럽고 추한 여자가 되어 버린 줄은 몰랐어."

안재영은 그녀의 얼굴을 매섭게 쏘아보고는 밖으로 뛰쳐나갔다. 등 뒤에서 그녀가 울음을 터뜨리는 소리가 들려왔다. 하지만 그는 뒤돌아보지 않았다.

머리맡에는 빈 소주병 몇 개가 나뒹굴고 있었다. 아무렇게나 접힌 신문지 위에는 멸치 부스러기가 널려 있었다. 재떨이에는 담배꽁초가 수북이 쌓여 있었다. 방 안에는 담배 연기가 안개처럼 자욱했다. 그러고도 베개로 가슴을 받치고 이불 속에 엎드려 있는 안재영의 손에는 또 하나의 담배가 들려 생으로 타들어 가고 있었다.

여관에서 뛰쳐나왔을 때부터 며칠이나 지났는지, 또 지금이 몇 시쯤 되었는지 가늠하기 힘들었다. 다만 창밖이 서서히 밝아오고 있는 걸로 봐서 아침이 되었을 것이라는 막연한 생각만 들 뿐이었다.

소희의 뺨에 따귀를 갈기고 여관을 뛰쳐나왔던 그날, 그는 흡사 미친 사람처럼 정신없이 밤거리를 헤매다가 방범대원들에게 통행금지 위반으로 붙들렸다. 또 무엇 때문인지는 잘 생각나진 않지만, 그들과 실랑이를 벌였다. 파출소 보호실을 거친 후 닭장차에 실려 어느 즉결재판소엘 갔다. 즉결재판을 받은 다음 벌금을 물고 풀려나왔다.

술에 취한 상태였기 때문인지, 소희와의 일로 정신이 혼미해졌었기 때문인지, 여관을 나온 이후의 일들이 희미했다. 더러는 잘려 나간 필름처럼 기억 속에 남아 있지 않은 것도 있었다.

안재영은 그날의 일들을 하나씩 머리에 떠올려 보다가 다시 소희를 생각했다. 생각하면 생각할수록 슬프고 원통하고 답답한 일이었다.

소희는 왜 아직도 과거의 아픈 상처를 씻지 못하고 스스로 타락의 구렁텅이 속에서 허우적거리고 있는 걸까. 순결을 강제로 빼앗긴 충격이 너무나 컸기 때문일까. 하지만 이 세상에는 순결을 강제로 빼앗기고도 아무렇지도 않게 살아가는 여자들도 많지 않은가.

지나친 순결주의? 나를 너무나 사랑했기 때문에? … 그 이유야 어떻든 소희를 타락의 구렁텅이에서 구해내야 한다. 그리고 소희를 구해 낼 수 있는 사람은 나밖에 없다. 소희는 비록 나와의 관계는 끝장이라고 선언했지만, 소희는 아직도 나만을 생각하고 나만을 사랑하고 있음이 역력하다. 하지만 소희를 어떻게 무슨 수로 구할 것인가.

그날, 나는 소희의 아픈 마음을 달래주기는커녕 오히려 손찌검까지 했다. 물론 옷을 벗은 소희의 행동은 옳은 것이라 할 수 없다. 하지만 꼭 손찌검까지 해야만 했을까. 소희의 그런 행동을 왜 좀 더 너그럽게 받아들여 따뜻한 말로 위로하지 못했을까.

아니, 어쩌면 소희의 요구대로 그녀를 껴안았어야 했는지도 모른다. 소희의 말대로, 그녀가 자신을 주지 못한 것이 억울하고 원통스러워 그랬던 것이라면, 차라리 소희를 뜨겁게 안음으로써 그녀의 한을 덜어주고 자학에서 다소나마 벗어날 수 있게 할 수 있지 않았을까. 그런데 난 소희에게 손찌검까지 하여 그녀에게 또다시 상처를 안겨 주었다.

안재영은 소희에게 손찌검을 한 사실을 크게 후회하며 그녀를 타락의 구렁텅이에서 구해 낼 수 있는 방법을 곰곰이 생각해 보았다.

한데, 아무리 생각해 봐도 뾰족한 방법이 생각나지 않았다. 그녀를 강제로 집으로 데려갈 생각도 해 보았으나 그것은 일시적인 방편일 뿐 그녀를 근본적으로 치유해 주는 것이 못 된다는 생각이 들었다. 그녀를 다시 만나 헌신적으로 사랑해 주고 나중에는 결혼하여 아내로 맞아들이는 것이 그녀를 위해서는 가장 좋은 방법이라는 생각도 들었다. 그러나 그는 이 방법을 선뜻 실행할 용기가 없었다. 우선 순결을 빼앗기고 타락한 생활을 한 그녀가 마음에 걸렸다. 무엇보다 그녀의 과거를 감싸 주고 포용해 줄 만큼 그녀에 관한 사랑이 예전처럼 뜨겁지 못했다. 더욱이 그에게는 사랑하는 빈이 있지 않은가. 또 그가 그녀를 다시 만나 사랑하며 결혼을 제의한다 해도 소희가 그것을 받아들일 것인가는 또 다른 문제였다.

'물러서라! 못 본 척해라! 이제 와서 네가 그 여자를 가까이한다고 해서 너한테 이로울 뭐가 있을까? 그 여자는 한때 네가 알고 지냈던, 타락한 술집 여자일 뿐이야. 넌 하등의 죄책감이나 의무감 같은 것을 느낄 필요가 없다. 넌 오직 너의 밝은 미래만 생각하면 그만이다.'

'물러서서는 안 된다. 비록 너에게 법적인 책임은 없다손 치더라도 넌 그 여자를 구해야 할 도덕적인 책임이 있다. 그리고 사랑은 조건 없는 약속이다. 상대방이 어떠한 불행이나 고난에 빠지더라도 변치 말아야 하는 것이 사랑이다. 그래, 넌 사랑하던 여자가 불행에 빠져 있는 걸 뻔히 보면서도 등을 돌릴 셈이냐? 그렇다면 네 사랑의 맹세는 위선이었고, 넌 위선자요 비열한 인간이다.'

'그녀가 아직도 불행에서 벗어나지 못하는 것도, 아직 너에 대한 사랑과 미련 때문일 것이다. 그런데도 넌 그녀를 외면하고 버릴 생각이냐?' 두 개의 상반된 소리가 비수처럼 찔러 대며 그를 꾸짖고 괴롭혔다.

방 안의 탁한 공기와 밤새도록 마신 술이 그의 머리를 더욱 무겁게 짓눌렀다. 우선 동굴 같은 방 안에서부터 탈출하고 싶었다. 안재영은 이불을 박차고 일어나 벽에 걸려 있는 거울 앞에 섰다. 머리칼이 헝클어지고 수염이 까칠한, 초췌한 모습의 사내가 거울 속에 있었다. 그는 물끄러미 거울을 들여다보다가는 옷을 갈아입고 밖으로 나갔다.

바깥 날씨는 겨울 날씨치고는 제법 포근했다. 며칠 전에 내린 눈이 녹아 땅은 질척거렸다. 동네 어귀를 벗어날 때까지 안재영에게는 특별한 목적지가 없었다. 양손을 외투 주머니에 쑤셔 넣은 채 무작정 걸을 뿐이었다.

큰 길가에 이르면서 그는 마음을 정했다. 그래, 소희한테 가자. 비록 내가 그녀의 아픈 마음을 돌릴 수는 없다 해도 찾아가 보아야 한다. 지난번에 손찌검을 한 일부터 사과하고 좀 더 따뜻하게 그녀를 위로하며 이야기해 보자.

안재영은 소희가 있을, 천호동의 그 술집으로 찾아갈 생각을 하고 버스를 탔다. 그의 집이 있는 마포에서 천호동까지 한 번에 가는 버스가 없어 그는 동대문까지 가서 버스를 갈아타야만 했다. 지난번에 갔을 때보다도 길이 꽤 멀게 느껴졌다. 천호동 사거리에서 내려 그는 시계를 쳐다보았다. 11시 반을 조금 넘고 있었다. 그는 지난번의 기억을 더듬고, 사람들에게 길을 묻고 나서야 겨우 지난번의 그 술집 골목에 다다를 수 있었다.

밤에 왔을 때와는 달리 술집 골목 안은 썰렁했다. 게딱지 같은 술집들이 초라한 몰골로 길 양편에 늘어서 있었다. 안재영은 외투 깃을 조금 치켜세우고 골목 안으로 천천히 걸어 들어갔다. 몇 사람의 행인이 그의 곁을 빠른 걸음으로 스쳐 지나갔을 뿐 골목 안에는 사람들의 발길이 뜸했다. 간간이 술집 유리창 너머로 술집 여자들이 흐트러진 차림새로 난롯가에 앉아 있었다. 밤의 화려하고 교태스럽던 모습과는 달리 피곤하고, 무기력한, 조금은 천하고 불결해 보였다. 소희도 저럴까. 안재영은 문득 이런 생각을 했다.

'칠공주집' 유리문을 열고 안으로 들어서자 난롯가에 앉아 손가락 끝에 침을 묻혀 가며 주간지를 뒤적이고 있던 미스 오가 고개를 쳐들었다. 이제 막 일어난 듯, 화장을 안 한 그녀의 얼굴이 푸석푸석해 보였다. 그녀는 안재영을 잠시 바라보더니 이내 아는 척했다.

"난 또 누구시라고? 지난번 그… 윤 사장님 친구분 아니세요?"

"아, 네… 헌데 소희, 아니 미스 윤은 안에 있습니까?"

안재영은 방문 쪽으로 시선을 보내며 물었다. 미스 오가 주간지를 덮으며 고개를 옆으로 저었다.

"없어요. 어제 여길 떠났어요."

"떠나다뇨? 아니, 왜 여길 떠났단 말입니까?"

안재영이 흠칫 놀라며 묻자 미스 오는 그를 빤히 바라보며 대꾸했다.

"그건 저보다 댁이 더 잘 아실 텐데요. 그날 여관에서 무슨 일 있었어요? 아침에 돌아와서는 이불을 뒤집어쓰고 울고불고하던데…"

그때 방문이 열리며 술집 주인 여자가 나오며 말했다.

"누구냐?"

"미스 윤 애인이 왔어요. 지난번 윤 사장과 함께 왔던…"

미스 오는 자리에서 일어나 한 걸음 비켜섰다. 미스 김과 미스 강이 방문 밖으로 고개를 빠끔히 내밀고 쳐다보더니 저희끼리 킥킥거렸다. 술집 주인 여자가 안재영을 찬찬히 훑어보고는 무표정한 얼굴로 말했다.

“지난번 그 양반이구랴. 헌데 여긴 무슨 일로 왔수?”

“소희, 아니 미스 윤을 좀 만나러 왔습니다. 꼭 할 얘기가 있어서… 여길 떠났다는 게 정말입니까?”

“그래요. 울고불고 애원하며 여길 나가겠다기에 내보냈수. 나한테 빚진 게 몇 푼 남아 있긴 하지만 다음에 꼭 갚겠다며 사정하고, 툭 하면 손님 말 안 듣고 질질 짜기나 하지 분위기 하나 제대로 못 맞추는 애 오래 데리고 있어봤자 밥값만 축날 것 같아서 그냥 보내줬어요. 게다가 옛날 애인까지 만났으니 걔가 장사에 열을 올리기나 하겠수?”

“그럼 어디로 갔습니까? 혹 간 곳을…”

“그걸 내가 어떻게 알겠수? 이런 데 있는 애들, 바람처럼 떠돌아다니는 게 일인데… 그리고 걘, 무슨 사정인지는 잘 모르겠지만 댁을 피해서 여길 떠나려고 하는 것 같던데. 가는 곳을 알려 줬겠수? 남은 빚은 다음에 와서 꼭 갚을 테니 제발 가는 곳만은 묻지 말아 달라고 사정사정합디다.”

“남은 빚이 얼마입니까? 제가 대신 그 빚을 갚아드리면 안 되겠습니까?”

안재영은 소희가 빚까지 지고 떠났다는 사실이 가슴 아팠다. 그러나 술집 주인 여자는 손을 내저었다.

“관두슈, 내가 그 돈 몇 푼 받을 생각이었다면 그냥 내보냈겠수? 나중에라도 주면 받는 거고, 안 주면 못 받는 거지… 그리고 걔가 피하는 댁한테 내가 뭣 때문에 돈을 받우? 그보다 윤 사장더러 우리 집이나 자주 놀러 오라고나 전해 주시우.”

술집 주인 여자는 더 이상 할 말이 없다는 듯 돌아섰다. 안재영은 난

감한 기분이 되어 그 자리에 우두커니 서 있다가 밖으로 나왔다. 소희는 어디로 간 걸까. 소희는 왜 자꾸 날 피할까. 그것이 나를 위하는 길이라 생각하는 걸까. 그녀는 끝내 이 생활에서 벗어나 새 삶을 찾으려는 생각은 없는 것일까. 혹시 집으로 들어간 것은 아닐까?

여기까지 생각이 미치던 안재영은 세차게 고개를 흔들었다. 그럴 리는 없었다. '칠공주집'에서 만났을 때의 소희 태도를 보아 도저히 그럴 기미는 보이지 않았다. 차라리 더 자신을 학대했으면 했지, 이 생활에서 벗어나 보겠다는 의지는 전혀 보이지 않았었다. 너무나 안타까운 일이었다. 소희와 사랑을 나누던 시절에는 상상도 하지 못했던 그야말로 청천벽력이었다. 왜 소희에게 이런 일이 일어났단 말인가.

안재영은 어깨를 축 늘어뜨리고 걸으며 깊은 생각에 잠겼다. 그를 골목 밖으로 몰아내려는 듯 등 뒤에서 세찬 바람이 불어왔다.

다시 월남으로

　월남전은 날이 갈수록 더욱 치열해지고 있었다. 1967년 연말로 접어들면서 미국 국방성은 월남에 투하한 폭탄의 양이 태평양 전쟁 때의 3배, 한국동란 때의 2배 이상에 달한다고 발표했다. 주월 미군의 숫자가 50만 명 선에 육박한다는 발표도 있었다. 이와 함께 사이공의 주월 미군사령부에서는 월남에서의 미군 사상자 수가 이미 10만 명을 넘어섰다고 했다. 그뿐만 아니라 미국 전역에서는 수많은 군중이 모여 연일 월남전쟁 반대 데모를 벌이고 있었고, 월남에서도 반정부 데모가 점점 심각해지고 있었다.

　한국에서도 심상치 않은 사태가 벌어지고 있었다. 1968년 1월 21일, 청와대 습격 임무를 띤 북괴 무장 공비 31명이 서울에 침투하였다. 무자비한 살인, 약탈, 파괴 등 천인공노할 전쟁 도발 행위를 일삼다가 대한민국 국군과 경찰에게 한 명은 생포되고 나머지는 모조리 사살되는 사건이 발생했다. 이른바 '1·21사태'였다. 그리고 이 '1·21사태'의 충격과 북괴의 이 같은 만행으로 국민의 분노가 채 가시기도 전인 그해 1월 23일에는, 미국 해군 정보함 푸에블로Pueblo호가 원산元山 앞 공해상에서 북괴 해군 함정들에게 강제로 피랍되는 사건이 발생했다.

1968년 1월 30일에는 베트콩과 월맹군이 구정舊正 휴전협정을 어기고 월남 전역에서 대규모의 기습공격을 감행하는 사태가 벌어졌다. 소위 구정공세, 혹은 테트공세라고 불리우는 것이다.

이 구정공세는 미군의 개입과 더불어 줄곧 수세에 몰려 있던 베트콩과 월맹군의 커다란 도박이었다. 이들 베트콩과 월맹군은 구정을 맞아 긴장이 풀려 흥청거리는 월남군과 미군 및 연합군에게 막대한 타격을 입힘으로써 전쟁을 그들의 승리로 이끌기 위해 이 같은 기습공격을 감행했던 것이다.

베트콩과 월맹군은 월남 전역에 있는 미군과 월남군 기타 연합군의 군사시설을 비롯, 방송국·정부 관서·정부 관리나 월남군 주요 장성들의 저택에 공격을 감행했다. 1월 31일에는 사이공 시 통나트가에 자리 잡고 있는 주월 미국대사관을 공격하기도 했다.

베트콩과 월맹군의 기습공격을 받자, 티우 월남 대통령은 전국에 계엄령을 선포하고, 외출 중인 군인은 즉각 귀대하도록 명령했다. 이 무렵 월남군 진지와 부대에는 총인원의 절반 남짓만 남아 있었고 나머지는 구정을 맞아 각기 고향에 돌아가 있었다. 계속되는 방송에도 불구하고 귀대하는 병사들의 숫자는 그다지 많지 않았다. 정부의 발표를 미처 듣지 못했거나 교통이 나빠 즉각 귀대할 수 없는 경우도 있었지만, 그냥 집에 눌러앉아 가족이나 보호하겠다는 생각에서 귀대를 미루는 병사들도 있었다.

반면 미군과 한국군은 적의 기습에 대비하여 경계를 늦추지 않고 있었으므로 즉각 기습에 맞설 수 있었다.

베트콩과 월맹군의 기습공격은 처음 성공적인 듯했다. 그들은 공세 초기에 월남의 옛 왕도王都 후에 시를 점령했으며, 사이공·다낭·나트랑·퀴논·코튬·반메 투오트·판 티에트·달라트·미토·칸토·벤트레 등지에 침투하는 데 성공했다. 또 사이공의 미 대사관 건물 일부와 월남 곳곳에 있는 월남군이나 미군의 기지·숙소·공공건물 등을 점령하거나 위협했다.

그러나 그들은 미군과 한국군, 그리고 전열을 정비한 월남군으로 말미암아 수많은 사상자를 내며 격퇴되었다. 대부분의 경우 2~3일, 짧게는 수 시간 만에 침투한 베트콩과 월맹군을 내몰 수 있었다.

사이공의 미 대사관도 미군에게서 즉각 탈환되었다. 그렇지만 콘툼시를 비롯해서 반메 투오트·판 티에트·칸토·벤트레·사이공 후에 등지에서는 치열한 전투가 여러 날 계속되었다. 후에 시는 25일 만에야 겨우 탈환할 수 있었다.

베트콩과 월맹군으로부터 시작된 구정공세 이후 약 열흘 동안 공산군 측은 전투에 참가했던 병력의 절반에 가까운 3만 2천 명이 사살되었고, 5천 8백 명이 생포되었다. 반면 미군은 약 1천 명이 전사했으며 월남군과 기타 연합군도 2천여 명이 전사했다. 또한 공산군에게 점령되었던 지역에서는 수천 명의 민간인이 무참히 학살당했다. 공산군의 점령 기간이 가장 길었던 후에 시 주민의 피해가 가장 컸다.

결국 베트콩과 월맹군으로 말미암은 구정공세는 그들 공산군의 패배로 끝나고 말았다. 공산군은 이 기습공격의 실패로 막대한 병력 손실은 물론 재기불능의 심각한 타격을 받았다. 또한 그들이 기대했던 민심 교란이나 월남인의 봉기 같은 것도 뜻을 이루지 못했다. 오히려 베트콩과 월맹군의 공격에 섣불리 호응하고 나섰던 지하조직망이 노출되는 결과만 초래했다.

반면, 공산군 측이 얻은 수확도 있었다. 그것은 그들의 구정공세를 미국의 언론이 대대적으로 보도함으로써 미국인들에게 반전운동의 열기를 더욱 부채질했다. 미국이 월남전에 본격적으로 개입한 1965년 이래 베트콩이 월남의 대도시를 단 한 번도 점령한 적이 없으며 또 대전투에서 미군을 이겨보지 못했다고 큰소리치던 웨스트 모얼랜드 주월 미군 총사령관의 위신에 적지 않은 먹칠을 했다. 그해 3월 22일, 주월 미군 총사령관직을 부사령관이던 에이브 람즈 대장에게 물려주게 한 원인이 되기도 했다.

안재영은 신문과 방송의 보도를 통해 월남에서의 구정공세 사실을 알았다. 베트콩과 월맹군이 휴전협정을 위반하고 월남 전역에서 대공세를 취하고 있다니! 그렇다면 빈이 있는 퀴논도 적의 기습공격을 받았단 말인가? 만일… 퀴논이 적의 기습공격을 받았다면 빈은, 빈의 가족은 어떻게 됐을까?

불안한 생각이 들었다. 안재영은 급히 신문을 뒤적거려 퀴논에 관한 기사가 있는지 살펴보았다. 퀴논에 관한 기사가 실려 있었다.

…2월 1일 새벽 0시를 지나면서 약 2개 대대 병력의 베트콩이 퀴논 시를 공격해 왔다. 이 공격으로 베트콩은 퀴논에 있는 국영 라디오방송국을 포함한 시내 일부 지역을 잠시 장악했다. 하지만 베트콩의 기습공세에 대비해 만반의 준비 태세를 갖추고 있던, 한국군 맹호부대 장병들과 미군으로부터 이내 격퇴되었다. 따라서 베트콩은 단지 잠시만 국영 라디오방송국

을 점령했을 뿐 준비했던 선전용 녹음테이프조차 틀지 못했다.

한편 퀴논 지역에 본거지를 두고 있는 한진상사 육운부陸運部 기지에도 베트콩이 기습을 해왔으나, 적의 기습을 예견하고 인근 맹호부대에서 무기와 탄약을 지원받아 자체방어에 임하고 있던 한진상사 직원들로부터 격퇴되었다….

신문 기사를 읽고 안재영은 크게 안심이 되었다. 월남에서의 경험으로 볼 때 한국군이라면 능히 베트콩의 기습을 물리쳤을 것이라는 생각도 들었다. 그러나 그는 불안감과 초조감을 완전히 떨쳐 버리지는 못했다.

안재영은 곧 빈에게 안부를 묻는 편지를 써서 보냈다. 그런데 편지를 띄운 지 보름이 지나도록 그녀에게서는 답장이 오질 않았다. 그때는 이미 베트콩과 월맹군의 구정공세가 실패로 끝나고, 곳곳에서 미군과 월남군, 한국군이 공산당 패잔병을 소탕하고 있을 때였다. 더욱이 한 달에 두세 번씩은 꼭꼭 편지를 보내오던 빈이 이토록 오랫동안 편지를 보내오지 않는 것도 이상한 일이었다. 불안감과 초조감이 점점 크게 고개를 쳐들었다. 안재영은 초조해 자주 마당이나 방 안을 서성거렸고, 우편배달부가 올 시각이 되면 대문 밖까지 나가 기다리곤 했다. 잠을 이루지 못하고 뒤척일 때가 많아졌다.

빈에게 편지를 띄운 지 거의 20일이 다 되어 가던 날, 그날도 안재영은 여느 때와 마찬가지로 우편배달부가 오기만을 기다리며 대문 밖에서 서성거리고 있었다. 그가 막 피우던 담배를 땅바닥에 내던지고는 그것을 발로 비벼 끄고 있을 때였다.

"하하, 오늘도 나와 계셨군요."

귀에 익은 음성이 들려왔다. 안재영은 발동작을 멈추며 소리 난 쪽을 향해 고개를 돌렸다. 매일 같이 보는, 낯익은 우편배달부가 활짝 웃으며 다가오고 있었다.

"이걸 기다리고 계셨죠? 월남에서 온 편지…."

우편배달부는 손에 들고 있던 편지 묶음 속에서 편지 한 통을 꺼내 안재영에게 내밀었다. 안재영은 그 편지를 낚아채듯 빼앗아 급히 겉봉을 뜯었다.

- 사랑하는 안安 보셔요.

안의 편지를 받고도 이제야 답장을 쓰게 돼서 미안해요. 그동안 몸이 좀 아팠어요. 하지만 놀라지는 마세요. 지금은 괜찮으니까….

걱정해 주셔서 고마워요. 구정날 우리나라에서 큰 전투가 벌어졌다는 소식을 듣고 무척 놀라신 모양이에요. 그날, 포성 총성이 멈추고 흩어졌던 가족이 다시 만나 명절을 축하해야 할 그 좋은 날, 우리는 평화로운 폭죽 소리 대신 요란한 총소리를 들었고 화려한 불꽃놀이 대신 예광탄과 조명탄의 불빛을 보며 몸을 떨어야 했어요. 다행히 퀴논 시내에 쳐들어온 해방 전사라는 사람들은 용감한 따이한 맹호 아저씨들에 의해 곧 쫓겨나고 말았지만, 전 아직도 무서워요.

그건 참으로 이상한 일이에요. 포성과 총성을 흡사 자장가처럼 들으며 자라 그런 소리에는 아주 익숙하던 제가 하룻밤의 총성에 그토록 놀라고 무서워하다니….

안, 그동안 망설이며 안에게 숨겨오던 일이 있어요. 이번에 안의 편지를 받고도 이제야 펜을 들게 된 것도 실은 몸이 아팠기 때문이라기보다는 그동안의 비밀을 안에게 고백해야 할까, 하지 말아야 할까 망설였기 때문이에요. 하지만 전 그 비밀을 더 이상 혼자서만 간직하고 있을 자신이 없어요. 결코 안에게는 알리지 않겠다던, 저의 결심이 흔들리고 말았어요.

안, 저는 지금 아기를 갖고 있어요. 벌써 7개월째예요. 그 아이는 안의 아기예요….

순간, 안재영은 소스라치게 놀랐다. 편지를 쥐고 있는 손끝이 파르르 떨렸다. 빈이 아이를 갖다니, 그것도 내 아이라니. 그렇다면 그때 빈과 단 하룻밤 잔 것이…. 그는 편지에서 눈을 떼고 건너편 집 처마 끝에 대롱대롱 매달린 채 녹아내리고 있는 고드름을 넋 잃은 듯 바라보았다. 그러다가 그는 다시 편지로 눈을 돌렸다.

… 제가 이번 설날, 총성에 그토록 놀라고 무서워한 것도 아이 때문이라는 생각이 들어요. 제가 죽는 건 그다지 두렵지 않지만, 아이만큼은 건강하게 자라기 바래요. 전 이 아이에게 저처럼 전쟁의 온갖 추악한 것들은 보고 듣고 냄새 맡고 느끼며 자라게 하고 싶지 않아요. 또 이 아이를 전쟁 미망인의 아이처럼 외롭고 그늘진 모습으로 자라게 하고 싶지도 않아요. 외국 군인과의 불륜의 씨앗이라는 손가락질을 받으며 자라게 하고 싶지도 않아요. 전 이 아이만큼은 사랑과 평화, 환희와 축복 속에서 밝게 자라게 하고 싶어요.

하지만 전 자신이 없어요. 암담하기만 한 우리 현실이, 어두울 것만 같은 이 아이의 장래가 저를 더욱 불안하게 하고 무섭고 괴롭게 만들고 있어요. 차라리 그때 안安과 아무 일도 없었더라면 지금처럼 이렇게 불안하거나 괴롭지는 않을 거라는 생각이 들 때도 있어요. 하지만, 저의 행동을 후회하거나 안安을 원망하고 싶지는 않아요.

안이 한없이 보고 싶고 안이 곁에 있으면 커다란 위안이 되리라는 생각이 들긴 하지만 돌아오라는 소리는 하지 않겠어요.

전 다만, 안安의 아이를 가졌다는 사실을 더 이상 감춰 둘 수 없어 망설이고 망설인 끝에 일러주는 것뿐이에요. 아이의 아빠로서, 자기의 아이가 세상에 태어날 준비를 하고 있다는 건 알아야 하지 않겠어요?

그렇다고 부담 갖지 마세요. 모든 게 제가 원해서 된 일이니까 책임도 제가 질 거예요. 이담에 아이를 낳으면 안安에게 아이 사진을 보내겠어요.

─ 우리의 아이가 안安의 모습을 꼭 빼닮기를 기대해 보며 안을 사랑하는 빈이 퀴논에서

안재영은 편지를 접어 호주머니에 넣으며 조용히 눈을 감았다. 빈이 떠올랐다. 잠시 산뜻한 아오자이 차림에 긴 머리칼을 늘어뜨리고 밝게 웃는 그녀의 모습이 보이더니, 갑자기 젖가슴을 아이에게 물린 채 길가에 쭈그리고 앉아 지나는 미군이나 한국군에게 구걸을 하던 월남 여인의 모습이 떠올랐다. 이어 벌거숭이 알몸으로 미군과 한국군의 뒤를 쫓아다니며 껌이나 초콜릿, 담배 따위를 달라고 손을 내밀던 월남 아이들의 모습과 폭격으로 죽은 어머니 곁에서 엉엉 울고 있던, 월남 아이의 모습도 떠올랐다.

언젠가 작전을 나가다가 배가 불룩 솟아오른 월남 여인이 뒤뚱거리며

걸어가고 있는 것을 본, 어떤 병사가 묘한 웃음을 띠며 했던 말이 귓가에 쟁쟁하게 울려 왔다.

"저 배 속에 든 애의 애비가 누굴까. 깜둥이일까, 흰둥이일까. 월남군일까. 베트콩일까? 저 계집도 어쩌면 자기 배 속에 들어 있는 애의 애비가 누군지 모를 거야."

월남에서 보고 들었던 이런 것들이 안재영의 가슴을 예리하게 후벼 팠다. 그 가련하고 비참하던 월남 여인들과 월남 아이들이 빈과 빈의 아이, 아니 자신의 아이의 장래 모습처럼 생각되었다.

안 돼! 안 된단 말얏!

안재영은 자신도 모르는 사이에 곁에 쌓여 있던 연탄재를 발길로 거칠게 걷어찼다. 골목 저편에서 쓰레기통을 뒤지며 다가오던 개 한 마리가 포물선을 그리며 날아와 떨어진 연탄재에 놀라 쏜살같이 달아났다.

하룻밤 사랑에 자신의 아이가 생겼다는 사실에 안재영은 놀랍고도 어이가 없었다. 도대체 이런 일이 있을 수 있을까. 앞으로 어떻게 해야 할까. 비록 그는 빈에게 다시 월남으로 돌아가겠다는 약속은 하지 않았지만, 월남을 떠나며 언젠가는 다시 월남으로 돌아가 빈과 결혼하리라 마음먹은 터였다. 그러나 그것은 '언젠가'라는 막연한 미래의 약속이었다. 빨라야 다니던 대학에 복학하여 학업을 다 마치고 졸업한 후쯤 되리라 생각했다. 그런데 뜻하지 않았던 아이가 빈의 배 속에서 자라고 있고 머지않은 장래에 그 아이가 태어날 것이라는 사실이 그를 초조하게 만들었다.

물론 내가 없어도 배 속의 아이는 무사히 태어날 수 있을 것이고, 나의 도움 없이도 잘 자랄지 모른다. 어쩌면 경제적 능력이 없는 나보다는 생활의 여유가 있는 빈의 부모가 아이를 더 잘 돌봐 줄 수 있을 것이다. 하지만 내가 없으면 그 아이는 애비 없는 자식이 되고 만다. 사람들이 그 애를 가리켜 '애비 없는 자식' '외국군의 순간 쾌락이 떨어뜨리고 간 씨앗' '전쟁의 싹'이라며 빈정거리고 놀려댈 것이다. 무엇보다도 그게 싫다. 어떻게 생겨났든 나의 핏줄을 타고난 아이가 남들의 놀림감이 되지 않을까. 그 놀림 속에서 서럽게 울며, 울며 그 삶을 보내게 되지 않을까. 커서는 자신의 아픈 과거를 회상하며 괴로워하겠지…. 그는 그런 모습을 용납할 수 없었다. 안 될 말이었다.

안재영이 아버지를 여읜 것은 그의 나이 일곱 살 때인 1950년 12월이었다. 아버지 안남수安南秀는 원래 황해도 황주黃州에서 지주의 맏아들로 태어나 유복하게 살았다. 그러다가 8·15 해방 직후 북한 땅에 진주한 공산주의자들의 만행에 위협을 느껴 가족과 월남하지 않으면 안 되었다. 그때 그의 부모는 끝까지 고향을 떠나지 않겠다며 남아 있다가 끝내 공산주의자들에게 '반동'으로 몰려 무참히 학살당하고 말았다.

월남 후 안남수는 서울에 정착하여 고향에서 갖고 온 패물을 팔아 자그마한 식당을 경영하다가 1950년 6월 25일 6·25가 터지는 바람에 다시 가족들을 이끌고 항도 부산으로 피난했다. 피난지 부산에서 그는 부두노동과 같은 막노동을 하며 가족의 생계를 겨우 꾸려나갔다. 그해 겨울, 일을 마치고 집으로 돌아오다가 그는 불의의 교통사고를 당해 그만 세상을 떠나고 말았다.

졸지에 가장을 잃은 안재영 가족은 당장 입에 풀칠마저 하기 힘든 형편이 되고 말았다. 이 무렵 아버지와 함께 월남했던 두 삼촌 중 결혼한 큰삼촌이 부산에서 살고 있기는 했지만, 그 역시 막노동으로 자신의 가족을 겨우 부양하던 처지라 안재영의 가족을 도와줄 형편이 못 되었다. 아직 미혼인 작은 삼촌은 그 무렵 공군에 입대하고 없었다. 가족의 생계를 위해 안재영의 어머니는 부산국제시장에 나가 떡장사를 시작했다. 어머니가 벌어들이는 몇 푼 안 되는 돈으로는 도저히 생계를 꾸려나갈 수 없어 안재영보다 네 살 위인 형은 구두닦이, 두 살 위인 누나는 집에서 전에 어머니가 하던 봉투 붙이는 일을 해서 어머니를 도왔다. 안재영도 구두통을 둘러매고 형을 따라다니며 구두를 닦거나 껌장사를 했다. 실로 배고프고 괴로운 시절이었다.

구두를 닦다가, 껌을 팔다가 안재영은 깡패들에게 구두통과 껌통, 돈을 빼앗기기 일쑤였다. 때로는 얻어맞기도 했다. 거리에서 파는 꿀꿀이죽과 풀빵이, 같은 또래의 아이들이 들고 있는 과자나 눈깔사탕이 어찌나 먹고 싶었던지. 어쩌다 장난을 좀 심하게 하거나 다른 아이와 싸우기라도 하면 '애비 없는 자식이라 버릇이 없다'는 말을 들어야만 했다. 그럴 때마다 그는 아버지가 없는 자신이 한없이 서글프게 느껴졌다.

안재영은 그때를 잊지 못하고 있었다. 아버지가 없던 그때의 설움과 아버지에 대한 그리움이 오랜 세월이 지난 지금까지도 안재영 가슴 속에 깊숙이 남아 있다. 그런 그는 크면서 스스로 다짐하였다. 내가 커서 어른이 되고 아버지가 되면 내 아이에게는 남부럽지 않은 생활을 영위하게 해 주겠다고.

그래, 내가 겪었던 불행을 내 아이에게만은 물려 줄 수 없다. 내가 원했든 원치 않았든 빈의 아이는 내 아이가 틀림없다. 이 아이에게는 어머니는 물론 아버지도 있어야 한다. 이 아이를 전쟁이 빚어낸 부산물로 내팽개칠 수는 없다. 빈은 나에게 돌아오라고 하지 않았지만, 내심 내가 돌아와 주기를 간절히 바라고 있을 것이다. 내 곁에서 나의 아이를 낳기를 얼마나 원하고 있을까. 더욱이 빈은 지금 불안하고 무섭고 외롭다지 않은가. 나도 사랑하는 빈과 이제 곧 태어날 나의 아이가 보고 싶다.

나는 그들 곁에 있어야 한다. 난 사랑하는 그들을 전쟁의 포성과 총성에서, 공포와 위협에서, 외로움과 굶주림에서 보호해 주어야 한다. 그것이 나의 의무요 도리다. 어차피 빈의 곁으로 돌아가기로 한 것이라면, 그녀가 나를 필요로 하는 지금 돌아가는 것이 좋다. 설령 다시 월남에 갔다가 포탄이나 총탄에 맞아 죽는 한이 있더라도 나는 그들 곁으로 돌아가야만 한다.

안재영은 여러 날을 곰곰이 생각한 끝에 다시 월남에 가기로 결심했다. 그는 형과 누나가 직장에 나가고 없는 조용한 시간에 어머니 방으로 건너갔다. 어머니께 빈에 관해 얘기하고 그녀와의 사이에서 아이가 생겼다고 덧붙였다.

어머니는 그의 얘기를 묵묵히 듣고 있다가 빈과의 사이에 아이가 생겼다는 말이 튀어나오자 놀라며 안색이 몹시 창백해졌다. 큰 충격을 받은 것이 분명했다.

"뭐, 뭐라구? 너한테 애가 생겼다구? 그게 정말이냐? 그것도 월남 여자와의 사이에서…"

"정말입니다. 며칠 전 편지를 받았어요."

안재영은 애써 아무렇지도 않은 듯 대꾸했다. 어머니는 어이가 없다는 듯 한동안 허공을 바라보았다. 한참 만에야 겨우 입을 열었다.

"그래서? 그래서 앞으로 어떡하겠다는 게냐?"

"월남에 가서 그 여자와 결혼하고 싶어요."

"뭐, 다시 월남에 간다고? 그 월남 여자와 결혼을 한다고? 그건 말도 안 되는 소리야! 난 도저히 수락할 수 없어! 집안 망신을 시켜도 유분수지. 그래, 여자가 없어서 월남 여자와 결혼을 하니? 아예 꿈도 꾸지 말아라."

칼로 무를 싹둑 자르듯 어머니의 목소리는 날카롭고도 단호했다. 안재영의 몸이 약간 움찔했다.

"왜 안 된다는 겁니까?"

"왜라니? 이 어미 반대도 뿌리치고 월남에 한번 갔다 왔으면 됐지, 그 싸움터엔 왜 또 가겠다는 거냐! 그리고 다른 나라 여자와의 결혼, 그게 말이나 되는 소리냐? 우리나라 천지에 널려 있는 게 여잔데, 무엇 때문에 말도 다르고 풍습도 다른 외국 여자와 결혼하겠다는 게냐? 그것도 머나먼 월남 땅에까지 가서…."

안재영은 어머니가 국제결혼, 아니 다른 나라 사람끼리 함께 있는 것마저도 싫어했다. 어머니가 지극히 보수적이라는 사실을 잘 알고 있었다. 어머니는 부산 피란 시절에는 물론 최근까지도 우연히 우리나라 여자와 서양 남자가 함께 걷고 있는 것만 보아도 몹시 불쾌하게 여기며 얼굴을 붉히며 돌아서기 일쑤였다.

안재영 자신도 월남에 가서 빈을 만나기 전까지 외국 여자와의 결혼은 상상도 못 했다. 그렇지만 월남 여자와 사랑하고 이제 자식까지 갖게 된 그로서는 뭔가 변명하지 않을 수 없었고, 어머니의 완고함을 깨트려야만 했다.

"어머니, 요즘은 세상이 달라졌어요. 외국 여자와 결혼한다고 해서 조금도 흉 될 게 없어요. 미국 같은 나라에선 각국 나라 인종이 다 모여 살고 서로 결혼해도 잘만 살잖아요? 말과 풍습이 다른 건 조금만 시일이 지나면 해소될 수 있어요.”

“세상이 열 번 달라져도 난 용납 못 해. 미국 놈들이야 상것들이라서 그러는지 모르지만, 여긴 엄연히 우리나라야. 네가 만일 외국 여자와 결혼하면 동네에서 뭐라고 수군거리겠니? ‘서방 없는 년’이 ‘애비 없는 자식’ 잘못 가르쳤다고 손가락질해 댈 게 뻔해.”

어머니는 생각만 해도 몸서리가 쳐진다는 듯 이맛살을 찌푸렸다.

“하지만 어머니, 그 여잔 제 아이를 갖고 있어요. 어머니의 심정을 모르는 바는 아니지만 이젠 어쩔 수 없단 말이에요.”

안재영은 자신도 모르게 말하면서도 약간의 부끄러움을 느꼈다. 아이라는 말에 어머니의 기세는 다소 꺾이는 듯했다. 어머니는 뭔가 생각하는 눈치더니 한결 누그러져 말했다.

“뭣 때문에 남의 나라 여잘 건드렸어? 전쟁 중인 나라라고 해서 여잘 함부로 건드리다니….”

“……”

안재영은 아무런 대꾸도 하지 않고 고개만 떨어뜨렸다. 문득 어머니는 6·25 때 우리나라 여자들이 겪었던 불행이 머리에 떠올라 이런 말을 하는 것이리라.

“그 여자가 결혼하자고 졸라대구 있냐?”

안재영의 얼굴을 물끄러미 바라보며 어머니가 물었다.

“아니에요. 그 여잔 그런 얘기는 하지 않았어요. 또 그런 얘기할 여자도 아니에요.”

“그럼 네가 그 여자에게 결혼하자고 했니?”

“그것도 아니에요. 월남을 떠나올 때도 그랬고, 여기 와서도 아직 결혼하자는 얘긴 하지 않았어요. 다만 전, 그 여자와 결혼하겠다고 마음먹고 있을 뿐이에요.”

“그 여잘 무척 좋아하는 모양이구나. 네가 그런 생각까지 다 하는 걸 보면…”

어머니는 입가에 옅은 웃음을 흘렸다. 뭔가 허탈하고 자조 섞인 웃음이었지만 안재영은 어머니의 완고한 마음이 조금씩 열리고 있다고 생각했다. 그는 어머니의 완고한 마음이 조금 열린 틈을 비집고 들어가 활짝 열어젖히려는 듯 또렷한 목소리로 재빨리 대답했다.

“네, 그리고 그 여자도 절 무척 좋아하고 있구요.”

어머니는 다시 씁쓰레한 미소를 지었다. 하지만 그 미소는 이내 어머니의 얼굴에서 사라졌다.

“그 여자와 결혼하면, 학교는 어떡하구?”

“당분간 좀 더 쉬겠어요. 형한테 학비 번번이 타는 것도 미안하고… 월남에 가서 돈 좀 벌어 와서 다시 학교에 다니겠어요. 공부에 뭐 나이가 있나요?”

월남에 가기 위한 변명에 불과한 말이었다. 어머니는 무표정한 얼굴로 잠자코 있더니 이윽고 다시 입을 열었다.

“네 심정을 전혀 이해 못 하는 바는 아니다. 그리고 남자가 여자를 건드렸으면 책임을 지는 것이 도리인 줄도 안다. 게다가 씨앗까지 뿌려 놓았으니 거둬야겠지. 하지만 난 내 자식이 멀리 전쟁터에까지 가서 외국 여자와 결혼하는 것은 원치 않아. 게다가 네 형과 누이가 아직 결혼하지 않은 마당에 너부터 결혼시킬 수는 없다. 그 여자와 애한테는 좀 미안한 일이지만, 그들은 잊도록 해라. 네 장래를 생각해서라도…."

안재영은 조금 열리는 듯하던 어머니가 다시 완고해졌다는 것을 알았다. 어머니에게 수긍이 가는 부분도 없지는 않았지만, 빈과 아이를 잊으라는 말에는 울컥 화가 치밀었다.

"어머니, 어머니께서 어떻게 그런 말씀을 하실 수 있어요? 아버지 없이 혼자서 저희를 키우신 어머니의 입에서 자기의 여자와 아이를 버리라는 말씀이 나올 수 있느냐구요? 어머닌 누구보다도 남편 없는 여자와 애비 없는 자식의 설움과 고통을 잘 알고 계시잖아요?… 외국 가서 외국 여잘 건드리고 애까지 배게 한 건 전적으로 제 잘못이고 제 책임이에요. 방금 어머니께서도 말씀하셨죠? 남자가 여잘 건드렸으면 책임을 지는 게, 씨앗을 뿌렸으면 거두는 게 도리라고… 그러니까 전, 제 잘못에 책임을 지고 도리를 다 하겠단 말이에요! 그러나 더욱 중요한 건 내가 그 여자를 진정으로 사랑하고 있다는 거예요. 전 어머니가 반대하시더라도 꼭 월남에 가고 말 거예요!"

안재영은 숨돌릴 틈도 없이 빠른 어조로 내뱉고는 어머니 방을 뛰쳐나갔다.

그로부터 얼마 후, 안재영은 '월남 붐'을 타고 월남으로 몰려가는 파월 기술자들 틈에 끼어 월남행 비행기에 몸을 싣고 있었다. 창밖을 내다보고 있는 그의 눈가에는 이슬이 가득 맺혀 있었다. 환송하는 사람도 하나 없이 흡사 도망자처럼 비행기에 몸을 실은 안재영의 심정은 이루 말할 수 없이 착잡하였다.

월남 최후의 날

　포성과 총성이 발악하듯 쉴새 없이 끓어올랐다. 예광탄이 어두운 밤 하늘을 수놓으며 쭈르르 날아갔고, 사방에서 조명탄이 솟아올랐다. 사이공 시는 흡사 생지옥 같았다. 곳곳에 바리케이트가 쳐져 있는 가운데 월남군 지프와 트럭이 무질서하게 거리를 질주하고 있었다. 공포에 질린 피란민들과 월남군들은 우왕좌왕했다. 아수라장 속에서 약탈과 방화가 곳곳에서 자행되었다. 자동차가 폭음을 내며 불길에 휩싸이기도 했다. 가게와 술집들은 모두 문을 굳게 닫아걸었으며, 쇠창살 틈으로 밖을 훔쳐보며 불안한 빛을 감추지 못하고 있는 사람들의 모습도 간간이 눈에 띄었다.

　주월 미국대사관 안과 대사관 밖 주위에는 수많은 피란민으로 아비규환을 이루었다. 피란민 속에는 무기도 들지 않은 월남군 병사들과 경찰, 민병대들의 모습도 보였다. 미국대사관 밖에 있는 사람들은 미 해병들의 제지에도 아랑곳하지 않고 대사관 안으로 들어가려고 안간힘을 다하였다. 그들의 고함 소리와 욕설, 비명 소리가 밤하늘에 난무했다.

　미국대사관 담벼락에 기대앉아 초조한 낯빛으로 사람들을 바라보고 있는 여인이 있었다. 그녀는 몹시 초췌하고, 옷차림은 초라하기 짝이 없다. 그녀의 하얀 아오자이는 때로 얼룩져 있다. 샌들을 신은 그녀의 발등에는 흙먼지가 뽀얗게 묻어 있다. 그녀의 무릎에는 피로와 허기에 지친 어린 소년이 몸을 웅크린 채 잠들어 있다. 빈과 그녀의 아들 용준이었다.

아버지가 중병에 걸렸다는 연락을 받고 사이공을 떠나 퀴논으로 갔던 빈은 아버지의 병세가 조금 호전되고, 사태가 아무래도 심상치 않음을 느끼고 남편 안재영이 있는 사이공으로 돌아가려고 했다. 그녀가 떠나려고 한 날, 아버지의 병세가 갑자기 악화되었다. 어머니는 그녀에게 걱정 말고 사이공으로 돌아가라고 했지만, 빈으로서는 도저히 그럴 수가 없었다. 오빠 훅이나 남동생 키엠이 집에 있다면 혹 모르되 병세가 악화된 아버지와 병간호에 지친 어머니만을 놓아둔 채 돌아갈 수는 없는 일이었다. 그 무렵 빈의 오빠 훅은 베트콩인 삼촌의 꾐에 빠져 정글로 들어간 이후 오랫동안 소식이 거의 끊긴 상태였다. 그녀의 남동생 키엠은 월남군에 입대하고 집에 없었다.

그런 가운데 공산군의 대공세가 시작되었고, 퀴논은 순식간에 공산군으로부터 점령당했다. 미군과 한국군이 이미 철수하고 없는 상황에서 월남군과 민병대는 공산군의 적수가 될 수 없었던 것이다. 일부 월남군과 민병대는 패배를 거부하며 공산군에 맞서 싸우다가 하나씩 죽어 갔다. 하지만 대부분의 월남군과 민병대 병사들은 탱크와 대포, 총 따위의 무기들을 버리고 피란민 속에 파묻혀 후퇴하거나 적에게 투항했다. 퀴논 시내에는 공산군들이 물밀듯이 들어왔고, 지하에 숨어 있던 적색 분자들이 뛰쳐나와 마구 날뛰었다. 약탈과 잔악 행위가 곳곳에서 저질러지고 있었다.

"얘야, 어서 이곳을 떠나려무나. 여기 있다간 위험해."

동정을 살피기 위해 밖에 나갔다가 돌아온 어머니가 겁에 질려 빈에게 떠날 것을 종용했다. 그러나 빈은 자신에게 위험이 닥치리라는 것을 직감적으로 느끼면서도 망설였다.

"하지만… 병드신 아버질 놔두고 어떻게 저만…."

"그게 무슨 소리얏? 넌 여기 있다간 살아남지 못해. 해방 전사라는 사람들, 따이한 군대를 몹시 싫어한다는 건 너도 잘 알잖니? 그리고 네 남편은 따이한 군인이었어. 그런데도 저들이 널 그냥 내버려 두겠어? 여긴 나한테 맡기고 어서 사이공으로 돌아가. 그래도 남편 곁에 있는 게 제일 안전할 테니까."

어머니는 망설이고 있는 빈을 크게 꾸짖으며 서둘러 짐을 챙겨 주었다. 빈은 하는 수 없이 병석의 아버지에게 작별 인사를 하고 어린 아들의 손을 잡고 집을 나왔다. 그녀가 따라오는 어머니와 함께 대문을 막 나섰을 때였다.

골목 저편에서 지프 한 대가 먼지를 일으키며 달려오더니 그들 모녀 앞에서 멈췄다. 이어 지프의 운전석 옆에 앉아 있던, 키가 크고 깡마른 사내가 지프에서 뛰어내리며 소리쳤다.

"어머니!"

빈과 어머니는 거의 동시에 그 사내를 바라보았다. 그런데 카키색 군복에 월맹군 대위 계급장을 단 그 사내는 다름 아닌 훅이 아닌가.

"아니, 넌 훅이 아니냐?"

어머니가 놀라움과 반가움이 뒤섞여 훅을 보고는 눈물을 흘렸다. 죽은 줄 알았던 아들이 살아 돌아와 흘리는 기쁨의 눈물이었다. 그러나 빈은 반가움보다 놀라움이 더 컸다. 오빠가 월맹군 장교가 되어 돌아왔다는 사실이 잘 믿기지 않았다.

"우시긴요…."

훅은 빙긋이 웃으며 말도 제대로 못 하고 눈물만 흘리고 있는 어머니 곁으로 다가가 그녀의 흩어진 머리칼을 쓸어올려 주었다. 그러더니 그는 뽐내는 듯한 태도로 말했다.

"어머니, 전 해방 전사가 되어 돌아왔습니다. 우리 해방 전사들은 마침내 퀴논을 해방시켰습니다. 그리고 머지않아 미 제국주의자들과 그들의 앞잡이들을 모조리 섬멸하고 우리 남부 월남을 완전히 해방시킬 것입니다."

또렷한 목소리로 지껄여대는 그의 자그마한 눈에서 광채가 일었다. 그는 멀리 보이는 건물 옥상에서 펄럭이고 있는, 공산군의 붉은 깃발을 감격스럽게 바라보더니 말을 이었다.

"어머니, 어머니도 이젠 자랑스러운 해방 전사를 아들로 두었으니, 저희들을 도와 해방투쟁에 앞장서셔야 합니다."

"해방투쟁? 그게 도대체 뭐냐? 나는 아무것도 아는 게 없어…."

어머니가 고개를 쳐들고 아들을 보며 어리둥절한 표정을 지었다.

"하하, 너무 어렵게 생각하실 필요는 없습니다. 우선 우리 해방 전사들을 도와 반동색출에 협력해 주시면 되는 거니까요."

"반동색출이라니"

"반동도 모르세요? 우리 인민과 해방 전사들을 괴롭히고 착취하고 학살한 정부군, 경찰, 민병대, 정부 관리, 그리고 그놈들의 가족이나 앞잡이들 말입니다. 그런 놈들은 모조리 인민의 적입니다. 그러니까 모두 붙잡아다 인민의 이름으로 심판을 받게 해야 합니다. 우린 지금 수많은 반동을 붙잡아다 놓았지만, 아직도 숨어 있는 놈들이 많습니다. 그러니 어머니께서도 우리 해방 전사들이 찾아와 그런 놈들의 집이나 숨어 있는 곳을 물으면 적극 협력해 주셔야 한다 이겁니다.”

여기까지 말하던 훅은 돌연 어머니 곁에 말없이 서 있는 빈을 매섭게 노려보았다. 그러잖아도 월맹군으로 변신한 오빠의 말에 섬뜩함을 느끼고 있던 빈은 더욱 콩알만 해졌다.

“흥! 넌 반동을 남편으로 섬기고 있다며? 그것도 우리 인민과 해방 전사들을 무참히 살해하고 어른이나 아이 할 것 없이 여자라면 무차별 강간하던 악질 반동 따이한 놈을 서방으로…”

결혼식 때는 물론 정글로 들어간 이후 집에 한 번도 오지 않았던 오빠가 어떻게 자신이 한국인과 결혼한 사실을 알았을까. 빈은 섬뜩함과 놀라움으로 몸이 떨릴 지경이었다. 그녀는 불현듯 그녀의 결혼식 때 베트콩이었던 삼촌이 결혼식장에 얼핏 나타났던 사실을 깨달았다. 틀림없어, 삼촌이 말해 줬을 거야. 이어 빈은 자신의 남편과 한국인을 나쁘게 말하고 있는 오빠에게 커다란 반발심을 느꼈다.

“오빠가 뭔가 잘못 알고 있어. 따이한들은 오빠가 생각하는 것처럼, 그렇게 나쁜 사람들이 아냐.”

“호, 그으래? 그러고 보니 너도 반동이 다 됐군.”

훅은 입가에 조소를 실어 빈정거리더니 얼굴이 험악하게 일그러졌다. 그리고는 강한 억양으로 내뱉었다.

“하지만 이제는 우리 해방 전사들의 세상이 됐다는 걸 명심해야 돼. 미국 놈들과 따이한 놈들은 우리 손에 모조리 쫓겨났어. 그리고 그놈들

의 앞잡이 정부군과 경찰 놈들도 지금 쫓겨 달아나고 있지. 거리에 나가
봐. 시궁창에 빠져 죽은 개꼴 모양 추하게 죽어 나자빠진 반동 놈들의
시체가 즐비하게 깔려 있는 걸 볼 수 있을 테니까. 너도 그 꼴 되고 싶
지 않거든 말조심해. 그리고 지금부터라도 지난날의 과오를 뉘우치고 앞
으로 혁명 대열에 누구보다도 앞장서야 돼. 만일 그렇지 않으면 이 권총
이… 가만 있지 않을 거야."

훅은 옆구리에 차고 있던 권총을 사납게 뽑아 빈의 코끝에 겨누었다.
이 광경을 지켜본 어머니가 몹시 놀라며 권총을 쥔 훅의 손을 잡아 내
렸다.

"도대체 이게 무슨 짓이냐? 모처럼 만난 동생한테… 그런 얘긴 그만
두고 어서 집 안으로 들어가자. 너의 아버지께서 병으로 누워 계신 지
오래되었단다."

그날 훅은 어머니의 손에 이끌리어 집 안으로 들어가서 아버지를 잠
시 만났다. 그는 아버지의 병세에는 별 관심이 없어 보였다. 병석에 있는
아버지에게마저 상투적인 공산주의 선전을 늘어놓았다.

그리곤 그는 좀 더 있다 가라는 어머니의 만류를 뿌리치고 자리에서
일어섰다. 월남 정부군으로부터 빼앗은 듯한 지프를 타고 돌아가기 전,
훅은 대문 앞까지 따라나온 빈과 어머니에게 마지막으로 이런 말을 남
겼다.

"나의 부르주아적 출신 성분과 반동적인 아버지와 동생들 때문에 내
가 그동안 얼마나 고초를 겪었는지 알아요? 그래서 난 남들보다 두 배,
세 배 열심히 혁명 대열에 앞장섰어요. 그것이 날 이만큼이라도 출세하
게 만든 거예요. 만일 앞으로도 우리 가족이 반동적인 행동을 계속한다

면 난 가족과의 인연을 완전히 끊어 버릴 거예요. 그리고 가족의 안전도 보장 못 해요. 혁명가는 가족보다도 인민대중과 혁명 과업을 더욱 중요시해야 하는 법이니까요. 빈, 너는 누가 만일 왜 따이한 놈과 결혼해서 애까지 가졌느냐고 묻거든, 이렇게 대답해라. 잔악한 따이한 놈이 강제로 추행해서 애를 배게 하는 바람에 할 수 없이 잠시 동거 생활을 한 것뿐이라고. 하지만 앞으론 지난날의 잘못을 뉘우치고 자식을 혁명 투사로 키우겠노라고 말야. 알겠지. 내 말?… 그렇지 않으면 너와 우리 가족은 물론 나까지도 위태롭게 돼.”

너무도 어이없는 오빠의 말에 빈은 할 말을 잃었다. 그녀는 입술을 지그시 깨물며 마음속으로 다짐했다. 이제 여기서는 더 이상 배겨날 수 없게 됐구나. 혈육인 오빠마저 저럴진대 다른 공산주의자들이야 오죽할까. 어서 이곳을 떠나 남편 곁으로 가자. 가다가 죽는 한이 있더라도 어서 이곳을 탈출하자.

퀴논 탈출을 결심한 빈은 그다음 날 곧 어린 아들을 데리고 집을 떠났다. 어쩌면 다시는 집으로 돌아가지 못할 것이다. 그녀는 집을 나서서 걷다가 몇 번이고 뒤돌아볼 수밖에 없었다.

퀴논 시내를 지나고, 피난민 대열에 끼어 1번 국도를 따라 남으로 남으로 걸어가는 동안 그녀는 비극적인 전쟁의 참상을 무수히 보았다. 부서지고 불에 탄 건물과 가옥들, 불길이 치솟고 파괴된 탱크며 지프, 트럭, 대포, 헬리콥터, 비행기의 잔해들, 처참한 모습으로 죽어 곳곳에 아무렇게나 버려져 있는 월남군, 경찰, 민병대, 베트콩, 월맹군, 민간인 시체들, 간간이 들려오는 총성과 대포 소리, 불에 타고 갈가리 찢겨져 바람에 흩날리는 월남 국기와 높은 건물마다 힘차게 나부끼는 공산군의 낡은 깃발들, 겁먹고 지친 모습으로 베트콩과 월맹군의 총구 앞에 끌려가는 수많은 월남군 포로… 전혀 생소한 모습만은 아니었다. 그러나 예전에 흔히 보았던 모습들과는 분명히 다른 면이 있었다. 그녀가 거쳐 지나가는 대부분의 지역이 월남 정부군이 아닌 공산군의 수중에 있다는 것과 공산군보다도 월남 정부군이 훨씬 더 많은 피해를 입고 패배했다는 사실이었다.

그것이 그녀를 괴롭게 만들었다. 어둡고 암담한 조국 월남의 장래가 피부로 느껴졌다. 그러나 그녀는 한 가닥 희망을 버리지 않았다. 이제까지 월남을 도와주었던 미국이 월남이 망하도록 그냥 내버려두지 않을 거라고 생각했다. 남편 안재영을 만나면 뭔가 새로운 희망이 생길 거라는 막연한 기대였다. 이런 희망이 피로와 죽음의 공포를 이기고 그녀로 하여금 사이공으로 향하도록 채찍질했다.

발이 부르텄다. 배가 고프니 더위를 견디기도 힘들었다. 어린 아들은 배고픔과 피곤으로 칭얼대고 있었다. 파괴된 도로가 많았다. 정글과 늪지를 피해 돌아가야 했다. 포탄과 총탄이 생명을 위협했다. 동족이라고 다 안심할 수도 없는 노릇이었다. 사내들이 틈틈이 그녀를 노리고 있었다. 하지만 그녀는 이를 악물고 한 걸음 한 걸음 발걸음을 재촉했다.

다행히 베트콩과 월맹군들은 피란민들을 크게 제지하지는 않았다. 더러 굶주리고 물욕에 눈이 어두운 베트콩과 월맹군들이 피란민들의 음식과 돈, 물건 따위를 빼앗는 일은 있었다. 또 성욕에 굶주린 자들은 여인들을 강제로 추행하기도 했다.

그러나 그들은 피란민들의 길을 가로막거나 피란민들을 되돌려 보내려고 애쓰지는 않았다. 그것은 자유월남 공격에 총력을 기울이고 있는 공산군들이 엄청나게 쏟아져나오고 있는 피란민들을 일일이 제지할 수 있을 만큼 병력의 여유가 없기 때문이기도 했지만, 거기에는 보다 큰 저의가 숨어 있었다. 즉 피란민들의 물결을 이용해 월남 정부와 민심을 더욱 혼란에 빠뜨리고 월남군이나 월남 경찰의 작전을 방해하기 위해서였다.

사이공을 향해 내려오면서 빈은 베트콩과 월맹군들을 많이 보았는데 그들은 한결같이 몸이 비쩍 말랐으며 황달에 걸린 듯이 누렇게 뜬 얼굴을 하고 있었다. 그들은 가죽군화가 아닌, 자동차 타이어를 오려 신 바닥으로 삼고 자동차 튜브를 칼로 잘라 만든 조잡한 샌들을 맨발에 걸치고 있었다.

한번은 월맹군 탱크 부대원들이 길가에서 저녁밥을 지어 먹는 것을 우연히 보게 되었다. 그들은 땅바닥을 파고 그 위에 걸어 놓은 커다란 가마솥에 밥을 짓고 나더니 밥 위에 소금을 술술 뿌려 휘저은 다음 그것을 서로 나누어 먹는 것이었다. 밥 외에 다른 부식은 아무것도 없었다. 결국 밥 위에 뿌린 소금이 유일한 부식인 셈이었다.

비록 그 무렵 빈 역시 잘 입고 잘 먹는 처지는 못 되었지만, 그들의 모습에 놀라지 않을 수 없었다. 공산주의 세상이 되면 누구나 잘 입고 잘 먹는다더니, 오랫동안 공산주의가 지배하던 월맹에서 내려온 사람들이, 해방 전사라며 대우받는다는 저들이 저토록 못 입고 못 먹는단 말인가. 저러고도 우리 월남 정부군을 이기고 있다니, 빈은 미군의 풍성한 물자 속에서 흥청거리던 월남군의 모습을 머리에 떠올리며 묘한 기분에 사로잡혔다.

빈은 사이공 외곽의 치열한 전투 지역을 가까스로 뚫고 사이공 시내로 들어올 수 있었다. 사이공 역시 다른 지역과 마찬가지로 혼란의 도가니였고 불길한 소문들이 난무하고 있었다. 하지만 빈은 사이공으로 돌아오게 된 것이 진심으로 기뻤고 신에게 감사했다. 그동안의 숱한 고생도 물거품처럼 일시에 사라지는 듯했다. 피로와 배고픔도 느끼지 못했다.

빈은 어린 아들의 손을 잡아끌다시피 하여 그녀의 생활 터전이자 집이었던 사이공 시장 내의 가방 가게로 달려갔다. 가슴이 마구 쿵쾅거렸다. 남편이 반갑게 소리치며 달려 나와 와락 껴안아 줄 것이었다.

"여보!"

가방 가게 안으로 들어서며 빈은 목청껏 소리쳤다. 그러나 아무런 응답이 없다. 그녀는 가방 가게 안을 둘러보았다. 퀴논으로 떠나기 전에 보았던 가방들이 상당수 그대로 진열되어 있었다. 하지만 가게 안에는 아무도 없었다. 그녀는 가게 뒤쪽에 딸려 있는 살림집 문을 열고 안으로 들어서며 다시금 남편을 불렀다. 안에서 인기척이 나며 야자수 무늬가 그려진 남방셔츠를 걸친 사내가 나왔다. 사내는 빈의 남편, 안재영이 아니었다. 순간 빈의 가슴이 철렁 내려앉았다. 빈은 넋을 잃은 채 다가오는 사내를 쳐다보았다.

"누구시오?" 사내가 빈의 아래위를 살피며 물었다.

"네… 여긴 제 집인데요… 아니, 저 이 집에 살던 사람인데…"

빈은 거리에서 얼핏 들었던, 미국인과 한국인을 비롯한 외국인들이 사이공을 떠나고 있다는 말을 되새기며 더듬더듬 말했다. 불현듯 남편이 사이공을 떠나버린 게 아닐까 하는 생각이 치솟아 오르며 불안감이 엄습해 왔다.

"그럼, 전에 이 가게 주인이었던, 따이한의 아내…"

"네 맞아요. 헌데 그분은 어디 갔죠?"

빈은 빠른 목소리로 다그치듯 물었다. 사내는 빈을 안됐다는 표정으로 물끄러미 바라보더니 천천히 대답했다.

"정말 안됐군요. 그 사람은 이 가겔 나한테 팔고 떠났어요."

"떠나다뇨? 언제? 어디로요? 간 곳을 모르시나요."

빈의 얼굴은 일시에 창백해졌다. 그녀는 금방이라도 쓰러질 것 같은 몸을 간신히 지탱하며 반문했다.

"이곳 사태가 심상치 않아 사이공을 떠나야 한다는 말을 합디다만, 자세한 것은 모르겠소. 하지만 요즘 미국인들과 따이한들이 사이공을 떠나는 걸 보면 사이공을 벌써 떠났는지도 몰라요. 엊그제까지만 해도 거의 매일같이 찾아와 퀴논에서 아내가 오지 않았느냐고 묻던데. 지금은 안 오는 걸 보면… 쯧쯧, 왜 이제 왔수? 전화라도 하지 않구…."

"전화가 끊겼어요. 해방 전사라는 사람들이 전화를 끊은 모양이에요. 헌데 무슨 말이나 편지 같은 걸 저한테 전해주라고 하지는 않던가요?"

남편이 아무 말도 없이 그냥 떠났을 리는 없다. 빈이 이렇게 묻자, 사내는 미안해하며 대꾸했다.

"아내가 오면 한월식당이란 곳으로 오라고 합디다. 그리고 편지도 한 장 써 주었는데… 우리 집 애가 그 편질 가지고 장난치다가 그만 물에 빠뜨려 엉망으로 만들어 놓았지 뭐요… 아무튼 미안하오."

남편의 편지를 못 읽게 만들어 놓았다는 말에 빈은 어이가 없었다. 그러나 잘잘못을 따지고 있을 수만은 없었다.

그녀는 가방 가게를 나와 급히 한월식당으로 갔다. 그녀가 한월식당으로 갔을 때는 그녀의 남편 안재영은 물론 신덕규의 가족마저 한월식당을 떠나 주월 미국대사관으로 들어간, 바로 그날 오후 늦은 시각이었다.

빈은 한월식당을 새로 인수한, 월남인 암거래 중간상인 카우 영감으로부터 전 주인 신덕규의 가족이 사이공을 떠나기 위해 주월 미국대사관으로 갔을 거라는 말을 듣고는 다시 주월 미국대사관으로 달려갔다. 남편 안재영이 가방 가게 주인한테 자기를 한월식당으로 오라고 했고, 남편과 친하게 지내던 신덕규가 가족과 함께 주월 미국대사관으로 갔다면 남편도 그들과 함께 주월 미국대사관으로 갔을 것이다.

그녀가 주월 미국대사관으로 달려갔을 때는 남편 안재영과 신덕규의 가족은 이미 대사관 안으로 들어가 버린 후였다. 그녀는 미 해병들의 저지로 대사관 안으로 들어갈 수조차 없었다. 미 해병들에게 울며불며 애원해 보았지만, 그런 애원이 그 상황에서 통할 리 만무했다.

빈은 갈 곳이 없었다. 있다면 퀴논에 있는 고향 집뿐이었다. 그러나 그녀는 공산군 수중에 들어간 고향엘 가고 싶지도 않았고, 또 돌아갈 기력도 없었다. 몸속에 남아 있던 마지막 기력이 썰물처럼 쑥 빠져나갔다. 빈은 주월 미국대사관 근처에서 대사관 안에서 뜨고 내리는 미군 헬리콥터들과 대사관 안으로 들어가려고 아우성치는 수많은 월남 사람을 넋 잃은 채 바라보았다. 남편이 있을, 대사관 안으로 들어가고 싶은 마음은 간절했다. 하지만 어린 아들을 데리고 있는 그녀로서는 수많은 사람을 헤치고 대사관 안으로 들어간다는 것은 너무도 힘겹고 벅찬 일이었다.

필사적으로 애써서 대사관 안으로 들어간다 해도 남편을 만나 남편과 헬리콥터를 탈 수 있다는 보장도 없었다. 그러면서도 그녀가 대사관 근처를 떠나지 못하고 있는 것은 혹 남편이 아내와 아들을 찾아 다시 대사관 밖으로 나올지도 모른다는 막연한 기대 때문이었다. 그러나 담을 넘어 대사관 안으로 들어가는 사람은 있어도 대사관 밖으로 나오는 사람은 없었다.

불현듯 아내와 자식을 버리고 떠난 남편이 원망스러웠다. 남편의 사랑이 의심스럽기도 했다. 그렇지만 그녀는 원망이나 남편의 사랑에 대한 의혹을 떨쳐 버리려고 애썼다. 남편을 원망하거나 남편의 사랑을 의심해서는 안 돼. 빈, 너는 안安을 조건 없이 사랑했고, 그가 처음 파월임기를 마치고 귀국할 때에도 아무런 조건 없이 보내 주지 않았느냐? 그런데도 그 후 안은 내 곁으로 돌아왔다. 이번에 안이 또다시 내 곁을 떠난다 해도 언젠가는 틀림없이 돌아올 것이다. 그 사람은 누구보다 나와 아들을 사랑한다. 아니, 어쩌면 그 사람은 다시 돌아오고 싶어도 이제는 영영 월남 땅으로 돌아올 수 없을지도 모른다. 그렇더라도 그를 원망하거나 미워하지는 말자. 그보다는 그가 무사히 떠날 수 있기를 기원해 주자. 어차피 그는 자유월남이 적화赤化되면 살 수 없는 몸이다. 잔악한 공산주의자들 손에 무참히 살해될 게 틀림없다. 기쁘게, 그리고 축복해 주며 그를 떠나보내 주자.

남편 안재영이 탄 헬리콥터가 대사관을 떠나 남지나해 쪽으로 날아갈 때에도 빈은 멀어져 가는 헬리콥터를 바라보며 이런 생각을 했었다. 물론 그 헬리콥터에 사랑하는 남편이 타고 있을 줄은 까맣게 모르고 있었지만.

안재영과 신덕규 일행을 비롯해 주월 미국대사관 안의 한국인 집단 바로 앞줄 사람들과 한국인 일부가 탄 헬리콥터가 이륙하고 나자, 대기

하고 있던 한국인들은 모두 안도의 숨을 내쉬며 기뻐했다.

"다음번엔 우리 차례야. 드디어 우리 한국인들이 무더기로 탑승할 차례가 왔다구."

바로 그때였다. 철수 작전을 통제하고 있던 미 해병들이 갑자기 수상한 거동을 보이더니 뜻밖의 사태가 벌어졌다. 미 해병들이 철수를 기다리고 있는 사람들에게 돌연 최루탄을 퍼붓더니 본관 현관 쪽으로 달아나는 게 아닌가.

"미군들이 우릴 버리고 도망치려 한다."

매캐한 최루탄 내음에 눈물을 흘리며 잠시 어리둥절해 있던 사람들은 사태를 짐작하고 큰소리로 외쳐 대며 미 해병들의 뒤를 따라 본관 현관 쪽으로 우르르 몰려갔다. 그러나 그들이 본관 현관에 채 이르기도 전에 본관 현관의 셔터 문이 철컥, 닫히고 말았다.

"문 열엇! 어서 이 문을 열란 말얏!"

"우릴 버리고 가면 어떡해! 여기 그대로 있다간 우리 모두 개죽음을 당한단 말얏!"

사람들은 내려진 셔터 문을 흔들고 발로 차며 미친 듯이 소리쳤다. 분노를 터뜨리며 욕설을 퍼붓기도 했다. 눈물을 흘리며 애원하기도 했다. 그러나 한번 내려진 셔터 문은 다시 올라갈 줄 몰랐다. 미 해병들은 아무런 대꾸 없이 건물 안으로 사라졌다. 곧이어 본관 건물 옥상에서는 미군 헬리콥터가 프로펠러 폭풍을 일으키며 이륙했다. 마지막까지 남아 있던 미 해병들을 태운, 사이공 철수 마지막 헬리콥터였다.

닭 쫓던 개처럼 멍한 표정으로 지상에서 멀어져 가는 헬리콥터를 바라보고 있던 사람들은 헬리콥터를 향해 욕설과 고함을 질러댔다. 돌을 집어 던지기도 했다.

이들은 월남의 우방국인 및 그 가족이었는데 한국, 인도 등 140여 명이나 되었다. 그들이 우왕좌왕하며 어찌할 바를 모르고 있을 때 군중 속에서 누군가가 갑자기 소리쳤다.

"여기 시한폭탄이 장치되어 있다! 곧 폭발할 것이다!"

대사관 안에 있던 사람들은 삽시간에 흩어지며 모두 대사관 밖을 향해 달아났다. 달아나다 넘어지기도, 가족의 이름을 불러대기도, 뾰족한 철창 울타리를 타 넘다가 찔려서 피를 흘리기도… 밀고 잡아당기는 그야말로 아수라장이다. 아비규환이요 지옥과 같은 난장판이었다.

대사관 안에 있던 사람들이 필사적으로 밖으로 뛰쳐나오는 것을 본, 대사관 밖에 있던 수많은 피란민은 깜짝 놀랐다. 대사관 안에 시한폭탄이 장치되어 있다는 말이 퍼지자 그들 역시 혼비백산하였다.

좀 전에 떠오른 헬리콥터의 빨간 불빛이 멀어져 가는 것을 물끄러미 바라보고 있던 빈도 그녀의 무릎 위에서 잠자고 있는 아픈 용준을 얼른 깨워 저만큼 뒤로 물러서면서도 그녀는 대사관 밖으로 뛰쳐나오는 사람 중에 남편 안재영이 있는지를 살폈다. 그러나 남편의 모습은 보이질 않았다. 또 장치되어 있다는 시한폭탄이 터지지도 않았다. 누군가 거짓말을 한 것이었다.

어둠 속 저편에서 누군가가 한국말로 한국인은 이쪽으로 모이라며 외치는 소리가 들려왔다. 혹시 그곳에 남편 안재영이 있을지도 모른다. 빈은 서둘러 소리 나는 쪽으로 갔다. 그중 빈을 알아본 사내가 있었다.

"대체 어딜 갔다 이제야 나타나셨습니까? 그동안 안 형이 얼마나 애타게 찾았는지 아십니까? 눈물을 글썽이며 한숨 짓는 걸 여러 번 보았어요. 하지만… 안 형은 지금 여기 없습니다. 우리 한국인 대열 맨 앞쪽에 있어 좀 전에 미군 헬리콥터를 타고 떠났어요. 한국인이 탄 마지막 헬리콥터였죠. 재수 없게 전, 그 헬리콥터를 타지 못했습니다만…"

남편 안재영이 좀 전에 미군 헬리콥터를 타고 사이공을 떠났다는 말에 빈은 기절할 것 같았다. 몸의 힘이 스르르 풀리며 자신도 모르는 사이 꼭 붙잡고 있던 아들 용준의 손목을 놓았다. 현기증이 났고, 꿈속에 와 있는 듯한 착각도 들었다. 몸이 떨리고 말이 나오지 않았다.

그로부터 얼마나 흘렀을까. 밤의 어둠이 사라진 지는 이미 오래되었고, 한낮의 사이공 거리에는 보슬비가 내리고 있었다.

그날 낮, 그러니까 1975년 4월 30일 낮 12시가 조금 지났을 무렵, 사이공 시 외곽에 있던 월맹군과 베트콩들은 사이공에 대한 총공격을 개시했다. 그들은 이렇다 할 큰 저항을 받지 않고 독립군, 군사령부, 중앙정보부, 해군사령부, 경찰총국, 사이공시경찰국, 탄손누트 공항, 방송국 등을 차례로 점령하고, 월남의 민 대통령으로부터 무조건 항복을 받아냈다. 자유월남 최후의 날이었다.

사이공의 주요 건물에는 공산군의 붉은 깃발이 높다랗게 치솟아 바람에 펄럭였고, 거리에는 붉은 깃발을 단 공산군 탱크들이 굉음을 내지르며 질주했다. 월맹군, 베트콩이 물밀듯이 시내로 쏟아져 들어왔다. 지하에 숨어 있던 적색분자들이 팔뚝에 붉은 단장을 두른 채 '인민 해방 만세!'를 외치며 돌아다녔다.

상가는 모두 철수하고 집집마다 대문은 굳게 잠겨 있어 거리는 스산하기만 했다. 사이공 시민들과 각지에서 몰려온 피란민들은 겁에 잔뜩 질려 공산군들의 행동을 말없이 지켜보고 있었다. 사이공 시내에는 아직도 수많은 구 정부군 패잔병이 남아 있어 이들을 수색, 소탕하기 위한 공산군의 총성이 그치지 않고 계속 울려 퍼지고 있었다.

빈은 사이공 시내에 있는 성당의 노천 성모상 앞에 무릎을 꿇고 앉아 있었다. 그녀의 긴 머리칼은 부슬비로 흠뻑 젖어 있었다. 그녀의 얇은 아오자이는 비에 젖어 허연 속살에 착 달라붙었고 그녀의 눈에서는 뜨거운 눈물이 쉴새 없이 흘러내렸다. 두 손을 모은 채 성모상을 올려다보며 오랫동안 움직일 줄 모르던 그녀의 비에 젖은 입술이 이윽고 떨리듯 움직였다.

'성모 마리아시여! 이제 조국은 망했고, 저의 남편은 멀리 떠나버렸습니다. 전 이제 어떻게 해야 합니까? 하지만… 저의 사랑하는 남편을 죽음의 위협에서 구해 주시고 무사히 사이공을 떠나게 해 주신 걸 감사드립니다. 부디, 앞날을 축복해 주소서….'

그 시각, 안재영은 월남 해안에서 얼마 떨어지지 않은 바다에 떠 있는, 미국 항공모함 미드웨이호號 갑판 위에 서서 멀리 보이는 사이공 시를 물끄러미 바라보고 있었다. 사이공의 주월 미국대사관에 왔던 미군 헬리콥터가 그를 그곳에 데려다 준 것이다.

그가 탄 미드웨이호 주위의 바다 위에는 보트나 삼판선 같은 작은 배들에서부터 구축함, LST, 항공모함에 이르기까지 온갖 크기와 갖가지 모양의 배들이 뒤덮여 있었는데, 작은 배들은 모두 월남을 탈출한 피란민들이 타고 온 배들이었다.

그 작은 배들 위에는 정원을 훨씬 초과한 월남 피란민들이 타고 있었다. 작은 배 위 사람들은 큰 배를 향해 연신 소리를 치며 옷가지나 깃발을 흔들며 구원을 요청했다. 다행히 큰 배로 옮겨 타는 경우도 있었다. 하지만 더러 작은 배가 파도와 사람들이 초과된 중량을 견디지 못하고 침몰하기도 했다. 물에 빠져 허우적거리다 구조받지 못하고 익사하는 사람들도 꽤 많았다. 안재영은 빈과 아들이 만에 하나 저들처럼 작은 배라도 타고 월남 땅을 탈출했을지도 모른다는 생각에 작은 배 위에 탄 사람들을 눈여겨보았다. 하지만 빈과 아들의 모습은 그 어느 곳에서도 보이질 않았다.

운동장같이 널따란 갑판 위에서는 미군 헬리콥터들과 비행기들이 분주히 오르내렸다. 또 갑판 위에는 많은 미군을 비롯해서 월남을 탈출해 온 한국인·태국인·필리핀인·중국인 등 외국인들과 월남군 고급 장교들, 월남인 피란민들이 넘쳐흐르고 있었다.

미군들은 앓던 이가 빠진 것처럼 속이 시원하다는 듯 저희들끼리 킥킥거리며 농담을 주고받았다. 한국·태국·필리핀·중국인 등 외국인들 중에는 착잡한 표정으로 월남 땅을 바라보고 있는 사람들도 있었지만, 대부분 자신들이 월남에서 무사히 탈출한 것에 기뻐하고 있었다. 반면 월남인들은 거의 한결같이 착잡한 표정으로 조국의 마지막 모습을 지켜보고 있었다. 그들은 두고 온 고향이나 가족, 친척, 친구 등을 애타게 그리워하며 조국과의 작별에 가슴 아파하고 있는 것일 터였다.

낭떠러지처럼 높은 갑판 위에서 바다를 내려다보며 안재영은 문득 바다로 뛰어들고 싶은 충동을 느꼈다. 사랑하는 아내와 아들을 버리고 혼자만 도망쳐 왔다는 자책감과 죄스러움이 그를 욱죄이고 있었다. 그러나 그는 선뜻 바다로 뛰어내리지 못했다. 용기마저 없는 자신이 저주스러울 뿐이었다.

빈 그리고 용준아, 이 못난 남편과 아비를 용서해 다오. 날 원망하고 저주해도 난 할 말이 없다. 아, 이제는 사랑하는 너희들의 모습을 언제나 다시 볼 수 있단 말인가.

안재영이 눈물을 글썽이고 있을 때 갑판 저쪽에서 배의 군목軍牧이 월남인 통역을 데리고 나타났다. 군목은 갑판 위에 흩어져 있는 피란민들을 한곳으로 모으더니 큰소리로 외쳤다.

"여러분! 이제부터 내 말을 들으십시오. 난 이 배의 군목입니다."

군목의 말을 월남말로 통역하자 주위는 갑자기 조용해졌다. 군목은 피란민들의 얼굴을 두루 살펴보았다.

"여러분! 매우 유감스러운 일입니다만, 여러분에게 슬픈 소식을 전하지 않을 수 없습니다. 월남은… 월남인들의 조국인 자유월남은 조금 전인 낮 12시경 공산군에게 무조건 항복을 했습니다."

순간, 비통한 정적이 흘렀다. 그리고 다음 순간 괴성이 터져 나왔다.

"왜 자유월남이 공산군들과의 싸움에서 졌는지, 패배의 책임이 누구한테 있는지 그런 것은 얘기하지 말기로 합시다. 자유월남이 망한 마당에 그런 것은 의미가 없습니다. 그것은 군사전문가나 국제정치학자, 역사학자에게 맡겨두십시오. 다만 월남인 여러분은 여러분의 조국을 잃고 두고 온 고향, 가족, 친척, 친구들 그리고 여러분 동포들의 자유가 빼앗겼다는 사실을 슬퍼하도록 합시다. 그리고 앞으로의 월남과 월남인들의 장래를 위해서 진심으로 기도하시기 바랍니다."

말을 마치고 난 군목은 월남과 월남인을 위해 기도를 드렸다. 갑판 위에 있던 사람들도 군목을 따라 숙연하게 기도했다.

안재영도 눈을 감고 월남과 월남인 그리고 빈과 아들 영준을 위해 빌었다. 그러다가 그는 문득 눈을 뜨고 사이공 쪽으로 눈길을 돌렸다. 사이공 시내에서 솟아오른 오렌지 빛깔의 불꽃이 크게 너울대고 있었다. 안재영의 눈에는 그것이 마치 아내 빈과 아들 용준의 애달픈 손짓처럼 보였다.

ROK